U0572958

权威·前沿·原创

皮书系列为
"十二五""十三五"国家重点图书出版规划项目

湖南文学蓝皮书

BLUE BOOK OF
HUNAN'S LITERATURE

湖南文情报告
（2019）

ANNUAL REPORT ON HUNAN'S LITERATURE
(2019)

主 编／卓 今 赵 飞

社会科学文献出版社
SOCIAL SCIENCES ACADEMIC PRESS (CHINA)

图书在版编目（CIP）数据

湖南文情报告.2019／卓今，赵飞主编.--北京：
社会科学文献出版社，2019.12
（湖南文学蓝皮书）
ISBN 978-7-5201-5825-1

Ⅰ.①湖…　Ⅱ.①卓…②赵…　Ⅲ.①地方文学史-
湖南-2019　Ⅳ.①I209.964

中国版本图书馆CIP数据核字（2019）第267053号

湖南文学蓝皮书

湖南文情报告（2019）

主　编／卓　今　赵　飞

出 版 人／谢寿光
责任编辑／张　超

出　　　版／社会科学文献出版社·皮书出版分社（010）59367127
　　　　　　地址：北京市北三环中路甲29号院华龙大厦　邮编：100029
　　　　　　网址：www.ssap.com.cn
发　　　行／市场营销中心（010）59367081　59367083
印　　　装／天津千鹤文化传播有限公司

规　　　格／开本：787mm×1092mm　1/16
　　　　　　印　张：23.75　字　数：356千字
版　　　次／2019年12月第1版　2019年12月第1次印刷
书　　　号／ISBN 978-7-5201-5825-1
定　　　价／158.00元

本书如有印装质量问题，请与读者服务中心（010-59367028）联系

▲▲▲ 版权所有 翻印必究

湖南文学蓝皮书编委会

主编单位

湖南省作家协会

湖南省社会科学院文学研究所

顾　　问

李敬泽　白　烨　龚爱林　刘建武　王跃文

贺培育

主　　编

卓　今　赵　飞

编　　委（按拼音排序）

贺培育　何　纯　刘师健　龙昌黄　罗　山

罗小培　马笑泉　容美霞　王　平　王　艳

王瑞瑞　吴刘维　吴正锋　向　娟　晏杰雄

游和平　赵　飞　卓　今

文学蓝皮书的新"视界"

2019 年"湖南文学蓝皮书"以 2018 年湖南作家、评论家出版和发表的重要文学作品为研究对象，通过重点评点、综述、目录等形式，尽可能悉数纳入，文学蓝皮书的编写方法也还在探索之中。我们编写湖南文学蓝皮书的初心，是对湖南文学现状进行整体观察，为湖南文学发展提供某种依据，更重要的是从资料整理的角度考虑，使其具有史料价值，希望能给未来的文学研究者提供一个可靠的参照。

我们在做资料整理和作品评论时，多多少少存在着某种"视界"，甚至有一个文学史的观念性的东西高悬于我们的头顶。文学资料的收集、汇编、评价并没有一个现成的客观标尺，编纂者不可避免地带有"选家"和"史家"的眼光，尤其在重点作品评价环节，这一特点更加明显。因此，我们不得不考虑有关文学史的问题。文学史作为一种经典的标尺，并不是一成不变的。新时期以来，在短短几十年内，文学史写作问题就经历了四次大挑战，即"接受美学、新历史主义、比较文学、文化研究"的挑战。这种挑战毋宁说是一种观念上的冲击，每次面对新一轮的理论冲击，文学研究者都有必要调整策略和视野。最开始是接受美学方法的挑战。对于接受美学的冲击，文学史书写不得不考虑读者的因素。传统的文学史书写以文本和作家为主体，主要考察作品的思想性（历史性维度）和艺术性（审美性维度），两种维度很难中和，常常形成两极或者对立的状态。以姚斯为代表的西方接受美学理论将视线转移到读者，认为读者作为中介，起到连接历史性维度和审美性维度的作用，读者也成为文本的建构者之一。接下来是新历史主义方法的挑战。新历史主义的冲击使文化研究逐渐抬头。新历史主义采取多种批评视角和阐释方法，其批评实践基础建立在后结构主义、解构主义、互文性等

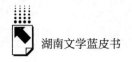

理论和方法上。在视野上把政治意识形态、文化领导权纳入文本阐释。审美性维度被肢解，历史性维度被扩充。在新历史主义方法挑战之后是比较文学方法的挑战。比较文学的冲击主要来自国外汉学家书写的中国文学史策略。美国学者宇文所安、李欧梵、韩南、王德威等人的中国文学史研究成果，将中外文学文本汇集，进行比较分析和阐释，视野开阔，方法新颖，影响了国内文学史撰写，引起重写文学史的大讨论。之后是文化研究（或文化批评）方法的挑战。以种族、阶级、性别、生态为考察对象的文化研究刚刚兴起。文化研究边界的无限宽泛，方法的无限庞杂，外延的无限广阔，使文学内涵本身被掏空，只剩下文化外壳。文学的本质被弱化。旧经典将面临各种后理论的重重考验，"新经典"通过考验却与人们的期待相违背而遭到质疑。文化研究这一方法本身也在接受考验。

多种观念影响下的文学史书写，直接干预文学经典化过程。本土经验与世界性交融之后，文学史书写会面临视角和观念的难题，中国的思想文化传统偏重于历史性，西方偏重于宗教性。文化研究方法（如种族、阶级、性别、生态问题）是对两种传统的挑战，同时作为文学史的研究对象被泛化。研究主体（研究者）谁的声音最大？谁最有说服力？由谁来评判？事实上，没有人能够在这件事上一锤定音。

文学机构和文学团体在文学史书写上可以算一个重要环节。中国古代有文学世家、写作家族化的传统。许多大工程是子承父业，师生相授。比较典型的是西汉。西汉是文献经典化的关键时期，"秦火"之后经籍的整理、修订工作量巨大，有文献整理和意义阐发双重任务。西汉的馆藏制度和文献整理提升了汉代官方意识形态建设的效率。从学术的角度来看，文献分类也拓展了学术的深层次发展。对"六艺"的研究以及"五经博士"的文化体制化，使朝廷掌握了话语资源。官方学术机构与民间学术团体形成共建的繁荣局面。被康有为批评为最大"伪经制造者"（钱穆驳斥了这一说法）的刘向、刘歆父子，他们通过校书建构了西汉文献谱系，重新构建了先秦的知识系统，使各类文献（经典）各归其位。

近代以来一大批文化大家在文学史书写上不断地刷新观念，如王国维、刘师培、鲁迅、胡适、郑振铎、郭绍虞等，都有里程碑式的文学史著作。当代文学史书写产生重大影响的成果，又与汉魏六朝时期类似了，也是在团体、流派的通力合作下进行，也需要国家、部门、地方性的基金资助。团体协作的好处是评论者个体独识参与到公共话语之中，在这种交融汇通中形成一种具有公共理性的讨论。在世界性视野与后现代理论的双重夹击下，文学史书写处在一个重大变革的时代。学术研究本身需要深层拓展。传统和现代，本土与西方，多种观念的融合之后，"主体间性"和"文化间性"需要同时兼顾。新的文学史书写体现以下几点要求。第一，运用新理论，打开新视角，采用新体例。第二，文学史扩展到文化史，文学审美同经济社会结合起来评判考量，将当前流行的多种理论和方法综合考虑（如前文提到的接受美学、比较文学、新历史主义、文化研究等理论和方法）。第三，打破统一论调，强调多元化，重点关注边缘化（如夏志清的《中国现代小说史》在 20 世纪 60 年代最早向英语世界介绍中国文学，并发掘张爱玲、钱钟书、沈从文等重要作家）。对作品的本土经验和世界性进行双重观照。更在意跨文化交流中的功能。文学文化化将转移到文学历史化情境。社团、编纂、生产、传播、文学体制等，将文学审美纳入文学与思想文化、文学与经济活动、文学与地域文化等大的环境之中，重新定义，如《剑桥中国文学史》对于女性文学、少数民族文学、说唱表演、口头文的关注；《哥伦比亚中国文学史》对民间文学十分重视（第七编专门介绍民间及周边文学，如贵州傩戏唱本、江永女书梁祝故事的改编、爱情故事改为说教性的女德故事。地方性口头艺术列举了长江三角洲的弹词、广东的木鱼传统、北方鼓词和满族的弟子书等）。民间文学实际上与精英文学形成对应和互动，民间文学历来是中国文学的重要组成部分。研究者越来越倾向于探索偏僻资源和偶然性现象，形成去中心化、边缘化研究趋势，文学谱系建构也重视偶然性因素。这一改革思路打破了原先因循守旧的文学史书写模式。

文学史料、文学汇编，以及文学发展报告等书写模式的革新，也给非中心体裁的文学作品带来机会。当中心和权威被解构以后，任何一种有质

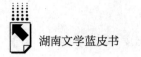

量的文学作品——无论它以何种体裁呈现，将在文学史中获得同等重要的位置。

卓　今

2019 年 7 月 22 日

摘　要

　　本报告主要对 2018 年的湖南文学创作、文学研究、文学活动进行评述和总结。主要分为四个部分。第一部分为总报告，通过年度文情综述、创作基本趋向、问题与建议对湖南文学状况作整体把握，书写湖湘人文经验，期待构筑新时代文学高峰。第二部分为分体综述篇，按照体裁分类对年度作品进行综述，对各体裁和门类的规模、特征、作家、作品作总体性呈现。推介重点作品，挖掘有发展潜力的作家，尽量全面关照所有有质量的作品。分小说、诗歌、散文、报告文学、儿童文学、网络文学、电影文学、电视文学、文学评论、湘籍作家 10 个门类进行综述。第三部分为力作评说篇，一是 2018 年之小说力作评说，包括长篇、中篇和短篇小说，有何顿的《幸福街》、残雪的《赤脚医生》、彭东明的《坪上村传》、舒文治的《活灵活现》、沈念的《冰山》、江东的《陌生人》、廖静仁的《斯文摆渡》，共 7 部（篇）小说被评论。二是 2018 年之诗歌、散文力作评说，分别为谭克修、刘起伦的诗歌，龚曙光、张雄文的散文。三是 2018 年报告文学、儿童文学之力作评说，分别为徐文伟的报告文学《报春花：三湘大地改革见闻录》，毛云尔的动物小说《梅花鹿角》。第四部分为附录，包括 2018 年媒介概览、2018 年市州文情、2018 年成果汇总、2018 年文学大事记。

　　关键词：湖南文学　儿童文学　湘籍作家　评论家

Abstract

Annual Report on Hunan's Literature (2019) mainly reviews and summarizes Hunan literary creation, literary research and literary activities in 2018. It's divided into four parts: The first section is General Report, which is to grasp the situation of Hunan literature as a whole through the annual literature review, the basic trend of creation, the problems and suggestions, so as to reflect on the humanistic experience of Huxiang and look forward to the construction of the literary peak of the new era. The second section is Reports on Classification Review, which summarizes the annual works according to the genre classification, and makes a general comment on the scale, characteristics, writers and works of each genre and category. This part of the main task is to promote excellent literary works, tap the potential for development of writers, as far as possible comprehensive care for all quality works. It has a total of 10 categories of reviews, namely: novel review, poetry review, prose review, reportage review, children's literature review, network literature review, film literature review, television literature review, It also includes a summary of writers from Hunan but working in other provinces. The third section is Reports on Masterpieces Review, one of which is the novel review of 2018, including novel, middle and short stories, such as *Happy Street* (by He Dun), *Barefoot Doctor* (by Can Xue), *Pingshang Village Biography* (by Peng Dongming), *Vivid* (by Shu Wenzhi), *Iceberg* (by Shen Nian), *Strangers* (by Jiangdong), *Grace Ferry* (by Liao Jingren). A total of seven novels have been commented on in this section. The second is the 2018 poetry, prose comments, respectively Tan Kexiu, Liu Qilun's poetry, Gong Shuguang, Zhang Xiongwen's prose. The third is the masterpiece comment of reportage and children's literature in 2018. Xu Wenwei's *Reportage: news of Sanxiang Land Reform*, Mao Yuner's Animal novel *The Sika Deer's Horns*. The fourth section is the Appendices, That is, Media Review of 2018, The Situation of 14

Prefectures' Literature Development of 2018 in Hunan, Summary of Annual Works, Outline of Annual Events.

Keywords: Hunan's Literature; Juvenile Literature; Hunan Writers; Critics

目 录

Ⅰ 总报告

Ⅱ 分体综述篇

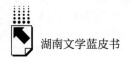

Ⅲ　力作评说篇

Ⅳ　附录

皮书数据库阅读**使用指南**

CONTENTS

I General Report

II Reports on Classification Review

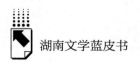
Ⅲ   Reports on Masterpiece Review

Ⅳ   Appendices

总 报 告

General Report

B.1

2018年湖南文学发展报告

龙昌黄*

摘　要： 2018年，湖南文学在省及各市州作协、省内高校、科研机构的有效推动下，无论是在小说、诗歌、散文、报告文学、儿童文学、文艺评论方面，还是在网络文学、电影文学、电视文学方面，又或是在省外本籍作家的创作与批评实践方面，均取得了颇为显著的成绩。总体来看，弘扬爱国主义和社会主义主旋律，聚焦城乡社会，反映日常生活，关注题材和主题的现实性、当下性，依旧是2018年湖南文学与批评实践的主要努力方向。其中，主旋律文学依旧是该年度湖南文学版图中的关键性主体构成，湖南作家们依旧热衷以知识分子文化精英立场的审美批判意识来分享故事、书写人生经验。相

---

* 龙昌黄，湖南省社会科学院文学研究所助理研究员，文学博士，主要研究方向为文艺理论、中国现当代文学批评。

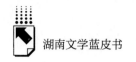
比之下，网络文学、儿童文学、电影文学、电视剧文学等更具市场导向意识的文类在全国文学市场上的影响力相对薄弱。建议作家们进一步巩固和加强反映社会现实生活的题材；政府相关部门及文化机构、团体有待在激励作家文学创作、鼓励出版和宣传省内作家作品方面下足功夫，以便整体提升湖南文学的市场吸附力。

关键词： 湖南文学　主旋律　现实性　文学市场

2018 年是改革开放 40 周年。四十年来，伴随中国政治、经济、社会、科技、文化等领域全方位的巨大历史变革，新时期以来的中国文学也相应地发生了翻天覆地的变化。作为中国文学版图中的一部分，湖南文学也在此期间取得了辉煌的成就。四十年来，三湘四水之间先后涌现出古华、莫应丰、韩少功、何立伟、唐浩明、阎真、残雪、王跃文、何顿、汤素兰等具有全国性影响的著名作家。在他们身后，田耳、马笑泉、于怀岸、谢宗玉、沈念、盛可以、刘年、潘绍东等中青年一代作家，也正茁壮成长起来。很大程度上，今天通常所说的湖南当代文学，指的就是以他们为主要代表的一代代湖南作家（诗人、剧作家）们，不断耕耘、接续文脉而共同谱就的历史华章。

2018 年，湖南文学依旧展现出这种地域文学传承和开新的真实面貌。这一年，湖南文学界认真学习、领会和贯彻习近平新时代中国特色社会主义思想，立足三湘四水，放眼中华大地，书写湖湘地域人文经验，无论是在小说、诗歌、散文、报告文学、儿童文学、文艺评论方面，还是在新兴的网络文学、电影文学、电视文学方面，又或是在省外本籍作家的创作与批评实践方面，均取得了颇为显著的成绩。总体来看，弘扬爱国主义和社会主义主旋律，聚焦城乡社会，反映日常生活，关注题材和主题的现实性、当下性，依旧构成了 2018 年湖南文学与批评实践的主要努力方向。

一　年度文情述略[①]

2018年，湖南文学在创作、评论等方面，均发生了不少重要事件，全省及各市州作协、省内高校、科研机构各自分别或联合举办了各种重要的活动。这些均有效地推动了省内文学创作和批评等文学事业的繁荣和发展。其中，较值得注意的，主要有以下两个方面。

第一，文学机构组织及其活动开展有序进行。

党的十九大以来，湖南省作协认真学习、贯彻和落实习近平新时代中国特色社会主义思想和十九大精神，深入学习和领会习近平关于社会主义文艺的重要论述，有条不紊地布局全省文艺活动的组织和开展工作。

1月20日，为贯彻和落实党的十八大以来倡导的"建设美丽中国""绿水青山就是金山银山"等新思想，省作协联合省林业厅共同主办了湖南省首届生态自然文学创作研讨会，会同省内从事生态自然文学创作和研究的作家及专家学者等30多人，共同探讨新时代湖南生态自然文学的现状与未来。

1月31日，由省作协主管，依托湖南省社会科学院文学研究力量专门组建的湖南文学研究中心正式揭牌成立。湖南省社会科学院党组书记、院长刘建武，省作协党组书记兼常务副主席龚爱林，省社会科学院党组成员、副院长贺培育等领导出席揭牌仪式。湖南文学研究中心由湖南省作家协会与湖南省社会科学院合作共建，挂靠湖南省社会科学院文学研究所，加快实现科研机构为地方文化建设服务的职能，进一步推进湖南文学创作和文学评论的繁荣发展。湖南省社会科学院文学研究所所长、研究员卓今任中心主任。该中心有望成为湖南文学研究的重要基地，将有助于提升湖南文学理论家、评论家的学术功底和知名度，推介湖南作家和作品。

3月8日，湖南省作家协会第八届全委会第三次全体会议召开。省文联主席、省政协原副主席欧阳斌，省委宣传部副部长杨金鸢出席会议并讲话，

---

① 本部分主要参考容美霞《2018年度湖南文学大事记》（未刊稿）写成，特此说明并致谢。

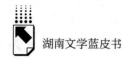

省作协党组书记、常务副主席龚爱林作工作报告。会议由省作协主席王跃文主持。会上传达学习了中国作协有关精神，传达部署了中国作协关于学习贯彻习近平总书记重要指示精神、做新时代"红色文艺轻骑兵"的通知精神，表彰了第十届全国优秀儿童文学奖获奖者，选举游和平为省作协第八届主席团副主席。

3月15日与4月19日，省作协分别举办年度定点深入生活项目申报选题评审会和年度重点扶持作品申报选题评审会，遴选了《中国铀》（欧阳伟）、《谁用生命捍卫你》（胡启明）等6部作品选题为省作协2018年定点深入生活项目，《瓦厂地》（廖天锡）、《齐白石》（杨华方）、《坪上村传》（彭东明）等20部作品选题为省作协2018年重点扶持作品。

5月12日，湖南首家英美诗歌研究中心——湖南师范大学英美诗歌研究中心在该校外国语学院揭牌。来自美国、英国、加拿大的诗人、教授，以及国内专家学者，湖南省诗歌学会会长梁尔源、湖南师范大学校长蒋洪新教授出席揭牌仪式。湖南师范大学英美诗歌研究中心由该校"潇湘学者"Lauri Ramey教授担任中心主任，旨在为英美诗歌爱好者提供读诗、论诗、写诗的良好平台。

8月18~20日，第十四届亚洲儿童文学大会在长沙召开。来自中国大陆、香港地区、台湾地区，以及韩国、日本、尼泊尔、斯里兰卡等地的近300位儿童文学作家、专家学者前来参会。本次大会以"亚洲儿童文学的境遇及走向"为主题，与会论文结集为《童年书写的想象与未来——第十四届亚洲儿童文学大会论文集》出版。

第二，重点湖南作家作品创作研讨活动得到广泛开展。

2月27日，余艳报告文学《守望初心》新书研讨会在北京举行。会议由中译出版社与湖南省作协联合主办。该书以20世纪30年代前后参加长征的红军和留守的红嫂为主线，展现了湘西人民不怕牺牲、跟定红军跟定党的不屈奋斗历程，通过小人物的命运表达了"人民创造历史"这一宏大主题。

3月31日上午，长沙理工大学文法学院举行了"纪念彭燕郊先生逝世十周年彭燕郊诗歌座谈会"，与会专家学者会同彭燕郊先生家属和学生等40

余人参加了会议，大家就彭燕郊诗歌艺术与人生历程、当代诗歌的发展等话题进行了深入的阐述和交流。

4月28日，湖南省社会科学院、中国诗歌网、《南方文坛》杂志社、湖南省诗歌学会联合主办"首届张枣诗歌学术研讨会"。研讨会以"张枣的诗歌"为主题，着重探讨了张枣诗歌的思想内涵和艺术特征、张枣对现代汉语诗歌的贡献、张枣诗歌翻译与西方语言诗歌的关系，以及以张枣为例的现当代诗歌研究。与会专家从张枣诗歌的语言形式、写作手法、思想文化背景、观念与意义、文本解读、艺术价值等角度，着重探讨了张枣诗歌对中西诗歌传统精髓的融合，以及张枣诗歌在中国诗歌史上的地位问题。

10月12日，吉首大学、湖南省文联和湖南省作协联合举办沈从文研究国际学术论坛。国内外100多名从事沈从文研究的专家学者奔赴吉首，从沈从文的文学创作、文化艺术思想及物质文化史、作品版本、文献史料等方面进行了充分交流与讨论。

10月23日，周立波诞辰110周年文学研讨会在益阳举行。周立波是从益阳走出去的现代文化名人，集战士、学者、作家于一身，创作了数百万字的作品，曾两次获得斯大林文学奖。研讨会上，国内一些知名专家学者和周立波直系亲属赶来，纪念和缅怀周立波，研究和探讨其作品，学习和传承其紧贴时代、热爱人民、扎根基层、注重学习的精神品质。

11月16～20日，首届昌耀诗歌研讨会在常德召开。《诗刊》社联合常德市委宣传部、湖南文理学院特别邀请了国内28位诗人和评论家参加了研讨会。

二 创作基本趋向

2018年的湖南文学创作与评论，各文类具体的写作状况、重点作品，可参见各相应分报告的详细评说，兹不赘述。现仅就本年度湖南文学创作与评论的基本趋向及因此展现出的某些特点作简要的补充和阐发。

一般认为，自20世纪90年代以降，文学居于社会生活当中的地位，不再像以往相当长时期内那样显得那么重要。随之而来的是文学场域自身的分化。一方面，弘扬爱国主义和社会主义主旋律的主流文学的写作，不再像以往特别是新中国成立后头三十年那样占据绝对的统御地位，却依旧发挥着关键性的引领作用；另一方面，20世纪80年代知识分子精英立场下书写个性自由和人性关怀的人文主义文学理想，虽因20世纪90年代初的经济、社会的转型，以及由此带来的文化风气的转向而遭遇冲击，却仍然为相当部分文学家们所固守。与此同时，随着中国逐渐进入市场经济时代，文学出版市场逐渐放开。由此，文学卖方市场向买方市场加速转移，文学不再具有单一的政治意识形态功能，也不再是纯粹审美艺术的创作，而是开始渐渐同人们日常生活当中需要的其他物质形态的商品一样，首先表现为一种市场行为的生产和消费。市场意识而非主流政治或文化精英意识，在文学生产和读者消费当中发挥着越来越大的作用。此外，随着信息技术革命的到来，特别是2000年以降网络技术的全面推广和普及，技术也越发从介质层面成为改变文学生态的重要一环，网络文学、电子文学如雨后春笋般地茁壮成长为中国当代文学版图中不可忽视的一部分，并对传统意义上的印刷媒介文学，尤其是其中的通俗文学产生无可抗阻的冲击。而这，也造就了中国当代文学多元、多介质且彼此间相互混杂的基本风貌，极大塑型了近三十年来中国当代文学的基本走向。

2018年，湖南文学创作基本上是这一走向历史维度上的延续。

第一，主旋律文学仍然是2018年湖南文学版图中的关键性主体构成。纪红建历时两年创作的40万言报告文学长篇《乡村国是》，无疑是其中优秀的代表。这部以精准扶贫这一国家战略为历史背景，以六盘山区贫困人口在党和国家政策、人力、财政的大力扶助下告别贫困的真实故事为题材的纪实性作品，有效地将宏大主题同具体社会现实的横断面结合在一起，小中显大，较为准确、生动地表现出正在发生变动的社会事件所具有的历史意义，以及在此期间发挥主导性作用的中国共产党人崇高的精神力量。这部既符合主流政治意识形态需要，又反映了底层贫困群众渴望告别贫穷、走向幸福生活美好愿景的作品，在发表和正式出版之后，收获包括鲁迅文学奖·报告文学奖在内的众多殊荣，并且赢得较为不错的消费市场，再一次证明着眼于人民大众社会现实性问题的主旋律文学写作，依旧有其长盛不衰的艺术生命力和市场空间。

抱持同样写作方向的还有彭学明、徐文伟、刘子华、余艳、王杏芬、何宇红、龚盛辉等。当然，这种写作方向的鲜明性，也同这些作家选择报告文学这种具有时代性、纪实性的文类有关。而这自然也让他们成为记录新中国成立70周年，特别是改革开放40周年以来湖南政治、经济、社会、科技、文化诸领域所发生的重要政治、社会事件的较为忠实的历史记录者。这种以文记史、以文证史的品格，也令湖南报告文学在主旋律文学书写当中具有独特的地位。当然，这并非说其他文类不具备主旋律文学的构成性，而只是说这种同经济、民生相和的时代特征性在报告文学当中呈现得更为鲜明和突出。

事实上，以文（小说、诗歌、散文、影视文学等）证史、鉴史来反映当代湖南、当代中国的现实主义书写，已构成2018年湖南文学书写的主要方式。譬如何顿的《幸福街》着力书写新中国成立以来湘南小镇黄家镇幸福街上的普通人物，以何勇、黄国辉、林阿亚、陈漫秋、张小山、黄国进、杨琼等人幼年时期为起点，以他们的成长为叙事背景，人物刻画精准，展现了国家命运与人物精神史的内部图景。还有邓跃东的《无字碑上的字》、安敏的《向爱向爱》、杜华的《傻乐》等散文，王馨梓的《香樟路528号》（组诗）、罗鹿鸣的《长沙南站》（组诗）、蒋志武的《海南，深呼吸》、起伦的《训练场边的栀子花》等诗歌，《热土》、《爱在湘西》、《正正的世界》及《矮婆》等电影，大多秉持社会主义核心价值观和道德观，来对生于兹长于兹的湖湘这片热土上发生的人和事予以赞颂、批判和反思。

第二，基于知识分子文化精英立场的审美批判意识，依旧是湖南作家们分享故事、书写人生经验的主要选择。韩少功的《修改过程》，借用肖鹏网络长篇连载小说的叙述方式，讲述肖的同学陆一尘、马湘南、赵小娟等七七级中文系大学生改革开放四十年间个人命运的转变，来展现此间社会政治、经济、文化急剧变动的秩序，以及这种秩序变动对个体命运的不断"修

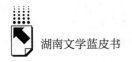

改"。作家选择中文系大学生作为小说的主要人物恐非无意之举，其间多少寄寓了作家对以中文系为表征的人文主义精神在中国经济、社会、文化发展最快的时代却愈发逼仄、消沉的遭遇的隐忧。与之相似的还有，残雪的《一种快要消失的职业》对赤脚医生这一职业濒临消失的命运的惋叹，田耳的《下落不明》对文学青年理想幻灭的书写，于怀岸的《合木》对乡村手工艺人技艺难以摆脱被历史淘汰的命运的暗示。这些由作品本身流露出的或许尚未为作家本人所意识到的感伤主义的怀旧情绪，相当程度上，集中反映了以之为代表的具有鲜明知识分子意识的作家们，对人文主义精神日趋萎缩的市场经济时代里自身事业、使命的担忧。

多少也源于对自身日趋边缘化的社会地位的理解和自觉，不少作家多将写作的视角聚焦在同自我或日常所见的普通人生活相关的情感与事件上。黄永玉的《无愁河的浪荡汉子》，与其说是一部书写湘西边城的乡俗民情史，毋宁说是作家借助对故乡和自己亲身经历的回想和感悟来书写自我情感和精神的"还乡"札记。"无愁"实有愁的反讽，"浪荡"生活中个人与家国相勾连的历史命运的反思，使之的确可以称得上是一部精神成长史。盛可以的《息壤》《怀乡书》，则展现了女作家对故乡既拒又迎、既憎又爱的复杂情感。赵俊辉的《美人书》以浓密厚实的情感、极富感染力的语言修辞，揭开湘南女子红豆、芙蓉隐藏在女书中的情感秘史，展现了作家 20 多年后重归文坛的实力和雄心。

当然，体现这种边缘性意识写作最为鲜明的文类则是诗歌。严彬的《生活之迷》、张翔武的《来客》、蒋志武的《在开阔之地》、马迟迟的《嗑瓜子狂想曲》、陈景涛的《理发》、铎木的《无人舟自横》、卜寸丹的《幻想之物》，等等，无不展现出 2018 年湖南诗人们对自我经验的内向挖掘，对自我镜像中观照的外在世界的感悟和反思。与之近似的，还有这一年的湖南散文。沈念、邓跃东、刘克邦、秦羽墨、邓朝晖、徐秋良等，均在此维度上用心良多。

第三，网络文学、儿童文学、电影文学、电视剧文学等更具市场导向意识的文类写作数量上颇为可观，在全国文学市场上的影响力却相对薄弱。以其中取得较好市场业绩的儿童文学为例，2018年当当童书中国儿童文学类全年新书热卖榜前200名几乎没有湖南儿童文学作家的作品。尽管像汤素兰这样具有全国影响的儿童作家依然笔耕不辍，并有龙向梅、方先义先后分别斩获大白鲸原创幻想儿童文学一等奖、中国科普作家协会水滴奖一等奖，不过很显然，这样的文学生产并未因此带来与之相称的市场消费。

并且，一个不容忽视的现象是：网络文学、电影文学、电视剧文学等主要以普通大众为阅读/观看对象的文类写作，其中引起国内读者瞩目的作品，大多由活动于省外的湘籍作家完成。如被誉网络大神的愤怒的香蕉现主要活跃于广东。电影文学、电视剧文学这方面甚至表现得更为明显，其编辑、制作、导演等各环节均有着省外影视机构、人员的身影。纯粹为"湖南制造""湖南创造"的影视作品较为缺乏。而这也从一定程度上说明，即便坐拥湖南卫视这一市场运营和商业化程度极高的省级广电平台，以及中南出版传媒集团这样位居全国"文化企业30强"的出版机构，湖南对于以文学为基础的文化产业的吸附力、影响力仍然十分薄弱。

总体来看，本年度湖南文学各个文类大多有不少值得我们注意的作品，活跃于省内外的湖南作家们依旧是国内文坛不可小觑的"文学湘军"。这也预示着湖南文学在未来相当时期内将有可能获得长足的可持续发展和新的丰收。

三　问题与建言

一般来看，文学创作主要基于作家个人的经验书写，反映或寄寓其个人的情感、态度和思考等。因此，它往往被认为是一种孤立的、个体的，具有鲜明主观性的，以作家自身具备的文学才能或先天禀赋为基础的精神实践。而这也令文学创作本身具有很大的偶然性、随机性和不确定性。所以，要总结某一具体年度某一地区作家们文学创作上的群体性成就，也就同时具有诸多不确定的，且需多年乃至数十年沉淀之后长时段历史性回顾才能澄清和消除这种不确定性的风险。这样一来，评价湖南文学2018年的成就与不足，

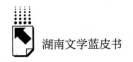
对于如何理解和诠释具体作家文学创作的成长性，可能并无多大立竿见影的实用性和有效性，它更多地是意图展示该年度被抽象化、一般化了的湖南文学这个极具化约性的整体，在纵向性的自我发展和横向性的他者比较中可能具有的倾向和特点，以及就此呈现出来的不足。

2018 年，湖南文学的创作与评论活动，正如各分报告所具体、翔实地阐述的那样，各文类的创作与评论活动均颇为活跃，并有不少力作不光在题材和主题的开掘上，而且在艺术形式、语言风格的创新上，均取得了较引人注目的突破。但需注意的是，诸文类部门各自的发展程度和所取得的成绩较不均衡。正如分报告所集中反映的那样，本年度湖南的小说、诗歌、报告文学创作不论在数量上还是质量上，都占据着更具优势也更具影响力的地位，散文、儿童文学、网络文学、电影文学和电视剧文学则多少显得有些相形见绌。若将其对象进一步局限至省内本土作家的创作上来看，这种不均衡性显得更加明显。

倘若忽视这种文类之间的不均衡性，而将湖南文学视作一个单一的整体来看待，其主要存在的问题大略如下。

第一，反映社会现实生活的题材需要进一步巩固和加强，同时在如何实现自我经验同社会感知效力有机统一的问题上，有待优化和升华。

黑格尔曾将小说称作"近代市民阶级的史诗"，认为它能够"充分表现出丰富多彩的旨趣、情况、人物性格、生活状况乃至整个世界的广大背景"，并宣称它在表现现代民族生活和社会生活方面"最有广阔天地"。[①] 或鉴于此，小说作为中国现当代文学当中的中心文类，也常常被赋予了书写现实题材，反映社会历史变迁与国家、民族精神风貌的光荣使命。而这种史诗性倾向的艺术创作，在本年度的湖南文学小说创作当中，恐怕并没有得到充分的展现。在笔者看来，更多个人经验性的情感和态度，多少滞碍了小说家们从更高的文学格局上，去捕捉和分享那些体现在社会秩序急剧变动中的国家和民族的内在精神和时代特征。不论何顿笔下幸福街上平头百姓日常生活

① 〔德〕黑格尔：《美学》第三卷下册，商务印书馆，2015，第167、187页。

和苦难事件反讽语调式的七十年回顾，还是韩少功、残雪、田耳、于怀岸等人多少带有感伤主义情绪的缅怀，又或是彭东明关于坪上村史反现代文明式的和谐乡村生活的想象性重构，等等，都多少同国家和民族正在发生的伟大历史转型这一更为显见的社会现实存在着某些抵牾性的东西。

诗歌和散文的情况可能更是如此。捕捉和书写个人经验，同国家和民族的现实与历史宏大叙事之间，其实并非截然对立的矛盾体。单从诗歌写作来说，或许在某一具体、实在的写作行为当中，它多少包含有通灵术式的灵感或偶然性成分在其间，但就作为创作个体的诗人而言，其诗歌写作，诚如著名诗人、诺贝尔文学奖得主约瑟夫·布罗茨基所言，"首先是因为，诗的写作是意识、思维和对世界的感受的巨大加速器"。[1] 也就是说，诗歌的写作应当是一种基于对世界的感知力之上，经意识、思维的反刍和消化之后，方才以语言形式作为自身存在的一种精神实践。换言之，诗歌作为一种极具个人经验性的写作实践，并非以纯然自我的经验、意识、情感为标的，它同样是诗人在面对世界，并试图感知和理解世界之后的一种抵达后返回式的人与世界间关系的艺术性呈现。

如此来理解和反思 2018 年湖南文学在处理现实题材、反映现实生活方面可能存在的问题，该问题所能给予的警示或许是：它更需要作家们对国家、民族、社会的历史与现实以更多的洞察和思考，并对文学写作自身的公共性具有更多的自我体认和省思。

第二，文学作品的市场吸附力仍有待提升，政府相关部门及文化机构、团体有待在激励作家文学创作、鼓励出版和宣传省内作家作品方面下足功夫。

2018 年，虽然在湖南作家们的勤勉创作下，一些重要作品，如何顿的《幸福街》、韩少功的《修改过程》、盛可以的《息壤》、纪红建的《乡村国是》等，多曾在国内引发较为热烈的反响，但就其文学市场的影响力而言，还有许多工作要做。并且将其范围再缩减至省内的本土创作、本土出版的作

---

① 〔美〕约瑟夫·布罗茨基：《悲伤与理智》，刘文飞译，上海译文出版社，2015，第58页。

品来看，这种影响力恐怕更是要大打折扣。虽则湖南并不缺乏优秀和具有潜质的当代作家，但问题是，就2018年所折射的现状来看，湖南文学多少呈现"墙里开花墙外香"的尴尬境况。因为从严格意义上来说，韩少功、盛可以、田耳等作家，恐不能计入狭义上的湖南文学创作队伍的行列当中来。这种文学人才的外流，尤其是青年作家、诗人的外流，势必会严重影响到湖南文学现在乃至未来的发展。如何培养、吸纳和扩充更多优秀的文学创作人才，以促进湖南文学更快更好更高质量地发展，理应成为政府相关决策部门和文艺领导机构投放更多注意力的重点问题。

并且一个可能更值得就此展开探讨的问题是：究竟困扰和阻遏湖南文学健康、良性发展的根本原因何在？表面上，上述作家的自我意识及对艺术的思考、文学人才流失等，或对此造成了干扰。但深入地看，可以发现，真正影响乃至直接左右湖南文学发展的关键原因，恐怕还是在于湖南省内并未能够形成一个助益作家成长、推动文学生产、扩大文学消费、宣传和提振湖南作家和作品声誉的良性文学生态。尽管以湖南省作家协会为首的文学领导机构，在激励和奖掖文学创作，鼓励和扶助文学出版方面，做了许多建设性的工作，极大地推动了湖南文学事业的发展，然而也须注意到，作为文学生态圈下游的文学物质性生产环节的出版、版权衍生形态的影视改编，同湖南本土文学的作家创作关系并不紧密。以长篇小说的出版状况来看，在2018年湖南作家正式出版的十多部作品当中，仅有何顿的《幸福街》、刘运华的《大爱人间》、赵俊辉的《美人书》等寥寥几部作品由省内出版机构出版。这种状况，显然不是作家单方面选择优势出版平台（主要为中央级权威出版社）这样的理由能够给予充分、合理的解释。它至少说明，在湖南文学的物质性生产环节，湖南本土的推动作用和效力很弱。

自然，构建健康、良性的文学生态，不光涉及文学创作、文学出版、影视改编及其他衍生产品的制作，它同样涉及文学消费市场的培育、文学研究的深度参与。并且，在更高层面上，包括文学在内的文化产业政策，尤其是有倾向性倾斜的文艺政策的制定和出台，设立省、市（厅）各级文学奖项，加大奖掖和引进文学人才力度等，可能对湖南文学的发展更具宏观性指导和引领意义。要言之，良性文学生态的培育与构建，是一个复杂、繁难的系统性工程。它需要在政府相关部门的协同、指导和引领下，自文学精神生产到物质性生产，再到市场流通和终端消费，以及文学版权的衍生和再生产，系统性、全流程地整合各种资源，贯通和激活文学生态赖以形成的全部环节，以便形成可以独立、正常、有序运转的既开放（面向全国）又闭合（面向省内）的文学生态系统。

新时代呼唤新的时代精神，新的时代精神需要新的文学和新的语言表达方式。今天，不论是个体的文学创作、文学阅读，还是群体组织性的文学评论和文学研究，又或是国家及以下各级政府层面的文学制度、政策的制定、贯彻和管理，均须服务于新时代"人民日益增长的美好生活需要"。而这，都需要我们以认真学习和领会习近平新时代中国特色社会主义思想为基础，从湖南省情、文情出发，总结既有文学经验，纾解现有困局，探索湖南新的思想、情感、意识、经验的表达方式，从而紧跟时代步伐，书写时代精神，为中国当代文学的发展提供和分享湖南智慧。

分体综述篇

Reports on Classification Review

B.2
小说：探寻小说艺术的多样与可能

陈进武*

摘　要： 2018 年的湖南小说创作呈现在长篇小说、中篇小说、短篇小
说和微型小说等类别上稳扎稳打且又力求突破的写作姿态。
这一年的湖南小说既有着对于湖湘本土文化与民间资源的深
情回望，又有着对于丰富历史想象与深切现实体验的精细描
摹，同时又在乡村与都市的双向互动中深度透视了当代人的
生存境遇。可以说，2018 年的湖南小说不仅表现出了写作题
材的多样与丰盈，而且在小说艺术的表现力与感染力等方面
有了新的表现。

关键词： 湖南小说　题材类别　城乡互动　人性叙事　湖湘文化

* 陈进武，江苏第二师范学院文学院副教授，文学博士，主要从事中国现当代文学思潮和文学
批评研究。

20 世纪 40 年代，沈从文谈及短篇小说的前途时指出："我们会觉得它似乎是无什么'出路'的。它的光荣差不多已经变成为'过去'了。它将不如长篇小说，不如戏剧，甚至于不如杂文热闹。"① 现今，不论是长篇短篇，还是戏剧杂文，似乎都不再拥有昔日的那种"热闹"，但也并没有陷入成为"过去"且无"出路"的境地。然而，我们确实也需要承认，越来越多作家更热衷于大部头的长篇小说创作，而中短篇小说在关注度与影响力等方面处于一种不温不火的状态。综观 2018 年的湖南小说创作，韩少功的《修改过程》、残雪的《一种快要消失的职业》、于怀岸的《合木》、田耳的《下落不明》、盛可以的《息壤》、彭东明的《坪上村传》、舒文治的《活灵活现》、何立伟的《水流日夜》、张夏的《与好人为敌》等不同类别与题材的作品竞相展示。我们还是能够很直观地看到湖南作家们在长篇小说、中篇小说、短篇小说和微型小说等类别上稳扎稳打且又力求突破的写作姿态。不难发现，这一年的湖南小说既有着对于传统文化与民间资源的深情回望，又有着对于历史演进与现实图景的精细描摹，同时又在乡村与都市的双向互动之中深度透视了当下人的存在状态。这一切都显示了 2018 年的湖南小说不仅表现出了题材的丰富性与复杂性，而且更展现了小说艺术的多样性与可能性。

一 历史想象与现实关怀

直面历史沉疴、介入社会现实、拓展生活容量无疑是 2018 年湖南小说创作的重要维度。从很大程度上来说，小说向来被视为"用文字很恰当记录下来的人事"（沈从文语），但这种"记录"既是源于作家们守望历史的使命感，又有他们体察和反思当下社会和生活的责任感。韩少功在《修改过程》中直白写道："陆一尘与肖鹏是大学同学，都是七七级中文系的。"②

① 沈从文：《沈从文全集》（第 16 卷），北岳文艺出版社，2002。
② 韩少功：《修改过程》，《花城》2018 年第 6 期。

显然，这部长篇通过肖鹏创作的网络连载小说牵扯出了陆一尘、马湘南、楼开富、赵小娟、毛小武等东麓山脚下的一群 1977 级大学生及其人生际遇。韩少功以"寻根"的方式将小说笔触向前回溯到 20 世纪 70 年代末到 80 年代初期，在青春回访与时代重审之中重构了肖鹏等一代知识青年的戏剧化人生，从而深度思考了改革开放四十年来的机遇得失和家国命运。如果说韩少功的《修改过程》直面了恢复高考后第一代大学生的青春情怀和不断被生活修改的人生，那么田耳的《下落不明》则记录了生活在 20 世纪八九十年代的文学青年的"青春祭"。在小说中，耿多义、莫小陌、莫家潭等通过写《盗头》《长缨断简》《引凤囚凰》《上穷碧落下黄泉》等武侠小说来实现个人的文学梦，甚至期望以此来走进文坛成为专业作家。然而，这群年轻人在逐梦的过程中遭遇了各种的尴尬和阻力，他们的运命像莫小陌那样"往正规出版社投稿多份，根本没有回音"，只能"复印几十本，制作封面粘上去，送给朋友"，"再翻过年头，她就在四月洪水暴发的时候消失"。① 从某种程度上来说，《下落不明》讲的是处在中国文学青春期的文学青年坚守文学理想却最终理想幻灭的故事。这种青春的猝然凋零，很大程度上是一代人的共通体悟和个体成长记忆。

正如二湘所感慨的："历史是时光长河里的一团橡皮泥，被慢慢揉捏成各种不同的版本，只留下少许或冷或痛的痕迹。但是如果不写，就连这浅淡的印痕都无处可寻。我于是就写了，我觉得书写这一段少有人知的历史让我的个人写作变得更有意旨。"② 尽管如何处理和书写历史是作家们需要面对的难题，但相当多的湖南作家仍致力于留下具有个人记忆的有迹可循的历史印痕。不过，我们还需要充分意识到，这种书写更多算是一种记录时间光影的历史怀旧，从中可以探寻到历史的线索与信息。二湘的《罂粟，或者加州罂粟》打捞了华勇等"越南船民"偷渡到马来西亚后在难民营惨绝人寰的历史记忆。她的《转盘》是从"钟贵林最早的记忆是关于死亡的"开篇，

---

① 田耳：《下落不明》，《花城》2018 年第 1 期。
② 二湘：《从历史的缝隙里挖掘创伤的本源——〈罂粟，或者加州罂粟〉创作谈》，《北京文学·中篇小说月报》2018 年第 11 期。

讲述的是发生在 20 世纪 70 年代的故事。姜贻斌的《放风筝的人》则是从 70 年代开始的，曾受过迫害的父亲向五个儿子传授"三子"原则，即"装瞎子，装聋子，装哑子"。他在特殊年代给儿子写的信都是 41 个字，"父亲这种特别的写信方式，一直延续到一九七八年。"① 从表面来看，这部小说是写父亲期望掌控五个儿子的个人命运和人生走向。但从深层来讲，父亲如此执拗和固执地要求儿子入党和当官，是因为他"这辈子是吃了大亏的"，这实则是个人创伤和疼痛的畸变表现。此外，聚焦 20 世纪七八十年代历史的小说还有邓宏顺的《英雄》、廖静仁的《斯文摆渡》、张夏的《花灯记》、周实的《三线》等。这些小说如同周实说的所写都算是"陈年旧事"，要么是对于过去充满着难以忘怀的眷恋和温情，要么是对于历史和生活的记忆寻根和重新审视。

2018 年是改革开放 40 周年，于怀岸的《合木》就是一部反映改革开放 40 年历史的长篇小说。小说以独白的方式写道："四十年来，时代的洪流滚滚向前，我立于岸头岿然不动，从未改变，一直是个大料木匠。"② 从内容来说，《合木》写的是从大料木匠到合木木匠的杨姚的人生起伏，以猫庄为地理坐标揭示了 40 年的历史变迁和时代发展。在小说中，杨姚与时代是相依相存的，从"木匠变成了一个合木木匠，之后整整三十年都是"。时代造成了杨姚的命运沉浮，而他那跌宕的命运又反映了时代的奔腾向前。杨姚的一生似乎都在潦倒之中，这个以合木为生的手艺人最后为自己合木送行，成为他生命的一段悲壮旅程。其实，无论是合木木匠杨姚，或大料木匠向乃祺、漆木匠彭老五，还是舀纸匠胡长顺，都最终会被时代所淘汰，走进历史。在此，于怀岸怀着强烈的责任感追索了民间技艺的兴衰和手艺人的运命。在《消失的一切都永不回来》的创作谈中，于怀岸感叹说："那个时代过去了，这个人或这种事物，都会自然而然地消失或曰消亡。一旦消失，就永远不会再回来了。"无独有偶，残雪的长篇小说《一种快要消失的职业》

---

① 姜贻斌：《放风筝的人》，《清明》2018 年第 5 期。
② 于怀岸：《合木》，《江南》2018 年第 4 期。

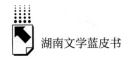

聚焦了行走在偏远村落的亿嫂等老中青几代赤脚医生，既反映了对村落贫苦和医疗落后的隐忧，又真切写出了对赤脚医生这一特殊职业的行将消失的惋叹。可以说，这些小说提供了一种反映和反思改革开放 40 年历史和社会的新视角。进而言之，湖南作家们以"丰富的历史想象去追寻中国民族文化心理、人的生存方式以及精神世界"，① 从而使这一年的小说获得了独特的艺术新质。

湖南作家们有着浓厚的历史情结，同时也不回避当下的社会问题和现实生活。因此，敢于直面问题并直击要害也是 2018 年湖南小说创作的显著特征。盛可以的《息壤》关注的是女性的生育话题，这部小说也是她的"子宫三部曲"（《息壤》《锦灰》《女佣》）系列长篇小说之一。《息壤》主要写初氏家族包括祖母戚念慈、母亲吴爱香、女儿初云等以及第四代初秀等四代女性长达四十年的故事。从根本上来讲，这部小说是用宏大的历史串联并叙述了小人物的人生经历。在小说中，年轻时守寡的戚念慈受传统道德观念钳制，性格坚硬冷酷。不幸的是，原本是一家之主的初安运却因偷情意外去世，30 岁出头的妻子吴爱香也成了寡妇。不过，小说着重描写的还是第三代的初氏五姐妹的不同处境与命运。盛可以从女性生育的角度出发，真切思考与表达了当代女性自我意识的觉醒，并深度还原了女性境遇的复杂性和当代中国家庭的人事情事家事。在小说结尾，吴爱香的去世似乎预示着一种制度的终结，如同盛可以在《性别恐惧的幽灵紧附》中所说"那些心灵和身体带着伤疤的女人，将慢慢走进幽暗的历史"，"未来也许会产生新的伦理与权利冲突"。可颇富意味的是，已到了当奶奶年纪的初玉又生了个二胎女儿，这是否又表明女性的自我完成实质上是未完待续的话题，着实引人深思。

实际上，精准扶贫、官场生态、讨债讨薪、器官移植、虚拟网络、爱情婚姻、养老医疗、家庭教育等诸多与普通人日常生活紧密相关的主题在

---

① 张羽华：《作为思想与哲学行动的小说——20 世纪 90 年代以来文学记忆的美学追求》，《长江师范学院学报》2017 年第 4 期。

2018年的湖南小说中都有表达和书写。从这一意义上来讲，这一年的湖南小说显现出了小说介入时代社会和当下生活的覆盖面更为宽广，更富有深度。魏建华的《请您去喝茶》揭示的是当前易于被人所忽视的官场生态。小说通过"喝茶"不动声色地表现了喻晓白和方小卉等人看似波澜不惊但实则惊心动魄的较量。同为写官场，恨铁的《摸骨》则更具有传奇性和反讽性。自道水县县委书记升职后，县长舒大顺既给自己加油鼓劲又时刻敲警钟，期盼着步步稳妥、百无一疏地升任书记。舒大顺的为官"十字诀"是"宁可不做事，不可做错事"。然而，充满讽刺的是，不论是县委书记，还是县长舒大顺，都信奉盲人摸骨算命而最终陷入前程的困局之中。两部短篇小说都真切地反映了当下官场生态，读来让人感到滑稽荒诞，可笑可叹。这种官场生态的揭示方式无疑为当下官场小说的写作提供了经验和路径。

舒文治的《钓黑坑》《活灵活现》《罗成牌》等小说力图发现当下社会生活的矛盾症结之所在，传神地勾勒出了一幅幅"活灵活现"的社会实景图。《钓黑坑》写的是一次讨债事件，舒文治将过年时的"讨账"作为小说的核心情节，以老艾的视角串联起了老黑、刘嫂、定叔、赛黑皮、艾雄等诸多人物的遭遇。如此，小说不仅表现了作家对现实困境的焦虑与思考，同时还反思了当下的经济形态及其问题。这样的戏剧化和离奇性情节同样存在于他的《活灵活现》《罗成牌》之中。前一部小说写的是发生在湖南乡间的离奇事件，梅仙桥村的"化生子"湛浏亮发生了一起严重车祸，不仅将一家三口撞成了重伤，他自己更是当场死亡。为了医治和赔偿伤者，湛浏亮的父母只好捐出了儿子的所有器官。其结果是，这具尸体凡是可被利用的部分全被卖给了人体器官公司，最终不同器官分散地存在于十多人的身体之中。待一切复归平静之后，死者湛浏亮将魂灵依附在移植给飞叔的眼角膜来回顾人生和打量世界。回头来看，小说将原本惨痛的车祸转化成了荒唐的乡村闹剧，充分展示了作者对商品社会的讽刺，发人深省。后一部小说则是将主人公罗成的人生际遇与命运走向巧妙地嵌入纸牌千变万化的玩法和牌面的精深寓意之中。罗成确实曾经拿到过一手好牌，但他将好牌打烂后从此一蹶不振，人生命运随着翻牌层层推进，而牌局也似乎暗示了精神历程和人生循环。

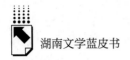

不论是从历史介入现实，还是描摹当下社会生活，这些结构精巧的小说很大程度上丰富了写实向度。在 2018 年的湖南小说中，还有不少揭示社会矛盾和生活问题的写实小说。如向本贵的《坡头传奇》和谢枚琼的《李六顺的拐杖》所关注的扶贫问题、廖静仁的《逆风而行》写的从底层文青到资深文青的命运跌宕、凌鹰的《黛玉葬花》讲述的当代青年的爱情际遇与悲剧、吴尚平的《出离》揭示的当代人在虚拟网络的遭遇、裴非的《我们离星星有多远》传递的孤独老人的生活创伤、姜贻斌《一九八五年的吻》直面的中学女生郝玉玉被老师刘晓勇猥亵事件等，都凸显了现实生活的肌理，描绘了更为多样的时代剪影和社会景象。

二　城市景观与乡村影像

城乡书写依旧是 2018 年湖南小说创作的主要内容。不过，我们首先需要清醒认识到这一年的湖南小说在城乡书写上呈现的主要特征。简要说来，一方面，这一年写城市的小说大多关注的是小城镇的社会生活和底层人的生存状态，而写乡村的小说则聚集的是新型城镇化进程中的乡村困境及其复杂性；另一方面，无论是写城市，还是写乡村，湖南作家们的书写更多展现出一种阵痛感。现今，面对日渐膨胀的城市和日新月异的城市人生，陶少鸿的《饮月楼》、刘智跃的《四大金刚》、赵竹青的《佛珠吊兰》、盛可以的《偶发艺术》、吴昕孺的《毕业晚会》、李娃的《来者何人》、胡小平的《滋味》、易清华的《把自由还给鸟笼》、唐利君的《秋千》、昌松桥的《美女秀英》等覆盖了都市、小城和小镇等叙事空间，书写了关于当下都市男女爱情与事业的故事，展现了城市景观和社会症候。

在马笑泉看来，"面对庞大复杂的城市，只能从局部出发。而局部也是如此丰富，隐藏着无数皱褶，把它们——打开"，"寻求一种城市局部的整体性叙述，在当中隐括整个城市的发展变化，是一条更切实可行的道路"。①

---

① 马笑泉：《城市小说的生成》，《长江文艺评论》2018 年第 5 期。

从这一角度来讲，这一年的湖南作家们的确是"从局部出发"打开城市中隐藏着的"无数皱褶"，从而得以揭示出城乡文化形态的碰撞和当下人的情感困境。二湘的《气球里的南山电影院》就以"我"即吴贵林回忆的方式书写了那个生活过四年的城市大连，怀念了30年前的吴贵林和季永军的纯真友谊。等到30年后再回到大连，吴贵林与昔日的季永军早已是阴阳两隔，永不能再见。如同很多处在流动状态的人那样，吴贵林始终难以找寻到"根"之所系，"不仅这个城市不属于我，连我的父母都不属于我"。在吴贵林看来，这座海滨城市大连"连同城市里的那个少年从此就长眠在我的记忆之中了"。① 但对救溺水儿童去世的季永军来说，他收获了政府给他发的好市民荣誉勋章，"他终于属于这个城市了"。在这里，二湘用细腻柔软又温情感性的笔触带领读者思索了人与城市的关系，读来能够直观地感受到字里行间渗透着的淡淡哀愁。沈念的《客西马尼之夜》所写的也是都市情感，并且都是以做梦来组织架构故事和推动情节。比如，《气球里的南山电影院》的开篇是"我有时候会梦到一个城市，一个漂浮着的城市"，而《客西马尼之夜》的开头为"她正梦见有人从家里带走她，但还没看清这个男人的模样，就醒了"。然而，沈念并不是着意要写梦，而是在梦境与现实的交织中揭示了宫孝楠与万然、秦佳玉与小郭等都市男女的精神困顿。面对所遭遇的现实焦虑，宫孝楠等都市女性要么是固守现状，要么是被动逃避，从中读者能够体悟到人性的困惑与复杂。

于怀岸的《狂躁不安》《接替者》、王琼华的《我长了一张"臭嘴"》、恨铁的《摸骨》等所讲的故事发生在"我们小城里"。《我长了一张"臭嘴"》写的是小城中每个人都长了一张嘴巴，有的嘴巴可以做兼职赚钱，如被号称"吃瓜"的自媒体称为"嘴模"的罗大胆。有的嘴巴则是乱说话而招来祸事，如"我"的嘴巴能够预知未发生的事情，先是被人称为"臭嘴"，后来又被人奉为"金嘴"。小城中的精神病医院院长、戴上"金冠"的俏姐，甚至是"嘴模"罗大胆等，都期望从成为大师的"我"的"金

---

① 二湘：《气球里的南山电影院》，《芙蓉》2018 年第 6 期。

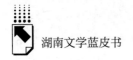
嘴"中获得好彩头。出人意料的是，因为这张"臭嘴"毁掉了罗大胆一生，他的家人到法院起诉"我"，要求以总裁级别核定赔偿金额。在这种情况之下，"我"只得找到"毒郎中"求得"哑药"秘方，从此"说不出一句话来恐怕是一个最好的选择"。① 显然，这篇小说以荒诞的笔调揭示了小城的社会转型和小城人的众生相，让人在轻松的气氛中感受到沉重和无奈。

在新型城镇化进程中，小镇书写也成为湖南作家们关注的重要内容。需要承认的是，"处在乡村与都市之间小镇，一头系着农村，得显于乡村之隐，另一头连着都市，却又隐于都市之显，不仅对于中国社会走向现代化具有重要作用，而且为揭示小镇人的生存境遇和状况的小镇文学提供了叙事平台，增加了广度与宽度"。② 湖南作家们以小镇为观照对象或叙事背景，揭示了小镇的底层生活和社会形态。李健的《漂流瓶》是在长沙城与喜鹊镇之间交替来叙事的，讲述了长沙城里送液化气的年轻人打工的故事。喜鹊镇的样子来到在长沙开门店的远亲陈大用的"大用燃气店"打工。样子之所以从乡镇入城市，是因为样子爹叮嘱："陈大用是从喜鹊镇出去的，算个人物，你跟他好好学个三年五载，总比在家当二溜子强。"③ 不过，小说的重心并没有落在样子在城市打拼的描绘之上，而是无情撕开了陈大用、样子与石莎的欲望纠葛。在小说最后，得知女友石莎被陈大用玷污后，样子为了泄恨制造了一场车祸造成陈大用当场死亡。细读这一年的湖南小说，我们会很容易发现廖静仁的《钟声骤起》《划圈的吉木匠》《斯文摆渡》《寻找乐正子》等小说则是一如既往地书写着资江北岸的小镇唐家观的故事。还有沈念的《鱼乐火刺疑事》中的鱼乐镇、舒文治的《罗成牌》中的长布镇、何顿《幸福街》中的黄家镇、郑朋的《盐湖城》中的枫林镇、向本贵的《竹村诉说》中的怡水镇，等等。整体来看，这类以小镇为叙事核心的小说展现了一幅幅生动小镇全景图，既写出了这个时代的生活表象，又留下了作家

① 王琼华：《我长了一张"臭嘴"》，《文学港》2018 年第 10 期。

② 陈进武：《想象当代中国的叙事方式——叶临之小说中乡村、小镇与都市的三重奏》，《长江丛刊》2018 年第 5 期。

③ 李健：《漂流瓶》，《芙蓉》2018 年第 3 期。

们的深度追问和反思。

这一年，湖南作家们不仅试图厘清都市、小镇和乡村之间的复杂关系，而且更是不约而同地直面乡村的历史和变迁，由纷繁复杂的乡村人事直击人心人性。除了上文已提及的《一种快要消失的职业》，这一年以饱含深情的笔触描摹乡村形貌的长篇小说还有彭东明的《坪上村传》。在小说开头，彭东明就这样写道："彭家的祖屋，已经残破得不成样子"，"老屋始建于清乾隆三十九年"，"过去浩大的老屋，就剩了这孤独的门头、漏雨的正厅屋顶、残破不全的青砖墙在秋天寂静的阳光下坚守"。如此颓败的老屋很显然是与乡村文明的失落相关联的。于是，动工修葺老屋成为最为紧要的事情——"回到城里后，我便四处奔走呼号，为修葺这栋老屋筹集资金。"① 在老屋顺利修葺后，坪上村的村民们重新回到老屋探讨着如何重振乡村。评论家晏杰雄认为，《坪上村传》是"为乡村立传"，② 而湖南作家舒文治则认为，这部长篇小说是"一座村庄的复活"。③ 我们可以判定的是，彭东明的《坪上村传》是在新时代的语境之中眺望逝去的乡村，并开启了对于当下乡村的存在之思。这种回应"以何种方式建构村庄"的小说还有潘绍东的《天崖歌女》、廖静仁的《铜锣三声震天地》、童晓明的《流浪狗，改嫁娘》、姜贻斌的《出嫁的路》、陈茂智的《三只眼的鱼》、向本贵的《山里的太阳》、二湘的《转盘》、马笑泉的《宗师的死亡方式》、赵燕飞的《为什么要演戏》、刘鸿伏的《预兆》、艾跃的《九爷》等。不可否认，这些小说体现了湖南作家们对乡村遭遇城市化的敏感与观照，同时也凸显了他们表现转型期乡土经验的可能。

廖静仁的《斯文摆渡》、高尚平的《船人三吴》和姜贻斌的《摆渡谣》等三部短篇小说所写的都是与湖南水乡及其乡民相关的故事。读来，我们可

---

① 彭东明：《坪上村传》，《十月》2018 年第 6 期。

② 晏杰雄：《复活诗意与救赎的乡村——评彭东明长篇小说〈坪上村传〉》，《十月》（微信专稿）2019 年 2 月 12 日。

③ 舒文治：《一座村庄的复活——评彭东明的长篇小说〈坪上村传〉》，《文艺报》2018 年 12 月 17 日。

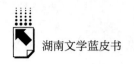

以明显感知作家们对乡村淳朴与人性纯真的守望。廖静仁的《斯文摆渡》写的是在婆婆崖下摆渡船的斯文爷廖斯文的故事。在小说结尾处，"野人"固执嗷嗷数声问："家在何处？"先是斯文爷平静地回应，而后是猴生在后面猛喊，他们所说的却是同一句话："家在水上，水上有一条船，是渡人的船！"姜贻斌的《摆渡谣》则讲述了一个类似《边城》的故事，而那个自从十六岁起就在叫清凉渡的地方摆渡的"她"跟翠翠也是极其相似。但不同之处在于，《摆渡谣》用极其简短的篇幅勾勒了"摆渡人"的孤独一生，"她似乎也没有姓名，过渡客都是以她的年纪来称呼的。刚开始时，自然叫妹子。后来呢，叫大姐。再后来呢，叫大嫂。再再后来呢，叫大娘。最后呢，当然就叫老奶奶了"。[1] 她为什么固执地在此度过孤独的一生？或许，她是用一生摆渡他人却终究无法摆渡自己。这些小说描绘出了淳朴的乡村生活和秀美的水乡风情，充满着质朴的感人气息。

在乡村题材小说中，精准扶贫书写是近些年为作家们所追捧的重要主题。向本贵的《坡头传奇》、谢枚琼的《李六顺的拐杖》是这一年具有代表性和典型性的作品。《坡头传奇》以脱贫攻坚为主线，塑造了老林、刘新生、周大树等在脱贫攻坚中无私奉献、敢作敢为的人物个像与群像。小说通过老林到坡头村扶贫的故事直面新时代的扶贫问题，戳中了要扶贫就得先改变扶贫方式的问题要害，与其给吃给穿，不如修路修桥引水，保住青山绿水，就有了金山银山。《李六顺的拐杖》也表达了相似的主题。不过，与坡头村村民力求自力更生不同，茶花村的李六顺却是把村里头乡里头当成冤大头，"三天两天找村里书记主任要米要油，隔三岔五还去一趟乡政府要钱要补助"。最终，在驻村第一书记黄甫兴的努力下，茶花村成功创办了村办企业"茶花实业"，外出打工的村民陆续回到了家乡。曾经被称为"六拐子"的李六顺不仅成为村办企业股东之一，而且还被村里委派到工地上参与管理。从此，他起早贪黑地和工人们干得可起劲了，如他说的："金窝银窝不

---

① 姜贻斌：《摆渡谣》，《长城》2018 年第 1 期。

如自己的狗窝，莫说自己的窝现在也是个钱窝了呢。"① 可见，李六顺的转变其实是表明了扶贫就是扶志，这也正是当下扶贫题材写作创新的体现。

三　人性探微与民间书写

面向社会现实矛盾拷问人性并追问人的存在、面向具有湖南地域特色的民间文化开掘和考证，无疑也是 2018 年湖南小说创作的重要特色。从不同的生活情境与历史时空出发，戳破心灵隐秘的角落，深度开掘人性的真假善恶，充分展现出湖南小说的独特价值。这一年，姜贻斌的《黄黑绿三色》、马笑泉的《宠物》、潘绍东的《天崖歌女》、紫苏子的《独孤是一种病》、张夏的《喷嚏悠扬》、陈子赤的《一次性计划》、蒋人瑞的《阿托品狂人》、廖静仁的《寻找乐正子》、逆舟的《三好学生王威》、薛媛媛的《契娘》、二湘的《交流电》、任水清的《菊花开了》等小说或关注当下热点事件，或回望历史时代，但都是以人物命运为叙事基点，并在人心人性和民间文化的层面，实现了对变革期人生命运探寻的可能。

何立伟的《水流日夜》主要写的是坤哥与小唐、小钟等之间的情感纠葛。在小说中，到处浸染着世俗烟火与庸常琐细，但又并没有多大的跌宕起伏，似乎在告诉读者这些就是我们每个人的日常和生活。然而，经过一场抱怨和挣扎之后，我们看到的是那种"一地鸡毛"式的疲惫和感情并无是非对错的来由。这样从日常生长生发的故事，揭示了情感的生成和变化，观照了人性的复杂和幽深。另外，聂鑫森的微型小说《把酒月光下》中两个小时前才相识的杨乐和强威在抚月峰顶的空坪上对月喝着衡水老白干。强威叹息："没想到我们都是走背时运的人，这叫惺惺惜惺惺。"②小说写的就是华湘出租车公司的老司机开导了本想寻短见的市体委拳击队的小伙子。每个人要面对情感困局与生活困境，给人无可奈何之感。沈念的

---

① 谢枚琼：《李六顺的拐杖》，《湖南文学》2018 年第 11 期。
② 聂鑫森：《微篇小说三题》，《红豆》2018 年第 8 期。

《客西马尼之夜》则是回避现实的"做梦"。这部小说以梦为主题并以宗教为核心，通过现实焦虑之梦、乱伦欲望之梦等与现实的交替形成了一种真假莫辨的状态。沈念将梦与宗教置于人性的两端，呈现出人性的现实与复杂。

从严格意义上来讲，简嫄的《沉默的铁轨》应该算是一部悬疑小说。沉默的铁轨、鸣叫的火车、连绵的阴雨、无名的男尸、断残的手掌等，这一幕幕不断闪现在读者眼前。在一年之内，"在同一段铁轨上发现两具男尸，人们不再相信这只是巧合"，小说也正是在层层推进的叙事中直戳人心深处。其实，不论是年逾四十的春生，或是跳河自杀的琴玉，还是年轻的女孩宋乔，都似乎是受损害受侮辱的却又是伤害他人的人。仔细读来，这部小说略显沉重和压抑，却又很好地体察了当下人的内心隐秘和人性隐微。相异于简嫄营造的"冷色调"，王琼华的微型小说《一汤陈》则更多呈现一种"暖色调"。小说写的是"一汤陈"因姓陈的瓜脸女子的到来而生意火爆，"裕后街最好喝的鱼头汤"成为金字招牌。但陈八碗的儿子接管后便将瓜脸女子辞退，"一汤陈"也很快就倒闭了。最后，瓜脸女子重新返回并当了老板，"一汤陈"再次生意红火。令人疑惑的是，从红火到倒闭再到生意兴隆，"一汤陈"的命运起伏只因不为人知的两味中药？当然，更关键的还是在于陈八碗的助人和瓜脸女子的回报。一间小吃店的兴衰中自有一种温情在流淌，王琼华写出了人性的真善美，还原了朴素的传统美德。

如果说王琼华的《一汤陈》传达的是"好人有好报"的观念，那么张夏的《与好人为敌》则探寻了"不愿做好人"的心理。小说写的是原本被所有人视为"老好人"的父亲陈大奇在年过六十后性情大变，他这种突然叛逆的表现就是跟周围好人们反复抬杠与作对，并质疑他们的价值判定，甚至还不惜把自己变成大家眼里为老不尊的老刁民。很长一段时间里，"父亲与邻居过不去，母亲与父亲过不去。两人一有机会就向我控诉对方的不是"。已是花甲之年的父亲为何如此性情大变？为何"我最恨别人说我老实！我凭什么要老实？"李子明倒是一语中的："这大概是人性的觉醒吧，老实了几十年，太不甘心了，现在要找点儿存在感，于是就想当一回恶人试试。"① 恰如张夏在"创作谈"中所说的："大概在这个社会，好人约等于老实人，而老实人约等于无用之人。所以不见得人人愿意被贴上'好人'标签。"应该说，张夏细察到了在老龄化日趋严重的当下所暴露的为人所忽视的问题，即她通过"与好人为敌"这样的社会横断面，揭示了传统思维方式和价值观的裂变。还需要肯定的是，陈大奇从"好人"变成"坏人"在本质上是人性的回归与觉醒，生动地展现了在时代裹挟中个人的尴尬孤独与命运沉浮。

很显然，在探微人性时，湖南作家们基于个体的生命体验，在历史时代和当下现实中深度挖掘人性的挣扎与反抗，同时还有人心的正直与良善。当然，尽管以上论及的作品仅仅是极少的一部分，但也能彰显出湖南小说中的人性书写特质。这种极具湖湘特质的书写还表现在对于民间文化的开掘与考证之上。这一年，湖南的小说创作立足本土资源，承继了湘籍作家一贯的深耕湖湘地域文化的传统。在《活灵活现》中，舒文治将"扶乩笔"迷信活动、闹婚习俗、梅仙的民间传说、丧葬仪式等乡土民间风俗加以细致表现。如湛浏亮死后，家人"借一只花叫鸡、三根燃香、一个茶木叉、一篮盘沙对我招魂"等。如此，读者对湖南的乡村民间文化和风土人情等有了直观的认知。在《出嫁的路》中，姜贻斌则描绘了知青老姜下乡后在搭档李信荷的指导下加入车水大军的劳动生活场景，等等。在这里，这些在乡村民间随处可见的文化景象，既体现了千百年来中国农民与土地难以分割的天然联系，又显示出了民间文化那种速朽与蓬勃并存的活力与生机。可以见到，这些小说都是以人物及其命运指向作为基点来探寻深层的文化底蕴，并以具有浓厚湖湘地域特色的民间文化的新变来揭示时代变迁和社会发展。

不少湖南作家用民歌民谣来展现湖湘民间文化的特质。如廖静仁的《铜锣三声震天地》中流传在白驹村的铜锣民谣是这样唱的："铜锣一声震蟊贼，蟊贼回头做好人；铜锣二声示火警，火灾远离白驹村；铜锣三声震天

---

① 张夏：《与好人为敌》，《特区文学》2018 年第 2 期。

地，天地人心思太平。"① 类似的民谣是一代一代流传的，如《坪上村传》中在村庄轻声吟唱的老旧歌谣是："秋风凉，麻雨凄，哥哥寄信要寒衣……"《花灯记》中，父亲张口就来的是沅江民歌《扯白歌》："十八扯，扯十八，从小我就上安化。我在安化捉过蛇，我在沅江打过麻。我在长沙做过工，我在常德带过兵。"《转盘》中，钟贵林的奶奶给孙子唱的小曲是："铁打铁，铜打铜，打把剪刀送姐姐，姐姐留我歇，我不歇，我要回去学打铁，打铁打到正月正，家家门口挂红灯。"《天崖歌女》中，仙音娘跟对河的后生子对的山歌是"小小鲤鱼紫红鳃，下水游到上水来，穿过千张金丝网，经过万座钓鱼台，不想妹妹我不来"，等等。这些湖湘民歌民谣增添了小说的民间气息与地域特色，传达了湖南作家们浓厚的家园与故土情怀。

面对奔涌不息的时代和变动不居的现实，如何在新时代的语境中实现湖湘民间文化最显特质和最具价值的艺术呈现，无疑是湖南作家们所面临的前所未有的挑战。稍加观察就能发现，湖南作家们不约而同地选择用民间传统工艺的传承与创新来回应他们所遭遇的根本挑战。廖静仁的《划圈的吉木匠》中吉祥从 12 岁开始学圆木匠的手艺，但很快"许多传统手工业产品被新兴的轻工业产品所替代了。尤其是圆桌手艺更是走向了穷途末路"。② 如同圆木匠这样陷入"穷途末路"处境的民间手艺人着实不少，但仍有一大批民间手艺人在物欲横流的当下孤独坚守，其实也是对个体的精神守望，以求让民间技艺焕发新活力。比如，《三只眼的鱼》中父亲蓝坤龙是大瑶河一带有名的砖瓦匠；《花灯记》中，父亲刘洞庭是全县有名的花鼓戏艺人，而"我"外公仍是那个说话生硬爱喝酒的蛮木匠；《斯文摆渡》中斯文爷是守着渡船的摆渡人；《合木》中的杨姚既是大料木匠又是合木木匠，而胡长顺是几十年来就用土法造纸的舀纸匠，等等。然而，就是"从未改变过"的民间技艺让位给了机器生产，被时代淘洗后几近消亡。在《宗师的死亡方式》中，马笑泉通过"我"考证太师祖、师叔祖和师父等三代国术师的传

---

① 廖静仁：《铜锣三声震天地》，《湘江文艺》2018 年第 3 期。
② 廖静仁：《划圈的吉木匠》，《岁月》2018 年第 3 期。

奇人生，以极其冷静的笔触写出了民间技艺的落寞。小说结尾，"我"给师父写的挽联"电掌龙形　早岁鹰扬昭烈胆；通识远虑　暮年豹隐著真经"，算是给师父那孤独冷冽的一生画上了带有温馨色彩的句号。问题的关键在于，如何传承这些民间技艺？如何创新来应对瞬息万变的时代？向本贵的《竹村诉说》提供了一种有关民间技艺走出困境的思考。在小说中，李见才将锦绣斗笠的民间技艺传给了刘再前。为了不丢下祖宗传下的讨吃技艺，刘再前和李环秀成立了锦绣斗笠合作社，开创了一条民间技艺传承与发展的新路。在某种程度上而言，湖南作家们将各色人物与各类民间技艺巧妙融合，这确实也是他们书写民间的"好手艺"。

若要对 2018 年的湖南小说创作情况做出总结的话，我们很难给出这一年必定是属于承上启下一年的简单判断。因为盘点很大程度上只能是一种挂一漏万的个人阅读记录。但也需要实事求是地看到，湖南作家们一直在找寻着适合自己的写作方式，并且在扩张题旨、追问精神、彰显风格、探寻艺术等方面，显示出丰盈多样且日趋成熟的特征。当然，对 2018 年湖南小说创作的梳理，只是从一个"小孔"或小切口入手，尽可能呈现湖南作家们在这一年所构筑的多姿多彩的小说世界。这既是一次笔者和作家的对话，也是一场跨越时空的精神聚会。

B.3

诗歌：潮涌与静水流深的写作

黄雨陶*

摘　要： 2018 年湖南省诗歌创作相比上年呈增长态势，组诗、长诗发表增多。从题材看，大致可分为乡土、社会、个体经验三个维度，其中又以乡土与地理的写作为最多，这可看出大部分湖南诗人的写作的主要倾向，即以乡土、地理为出口，以个体的生命体验、文化经验和地理经验等为基础，不断地向诗学空间探索、进发，同时，湖南诗人在先锋地带也屡有新尝试、新创获。整体上，湖南省诗歌创作稳健发展中有亮点，有着非常开阔的发展空间。

关键词： 湖南省　诗歌　综述

　　2018 年湖南省诗歌创作的整体发展相当稳健，湖南诗人的发表、获奖与诗集出版遍地繁响，据不完全统计，全省在正规刊物发表的诗歌上万首，其中更是不乏在《诗刊》《星星》《人民文学》《作品》《十月》等名刊大报上发表，同时诗集出版达 30 余部，不少湖南诗人还斩获了一些颇具影响力的全国性奖项，如李立荣获首届博鳌国际诗歌奖年度诗人奖、李不嫁诗集获首届博鳌国际诗歌奖年度诗集奖，师飞获第五届"人民文学·紫金之星"诗歌奖，熊芳获第五届"人民文学·紫金之星"诗歌佳作奖，雷晓宇、康雪入选第 34 届诗刊社"青春诗会"等，进一步扩大了湖南省的诗歌影响力。在此繁荣景

＊ 黄雨陶，中南大学文学与新闻传播学院硕士研究生。

象下，老中青三代诗人都有着不俗的表现，一切似有潮涌的势态。

但是，这一潮涌是片刻的回暖还是预示着诗歌在社会公共空间的真正回归，恐怕有着更为复杂的深层动因亟待分析，不可激动过早。20世纪80年代以降，随着文化艺术的产业化、娱乐化的倾倒，诗歌被迫久居于"边缘性"地位，逐步退出了公众视野，因而在这日渐衰微的总体形势下，当下爆炸式增长的诗赛、高分贝的诗歌节与诗歌活动确实显得有些异常，这是不是资本的卷入，把诗歌变相地塑成了商品经济的服务生？我们还需深入观察。在此情形下，首要的更应是坚持艺术本位、作品本位，强调写作的独立性，才能不被热潮所裹挟。至于当下作品的实际产出，则还需时间的去蔽与重新拣选。正如华莱士·史蒂文斯所说："诗歌不是一种文学活动，它是生死攸关之事"，诗人绝不是为了成为诗歌活动家，而是为他生命体验的真实吐露，可以看到，湖南的绝大多数诗人都选择了静水深流的写作，主动地与喧哗疏离，投身于"面向未来"的诗歌中，这是湖南的幸事，也是诗歌的幸事。同时，湖南省的高校校园中还陆续出现了一些值得关注的新生代力量，如尹祺圣、陈景涛等，有着相当大的潜力空间，这也算是一个不小的收获。

2018年湖南省的诗歌创作可大致分为三种，一是乡土与地理的写作，二是观照社会现实的写作，三是情感与个人领受的写作。其中又以乡土与地理的写作为最多，这可看出大部分湖南诗人的写作的主要倾向，即以乡土、地理为出口，以个体的生命体验、文化经验和地理经验等为基础，不断地向诗学空间探索、进发。但在此必须提到的是，部分实力诗人在这一年相对沉寂，因此难免出现一些遗漏，同时，诗歌文本自身的复杂性与多义指向往往难被其类型所总括，故而综述所采用的类型化梳理仅可作为一种概况参考。

一　乡土与地理的写作

1936年朱自清在《新诗杂话》中讨论"新诗的进步"时便有谈及乡土诗的部分："近年来乡村运动兴起，乡村的生活实相渐渐被人注意，这才有

了有血有肉的以农村为题材的诗"，这恐为乡土诗的最早著述。然而，当下的乡土现场的复杂性已然远超从前，一是乡土空间被扩展为在城市化进程中的各个形态的乡镇，乃至于城中村，是乡土文化与现代性的复杂混合，传统的村野形态已非常鲜见了；二是"乡土的人"也发生了变化，不只有普通农民，还有一些在城市与乡村之间不断游走的人，为了获取更多的生存资源而被迫如候鸟般来回辗转。在此情形下，当下的乡土诗歌同样也呈现了相当复杂的面貌。

一方面，一些湖南诗人选择了乡土的回归，对乡村的人事、自然风物与民俗文化展开了细致的抒写。比如梁书正发表在《诗刊》第 8 期下半月刊的《村路》组诗语言干净，有着一种略显忧伤的平静，描写了乡村的"生活、敬畏、寂静和希望"。空格键发表在《诗刊》第 1 期下半月刊的《菜园》以诗学的显微镜来观照菜园中的动物与寂静生长的植物，颇富生趣。胡游发表在《诗刊》第 1 期下半月刊的《蚂拐节》对乡土的传统节日展开了书写。李春龙发表在《诗刊》第 7 期下半月刊的《青苔爬树》将"我"与青苔爬枣树这两个事件联结到了一起，有着时间与生命的苍凉况味。吴群芝发表在《诗刊》第 1 期下半月刊的《地亭溪》写了乡村生活的幽静与安适。

另一方面，一些湖南诗人则把目光投放到了乡土的某些阴影区域。比如田人发表在《诗刊》第 10 期上半月刊的《春暖花开》组诗以春暖花开为切入口，看似只是故乡的回忆，却在结尾宕开一笔，"我家乡的春暖花开是很轻的那一种/轻得像一辆城里开来的客车掏空了的老屋"，平淡却极为有力地揭露了当下的农村空心化现象。与此相同的还有这样发表在《诗刊》第 1 期下半月刊的《甘露路》、刘怀彧发表在《诗刊》第 3 期上半月刊的《勤勉像一种疾病》。贺子飞发表在《星星·诗歌原创》第 1 期的《火星镇》则描写了一些发展较为滞后的城镇的封闭状态："所有通往火车站的路都急切地敞开，再敞开/只有火星镇拧紧，再拧紧"。而拾柴发表在《诗刊》第 7 期上半月刊的《乡村之夜》以他的疼痛记忆揭示了美好的乡村生活中所暗藏的一些危险性："那天，我六岁的堂弟/独自游到池塘中央/再也没有回来"。

同时，从诗歌文本来看，传统的乡土写作已逐步延伸、发展为多种类型。一是地方写作，它大大地拓展了诗学范围，而不仅限于乡村，具体表现在地方语言与地方风物的呈现，可以说，它是对当下的文化趋同化趋势的自觉或不自觉的抵抗。二是自然写作，是以观照自然的方式来展开个我的生命之思。三是游历之诗，是异乡人的写作，往往会产生多种经验的碰撞、交流与对话。以上三种都可统称为地理写作，是 2018 年湖南诗人书写最多的一类。比如肖水发表在《诗刊》第 1 期下半月刊的《正一街》组诗以故乡郴州为背景，对侍郎坦、涌泉门、乌石矶、正一街等具有历史文化底蕴的地理位置展开了书写，有着对社会、时代、历史的洞察。陈惠芳发表在《诗刊》第 6 期上半月刊的《老司城》组诗则是关于老司城遗址的赞诗，语言苍健优美。舒丹丹发表在《星星·诗歌原创》第 6 期的《古都的寂》组诗书写了京都的幽美与她所感受到的"幽玄、脱俗、缺陷、素简、枯槁、自然、静寂"的日式美学经验。谈雅丽发表在《诗刊》第 8 期下半月刊的《湖上草塘》则对扬州的草塘展开了书写，与中国古典意象发生了对话，语言轻盈、优美而富想象力。

梁尔源发表在《诗刊》第 2 期下半月刊的《在文成观瀑布》以自然风物为窗口，抒发了个人的人生感悟与生命之思，尤以首句"流水是一首长诗/在此拾到惊世骇俗的一句"为最佳。刘年发表在《诗刊》第 2 期上半月刊的《念青唐古拉山》对念青唐古拉山展开了诗学的观照，有着一种洁净而空灵的蕴藉之美。唐益红发表在《诗刊》第 6 期下半月刊的《群山如父》组诗抒写了自然的父性力量，具有感应式的哲学内蕴。与此相似的还有余海燕发表在《星星·诗歌原创》第 12 期的《河流上的春天》。吕本怀发表在《诗刊》第 1 期下半月刊的《楞鱼寺》则对楞鱼寺做了名物之辩，把楞鱼与楞鱼寺联系起来："再小的物也能成神/再小的神也有寺庙"，有着神性的瞬间显现。鲁橹发表在《星星·散文诗》第 30 期的《静止与引诱》组诗对拉尕山及其周边的优美景物进行了颂赞，抒写灵动自然。与此相似的还有清水心荷发表在《星星·散文诗》第 3 期的《三月在左》组诗。法卡山发表在《诗刊》第 2 期下半月刊的《在坡月村》以坡月村这一地理位置为想象的奇点，有着原始的粗粝质地，蒙太奇式地书写了一个颇具诗性想象的爱情故

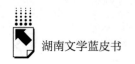

事。陈群洲发表在《诗刊》第 6 期下半月刊的《蓝莓的味道》观照自然，在对蓝莓意象的升格中阐发了个人的生命之思。郭辉发表在《诗刊》第 5 期上半月刊的《多伦多初雪》抒写了异乡人的孤独感受，并最终在雪色融融中获取到了内心的欢慰："我看见窗外的多伦多/翻过身来/用一双戴满银镯子的手/摊开了自己/巨大的惊喜和沉醉"。

二　观照社会现实的写作

此外，一些湖南诗人在 2018 年的写作中表露出观照社会现实的倾向，具体表现为对人类的生存图景与公共生活体验的整体观察，以及对一些特殊人物、事件的温情凝视和对社会发展、家国事业的颂赞，正如雷内·韦勒克所言，这种观照"在这个过程中本质转化为现象并在现象中显示自己，它还塑造着这过程的那个侧面，即现象在过程运动时揭示着自己的本质"，因而在这种书写中社会现象得到了一定的揭露，同时人文关怀与诗学正义也得以显现。比如刘晓平的《苏木绰拾起的诗意》勾勒乡土的现实生活，对歌者、舞者、老人以及苏木绰现状都做了细腻的描绘，甚至对旱情也有抒写，"我的兄弟般的蕃薯啊/在这个久旱无雨的日子/我们只能握紧拳头/挤在土地的炕头等待"，因而在这些颇富痛感的书写中重构了诗意。王馨梓发表在《星星·诗歌原创》第 12 期的《香樟路 528 号》组诗便以香樟路 528 号这一特殊地址（湖南省女子监狱）为题，用一种看似平缓的语调对监狱中的人、景物进行了刻画，实则惊心动魄——吸毒以及其他的犯罪行为使人丧失了他的主体性，同时也让人性与社会道德受到了损伤，这种狱中的平静不过是美丽的表象，因而她在诗中写道，"这美大过内心的颤栗/这狱园大过尘世的静谧"，其深处蕴含着一种严肃的悲哀。

李立发表在《星星·诗歌原创》第 10 期的《春天的遗言》则对一个农民工的自杀事件展开了书写，也侧面反映了当下农民工的恶劣的生存环境，"流水线吸干乡村的活力/工棚掏空乡村的阳气/城市的重活，累活，脏活，全交给/散落在城市边缘物美价廉的工棚"，并且他的死如此悄无声息，仅仅留下一只夹在书本里的"红里透黑的干蝴蝶"，这一意象似乎代表着一丝萌芽着的希望，同时又喻示着死亡，令人惋叹。左手发表在《诗刊》第10期下半月刊的《捡废料的人》以自己的童年经验对捡拾工厂废料补贴生活的苦人们展开书写，可以看到，金属的冰冷尖锐与捡废料的人们的单调而重复的声音发生了混合，人的尊严似乎在此生存问题下被迫退场、被遮蔽，而他们的肉体也同样承受着这一营生手段所蕴含的危险性带来的苦痛，"有人会因此流血，有人失去一根手指/陷入气管炎与尘肺病。你会看到他/缩进生活的括号，疼痛时/他会像一块未完成的矿石，拒绝出炉"，他对这些艰难地生存在不被关注的阴影地带的苦人们的书写是一种颇具关怀性的书写，同时也有着一定的社会意义——让我们关注到这些苦苦挣扎在生存的悬崖上的女性与孩子们的生活状况。

当然，也有一些湖南诗人把目光聚焦到了祖国日新月异的发展上，并对其展开了颂赞。比如罗鹿鸣发表在《诗刊》第7期上半月刊的《长沙南站》组诗便讴歌了长沙的铁路建设与其对人民生活质量的提升，从这一诗学的取景框中便足可窥见中国的宏观建设的迅疾开展，全诗豪迈雄宏，颇有马雅可夫斯基的风格。蒋志武发表在《诗刊》第5期下半月刊的《海南，深呼吸》则围绕海南省的自然风物来展开书写，并深情地讴颂了1988年海南省的设立："海南，1988年，从那时开始/注定就有了今天无限的诗意/和闪亮的觉醒"。同时，一些湖南诗人立足于自我经验，抒发了对祖国的深沉热爱。比如起伦发表在《人民文学》第8期的《训练场边的栀子花》把栀子花和军事行动这两个原本彼此龃龉的意象调和了起来，因而峻冷的色调中多了些温柔的底色，从而使军人群体的家国情怀得到了凸显。聂茂发表在《诗刊》第11期上半月刊的《英雄儿女》组诗则是为毛岸英、董存瑞、黄继光等英雄人物所书写的赞歌，笔调深沉，有着生命的内张力与澎湃的激情。

三　情感与个人领受的写作

情感与个人领受往往是诗人最为普遍的书写主题——这可从2018年湖

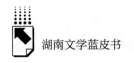

南诗人的写作中得到印证，文本数量相当大、指向复杂多元。菲利普·拉金指出，"为强烈的情感找到恰当的表达方式，而那些情感通常源自作家自己的经验，须以他自己的语言最恰当地表达出来"，这也是诗人区别于语言匠人的特异性所在。同时，在当下驳杂、无序、碰触频繁的文学场域与文化全球化的世界图景下，人类的精神生活已十分复杂，诗人的"强烈的情感"往往处于一种含混状态，因而诗歌便随之呈现歧义性、互文性、对话性等多种文本特点。

比如严彬发表在《诗刊》第 4 期上半月刊的《生活之谜》组诗有着一种低沉如潮湿的磁石般的迷人语调，可以看到，他的诗歌有着原文本与次级文本的双重结构，这由他的个人经验与阅读经验所提供。他擅长凭借一种智性的想象来走入文本与自我内心间的甬道，从而"切萨雷·帕韦泽""庞德""爱伦坡""马拉"等便与他的存在一同处于共时性的序列中，最终在文本的广阔历史结构中完成了他的生命之思。而张翔武发表在《星星·诗歌原创》第 7 期的《来客》则与贝克特的著名戏剧《等待戈多》颇有几分相似，开始便预置了一个雨中的等待场景，同时视角随往来的人群不断地挪移、变换，那个人却始终不曾出现，因而他便从这种荒诞而漫长的等待中顿然领悟——"只有我成为你/我成为我等待的那个人/那雨中才会走来一个人"，即在世界的一片虚无中我们仅能依靠、把握我们自己，这是一种存在之思。蒋志武发表在《中国作家》第 5 期的《在开阔之地》对沉思状态时的自我直感做了书写，语调深沉素朴，带有一种自况意味："那个平静中观望世界的人/毫发无损，必须与平庸决裂/在光亮里爱着的事物，在黑暗中会死去"。陈旭明发表在《星星·散文诗》第 12 期的《把真相搬到现场》组章蕴蓄痛感，书写了在快速度、高重复性、低道德自律的现代社会中的自我孤独感与他对诗的坚守。马迟迟发表在《诗刊》第 2 期下半月刊的《嗑瓜子狂想曲》立足日常经验，在嗑瓜子重复性的动作与声响中使感觉不断延展、异化，最终生发出一种近乎超验的诗性直觉："而那些从未有过的喜悦/都会在这一瞬间里撞击过来/让我们变得静止，仿佛此刻正融入到/世界中一些神秘的事情上来"。

陈景涛在《诗刊》第 1 期下半月刊的《理发》笔调冷峻，在对"镜中的我"的理发过程的细致描写中阐发了个我的存在感受："我只能反复地/败退到一张理发椅上，顺应脑后施力/的手掌，把头颅压得更低/脖子伸得更长，更自觉地/迎向剃刀的锋刃"。茉棉发表在《诗歌月刊》第 5 期的《潜行者》有着辛波斯卡般的轻盈质地，书写了她以"缓慢的耐心"对抗现代性的焦虑与失语，最终"哑巴，沉默者终将开口"，从而完成她超脱于世俗世界的形而上的"言说"。铎木发表在《星星·诗歌原创》第 5 期的《无人舟自横》组诗有着中国古典的丰润美感，以异质化的语言打开了诗学的想象空间。而卜寸丹发表在《诗刊》第 8 期下半月刊的《幻想之物》组诗也同样有着颇为丰富的想象："春风骀荡，一无所有的孩子在大地上奔跑/给他们冠冕，生出翅膀的战马/给他们酒器，用稻穗、星辰为他们指路。"灵动、清逸，同时还带有一定的元诗性质，以三个奇妙的比喻为匙旋开了她的诗学的密箱——"虚构的花蕾、磨损的时光、熄灭的灯烛"。玉珍发表在《诗刊》第 8 期上半月刊《不知其名的神性》组诗对自我展开观照，有着一种神启式的灵悟意味，在夜的恍惚中抵达了内心的澄明之境："我的心，我的世界/就像个虚弱的迷路之鹿/为一些抽象的惆怅/朝宇宙打开恍惚的口子"。语句轻柔而细腻。

王唯发表在《诗刊》第 7 期上半月刊的《慢秋》通过对窗台的兰花进行细致的书写，展现了生命的强大力量，感受新奇，"要不是我陡然想起/已是十月了/它还在把秋天/一点点往回拉"和芒克《阳光中的向日葵》的神韵颇有几分相似。而仲诗文发表在《星星·诗歌原创》第 3 期的《我在春天铤而走险》则书写了春天的迷人活力，"公园里。春天的老虎又暴躁又温顺/四野的花朵与青草又甜腻又苦涩/我在又错乱又迷离的田径上，终于下定了/抱几只老虎回来玩玩的决心"，在这种"铤而走险"的虚构叙事中展现出了生命的激情与扩张感。康承佳在《诗刊》第 1 期下半月刊的《旧东西》有着一种旧物的迷恋与时间的领受，"生活隶属于最简单、最真实的句子/每一首诗里都安放着时间，慢慢变旧、发白"，语言温润、清丽。郑德宏在《诗刊》第 1 期下半月刊的《镜中》完成了本我的对象化，并与其发

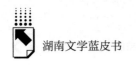

生对话，以一种威廉·布莱克所谓的"经验后的天真"叙述抒发了内心的孤独感受。杨震发表在《中国作家》第10期的《我有一个人的江山》有着一种独特的超脱气质，书写了他对此刻的"一个人的风景"的精神餍足与自我内心的坚韧。宋志刚发表在《星星·诗歌原创》第5期的《恰如我的静寂》组诗沉静而忧郁，在他强烈的虚无感受中不断观照、归置自我，从而在颓荡情绪中使生命意志重新显现，"一座天空装下太多的情感/悲伤是无用的，终点是无用的，恰如我的静寂。/——我身体四周走失的荒芜野草"，令人叹息、感动。胡游发表在《人民文学》第5期的《过敏》以过敏为诗的枢纽，"买了点抗过敏的药膏/涂在乡愁上，也涂在白云上"，对内心的乡愁做了书写，语言平实却情深意长。

宋北丽发表在《诗刊》第1期下半月刊的《麦子》以麦子为中心意象，并与童年经验发生联系，从而使自我的生存状态与麦子产生了重叠、聚合，有着诗言志的诗学传统："坚定的麦子/宿命地走向成熟/成为口粮或种子/就是老了，还是不肯低头"。吴昕孺发表在《诗刊》第2期上半月刊的《梦想国》呈现一种个人的、想象性的绵延，对诗人的乌托邦进行了刻画，"这个国家的广大，正好/吻合梦想的边界/它将世界的车轴换作春秋的轮辐/追捕唐、宋这一对/逃逸的恋人"，语言优美而颇显超逸风范。楚狂人发表在《中国作家》第10期的《周末》语句松快，书写了他与时间的和解，"他们相聚，一同举杯，与岁月对饮"，呈现一种脱俗的精神气度。宾歌发表在《中国作家》第9期的《在洛夫故居》超越时间与空间的限制，与远逝的洛夫及其文本意象直接发生对话，有着一种悼念的感伤："神在黑暗中打盹。你提着灯笼去天堂/人间的洛夫捻灭了灯火"。笨水发表在《诗刊》第2期下半月刊的《深夜拴马桩》篇幅非常短小，仅五行，却有着对自我精神状态的深沉感受的书写："今夜，我手抚马桩/像一根因紧绷而磨损的缰绳"。而白木发表在《诗刊》第1期下半月刊的《雨与暴雨》也同样篇幅短小，包孕着一种爆破式的语言力量，同时还蕴含着一定的宗教意味："深黑色的唇线/牙齿沉没。那烂陀寺遗址上//有双太阳般的眼！"令人为之一颤。梦天岚发表在《星星·诗歌原创》第10期的《灵物简史·石头》组诗围绕

"旷野里的一块石头""路边的石头""切割机旁的一块石头""坟头的一块石头""山坡上的一块石头"等各式各样的石头对现代人所面临的精神危机做了一定的指涉，在精神的荒原上升起石头的图腾，以他的"石头诗学"完成对现代性暴露出的诸般问题的诗意对抗。

同时，不少湖南诗人选择以诗歌为窗口，对爱情、亲情等各类情感作了抒发。比如严彬发表在人民文学第9期的《所有我未说出的》借助生活日常与诗意想象，以一种极为平静的语调缓缓托出他对妻子的情深意切。梁尔源发表在《新华文摘》第7期的《菩萨》有着电影般轻盈的叙事质感，短短数行就勾勒出了祖母烧香礼佛的生活图景，随着镜头的不断推移："祖母慢慢起身，挪动双腿/轻轻打开木门/见没人，沉默片刻/自言自语：'哦，原来是菩萨！'"一种神性的宁静与记忆的感伤便显露了出来。潘桂林发表在《星星·诗歌原创》第1期的《写下十四行》依托神话、传奇故事的阅读经验以及个人体验，采用十四行的诗歌形式书写了爱情的美好："茅德冈有深陷的眼睛/叶芝的白鸟，在海上飞/苹果树下有蛐蛐，还有一本/赭红封面的《旧约记》//我们在树下造方舟，出埃及/患上经年难治的耳鸣/一转身，只剩绿皮车黑甬道/褶皱很深的书信//"。语言优美而极富深情，如一场虚构的温暖的雪。康雪发表在《诗刊》第12期上半月刊的《纪念品》有着一种克制的蕴藉之美，它围绕一块岩石展开："我日益习惯与你分离/而这块岩石，它千里迢迢的孤独/已被我的双手抚平"。在她隐含的千万次的抚石动作中，内心的幽微情绪与思念便显露而出。方雪梅发表在《诗刊》第8期上半月刊的《母亲，军中玫瑰》以对母亲年轻形象的想象抒发追念情绪，语调铿锵而蕴怀着家国情深："在时光的装订线里/我看到你一个女兵手中的粉笔/像子弹无坚不摧//"。

袁剑虹发表在《诗刊》第3期上半月刊的《吾儿》则如一封寄给远在国外的儿子的家书，"不知加州的山火是否已经扑灭/昨夜，我一直未眠/吾儿，三番是冷还是热/长沙已晚秋/十二度的风比五十岁的脸冷"，流露出对孩子的深厚父爱。范朝阳发表在《诗刊》第1期下半月刊的《秤砣菩萨》则把爷爷早年常用的日常器物——秤砣看作爷爷的象征，因而秤砣的升降便

借指了爷爷在人间的浮沉与所受的冷暖，"爷爷一直变轻，变轻/成了菩萨/在夜空，星月里消隐/天上那头，菩萨轻了/这头，就重//"，令人感动。康雪发表在《诗刊》第 1 期下半月刊的《出嫁后》对生活有着敏锐的感知，书写了她出嫁后与父母之间突然出现的些许疏离："这让我想要流泪。我宁愿他们永远保留/那点粗野，认为花草尽是无用之物/我宁愿我们之间/还存在着分歧甚至争执，这多么必要"。玉珍发表在《新华文摘》第 7 期的《土房中的人生》对多年前的家庭往事作了诗意的回顾："那些年，我们一家挤在狭小的土砖房里/听水滴夹杂暴风和灶火的噗噗声/在艰难时节里交响"。并在一种朴素的神性直觉中向超验世界伸展而去。张战发表在《诗刊》第 6 期上半月刊的《云与男孩》以孩子的天真笔触书写了家庭中的温暖关系与孩子对世界的奇异感受，如童话般轻柔，充满诗性的幻想。

四　诗集出版与诗歌选本

诗集作为创作的一次总体性展示，对诗人而言意义往往颇为重大。虽然当下的网络传媒使传统的出版业渐居弱势地位，甚至有部分诗人尝试性地与电子化诗集作了"第一次握手"，但出版纸质诗集仍旧是一种更受社会公众认可的传媒方式，同时，从侧面来看这也是对碎片化、即时性、平面化、快节奏和无中心的网络阅读方式的一种温柔的对抗，而"诗歌如何在融媒体时代保持自我的深度与丰盈，如何有效地传播"则仍是我们现在亟待探讨的问题。

可以看到，2018 年湖南诗人的诗集出版颇为热闹，出手不凡。比如胡建文的《天空高远，生命苍茫》（长江文艺出版社 2018 年 1 月版）便获评"2018 年度十佳华语诗集"，他的诗简淡清新，其修辞、意象并不复杂却颇具味道，有着土地的温度，他往往以自然风物为窗口，完成对自我与时代、人与自然、生与死、过去与未来、时间与空间的诗学观照。这正如他的一首诗的题目一样，他的诗呈现一种"沧桑之后"的写作——从北漂苦涩的城市经验重新回归到了乡土世界的"天真"之中，同时，他的诗常常流露出施及众生的悲悯，无论是人或是被伐的树、失巢的麻雀，都有着一种诗意关怀，令人感动。聂沛的诗集《无法抵达的宁静》（广西师范大学出版社 2018 年 4 月版）获评中国诗歌网"2018 年度十佳诗集"，他对个人命运与生存状态进行了审视与反思，诗句中常常闪动着人性的温暖光亮，他在《无法抵达的宁静》的诗中写道："我们的乱石/堆满众神居住的高山，日复一日/享受曙光，分享天空般广大的喜悦/无论命运有怎样的风暴，无论痛苦/怎样来嚎啕，都无法为一种态度/——那无法抵达的宁静，画上句号//"。这或许正是他的写作理念的表露：凭借词语的石头获取内心的明悟与欢喜，消弭痛苦与生活的波动，不断地探触向一种宁静的本真状态——虽然它永远都不能抵达。

李定新的《风吹过梅山》（百花文艺出版社 2018 年 11 月版）以梅山地区为中心，对故乡、亲人、自然风物做了细致的书写，具有地域性、民族性和时代性的特点，有着一股浓郁的乡土气息，正如诗集的序中所谈到的，他的"所有写作实际上是在表达他对故土、精神原乡的深情守望"，因而诗中常常流露出一种对故土的饱满的深情与迷恋。而梁书正的《遍地繁花》也同样立足乡土，在他的书写中，乡土已从物质家园升格为精神的家园，同时又不仅是乌托邦式的诗意想象，他以诗人的敏感对当下城市化高度扩张的背景下的日渐凋敝的乡土的人的精神状态进行了书写，并在自然风物的观照中完成自我内心的归置，从而使现代性与乡土性得到一种精神的调和，正如他在《听流水》中所写的："禅师说：听流水可以听到无//他静静坐着/山风吹了一夜啊//桉树结着它的叶子/槐树开着它的花//"。他的诗正如在湘西的山林中静静生长的花草，不多言语却包蕴着古老的神性光芒。

刘忠华的《时间的光芒》（北京日报出版社 2018 年 7 月版）对永州的历史文化、自然地理、人文风俗做了地方志式的书写，与乡村的传统文化发生对话，这是他写诗三十余年的首次整体性展示，正如他在《潇水魂》中写到的："这么多年，我像一个/客居故乡的异乡人//"。他有着"异乡人"的独特感受，在对故乡事物的重新命名与认知中不断深入乡土的精神内核。此外，2018 年湖南诗人出版的诗集还有李少君的《海天集》（江苏人民出版社 2018 年 9 月版)、远人的《我走过一条隐秘的小镇》(浙江工商大学出版社 2018 年 9 月版)、舒丹丹的《镜中》(中国青年出版社 2018 年 11 月版)、谢亭亭的《湘西,念念有词》(长江文艺出版社 2018 年 4 月版)、黄飞跃的《低头看见土地温柔》(团结出版社 2018 年 1 月版)、天晴了的《我一直在这里》(团结出版社 2018 年 6 月版)、秦华的《雨在一片叶子上》(团结出版社 2018 年 9 月版)、杨蔚然的《我去过你的未来》(长江文艺出版社 2018 年 4 月版)等数十本,同时还有常德市出版《诗意常德》(湖南文艺出版社 2018 年 6 月版)、怀化市出版《诗旅》(四川民族出版社 2018 年 8 月版)等各式地方选本,可以说是蔚为壮观。

因此,2018 年湖南省的诗歌创作确然呈现一种潮涌的态势,无论老中青三代诗都有着不错的作品,甚至一些诗人已有了突破前在自我的尝试性书写,同时诗歌活动、诗集出版也都正如火如荼地进行着,似乎诗歌这一文学形式确然已在当下开始升温。但是,我们必须清醒地注意到几个问题。一是写作的同质化倾向。随着电子信息技术的发展,诗歌的交流与互动已变得非常方便、快捷,不需要再像 20 世纪 80 年代那样的"扒火车集会"、等待来信,这诚然体现了一种不断发展的、合目的性的时代的进步趋势,但从另一角度来看这也带来了一些不可避免的弊病,即诗人的写作面貌、书写主题随着爆炸式的信息交流而互相影响,乃至有一种趋同的大倾向,因而主体性被遮蔽,诗歌便从"生命的咽喉被扼住无法吞吐而又吐出来的东西"变异为工厂流水线式的生产作品,这是很悲哀的。湖南诗人作为地域意义上的共同体,也难免受此影响,从 2018 年的诗歌创作文本来看,部分作品的语调、主题、手法并无太大的差异性,缺少原创性动力。正如谢默斯·希尼所说的"Finders Keepers"(发现者,保管者),诗人的职责应当是通过发现并保管未被寻找到的事物而成为艺术和生活的看护者,需要成为生活中的那个新的命名者,观照自我,祛除他者所带来的迷雾,以一种最本真的发声方式书写。

二是部分湖南诗人还未跳脱出他的语言舒适区,习惯性地以一种单一语调进行书写,因而其众多诗歌文本便随之呈现千篇一面的样貌。可以说,这是一种极为危险的写作，在这种惯性中往往会使诗歌与自我发生偏离，最终因语言的自动化而被前在的话语形式操控，步入非诗的平庸地带。最为普遍的一种便是宣告式、朗读式的写作——常常以高声调的抒情姿态展开诗歌，迷恋于空泛的大词，罕有个人经验与生命体验的显现，自我的声段在文本中是低声道或者缺失状态的，因而诗歌便在这种程式化的书写中成为一种看似深沉的语言游戏。因此，如何突破语言惯性的局限，还需在写作实践中不断地尝试。三是虽然当下湖南诗坛上已涌现出不少的优秀诗人，但在全国居领军位置的诗人仍呈缺位状态，或许这还需耐心地静待。

总体来看，2018年湖南省的诗歌创作的发展相当稳健，与往年相比有不小的进步，我们完全可以预见，湖南诗人若延续当下的创作态势，与浮躁的时代节奏保持疏离，沉潜钻研诗歌艺术，未来的发展空间必然非常开阔。

B.4

散文：悲悯情怀下的个体情感观测

刘知英*

摘　要： 2018 年，湖南散文创作体量较之以往有所下降，各领域的书写规模式微，整体风格趋于平稳，作家们逐渐退守到个体的内心，注重聆听自我，继而推己及人地将目光投射到过去与未来，思考构成浩瀚宇宙的微小单位。本文将从精神世界探究、理趣哲思表达、日常生活审视等多个角度切入，围绕本年度散文作品中体现出的悲悯意识和情感观测展开深度论述，以期对湖南散文创作的总体势头进行梳理总结，为湖南散文发展走向提供参考。

关键词： 悲悯情怀　情感观测　精神世界

作为一门关注客观现实、探寻心灵世界的学问，文学即人学，是社会实践活动与生命情感体验的艺术化呈现。将人当作人而非物来看待，尊重个体的价值和尊严，研究人的内在需求和精神走向，表达对实现个体生命充分发展的热切期望，是写作者的最终旨归。

2018 年湖南散文创作褪去过去几年高歌猛进的锐气，逐渐退守到个体的内心，专注于聆听自我，继而推己及人地将目光投射到过去与未来，思考构成浩瀚宇宙的微小单位。无论是对人生际遇的低吟轻叹，还是对世间苦难的感同身受，抑或对万物生灵的观察体悟，悲悯情怀烛照作者与读者。瞬间

＊ 刘知英，湖南教育出版社编辑，主要研究方向为中国现当代文学。

情感的审美营构，以及对历史人事、时代现状和日常器物的感性抒写，成为2018年湖南散文创作的重要特征。个体能否在时间的流逝中获得心灵的自由，人与人之间如何跨越傲慢与偏见走向和谐，人与社会、人与自然以怎样的关系存在……生活与生存，个体与群体，人性与人情，意境与心境，在诸多文本中交叠共融，折射出创作主体的审美感知力和试图以文字介入现实人生的文学理想。

一　聚焦精神世界，探寻心灵成长

时代已经发展到了今天，对大多数人来说，生活的温饱不再是主要问题，如何做到心灵的安宁自处，成了一个普遍性的社会难题。像工业发展那样，人的灵魂仿佛也被送上传送带，开始了漫无目的、危机四伏的漂泊。人们面临重重关卡，不得不接受被改造、被压制、被重塑的命运。在浮躁的社会环境中，人们以各自的方式上演着百态人生，也日渐得出了各安天命的生存之道。关注个体的精神变迁，探寻心灵成长路径，是社会的当务之急，也成为2018年湖南散文话语表达的一个重要切口。

聚焦边缘人的生命状态。沈念的《芜野里》一文聚焦人类精神世界，以朋友Q君为典型，写出了精神病患这一特殊群体的现状。文章标题一语双关，芜野远荒里是一个冰冷无情的精神病院区，人的精神也同样荒芜贫瘠，没有半点绿意和生机。除了深入观察精神病人的言行，作者还突出了"院长"这个代表着世俗规则和权威的人物。文中，院长相对精神病患是少数，但现实世界中，院长背后站着"大众"，像精神病患这样特立独行的人是被排斥的"小众"。院长企图驯化病人，"大众"试图同化"小众"；病人们努力去讨好院长，"小众"也在排他的环境中被"大众"逼疯。院长与精神病患、"大众"与"小众"之间一强一弱形成鲜明对比，展现出冲突的张力。文章用词很重，整体文风沉重烦闷，譬如"人群中跌撞出一声喟叹""院子原来的设计已在一张纸上凋萎，也无人提及胎死腹中的蓝图"等灰色字眼较多，就像精神病人的恍惚和混乱那般，带给读者视觉冲击。《芜野

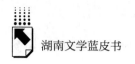

里》鲜有议论之处，全文用人物的神情动作和悲剧命运牵引读者的感官和思想，克制的悲悯背后，是作者人文关怀的深刻体现。沈念的另一篇散文《演出》和《芄野里》一样，因为创造了与人物平等对话的语境，而更凸显出代入感。该文聚焦酒吧女的生与死，以朋友的身份思考她活着的状态和她自杀离世的结局。作者文学化地处理女主人公的不幸，并尽量摆脱个人色彩，试图做到艺术的真和深，但文章语言明显地带有创作主体的表达习惯而不是人物惯常的口语，如女主人公说"我可能即将死去，在衰老并未到来之前""我在空中舒展身体，像是一次最恣性的舞蹈"。文中对女主人公的家庭、工作、情感等背景事件的介绍朦胧暧昧，给读者留下极大的想象空间。个体的毁灭从精神的荒芜、希望的凋零开始，无论是精神病患还是酒吧女，他们都对生活有过热切的期盼，但终究"胳膊拧不过大腿"，在俗世的漩涡中走向自我吞噬。《演出》和《芄野里》不仅让读者领略到作者独树一帜的写作风格和关注视角，更令人警醒地关注到日常生活中平凡人们正在施与或遭受到的无意识的"恶"。

洞见个体隐蔽的心灵世界。邓跃东的《白夜》一文心理描写非常生动，作者以与朋友辉君之间的交谈开篇，通过一明一暗两条叙述线索讲述发生在主人公辉君身上而"我"已熟知的一件"风流韵事"。明线是如今的辉君及其言行，暗线是少年辉君偷窥后的心理秘事。文章叙述视角在第一人称和第三人称之间跳宕，过去与现在时空交错，实现不同人物口吻的自然衔接和不同空间场景的灵活切换。该文以青春期性幻想为切入点，创作主体与叙述主体既相互关联又各自独立，大量的心理描写将人物的"内心戏"写活，隐秘的心理情感体验揭示出以辉君为代表的一代少年的性启蒙和性心理成熟之路，将人物的性格特征和思想特质展现出来，基调阳光向上。主人公辉君通过反复的思辨之后，抵达了真理的彼岸，悟出一念之间善恶天壤之别的宝贵哲理，让读者既心弦起伏又有醍醐灌顶之感。邓跃东的《无字碑上的字》从现代通信社会常见的微信群写起，引出作者在部队时的一段往事，以回忆的方式塑造了一个指导员形象。指导员的生活态度就像无字碑，虽缄默无言但令作者铭记终生。由于叙述对象的年代久远，这篇文章行文思路中也弥漫着一种灰白的年代感，透露出穿过岁月风尘、拨开光阴迷雾才能细细咀嚼、慢慢品味的悠远调性。过去的指导员与微信群里的指导员，就像摄影的长短镜头，将视角伸向过去和现在，作者在追忆往昔之余，也多了几丝对当下的思考。无字碑作为全篇题眼，串联起作者与指导员之间的行为关联，更成为作者与指导员之间精神共鸣的象征，他们的生活和命运相通，对生活的态度也一致，及时放下，将是非对错、功过成败交由时间去判断，成为二人的生命信条。

发现小人物身上的人性光芒。刘克邦的散文总散发着白开水的清冽。作为一个传统的散文写作者，作者的文风和他的为人一样直白真诚，没有刻意的修饰，言语脱尽技巧，始终专注于用眼看、用心听，将最真实直接的一面呈现给读者，《董师傅》一文即如此。在机场偶遇的士司机，与作者自然而然地发生了交集而后各奔东西，但作者在平凡的相逢中留下了真挚的感动，也引导读者换个角度看世界。从起初对董师傅的怀疑，到后来被其质朴实诚的品质所折服，作者以自身的经历和感受为创作动力，平稳又不失生动地对创作素材进行文学加工，为读者画出了一幅小人物素描。安敏的《向爱向爱》全方位地塑造了一个出身低微但向阳生长的女孩儿形象。在作者不动声色的悬念设置中，这个叫向爱的姑娘坎坷的身世逐渐浮出水面。与她令人唏嘘的可怜遭遇相比，女孩儿内心深处对"善"和"上"的不懈追求令读者动容。她的出生、成长、成人过程一次次突破读者的审美预期，给读者带来强烈的震撼；她在公益事业中播撒希望和温暖的事迹则抚慰人心、激人向善。杜华的《傻乐》一文中，傻乐是一个勤快善良的退伍军人，他不善言辞，言行古板，但心里很清白，生活中热心助人、细心周到。作者通过一系列反映主人公"傻"的小事情，从反面映照出人物内心的可贵品质。安抚雨中老兵的事情是文章的转折点，让作者和读者都重新认识了傻乐。

二　感知历史万物，抒发理趣哲思

对文学创作而言，历史素材是一个博大精深的灵感库。中华上下五千年，时间轴上的任一点，皆可发散成一个庞杂的面。无数个个体碰撞、交集而成的生命之结浓缩着千丝万缕的社会关系。由于篇幅所限，历史题材在散文写作中很难做到小说那般架构深宏，但散文是多元开放的文体，创作主体对历史事件、历史人物的个性化解读具有更明显的趣味性和审美性。创作主体的叙述方式、书写姿态、对历史的虚构想象能力，一定程度上决定了历史散文的叙述格调。2018 年，湖南散文创作以主观抒情突入客观叙事，从个体情感出发，将碎片化的历史素材结构成文，展现出独具创作主体个性特色的思想意蕴。同时，世间万物皆有其灵性和理趣，用文字记载诗酒花茶以借物抒情、托物言志，是文字赋予散文写作者们的又一馈赠。2018 年，湖南散文创作者们还将目光投注到周遭的事物中，通过对各类器物、花木进行庄谐并重的写照，展现出迥然相异的审美情趣、知识视野和生命态度。

历史人物的情感化书写。奉荣梅的《寂寞寇公楼》从历史遗迹寇公楼出发，通过对寇准生平事迹的筛选、重组、策略性陈述，再现北宋宰相寇准的颠沛坎坷的人生历程。文章以时间为线索梳理寇准的生平事迹，通过"移步换景"式的空间转换手法引领读者跟随作者的目光进行想象和思考：叩开寇公楼的大门，作者的思绪随着眼前的寇公像回溯到北宋年间，借由大量细节还原了寇准的失意岁月；凭栏远眺，作者感受到寇准目送船舟北下时思归的忧戚，联想寇准留下的诗文，进一步渲染其背井离乡的孤寂；回身西望鸟瞰全城，作者将过去与现在进行比照，流露出对宇宙人生的深沉思考。该文不仅从客观环境、建筑设计上让读者认识了寇公楼这一古迹，更以情感为介质衔接起了当下与历史，阐释出寇公楼背后的情怀和哲思，通过寇公楼这个载体激活人文精神，完成了创作主体价值立场的深度传播。文章语言简洁沉稳，标点断句利落雅致，文辞表达不事雕琢，恰如千年时光沉淀下来的古迹寇公楼，在时间的流逝中自持一种文人士大夫的孤傲清冷。孟大鸣的《一条船上的句号》跳出历史叙事的固有框架，没有浓墨重彩地为读者介绍与文章主人公相关的生平大事记，而是用铺垫渲染的手法引出湘江上漂泊的一条小船，讲述了一个仿佛就发生在普通人身边的故事，用有血有肉的情节塑造了一个风烛残年的老者形象。作者细致还原当时的场景，行文将半方缓缓点出乌篷船里的老人即诗圣杜甫。这种去符号化的情感书写而不是重述史料，营造出浓郁的现场感，使读者在感受剧情的过程中对杜甫惨淡的人生际遇心生同情，实现创作主体、审美主体与审美对象之间的同频共振。文章深度挖掘人物的精神向度，触及贫穷、苦难、死亡等主题，文风朴素自然，却对命运进行叩问，从苦难中提取出的生命意义给读者带来震撼。

在行走中体察宇宙人生。白帝城是长江三峡风光奇绝、历史文化底蕴深厚的古城，张雄文的《白帝，赤帝》一文以白帝为主线，用眼前景物将各种在白帝城沉浮的历史、文化人物串联起来，力图有文采、有情感、有温度地再现白帝城的前世今生。文章才情充沛，遣词造句经过精心修饰，"白帝莫名留在我想象里的一袭白衣，已沦为苍白的缟素，令他哀怨躺在泛黄史册的深处，犹如江面上漫漶的袅袅云烟，虚无而缥缈，仅有一抹荒疏的淡影迎接我搜寻目光的撞击"，诸如此类的句子如九曲十八弯，标识出作者风格鲜明的写作特色。白帝城头的杀伐征战如刀光剑影，从紧张激烈到烟消云散，都随着作者的文字归于平静，只有城头的文化气息永远留存在读者心中。龙宁英的《大山里更大的山是万山》通过走访贵州铜铃万山地区，聚焦旧貌新颜，呈现当地人过去的悲苦和现在的安乐。文章善于用对话的形式转述出完整的历史，以亲历者或其后代的口述为重要依托，在此基础上还原一个真实的万山。文章朴实无华，与万山地区淳朴的民风相映成趣。作者抓住出其不意的细节，突出人们从贫到富、从烦忧到踏实的变化。如一贫困老者家中遭遇洪水，被政府安排搬到万山，但他放不下家里的一副石磨，最后政府竟想方设法为他将石磨搬到了新房子，无须过多的言语歌颂，作者通过"石磨"这一介质，从侧面反映出政府与群众的鱼水关系。胡慧玲的《嫁衣》轻柔缠绵，围绕"嫁衣"吟哦了一首风土习俗与韵律、意境和谐相融的抒情诗。为女儿做嫁衣是平溪寨侗族人民的传统，母亲们哼着侗歌，在山林深处割蓝靛草做颜料，云雾缭绕处鸟语声声，侗族女人们有条不紊。这样的情境在作者笔下宁静、安详，引起读者无限遐想。染布、量身、裁衣做裙、刺绣，这些传承于古代农耕社会的民间文化随着文字徐徐展开，仿佛打开了一

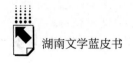

幅时光画卷。文章语言和顺天然，散发着空山新雨后的纯净气息。范城的《藏行四日》以日记体形式记录西藏之行所见所闻，西藏的自然风光和浓郁的民族风情被连缀成章，比之繁复赘述，简洁的行文反倒增添些许余味，令读者遐思。申瑞瑾的《青神之神》是一篇"小历史"书写文章，该文取材于历经时间洗练的神木，深入挖掘鲜为人知的神木变迁史和蕴藏其中的精神价值。在作者笔下，神木的历劫与人类的历劫相似相融，因为万物有灵，文章流淌出对神木、对自我的关怀和悲悯。

草木自然的人文观照。石绍河的《最爱庸城花木深》一文中，白玉兰、栾树、紫薇、银杏等花木在作者笔下都是有生命的，城中花木与庸城相辅相成，作者的写作既贴近城市道路的日常，又因创作主体博览古今中外冷热知识，多处写到民间歌谣俚语、典籍掌故、古诗名言及科普常识等内容，纵横捭阖，使文章超越单纯的状物而上升到融会贯通、谈古说今的开阔境界。管弦的《有凤来仪》文字简洁清爽不拖沓，穿插诸多古籍记载、名词释义，古诗词的点缀映衬出植物的灵性，与《最爱庸城花木深》一文异曲同工，深度挖掘出寻常花木中包蕴着的文化内涵。文章随着审美对象的变化而呈现不同的气质，荼蘼木香以气味醉人，文字泛着香气；山楂和墨相依相伴成就果子单军书，另类别致；葛花解救，自是多了几分中医调和的味道；凤仙花妩媚惊艳，传递出绝美风情。葛取兵始终对草木情有独钟，他的作品始终未曾脱离故乡的草木，在他笔下，草木亦是乡愁的代名词，他的《草木滋味》一文写藜蒿、茼蒿、青蒿，旁征博引视野开阔。文章语言水灵生动，"鲜溜溜""绿盈盈""泅泅"等叠词的运用增添了整体韵律感。文中有十数处古诗词、俚语谚语引经据典，不仅体现色香味俱全的菜蔬，还用诗词力证其美味和美好，显出作者深厚的学识和对美的向往、珍视。谢枚琼的《千滋百味》一文中，文章的灵魂人物是母亲，母亲凝聚了散落在千滋百味中的人间温暖和骨肉亲情。地菜子、草菌子、雁鹅菌等平常吃食，在作者笔下与家有关，选择一种吃食也是选择一种生活方式。黄孝纪的《食于野》也立足于故乡，选取凉粉果、刺泡、苦楮等故乡特有的山野植物展开书写，将食物与故乡人们的生活紧密相连，使读者在感受风味食物的特性中也隐约看到乡人们的生活状态和为人品格。文章行文工整、认真，语句表达诚恳、真切，可见作者对故土的由衷热爱。谢德才的《行走桑植》等散文聚焦张家界的风土人情，将主观情绪与客观事物融为一体，营造了一种田园牧歌的静谧景象，对人物生活、心态、言行的生动描写，折射出原汁原味的乡土气息。作者始终扎根于生活本身，从不同角度感受张家界地区的真善美，以赤诚之心热爱、书写着这片土地。

瞬间情思的网状发散。谢宗玉的《随笔四则》杂谈生活中目所能见的大情小事，无论是从社会学范畴对奴隶殉葬风俗另辟蹊径的阐述，还是对传统教育、社会分工的思考，漫想现代人穿越到古代之后面临的窘境，抑或以"低端人口"为起点发散性地考量人类的进化与发展，触动作者和读者的都是作为个体的时代旁观者、体察者对世界百态的介入。作者视野独特，由此影响了整体文风，文章语言不拘一格，随性洒脱又不失智性之美，呈现作家的民族情感和责任担当。凌鹰的《没有边缘的放逐》与谢宗玉《随笔四则》相似，只是观测对象有所差异，谢宗玉注重群体发展的理性思考，雄性智性之美，凌鹰深入个体灵魂的自恰、自适，对艺术进行遥想，古今中外，从音乐到画作，从文艺的爱情到历史故事，以充沛的审美想象架构起宏阔的艺术空间。文章语言柔情以至深情，文风如所写的艺术作品一般，时而激昂时而缥缈，让读者在艺术之境中得到审美享受和知识提升。王亚的《茶烟起》气质清雅，远离浮世喧嚣，用文字烹茶品茗，文中大量引用诗词，将诗句融于文，侃侃解读古诗探寻古意，焙茶烟暗、焚香初饮、茗粥祛暑，种种情趣生于笔端，既诗意又贴合生活，既质朴又畅达雅致。

三 根植日常生活，审视世事人情

以现实生活为根基的散文，比小说、诗歌等体裁更贴近生活本身。观察生活万象，用文学笔法定格生活细节、记录日常感悟，是散文创作的重要价值所在。对生活的摄掠和书写不是机械化的过程，经得起大浪淘沙的日常书写作品，总是那些有温度、有思想的作品。2018 年湖南散文创作者们在细

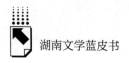

节中感悟生活的真谛，以真切的热忱探索庸常人生，审视时代的坚守与失守、命运的无常与有常，以此体察混沌的世事人情。

对街巷闹市的现实关怀与另类思考。秦羽墨的《住在红尘深处》中的"红尘"是一个隐喻，既是现实意义上作者所住街区的名字，也是对百态人生的揭示。纷繁的红尘和极乐世界相对应，而连接此间的这条红尘路，就是作者聚焦的对象。无论写作题材是什么，作者的创作始终带着始源的生命印记，譬如在故乡放了七年羊的童年记忆，在这种朴实接地气的底色之上，作者的文风又是嬉笑怒骂不成正形的，能够对平常生活中的平常人事，做出别具一格的调侃和书写。文章平白直叙地从人入手，对红尘路各色居民描写较多从日常生活维度横向展开时间之维，写出了一个嘈杂的市井原貌。房东大爷和傻女儿，坚守家园拒绝拆迁的老城遗民，引车卖浆者……作者观照底层小人物，对细节的捕捉很敏锐，笔力雄浑，偶有令读者记忆深刻的比喻。譬如"阳光有如薄刀，在脸上轻轻刮着。春天就是好，再过半个月，那刀刃便能划破肌肤，刀刀见血了"。文章还大段描写隔壁男女行夫妻之事给作者带来的声音侵扰，风格大胆。性是原始之欲，红尘中的男欢女爱是万象人生最直露的表达，作者以此展现人性是一个大胆的尝试。袁道一的《银双路上》与《麓山路》类似，而银双路上所见所感是作者的心灵絮语。文章标题写实，内容写虚，以银双路喻人生路，视野开阔。取材于平常的市井街道，个人感触却非常深刻，能在普通的事物中另辟蹊径地引申升华，而不是无意义地呈现道路见闻。银双路上发生、见证的所有细枝末节都浸透着作者对人生的思考，通过与自己内心的对话，对自己的倾诉和倾听，作者深入地剖析自我，在银双路的喧嚣奔突中走向自省。文章善用修辞，联通人与物、物与物、人与人，化抽象为具象，语言精练，长短句适中，细节的描摹让内心情感得到精准的表达，将彷徨写得真实"有形"。如"坐在局促的草地上，坐在一个人的深思里，心似一页纸吹过冷漠的街道""星星一闪一闪的痛，测量高楼之上的寂静"恰如其分地将当下的心理与物象结合。而因作者所思的内容又与每个人的日常如此接近，读者也能在文中看见自己生活的影子，由此产生共鸣。邓朝晖的《麓山路》一文中，作者因一场雨邂逅一条普普通通的路。在作者笔下，岳麓书院"如一个陈年老坛，静静地盛装着我们的喜悦"，雨中的麓山路笼罩着南方的水雾潮湿之气，也多了些许缥缈朦胧的柔情。文章朴素，平凡又真切。

　　源于个体经验的生命之流。徐秋良的《翻阅时光里的珍藏》是一篇追忆故人的文章。文风沉稳、清晰，字句斟酌有度，情感醇厚真诚。从字里行间可知，作者与追忆的对象林曼先生相交多年，彼此很熟悉，无论是对人品还是作品都很了解。《苦耕集》这本书在文中是一个重要的介质，它将过往的岁月都粘连在一起，形成冲力。君子之交淡如水，作者与林曼先生的交流言简意赅中饱含着惺惺相惜之意，像极了古时的文人。文章对二人情谊的描述也雅致简洁，没有丝毫拖沓和渲染。这篇文章让读者感受到人与人之间的纯粹，彰显了林曼先生对生命、对生活、对文学的从容和坦然，平和而令人感动。彭晓玲的《一河清水》将浏阳河水域这个独特的地理空间作为观照对象，从作者自身情感出发，以文字为触角深入对母亲河的书写。文章详细介绍浏阳河岸的地理特征和人文风情，细腻描绘浪漫春景和河岸风物，史料记载与文学想象相结合，彰显"人文蔚起之地"人们的进取精神和责任担当，全方位地挖掘浏阳河的历史文化价值。该文情感深切真挚，对浏阳河的赞美与热爱之情溢于言表，流动的河水与流动的情思相辅相成，带领读者找寻不一样的浏阳河记忆。邱脊梁的《水边书》逃离城市生活，城市病需要回归自然来治愈，纤道凶险清溪温柔。轻轻提点写出深刻的感悟，是一个喧嚣俗人对尘世的暂时忘却，作者在水边静思，在见证过万物生机或破败之后，回望个人的生活，获得一种有距离的检视。文章语句利落，长短句间杂，如珠玉散落，节奏婉转，如"林子中飞出的鸟音，清亮，婉转，有偿，让绿色显得更加幽深。我燥热而斑驳的内心，很快也变得清凉和纯净。那些灰暗的，漆黑的，猩红的，处理的，肮脏的心思，通通退场了，逃散了"。可以看出作者非常渴望获得精神上的自我救赎，但多方努力无果，在水边找到了久违的平静和安宁，是水边风物的自然属性让他思考自己的生活。王芳的《另一条河》一文中，标题采用隐喻，意指生命之流。文章情感真挚，毫无矫揉造作之迹，由于所写之事皆与胞弟紧密相连，作为长姐的作者对弟

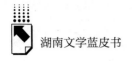

弟疼惜有加，文章柔软，故事熟稔，情感直放，如果情感含而不露或许在美学意蕴上空间更开阔。文中，姐弟俩追求所有普通家庭的世俗幸福，但一次次落空，苦难人生中生发出的失望乃至绝望令人同情。全篇情感浓烈，因所有的事情都为亲历，怀着生的艰难和希望奋力与命运抗争，作者一家走过的路程在她的每个词句中泣血，若荆棘鸟。

故乡母题的当代回溯。刘晓平的《故乡六章》一文是典型的乡土怀旧之作。湘西是一个宝库，滋养了一代又一代文人。在湘西经历过的乡土生活作为作者的童年记忆，成为作者写作的重要价值依托，作者在慨叹故园远去时，不由得产生了对自我的怜悯。文章朴实无华，故乡的晒谷场承载着爷爷奶奶纳凉讲古的往昔，瑶山寨子里的阿哥阿妹健朗向上，苗家婚趣与湘西匪事是故乡的不同面孔，作者用原生态的文字平淡地讲述对故乡的追怀，为读者呈现湘西乡村人民的生活方式和价值观念。作者笔下的乡土，是一个建立在主体情感和审美调性基础之上的乡土形象，在对过去的回味中，作者完成了对早期生命经验的梳理、打包。肖念涛的《娶丐为妻》从爹爹遗嘱写起，回溯家族娶丐为妻的家风历程，其间穿杂着爹爹对后代子孙的教导与启示，更有作者对世事的思考，以自我立场审视家族精神。陈玲的《外婆的桃花源》一文回忆外婆平凡而坚韧的一生，从年少时的"黑五类"出身，到青年丧子，到老年丧夫，久经人世更迭的外婆在岁月的长河里宠辱不惊。文章亲切自然，在平淡无奇的叙述中给读者启迪。肖世群的《隔着玻璃看》一文以谈心的口吻娓娓道来与眼镜相关的旧日故事，隔着玻璃回望自己生命中出现的人和事，也隔着玻璃看到了这个世界的真实和混沌。眼镜串联起作者一家的变化，也见证了一个时代的发展变迁。

2018年，湖南散文创作体量较之以往有所下降，各领域的书写规模式微，整体风格趋于平稳。一段时间以来，湖南散文创作者们对散文写作进行了不同维度的试验与开掘，无论是传统题材如历史人文、草木风景等的文学升华，还是现代性技巧如蒙太奇、意识流等的文本突破，整体上从山底跋涉而上，抵达了一个颇有高度同时亟待突破的平原地带。如果将散文这一文学门类比作包罗万象的广博大海，那么湖南散文作为这片海域的一个分支，从前些年的激流奔涌到而后的壮阔雄浑，直至今日静水流深，已初步完成了其流变过程中的第一个发展周期。能否打破瓶颈，充分激发老一辈散文写作者的创作势能，同时注入新生代作者的时代力量，将决定未来湖南散文一脉是迎来全新的涨潮还是较长时间内的沉寂。

B.5
报告文学："潮平两岸阔，风正一帆悬"

黄菲蒂*

摘　要： 2018 年是湖南报告文学取得丰硕成果的一年。纪红建成为第七届鲁奖得主；时代人物和故事、红色历史仍是不变的传统主题；传记人物写作取得可喜成果；科技民生领域之作值得期待；报告文学理论建设有新变；更多学者关注并参与报告文学评论写作；报告文学学会工作有声有色。整体上，湖南报告文学稳步发展，创作更趋成熟。

关键词： 时代主题　革命历史　传记人物　乡村国是

　　2018 年是有重要历史意义的一年。这一年，是中国改革开放四十周年的重要历史节点。对中国报告文学而言，是文体见证中国波澜壮阔历史变革的四十年。1978 年，徐迟先生的《哥德巴赫猜想》发表，不仅发出了新时代到来的先声，也开启了一个文体的时代复兴。四十年来，中国报告文学有 80 年代问题报告文学的辉煌，也有 90 年代创作的沉寂；有在消费社会拜金风气下知识分子的坚守；有对底层的关注、有对家国的谏言；有 2000 年以来多向度的题材开拓。作为现实主义创作精神的坚定的捍卫者，报告文学在历史进程中从未缺席，是与现实"文史互证"的最好文体样式。

　　对湖南报告文学而言，2018 更是意义非凡的一年。70 后作家纪红建以《乡村国是》一书荣获第七届鲁迅文学奖，这是湖南在本届鲁奖上唯一的获

---

　　* 黄菲蒂，湖南涉外经济学院副教授，主要研究方向为当代报告文学和小说。

奖篇目，也实现了湖南报告文学类别在鲁奖奖项上零的突破，同时纪红建也是历届鲁奖报告文学类获奖者中最年轻的作家。近年来，文学湘军的地位和影响有所下降，纪红建的获奖无疑给了整个湖南文学重新整装启航的动力，这是湖南文学的一大幸事。

2018 年湖南报告文学整体上稳步发展，时代人物和故事、红色历史仍是不变的传统主题；传记人物写作取得可喜成果；科技民生领域之作值得期待；报告文学理论建设有新变；更多学者关注并参与报告文学评论写作；报告文学学会工作有声有色。

一　吹尽黄沙始到金：年轻的鲁迅文学奖得主纪红建

2018 年 8 月 11 日，第七届鲁迅文学奖结果揭晓。鲁迅文学奖作为中国四大文学奖之一，旨在奖励优秀中篇小说、短篇小说、报告文学、诗歌、散文杂文、文学理论评论的创作，奖励中外文学作品的翻译，以推动当代文学事业的繁荣发展。本届鲁奖共计有 1373 篇（部）作品参评（其中报告文学233 部），最终共有 7 个门类 34 篇（部）（报告文学 5 部）作品获奖，本届获奖作品体现了 2014 年至 2017 年这 4 年来的文学成就。湖南作家纪红建的长篇报告文学《乡村国是》在众多作品中脱颖而出，获得鲁迅文学奖·报告文学奖。

《乡村国是》是纪红建历时两年多，行走在六盘山区等 14 个贫困片区，在 39 个县的 202 个村庄实地采访，最终完成的近 40 万字的长篇。作品在《中国作家·纪实》首发，后由湖南人民出版社出版。该作刚一发表就被数百家媒体报道、评论与转载，多家购书网站卖到断货，引发了很大的社会关注，年底入选中国报告文学学会主办的"2017 年中国报告文学优秀作品排行榜"和《北京文学》主办的"2017 年中国当代最新作品排行榜"。"纪红建的《乡村国是》从遍及十多个省区市，202 个村庄的深入行走中，获得总体性视野和生动具体的经验，充分表现了精准扶贫战略的历史性成就和千百万中国人对美好生活的梦想与追求。"在这份精悍的评委会授奖词中我们读到了作品的主题，也看到了作家写作的艰辛。"精准扶贫"是一件家国之盛事，既符合主流意识形态，又能传达民间声音。主题的宏大与乡村扶贫故事书写的细实有机融合一体，使作品显得厚重而丰富，感人又可信。主流政治话语与底层民间立场在作品里得到了真实可信的自然融合，是国家和民族发展的时代寓言。纪红建感言"近三年在深度贫困地区的行走，我有无尽的感动与感叹，特别是贫困群众自然流露的感激之情，给我留下了深刻的印象。贫困山区确实难，难于生活，难于扶贫，难于脱贫。但再难，都挺了过来，都攻坚克难了，都已经成为过去时了，或者已经渐渐成为过去时。看着浩浩荡荡的脱贫队伍，我看到了喜悦与温暖，更看到了一种豪迈与自信。除了想尽快反映老百姓的心声，我还急切地想把自己一路走来的所见所闻、所思所想，倾诉给亲爱的读者，这是我的心愿。然而，面对如此壮阔的场景，如此重大而沉重的命题，我也曾有过矛盾、纠结，但最终，我鼓足勇气把这个作品写了下来，紧紧围绕着贫困乡村，围绕着贫困乡村里的人和事，围绕着人心和人性，围绕着精神和灵魂。在创作过程中，我把自己一路走来的所见所闻、所思所想，都真实地记录了下来。真实、真诚，还有心灵的表达以及反思，足矣。这次获奖，只是鼓励与鞭策，做一个忠实的默默无闻的行走者、记录者、思考者、报告者，做人民心声的传递者，这一点，在我心中从未动摇过。"我们在看到30多年来党中央关怀下脱贫之战与"精准脱贫"的成果同时，也看到了一个为写出现实生活的宏阔场景与鲜活质感到火热生活中去为人民的创造所动情的作家形象。

用"千淘万漉虽辛苦，吹尽黄沙始到金"来形容纪红建的创作历程应该是贴切的。刚届不惑的他，已有近20年的报告文学写作历程。他的第一部作品《哑巴红军》就发在《中国作家》，创作能力初显。后来他接连创作了《中国御林军》《不孕不育者调查》《明朝抗倭二百年》《见证》《马桑树儿搭灯台——湘西北红色传奇》等长篇报告文学10余部，在历史和现实题材创作上均有涉猎。一路走来，纪红建是踏实、勤勉的。他认为报告文学是用脚走出来的，一方面他走进现场获得第一手写作素材，另一方面拷问细节真实，做到字字有出处。这是对报告文学真实性文体生命的尊重与捍卫。他作品的思想和艺术也是在创作中力争突破和进步的，《乡村国是》是他多年来创作积累走向成熟的标志，是融汇田野调查、思想性、宏观视野、叙事架构、文体把握能力、创作笔力等方面的一个综合性文本。这是一次真正为社稷为苍生的书写，是用现实主义创作态度体现报告文学精神向度的有力实践。我们看到了文学久违的社会价值，看到了五四文学“为人生”而写作的文学理想。

获得鲁奖的纪红建并未停下采访写作的脚步，他2018年完成了长篇报告文学《国旗下的军礼》的写作；发表短篇《大地辽阔　精神无垠——一个作家的扶贫采访手记》和《湘江村的气息》；他走进高原，写下《在高原，播下现代医疗的种子》的短篇，记录为西藏医疗进步事业默默做出贡献的援藏医疗队员们的故事。而我们更要期待的是正在创作中的长篇《不可思议的中国制造——“黑石号”与海上丝绸之路探秘》的出版。

不是在写作，就是在采访路上，已成为这位年轻鲁奖获得者的生活常态。他走在盛大的时代中，也跋涉在寂寞的山野里，我们祝福这位年轻的鲁奖作家步伐更加稳健、从容。

二　“文史互证”的时代写作：改革进程与报告文学书写

2018年是中国改革开放四十周年的重要年份。报告文学以紧贴时代、在场写作为文体己任，百年来从未缺席中国波澜壮阔的历史进程，可以说是与时代“文史互证”的最好文体。改革开放的四十年更是报告文学创作丰收的四十年。书写家国的历史是作家的使命和责任，作家们试图从各个不同角度去解读这里面丰富的故事。

湖南作家徐文伟有参与改革工作的实践，他敏锐意识到自己拿笔记录这些发生的变革，就是一段置身改革现场的写作。2018年他以湖南四十年改革成就为对象，写出长篇《报春花》。作品内容涵盖了经济、农业、生态、文化、社会、党建、纪检等方面。作品中有有情有义的城管人身影；现代马帮传奇缔造者的雄心与智慧，无比显示出湖湘人的性格；非遗传承是担当与情怀，此中付出令人尊敬；我们有幸看到地域文化的复苏、传承，深感改革的难与细。作品较为及时全面地反映了湖南各地区各领域取得的改革成就，在报告文学新闻性的特点上做得较好。作品中的改革者们活跃在各行各业，有为官一方的公仆，有呼风唤雨的能人，有自觉的文化传承者，更有平凡角落里普通的劳动者。他们既有大刀阔斧开展事业的能力，也有精耕细作，处理细节的态度。湖湘精神里的大气、精致、智慧、勤勉在他们身上得到了最生动的显现，是他们把改革的成就从一个个增长的速度和数据演绎成了一个个温暖励志的湖南故事。书写历史也就是书写我们自己，四十年的沧桑巨变是家国的大历史，也是我们自己每个人的心灵史。这大概是普通人与家国命运的一种实际关联，我们在故事里读家国，也在家国里读自身。文学之于人的情感力量由此生发出来。当然，相较于成熟的作品而言，本作品更多地是面向普通读者做了一份改革成绩的分享。作品整体上情感明快，语言朴实，叙事直接，资料翔实，但写作主体性稍弱，介入分析与评判少，更多让位于客观事实的叙述。但我们能真实感受到一位青年作家真诚书写祖国改革春天里的南方诗意。

在2018年这个改革开放的重要历史年份里，《湖南报告文学》杂志连续推出"改革开放四十周年"专辑，为报告文学时代书写助力。段华、罗筱波的《惟愿关山度若飞》、黄德胜的《攸县农民工进行曲》、佘利娥的《家乡的百宝圣地——"千年陶都"铜官窑印象》、贾鸿彬的《闯和创——小岗村大包干与县委书记陈庭元》、刘宗林的《浓缩的空间》、李伟的《洗车河畔桃锦绣》等作品大多以地域为观照对象，书写改革开放以来的山乡巨变。值得关注的是，这些写作者的名字我们尚且陌生，他们的加入是报告文学队伍壮大的象征。

此外，刘子华的《梦回长江》是一部生态报告文学作品。"绿水青山就是金山银山"的生态文明发展理念深入人心，作者以波澜壮阔的文字，全景式描述了一个江边小垸的父老乡亲，为了国家的利益，为了子孙后代的幸福，向长江让出世代生存的家园的历史事件。无论是防汛抢险、平垸行洪、整体迁移的宏大场景，还是一个个集成人的特写、速写镜头、浮刻般的雕塑、工笔人物临摹，栩栩如生地还原了这片弹丸之地的父老乡亲的风采神貌，让世纪末这场退耕还江的大事件，得以完整地呈现在世人的阅读视野里。它是一曲小垸消失的挽歌，更是一首新时代的颂歌。袁杰伟的《油溪桥村振兴之路》入选中国作家协会、《人民日报》联合主办的"改革开放四十周年征文"，虽是短篇，也在精悍中见笔力。他还有一系列民间文艺人物的书写，如《八旬老画家的心愿》《一剪之巧夺神工》《满室芬芳春不老》等写出了永不落幕的民间手艺和传承人的故事；老作家陈冠雄创作了《雪里梅花带泪开》《平江起义最后一位在世老红军的回忆》《库区新貌——陈天华故乡变迁记》等历史和现实题材的作品；何石的《80后陈湘宇"乐逗"向天歌》《邓亚萍，无尽的奥林匹克传奇》《誓将银杉"请"下山》等作品将笔触对准了时代变革中的先锋人物和体育传奇人生。此外，张式成、熊立秀、杨丰美、徐敏、凤凰慧子等一批作家笔耕不辍，在报告文学写作上倾注热情和心力，在此我们一并提及。

三　土地深处有回声：那些革命者的身影

我们评价一部作品的"当代性"是否鲜明或深刻，实则是在讨论作者是否能够意识到历史的深度，是否以恰当完满的艺术形式表现出历史深刻性。不管是关于历史的叙事还是现实的表现，都是身处当下的人所意识到的问题，在这个意义上，如克罗齐所言，所有的历史都是当代史。那些深入历史的写作，既要回到历史现场，也应烛照时代主题。

余艳自创作《板仓绝唱》以来，不断沿着红色历史的征途回溯，湖湘土地上那些英雄的身影，那些无名的牺牲，那些苦难而光荣的岁月，都在她细细的书写里重新鲜活，最终有了这本《守望初心》。

作品以"百年红色史，平民英雄诗"为写作立场，通过书写"我党，不忘初心为人民；人民，不变初心跟党走，红军、红嫂两条主线，书写了党和人民血肉相连、生死相依的血肉关系。解答了人民才是推动革命真正原动力和驱动力。同时诠释了中国共产党作为执政党成功的历史合理性，和

'得民心者得天下'的博大人民性"。从艺术层面看，这部作品有小说的架构、散文的语言以及戏剧的画面，文中还贯穿着一根隐线——126首桑植民歌。但是，最终它都建筑在了报告文学真实性的基础上。

而什么是真正的初心？怎么样起到指导现在的意义？余艳称，写作时，她第一个想到的就是尽管写历史，但一定要照亮现实。在余艳看来，历史题材就是观照现实。首先，儿子在听完讲座后回来把书看完，告诉自己懂得了知足。更让她欣慰的是，在大学里演讲后，很多学生也从不理解转变了态度。"有学生跟我说，虽然没有战争，但年轻人要扛点责任。还有人为此申请了扶贫下乡工作……这些不就是照进现实吗。"余艳说，她从往事中找到了一条通道，把以前力量接轨到今天。从这个意义上来说，作品因此有了历史和当代的双重关涉。

80后的曾散，是一名正在路上的年轻的报告文学作家。在《大山赤子刘真茂》之后，他2018年出版了新作《第一军规》，该作被中宣部、国家新闻出版广电总局评为"2017年主题出版重点出版物"。作品运用丰富的文献资料，以纪实写作手法，反映了"三大纪律八项注意"的提出、发展直至完善从而成为人民军队统一的铁的纪律的过程，"三大纪律八项注意"是人民军队名副其实的"第一军规"；作品也见证了中国人民解放军从无到有、从弱到强的发展历程，书写军民团结患难与共的鱼水情深，也是一部人民军队依法治军、从严治军的浩荡史诗。全书主题鲜明、资料翔实、表达准确、细节感人、图文并茂，可读性强，是进行党史、军史和革命传统教育的生动教材。这位年轻的追梦人身上，湘人意志不时闪现，他和很多湖湘作家一样，有笃定的意志和使命感。他汲取着丰富的营养，积极向前辈作家学习，对一些社会热点题材的把握能力也在走南闯北的历程中不断增强。2018年他行走新疆、青海、宁夏、西藏、贵州、四川等多个贫困偏远乡村，在那些被人遗忘的角落寻找最赤诚的身影。我们期待来年的这本《时代青年：中国大学生西部志愿者纪实》。

胡厚春的长篇《井冈英魂：宋乔生传》以纪实、生动的笔触描述了先烈宋乔生光辉的一生。他曾组织工农武装起义，随毛泽东、朱德会师的红军上井冈，建立根据地，戎马一生，赤胆忠心，在战斗中牺牲的他年仅 38 岁。英雄远去，魂归井冈，作家又一次为历史、为家国、为英雄而真诚书写。

何石的《君自横刀虎啸——徐君虎的传奇人生》也是一部笔触历史人物的长篇作品。主人公徐君虎少小离家，求学求真；他是抗日急先锋，又是湖南和平解放的摇旗者；他是共产党的挚友，是百姓的"青天"；他爱民如子、剿匪抗恶、除暴安良。这样的叱咤风云的传奇人物，写来考验作者笔力，我们期待着此作的最终呈现。

四　谁是最可爱的人：最辉煌又最寂寞的身影

魏巍在《谁是最可爱的人》中歌颂了抗美援朝战争中的英雄，他们为祖国和人民而战，是真正最可爱的人。硝烟远去，时代和平。民族里血性的英雄气不在沙场，便在祖国最重要的其他领域。1978 年，徐迟的《哥德巴赫猜想》发表，作品开创了新时期写科学家的崭新题材领域，引起了大家对科学领域的关注，也推动了报告文学文体的轰动效应。2018 年，湖南四位女作家推出了为少年儿童而写的科学家系列长篇报告文学作品，可看作是在这一题材写作上的继承和开掘。

余艳的《追梦密码——何继善》成功塑造了一位有传统士大夫风骨的科学家形象。何继善是一位享誉世界的地球物理学家，作者写出了他在科学之路上的努力与辉煌，更重要的是探求了这位科学家伟大的精神境界。战火中长大的何继善有最深刻的"国恨"，这是他一生追求强国的起点，但何继善更受到母爱的影响，在传统中国人善良美好的人性滋养下长大，良知、正义、强烈的民族责任感、顶天立地的家国情怀更是他一生成就的骨血，由此出发的国恨家仇才有了更为正向的意义。何继善说"科学没有祖国，但科学家有"，这种家国情怀是他一生遵循的"君子弘毅"之道、"为国为民"之道。有了"道""术"才获得了超越科技本身的力量，成为有精神和文化价值的人类财富。如果说科学是社会发展的动力，文化则是精神世界的守夜人。何继善热爱书法和文学，他谢绝他国挽留的理由是"这个地方，听不到外婆的童谣……"这是一种怎样的诗人气质，一种何等澄澈真纯的精神乡愁啊……人生所有的辉煌都从故乡出发，也必将回到这里。一个浪漫飘逸的诗人、一个卓越的科学家、一个大写的人，就这样刻在了一个伟大的时代里。在艺术手法上，作品采用"口述史"的写法，让对象直接发声，增加了真实性和现场感。叙事上，作品采用双重叙事，时间的线索是外在的联系，而隐含在作品中内在的节奏，则通过情感主线予以贯穿。作品巧妙地以"气"这个何继善研究的主要对象为内在连接点，深度关联跟"气"相关的中国文化精神，如正气、勇气、气节等，显示出报告文学巨大的思想容量。

《大漠游侠曲建军》是王杏芬只身深入祖国西北大漠腹地采写而成的，该书为新时代的楷模放歌，让我们认识了一位可感、可信、可敬的治沙英雄，走进了时代楷模的精神高地。在创作中，作者采取了"寻隐者不遇"的手法。文字浅显如白话却意境深邃幽远，大大增强了这位半人半仙隐者的神秘感，给读者以足够的想象空间，让人回味无穷。作品借用了这种写法。作者只身远赴大西北采访屈建军，但屈建军并没有马上出现，在几天的时间里，作者参观屈建军的研究所、资料室，与他的同事和学生交流，了解到了屈建军的很多事迹。核心人物暂不出场，但每件事每句话都与他相关。当屈建军"千呼万唤始出来"时，我们对他已熟悉如邻居。这种写法给作者、给人物、给读者都留下了更多自由的空间，也使作品具有了诗歌般的意境、小说般的耐读性和吸引力。王杏芬的报告文学，不缺乏真实性、文学性、时效性与敏锐性。在英雄主义失落的时候，王杏芬不失时机地推出《青春·缪伯英》，为英雄正气书写；在环境治理成为头等大事的日子里，她及时推出《大漠游侠屈建军》，宣传拳拳爱国之心的治沙楷模；在人口老龄化问题日益迫切的背景下，她又正紧张写作《余生——中国城市独居老人生存状况调查》，直接参与现实，直面社会问题。

新时期初，老作家黄宗英的《小木屋》，记述了普通林科研究者徐凤翔为在藏东南山区建立森林观测站而努力的故事。王丽君的《深杉"候鸟"汪思龙》可看作对这一题材和人物领域写作的继承。作品写的是扎根山区、致力于森林生态研究的普通林业科学家汪思龙，像他这样的科研人员在偏远地区做着尖端科技工作，却过着最寂寞生活。会同广坪镇的这一小小森林观测站，浓缩了几代"林科人"的青春、血泪与生命，以及中国林业科学从无到有、从弱到强、从本土走向世界的奋斗历史。作品从题材对象的实际出发，以人物内心的情理冲突为基础，从家庭伦理的角度，再现其"坚守"中的牺牲、奉献与"无情"中的真情、大爱。像汪思龙那样远离父母、妻女，30多年一直往返于会同与沈阳等地的长期"坚守"，更是"伟大"的奉献与"崇高"的忠诚。科学家的力量在托举伟大的中国梦，而在科学家这个庄严名称的背后，是他们那一位位默默担当的父母、亲人。他们应当是我们这个时代的英雄！他们是这个时代中真正最可爱的人。

何宇红的《珊瑚卫士》在选题上直接与科技兴国、环保意识、南海问题等榫接在一起，表现出报告文学强烈的现实关切性。同时，作品在"诗""思"两个美学维度上深入开掘，形成主题与艺术的完美结合。首先，还原了日常生活视野下一个科学家的诗意生存。作家需要从科学家"枯燥乏味"的日程清单中写出跃动的血肉和鲜活的灵魂。作品最后专门设置"另一片大海"一章对陈偿的日常生活以浓墨重彩的介绍，一个深懂夫妻情、师生谊、父子意的七尺男儿形象油然而生和跃然纸上。陈偿研究的对象是海洋、是珊瑚。这两者本身就是浪漫主义诗歌常用的意象。他用科技的力量捍卫的不仅仅是家国之坚固，更有家国之美丽。这本身就是科技之美与美丽中国联姻的生动隐喻和动情实践。其次，反观和反思当下中国科研人员所面临的问题。问题意识是报告文学文体的应有之义。《珊瑚卫士》写出了科研人员在工作和学习中所遭遇非学术上的难题，有揭露、有议论、有对比、有反问。作品通过陈偿老师的美德反观当下一些教师有违师德，动辄钱和利计的社会问题；另外，当前科研环境恶化的主要表现是行政干预过多和科研人员的待遇不高。事事看似寻常，但件件都是敲响中国科研工作的警钟。最后，报告文学其生命形态和社会价值需要更多遵循"文章合为时而著"的诗教传统。《珊瑚卫士》有如下三点值得肯定。第一，起到了一定的科普意义，将枯燥学理的科学知识文学化表达出来，亲近读者。第二，倡提了信仰的力量。国外丰厚的待遇并没能"收买"陈偿的中国心，他总以钱学森、邓稼先等人

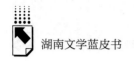
为自己学习的动力和榜样。中国科学家就是需要这种精神，为目前正在海外攻读的 80 后、90 后年轻学人率先垂范。第三，作品也书写了"自古英才出寒门"的励志母题。在阶层固化话题甚嚣尘上的今天，不少出身农村的青少年会面临价值虚无的精神。但人生更重要的是精神价值的实现，是无愧于自己和国家，出身寒素的人们需要陈偿这样的人格鼓舞。

科学家们是时代英雄，那些日夜保卫人民和社会安全的警察、消防队员们也是平凡岗位上默默奉献的最可爱的人。欧阳伟是一位在公安战线上笔耕不辍的作家，几十年来为警察书写不仅是他的职责，更是他由衷的深情。2018 年，年届花甲的他在创作上反而有了厚积薄发的势头。短篇《让青春，更青春》入选中宣部宣传局、中国作家协会重点作品扶持办公室"时代楷模"报告文学创作征集活动选题，重点讲述了望城消防大队干部和队员们与百姓的故事，他们的赤子之心令人感佩。中篇《决胜南充——四川南充脱贫攻坚纪实》从南充的地域历史文化出发，写出这里的辉煌，也展示此地的苦难。在鲜活的人物刻画下，读者切实感受到人们的乐观和坚强，语言记述生动活泼。写扶贫故事，却不刻意沉浸于伤感，作者有意识地拨开相对枯燥的事件和数据记录，给我们铺开了一个地域的历史和当下真实。与其说我们在看一个记录扶贫的纪实文本，不如说我们在看南充土地上发生的可爱可亲的人生故事。记述湘潭交警潘朝阳在风雪之夜的四大桥上查处事故时，临危不惧、舍身救人、光荣负伤的英雄壮举的作品《交警朝阳》在《湘潭日报》头版、二版整版、三版全文刊登，引来众多关注和好评。《一个所长一个兵》、《侗乡苗寨的"边关大将"》（删节版）入选全国公安文联的《长征路上的坚守》一书。一生挚爱报告文学的他，把这份深情写进散文《爱就爱到底》，此文荣获由中国报告文学学会、浙江省作家协会联合举办的"我与报告文学"全国征文三等奖。对于欧阳伟，我们更期待他的长篇报告文学《中国铀》的写作。这是一个突破他个人经验领域，指向国防高科技领域的一次大胆尝试。《中国铀》将是一部以赞颂核工业人为主体，弘扬时代主旋律的长篇报告文学。作品将记录中国核铀人艰苦奋斗、无私奉献、命运沉浮、心路历程、个人成长与时代变迁，展现核铀人的命运与时代的命运、国家的命运，展示一幅中国核工业发展的壮丽画卷，揭示中国核铀人的奉献与牺牲精神。作品在主题的宏大性、人物的集合性、思想的历史深度等方面对作者提出了更高要求。目前，这一选题已获批湖南省作协和中国作协2018年度定点深入生活项目。我们有理由期待这一作品的最终呈现。

写百姓人生、抒人间至情的作品还有王丽君的《梅和梅的树》一文，谢海华三十年如一日照顾瘫痪在床的英雄妻子，两人赤诚以对，恩爱一生。我们需要这样的情感来战胜现实的坚硬。

五 名士/故人：那些风雅的背影

2018年湖南纪实文学领域还有一部不得不提的重量级作品——《随园流韵——袁枚传》，此书是"中国历史文化名人传"130余部中的一部，由湖南作家袁杰伟创作完成。"中国历史文化名人传"是由中央领导提议、中国作协组织实施的一项国家级重要文化原创工程，该项工程于2012年正式启动，丛书组委会、编委会集中了文学界和文化界的精兵强将来创作，由作家出版社主持出版。整项工程逾130部，为中华民族五千年文明史中涌现出的一大批杰出文化巨匠树碑立传，他们如璀璨的群星，闪耀着思想和智慧的光芒。"传记"丛书对形象化地诠释和反映中华民族文化的基本精神，继承发扬传统文化的精髓，对公民的历史文化普及和建设社会主义文化强国都具有重要而深远的意义。袁杰伟有幸成为这批丛书的作者之一，于2018年写成《随园流韵——袁枚传》。"中国历史文化名人传"文史专家组对该作给出了全面而详尽的审读评价，我们摘引部分展示：作者历时4年，认真梳理了历朝历代公共话语和私人语境中各不相同的对于袁枚的解读与传播，完整而生动地还原了袁枚的时代环境和人生，为读者呈现了一个不同于文学史经典叙述的袁枚形象，丰富详尽，洋洋洒洒，且具有引人入胜的可读性，是一部较为成熟的传记作品。其特点是摒弃了历代史籍中有关评点袁枚"好吃好色好玩"的表层印象，深入传主的思想、人品、情感深处，将其身处"天崩地解"时代的无奈、困惑，以及一生信奉和秉持的平等、坦诚、正直

等启蒙精神，给予了重点突出的描述。从这些叙述中脱颖而出的，是一个资本主义萌芽已见端倪的明清之际鲜明的思想启蒙者形象。扣人心弦的故事和情节选择、描述，也是本传记一个重要特色。此书紧紧抓住了袁枚的个体行动来安排章节，立意明确，叙事缜密。从"杭州一少年"开始，写他"桂林遇知己""漂泊在京城"，"复出""下海""壮行万里路"等充满动态感和进展性的行动，以此构成了袁枚跌宕起伏的一生，十分具有吸引力。在写作方法上，字里行间能隐隐看到杂文、随笔、散文、小说等文体痕迹的融会贯通，富有实验性和创新性。这不仅深化了传主的精神视野，引入了时代氛围，而且，对于文体有意识的跨界运用，也使整个传记的行文走字充满了变化，带给读者以意想不到的阅读张力，从而强化了作者与读者之间的沟通与交流。

2018年还有一些是以怀念故人、回望乡愁为主题的创作。甘建华的《燕子山飞出一只诗凤凰》回忆了著名诗人洛夫与故乡衡阳的诸多往事，诗人的命运与现代中国历史相连，寓居台湾的经历更给一生的乡愁增添了别样的滋味。"回家真好/我从桌上厚厚的灰尘中/听到母亲的咳嗽/从老屋的窗口/看到十二岁堆的雪人/至今犹未融化/这时突闻厢房传来一声婴儿啼叫/那是谁？和我牵手来到人间/我兀自摸摸白发/然后转过身来/望着老屋/相对苦笑"。徐秋良《翻阅时光里的珍藏》一文则以《苦耕记》一书为线索记述了一位与其相交半生的朋友林曼先生。林曼先生参加过进步文艺运动、剿过匪、参加过抗美援朝战争、划为过"右派"、落实政策后离休回乡。不管际遇如何，文学始终是他的人生挚友，不仅一生创作有所成，文学更内化为他的人格风骨，一如江渚上的白发渔樵，安详温暖对待身边人事，豁达从容面对人生风雨。此作读来深挚感人。

六　光荣与使命：报告文学的大国书写

龚盛辉是国防科技题材领域的重要写作者，近年来推出了一系列科技报告文学作品。他的作品因大国书写的题材本身而擅用宏大叙事，有开阔的视野和格局，同时也注意人物表现的细节描摹，整体文质彬彬，气象宏阔。2018年他正在创作的长篇报告文学《大国之眼：悲壮崛起的中国北斗导航》，旨在深度展现北斗导航在追赶中超越的艰难曲折历程，记录北斗人感天动地的创新奉献故事。因为长期以来，我国没有自己的卫星导航，战机、战舰、导弹只能用美国GPS导航，军事较量中往往处于被动而受辱。中国卫星导航事业在屈辱中顽强奋起，建成了具有完全自主知识产权的北斗导航全球系统，使中国的武器装备有了自己明亮的眼睛。为这样的中国军事科技树碑立传是报告文学作家的使命和荣光。更为可喜可贺的是，他的《中国超算强国之路》作为中宣部向世界推介项目"中国创造"系列丛书（共六本）之一，以英文版的方式向全世界推广，这是报告文学作品承载国家文化使命的表现，也是湖南报告文学作品从国家层面走向国际视野的重要开端。

2018年，对于韩生学来说，最大的惊喜莫过于其报告文学作品《中国失独家庭调查》迎来了第三次重印，并于年底被文学圈外的中科院心理研究所、北京中科心理援助中心、全国心理援助联盟授予"首届文学作品心灵疗愈奖"，正如给予他的"颁奖词"所说："一个作家，一名基层计生干部，一颗富于关爱和温暖的心，一本《中国失独家庭调查》的书。他，用纪实文学疗愈了一群孤独的心灵。致谢具有人性关怀视角的文化传播工作者韩生学。"面对速度快、来势猛、未富先老、未备先老的人口老龄化现象，作者再次出发，对中国老龄化及养老等一系列问题进行了深入调查和考究，拟创作长篇报告文学《大国养老》，将通过走进城市、乡村、家庭、养老院……直面老龄形势，抒写老龄生活，表达老龄困惑，解析养老难题，探寻养老方法，为国家、社会、家庭、个人积极应对人口老龄化提供一些参考。

七　报告文学理论、评论的收获

湖南大学章罗生教授在报告文学理论和评论领域耕耘近四十年，报告文学是他的一生挚爱，年逾花甲的他仍以一己之力稳稳擎起报告文学研究的大旗。2018年，他的《新时期纪实文学四十年》获批国家社科基金后期资助

项目，这是一个对改革开放四十年来整个中国纪实文学的整体研究课题，意义重大。他同年还发表《〈乡村国是〉的突破与超越》《世俗社会的人性考察与文化批判》《论郭久麟的传记文学创作与理论》《红色题材创作的发展与超越——评杨华方的纪实小说〈红色第一家〉》等相关论文9篇。值得高兴的，还有以王涘海、吴双英、刘长华、娄成等为代表的学者开始关注并从事报告文学评论的写作，他们对报告文学的关注对报告文学创作的正规化、经典化具有很大意义。

八　湖南报告文学学会的重要活动

湖南报告文学学会自成立以来，就一直致力于为湖南报告文学作家搭建创作平台、创造良好写作机遇和氛围。2018年，学会工作大致梳理如下。

2月6日，由湖南省报告文学学会选编、湘潭大学出版社出版的《2017湖南报告文学年选》在长沙首发，该书所选作品选题集中在红色历史、社会热点、民生、军事科技等题材领域；作家们心怀家国，写作态度真诚，有强烈的社会参与感，历史的宏大、细节的生动都是他们的忧乐之所系，有大历史背景，也有小人物声音。文本资料扎实，整体上朴实厚重，又不失精致细腻。

8月3日，"中国追梦者系列：余艳、王杏芬、王丽君、何宇红作品研讨会"在长沙举行。与会专家学者认为这是对一个时代的追梦精神的书写，这一系列书作为儿童读物，写作手法上也注意了契合读者的身份，深入浅出，用最朴质形象的语言讲述正能量的故事，以有趣的科学探索吸引青少年，以壮美的祖国自然风光给以读者审美享受，以榜样的力量感召全社会，融科学性、趣味性、知识性和教育性于一体，让读者于精彩的故事里略窥科学家的人生境界，在感动和向往中激发心底的正能量。

11月23日，湖南省报告文学学会第一届理事会第三次会议在怀化召开。学会会长游和平指出，自省报告文学学会第一届理事会第二次会议召开以来，学会队伍不断壮大，并成立了党支部。这期间，学会副会长兼秘书长纪红建荣获第七届鲁迅文学奖；学会主办、承办或协办了 7 场报告文学作品研讨会；组织党员学习、举办文学采风活动多场；《湖南报告文学》杂志连续出刊 9 期，每年出版《湖南报告文学年选》等。增补选举副会长兼秘书长纪红建为常务副会长兼秘书长，韩生学、王杏芬、彭晓玲、张雄文为副会长，张雪云为副秘书长等。

12 月 5 日，湖南报告文学岳阳分会举办“拥抱新时代 唱响主旋律”报告文学创作研讨会。一年以来，岳阳作家们投入长江洞庭湖生态整治、美丽乡村建设等题材的创作，创作氛围浓厚。

12 月 17 日，省报告文学学会与湘潭大学出版社举行“脱贫攻坚在湖南”系列丛书签约仪式，拟推出 5 本反映湖南脱贫的长篇报告文学作品。

岁月忽焉，春秋代序。在岁末的纷飞瑞雪中回望来路，湖南报告文学的步履坚实有力，我们在艰辛中坚持，在坚持中收获，在收获中勇敢，在勇敢中前行。再出发，待来年。

B.6
儿童文学：向深处开掘，向高处攀登

谭群 邓攀*

摘 要： 2018年湖南的儿童文学创作又是繁花似锦的一年。作家们以或真实或幻想的童年叙事，去追寻永恒的童年精神，探讨当代的童年美学；他们有着广阔的世界儿童文学视野，致力于创作富有本土特色的经典；他们将人类与大自然紧密联系在一起，将地球上的其他生物放到与人类自身同等重要的位置；他们有着作为一个作家应有的责任和担当意识，既为孩子描绘世界与生命之美，也告诉孩子成长危机四伏，危险无处不在。

关键词： 童年精神 本土特色 童年美学

　　2018年，湖南儿童文学界有一大盛事——8月18日至20日，第十四届亚洲儿童文学大会在长沙召开。来自中国、日本、韩国、尼泊尔、斯里兰卡等国家及地区的300余位儿童文学作家、出版人、儿童文学工作者参加了大会。大会由中南出版传媒集团、湖南省作家协会、长沙市委宣传部主办，湖南少年儿童出版社、长沙市文联、第十四届亚洲儿童文学大会筹委会承办，湖南省儿童文学学会、湖南师范大学文学院协办。本次大会的主题为"亚洲儿童文学的境遇和走向"，围绕这个主题，两天的主、分论坛安排了67位发言人进行论文发表。湖南省儿童文学学会共有近60名会员代表参会。

* 谭群，湖南教育报刊社《小学生导刊》编辑部编辑；邓攀，香港某国际教育机构汉语教师。

此次大会召开，对于中国的儿童文学创作以及理论建设有着极其重要的意义。

2018 年湖南的儿童文学创作又是繁花似锦的一年，新、中、老几辈作家齐心奉献精品力作。作家们的儿童文学创作在题材和内容的挖掘上，在创作方法的探索上，在艺术审美的新发现上，都有了更高的要求和标准。他们以或真实或幻想的童年叙事，去追寻永恒的童年精神，探讨当代的童年美学；他们有着广阔的世界儿童文学视野，致力于创作富有本土特色的经典；他们将人类与大自然紧密联系在一起，将地球上的其他生物放到与人类自身同等重要的位置；他们有着作为一个作家应有的责任和担当意识，既为孩子描绘世界与生命之美，也告诉孩子成长危机四伏，危险无处不在。

一 追寻永恒的童年精神

生活日新月异，科技日益发达，新事物不断涌现，旧事物不断消退，什么将得以永恒？我们从哪里来，到哪里去，要成为什么样的人？人类的希望和未来在哪里？

汤素兰的长篇童话《南村传奇》将文学的"轻"与"重"巧妙结合，用轻盈的童话故事文本对人类童年精神的存在意义进行了深刻的哲学追问。《南村传奇》里独特、深刻、丰富的哲学意味和美学气质，展示了中国原创童话所能达到的新的深度和高度。

作者运用嵌套的叙述结构，将故事的开篇和结尾放在现实感很强的当下生活背景里，关于南村的传说故事自成一体，在整体上形成两个故事层次的叙述。这样的构思和叙述策略增加了时空的立体感和复杂性，让作者的"追寻"从今至古，由此到彼，自由开阔。

第一层次故事叙述的一个作用是背景的交代以及问题的提出。在这个生活快捷和方便的时代，人们不再相信"从前"的世界。这个"从前"的世界是否依然存在呢？作者引用陶渊明的《桃花源记》并对它进行解读。这一引用和解读与作者自己的文本故事形成互文。作者解释和推断桃花源存在的可能性和必然性是暗示那个"从前"的世界——南村存在的可能性与必

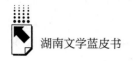

然性。第一层次故事叙述的另一个作用是对主题的充分阐述和强调。如果没有开篇和结尾，只有中篇的四个关于南村的故事，那么这样的"南村"可能只是一个普通的存在，构不成作者内心上下求索、有着独特意义的南村。

中篇的四个故事"舍身石""少年与蟒蛇""狐狸女婿""丁婆婆"构成第二层次的故事叙述。它的作用即为读者提供答案，让我们一窥作者竭力追寻与描绘的精神桃花源的真实面貌。这四个故事与人类赖以生存的大自然环境有着紧密的联系，活跃着生机勃勃的儿童形象，饱含作者对童年精神的肯定。

儿童与生俱来的对真、善、美的向往和追求，便有了好奇与探索、善良与正义、勇敢与牺牲、坚持与创造、自知与自省这些珍贵的童年精神品质，它们支撑着一个人一生的成长。这样的童年精神品质不也是人类文明不断向前发展的重要根基吗？在浩瀚的宇宙里，如流的时光里，人类不也是由蹒跚学步到奔跑成长的孩童么？

我们当下处于一个需要自我审视的时代。电子媒体的发达，让我们疏于思考，缺乏好奇和探索的精神；日益繁华复杂的世界让我们忘记了什么是善良，什么是正义；安逸的生活让我们不懂得坚持，丢失创造的热情；内心的贪婪让我们对环境资源肆意侵占而毫不自知自省；人们重视理性的发展而忽略饱满的情感对于成长的可贵……如此，人类的未来又在哪里？作者在第一层次的故事叙述里用"从前"和现在进行对比，即表达了这样的焦虑和担忧。第二层次的故事叙述里有关南村的四个故事构成了人类自身发展历程的寓言，亦为人类将何去何从提供了答案。

相信"从前"的世界，相信童话，相信童年，即是对人类童年精神的笃信。童年精神是人类精神的永恒价值所在。它是人类文明发展的根基，也将是最终皈依。它是陶渊明笔下的桃花源，是詹姆斯笔下的永无乡，亦是汤素兰笔下的传奇南村。

邓湘子出版的《阳光瀑布》是作者的长篇童年自传。是自传，但并不是简单的回忆与记叙，作者精心思考，深入浅出，有叙述策略，有艺术品质，表达作者对乡土文化、对童年的理解和思考。作品通过书写留在"我"

童年记忆里的"重大事件"，以真切鲜活的童年体验勾勒出一个乡村男孩成长的环境、时代与文化背景，并塑造了一个生活在山野乡村有着敏锐的观察、感受力与创造力的小男孩形象。

作品开篇即写"我"经历着人生中生与死的重大体验。穿过悠远的时光再现童年，却并不带给人时空的隔膜感。"它越开越快，眼前的马路像风中的布匹一样晃动，我有点晕眩。""一颗巨大的露水落在我的脖子里，冰凉冰凉……那种冰凉的感觉让我惊叫起来。"作者童年那种刚接触世界的感觉，保存得竟如此完整。作者的视角和童年的视角合二为一，重叠得几乎没有痕迹。这样的表达形成了强烈的牵引力，让读者能完全专注投入地进入故事的情景之中。

关于沉重的时代背景如何书写，作者对这个问题是深思熟虑的，富于技巧性的——点到即止，不说穿，不说透，留有丰富的补白空间。如在《守包谷》这个章节里，作者自始至终没有正面去写爷爷究竟遭遇了什么，而将笔墨的重点放在和爷爷一起守包谷这件事上。这本身也符合孩童的观察视角。在孩童的世界里，他只能看到一点异常的表象，不明白中间的联系是什么，不清楚大人的世界发生了什么，他关注的重点是和自己的感觉相关的事物。

"我"生活的小山村是被大自然怀抱的，俯拾皆是大自然的美与生动的气息。"我"患白喉后，求医无果，是一位陌生的老人家用土办法治好了；为了让"我"健康成长，爸爸妈妈让"我"拜了石头做亲爹；"我"摔断的小腿用草药治不好，神奇的水师轻而易举地就治好了……这样的童年是有着中国特色的乡村童年。作者对童年的理解和价值观，构成了他笔下乡村童年的现代性和永恒性。

在这部作品里，邓湘子一以贯之地保持了他讲究、节制的语言风格。"我听到了一阵鸟叫，那喧闹的鸟声惊动了南竹的枝叶，露水从高高的竹枝上跌落下来""坐在爸爸的肩上，我仿佛在雾海里飘动……"。如果孩子的成长过程中没有读到这样的文字，没有体会过这种纯正的汉语言文字所传达出来的美感，没有感受过这种鲜活的童年生命体验，不能不说是一种遗憾。

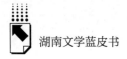
"那个过去的男孩从来就不曾离开过我，而我尽管离开家乡走了很远的路，其实却从来没有走出过自己童年生活的村庄。"童年的坐标，成为作者一生的坐标。童年的价值和意义，也成为作者不懈追求的价值和意义。

童年是一个人一生中重要的时期，童年的经历是作家们写作的宝贵资源。吴昕孺《旋转的陀螺》里的很多故事都是他自己的亲身经历。作者透过少年"我"的视角，以波澜不惊的语调展示了三四十年前的童年生活。看似平静的语言叙述里有着个体负载时代动荡的震撼和冲击，又不乏幽默的力量。新阅读研究所副所长李一慢评其中的《年关》："《年关》压缩了时代的味道，让儿童关注到贫穷的童年依旧有淳朴的友情，关注到微薄的压岁钱依旧衬托着生命的高贵，关注到邻里亲情依旧是共渡难关的力量……它着墨于角色的心理再现，呈现了一段特质高压下的童年生活。"《去武汉》、《父亲的钱夹子掉了》和《牛本纪》在真实事件的基础上展开想象的翅膀，富于梦幻色彩。《父亲的钱夹子掉了》写父亲丢了公款，害怕之下变成土狗子的奇异故事。评论家黄盼盼说："这个故事写得扑朔迷离又入情入理。小说呈现明显的对抗式结构。上门调查的人与主人公一家人形成强与弱、恶与善的直接对抗，小说悲哀无奈的情感也因这一对抗模式而愈发浓烈。"《刺客》是作者根据别人讲述的一个真实故事创作而成。作者依然通过少年"我"的视角，还原了一个关于英雄的传奇故事。在这个故事里，"我"的角色的设定和整部作品里的"我"和谐统一，共同构建了关于"我"时代的童年风景。

周伟的儿童散文集《看见的日子》同样为我们呈现了优美的乡村童年风景。作者以自己家乡的人、事、物为描写对象，用一桩桩感人美好的真实过往将读者带往他心中的乡野童年。他的散文用真挚的情感与优美的文字铺陈出让人回味无穷的乡野画卷，呈现他的童年、家乡的港湾、爱的春天。著名作家谢璞曾评说："读周伟的作品，满纸都是厚厚的乡土，浓浓的乡情，淳朴的乡民，自始至终有一份内在的悲天悯人之心。作品选材典型，构思精巧，语言优美流畅，经纬中贯穿着向上向善的热情，底蕴有厚度，寓意深刻。"著名儿童文学作家、评论家安武林评价："周伟的散文，有浓浓的乡情，挥之不去的乡村情结。这些朴素的文字，沉甸甸的，无论是人，还是事，或者风景，都散发着迷人的光辉。尽管有苦，有涩，有酸，有艰辛，但那都是岁月里的珍藏。"

谈到儿童文学的童年精神，自然不能缺少幽默热闹这一重要的审美元素。谢乐军的《森林国幽默童话系列》（4 册）延续了他笔下幽默热闹的童话风格。《森林国幽默童话系列》是一套写"大王梦"的动物童话，故事风趣幽默。凶猛的老虎、狮子做了大王会怎么样？弱小的兔子、老鼠又如何做大王？长翅膀的燕子、天鹅也能当大王吗？这套书讲述了 42 种动物做大王的奇奇怪怪的故事，有的因任性吃大亏，有的以智慧战胜困难，有的用爱温暖心田……书中，每个孩子都可以找到自己的影子，明白一些道理，获取成长智慧。书中还插入了成语故事、成语接龙等内容，让孩子在快乐的阅读中获取知识，拓宽视野，启迪梦想。作者说："这套书，其实写的就是我童年一个又一个的梦想。童年时，我有过当将军、当大王、当画家、当作家的梦想，因为有了这些梦想，我就不断去努力。"

二　源于经典，走向经典

新一代的年轻作家有着广阔的儿童文学阅读经验和视野，他们从世界经典的、优秀的儿童文学中汲取营养，同时又重视本民族传统文化的运用。经典潜移默化地影响着他们的创作，使他们的创作从一开始就有了走向经典的自觉和努力。

周静的"暖童话系列"包括《兔子和狐狸》《七岁汤》《豆子怪》《月光飞毯》4 册，每册收集了她近年创作的短篇童话故事 20 余篇。她擅长用轻松愉快的语调讲述温暖明亮又充满爱的故事。《兔子和狐狸》这个集子里每一个小故事所透出的清新单纯的质地与《青蛙和蟾蜍》神似，《兔子和狐狸》在内容和细节方面更为丰盈饱满。它的单纯性首先表现在人物关系的单纯和唯一性。所有的故事和情节都发生在狐狸和兔子之间。主角关系的设置策略最大限度地还原了孩子的视角和世界——"我"和重要的"你"的

关系一旦建立，"我"和重要的"你"的关系即是"我"和世界的关系。孩子最单纯，他们在感情的投入上却最专注、最深情。采蘑菇、钓鱼、划船，这一件件小事情是狐狸和兔子之间的日常，是生活中飞舞的数不清的尘埃之一二，但因为有一双明亮温柔的眼的看见，有一颗细腻饱满的心的过滤，那数不清的尘埃之一二便散发出金子般耀眼的光芒。它让我们在每一个普通的日常里发现世界的美，发现大自然的美，体悟感情的真，从细小里发现生命的博大与永恒。

周静的童话集《很久很久以前》是她璀璨想象力的释放，它让读者在天马行空的幻想世界里探寻宇宙最初的模样。五个关于土星、金星、水星、火星、木星的故事，用蓬勃的想象演绎世界和万物的形成，像创世纪神话一样开阔大气。"很久很久以前，地球刚刚开始长大。"在五个故事的开篇，作者都别有用心地将这句话作为开篇背景，作为对德国作家于尔克·舒比格的《当世界年纪还小的时候》这一经典作品的致敬。而接下来的故事，则是扑面而来的中国民间气息。地球上的土都是褐色的，土星上的土却是五颜六色的。一天，"我"在带回来的土星上的土上撒了一把种子，奇迹发生了。种子发了芽，开了五颜六色的花，地球终于有了色彩。金星上原本只有宝石，因为"我"的出现，有了水和种子，有了第一颗茉莉菊。所有的宝石在羡慕中将自己变成了种子，长成了苗，又结出了金黄的种子。"我"将金黄的种子带回地球，这就是麦子……每一个故事都饱含人类童年开天辟地的勇气、创造力和生命力以及与大自然之间千丝万缕而又奇妙的联系。

龙向梅的长篇童话《生气的小茉莉》入选年度"大白鲸"原创幻想儿童文学优秀作品，并被评为"玉鲸"作品。小茉莉因生气而凭空消失，从墙上的古画进入一个叫阿巴图的神奇世界，迷失了回家的路。整日活得提心吊胆。水巫婆告诉她，如果要重新回到家，必须走到世界尽头，因为那里是快乐的源头，可以通往世界任何地方。于是，小茉莉经过木偶城城堡、尘埃镇、杜小姐山、地下王国……在这个过程中，她遇到了各种快乐和不快乐的人，经历了许多稀奇古怪的事。整个故事是一场想象的狂欢之旅，也是一段对生命哲学的探索之旅。作者尤其擅长用对话来推动故事情节的发展。文本中长长短短的对话承担了故事重要的叙述功能。儿童文学评论家汤锐对此书评价："作者以纯熟的童话手法、丰富奇异的幻想、幽默生动的语言，透过真纯的童心俯瞰芸芸众生，在一个趣味盎然的幻想故事中，破解生气与快乐、哭与笑、忧与喜、焦虑与释然等一系列人类情绪的奥秘，向我们展示了幻想儿童文学以小见大的深刻包容性。"

宋庆莲关注乡村儿童的生活状态，她擅长从生活和大自然中撷取童话意象。其作品诗意盎然，散发出泥土的芬芳。童话《金花花银花花》写的是一个留守女孩和小雪人的友情故事，她们暖暖的情谊后是淡淡的忧伤和心酸。《袜子姊妹一左一右》写的是两只袜子从分别至重逢的故事，构思别致，生动有趣。

浠墨的童话《冬小屋》圆润精巧，亦真亦幻。在小学门口等孙子放学的老奶奶准备给孙子买一个热煎饼，由此进入童话的世界。这个幻想世界也是老奶奶从小女孩一路成长所丢失的纯真时光。细节的精心铺陈让幻想获得真实的力量。短篇小说《奔跑的光影》通过充分展现"我"的心理活动，勾画出一个表面严厉实则内心柔软有责任感的体育老师形象，写出了细腻纯真的师生情谊。

三 动物小说的重要阵地

湖南处于内陆地区，随处可见起伏的大山、密布的丛林。很多年前，这里活跃着各种各样的野生动物。特殊的地理环境孕育了湖南的动物文学。20世纪80年代后，湖南的动物文学题材小说逐渐涌现，如金振林的《小黑子和青面猴》（1979年），谢璞的《芦芦》（2006年），余存先的《猎人的故事》（1998年），王树槐的《豁耳朵白额狼》（1995年）、《命运之角》（2000年），牧铃的《荒漠孤旅》（2001年）等。

近年来湖南动物小说创作领域比较活跃的有牧铃、毛云尔和谢长华。

2018年，中国少年儿童出版社推出了谢长华的"动物小说系列"《乱世虎匠》和《驯鹿苔原》第一部与第二部。在雪峰山脉，虎匠是个古老神秘且神圣的行业，它兴盛于虎患横行的年代，衰退于清朝消亡之际，完全消亡于虎豹绝迹的解放后。《乱世虎匠》是一部描写真正的虎匠由盛转衰的故事——从真正的虎匠裂变、蜕化为猎人式虎匠的历史，以及随着虎匠的消亡，所产生的一系列与人类息息相关的人事变迁，还有对整个大生态的影响，等等。作者通过传奇式的故事还原出颇具时代感的虎匠形象和虎匠行业，表达对逝去的文化、对人类赖以生存的生态环境的忧思。《驯鹿苔原》将故事的背景放在第二次世界大战期间。伯特和爷爷北上极地苔原地区，等待一年一度长途迁徙的驯鹿。在这里，一对北极狼夫妇成了他们唯一的邻居，人和动物之间维持着微妙的和平关系。返程前夕，爷爷长眠于冰雪极地，少年伯特独自面临成长的考验。

毛云尔从事动物小说写作已有十二年，2018 年在湖南少年儿童出版社推出的"温情动物小说"系列包括《军犬烈焰》《蓝眼》《鹤殇》《梅花鹿角》四部。毛云尔将他散文写作里的温情、从容和忧伤带到了动物小说里。每一个动物角色都浸染着他自身酝酿已久的情感。在《一匹叫淖尔的红枣马》里，我们看到的似乎是一个叫淖尔的"男孩"，"他"在残酷生活中的逆来顺受，对回不去的故乡的思念，对未来命运的茫然。那头缺耳朵狼，时时渴望着回到狼群之中，那头在人类的驱赶下走投无路的年轻公狼的无奈和悲哀……作者写狼的孤独，也是在写自己的孤独。在《蓝眼》中，那些其貌不扬的小家伙，在那小小的身体里，也有着日益膨胀的梦想，这何尝又不是作者自身对于梦想和远方的渴望？无论在哪一种动物身上，我们都可以发现作者自己的影子。作者用自己的生活经历和内心世界演绎笔下的动物世界，在文学的城堡里，呈现最为真实的"自我"。

牧铃将"大自然文学"作为自己创作的主要方向已有二十多年。《艰难的归程》《丛林守护神》《荒野之王》等一系列长篇小说以"回归"为主题，呼吁人与动物回归大自然。在长达数十年的时间里，作者曾多次独自溯长江、渡黄河、深入林山，掠过荒漠，写作的过程也是他自身艰难的自然回归之旅。在牧铃的"动物江湖"系列作品中，作者将目光转向南方的江、湖和湿地，讲述着这里的感人故事和童年记忆，探索濒危水生动物奇异而艰难的生存，反思人与自然的相处之道。"一个人的牧场"系列小说带有自传性质，是他作为对自己逝去的青春、对少年时期结识的动物伙伴、对消失的植被和原生态山山水水的一份追忆。2018年由希望出版社推出的牧铃的童年传记《南方的牧歌》，系统地记叙了作者童年时期在牧场与动物之间发生的种种传奇而感人的故事。一个不满十五岁的城市男孩，来到一个远离尘嚣的小牧场当上了"牛仔"。庞大的奶牛、入侵的野兽、骚扰牛群的野狗、漫无人际的荒野带给他的是艰难和恐惧。在同事和书本的引导下，他顽强地学习、历练，终于克服与生俱来的怯懦，获得身体和心灵的茁壮成长。在牧场的童年时光，是作者一生的惦念和宝贵的写作资源。

四　题材的多样化与新收获

儿童文学中对沉重题材的涉及多是小心翼翼，如履薄冰，阮梅的儿童报告文学《向着光亮生长》一路披荆斩棘，为我们撕开儿童成长中的黑暗与痛苦，给人警醒与深思。《向着光亮生长》呈现了一群正处在花季的少男少女忽然间以各种罪名锒铛入狱的心路历程。作者让这些失足的孩子直抒心声，让读者一点点窥见一个本该天真无邪的孩子如何一步步沉沦，他们在痛苦中挣扎、忏悔，又如何获得心灵的救赎。一个不良的行为习惯、一个本该远离的"朋友"、一个不该成瘾的游戏、一次不该拿的几十元钱，甚至一个错误的念头与自以为是的心理，在给他人带来毁灭性伤害的同时，也给自己的家庭带来了沉重的经济包袱和永远的心理阴影。作者从900多名失足少年中，选择了最典型的11人。作者让孩子讲述自己的经历，以他们活生生的个案来讲述法律的尊严，以当前未成年人犯罪比较普遍且最具危害的投毒、故意伤害、故意杀人、非法持有枪支、制造贩卖毒品等10余类犯罪为解剖个例，回避现场血腥与暴力，突出少年犯罪前后的心理对比与家庭父母的反思，深度反映与探究城乡打工家庭教育问题、离异父母子女教育问题，以及学校教育与社会教育存在的问题。《儿童文学》主编徐德霞对此书评价："故事表面无暴力、无血腥、无刺激，但那种震撼、惊悚、不寒而栗的力量

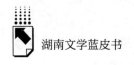
来自事件背后,催人警醒,引人深思!"

方先义的科幻长篇《梵天城的机器人》获中国科普作家协会水滴奖一等奖。作者从文学的层面探讨人工智能在终极发展阶段的某些可能。他笔下的机器人生于末世,主动承担了拯救地球改善生态的浩繁重任。面对人类留下的遗产,机器人试图弄明白"什么才是人类留给世间最好的礼物"。他最终发现,丰富的情感才是人类和人工智能最最不同的地方,饱含人类深情的艺术才是世间最好的礼物。于是,对情感的渴求成为它们进化的终极目标。方先义的本土神系列第三部《河神的誓约》也于2018年出版。作者第一、二部作品蝉联了两届"大白鲸"原创幻想儿童文学金鲸奖,《河神的誓约》将前两部的神话地图联系起来,围绕第二代河神蛇郎君五百年的恩怨采取纵向式的宏大叙事。它将与后面的作品互为补充,多元展示中国新神话系列的庞大格局。

梁学明的短篇小说《仰阿莎》涉及留守儿童题材,勾画出乡村女孩翠翠的生活状态。小说以不同的人物多视角地讲述故事,拓展了空间感和层次感。作者有意识地将《边城》中的翠翠和文中的主人公翠翠联系在一起,形成互文,让文本内蕴得以延伸。

肖学文的短篇小说《四脚鱼见过吗?》写的是乡下孩子与城里孩子之间的友情故事。文章语言风趣,故事情节引人入胜。

陈静在《儿童文学》经典版发表了散文《去看好外婆》。钟锐出版"歪歪探长"系列第二辑,还出版了童话集《骑自行车的青蛙》。

五 儿童文学理论探索

本年度湖南儿童文学的理论方面有两个重要的成果。

一是在亚洲儿童文学大会上各国学者和专家们发言的结集出版——《童年书写的想象与未来——第十四届亚洲儿童文学大会论文集》。学者和专家们共同探讨亚洲儿童文学的境遇和走向,探讨在社会转型和新媒体语境下儿童文学的意义和价值。这种跨国度的关于儿童文学的思考、交流与碰撞,其意义重大,影响深远,它将在很长一段时间里给中国儿童文学的创作和理论发展带来启迪。

二是《童书之光》的出版。《童书之光》的作者是湖南少年儿童文学出版社副社长吴双英，这本专著记录了作者从事童书出版行业以来的探索之路和思考之路。著名出版人海飞先生高度评价："《童书之光》是童书出版实践的生动记录，是童书出版理论的可贵探讨……《童书之光》的出版，不仅为湖南出版界带来光与热，也将为童书爱好者、童书从业者，甚至是整个童书出版界带来光与热。"

《童书之光》分为"童书之旅""童书之思""童书之美"三个部分。"童书之旅"以作者个人经历来谈童书出版路上所遇之人、所遇之书；"童书之思"是从产业化角度对童书内容进行多介质、多媒体经营的思考；"童书之美"是作者编书路上因缘际会写的书评，以及与媒体和读者交流的记录。这些文字融感性与理性于一体，具有较强的可读性，不仅对于初入此行业者能有所启发和帮助，对于行业中的精英人士，也能提供对比和视角，引发更多深层次的思考。儿童文学作家汤素兰说："这本包含丰富案例分析和个性生命体验的出版手记，融理论与实践于一体，加深了我们对出版理论的认识，驱动了我们对'知行合一'的思考，是一次宝贵的文字探索。"北京师范大学教授陈晖说："这本书分享的专业经验与独到见解，让我们看到了一位注重研究、善于思考的学者型编辑，一位有爱心、有理想、有情怀的出版人。"

李红叶教授致力于对湖南儿童文学学会年度作品的观察与研究，三年来坚持以序的形式对入选作品进行评论，她的"序"注重文本分析，已经成为年选的一大看点。她本年度先后在《湖南日报》《文艺报》《图书馆报》等公开发表《展现作家的文化自信》《〈南村传奇〉：有根的写作》《薛涛〈孤单的少校〉：用文字直抵童年腹地》等与儿童文学相关的理论文章或书评多篇。

六　儿童文学的美好传承

老一辈作家仍笔耕不辍，肖存玉、曹阿娣、卓列兵等前辈都贡献了力

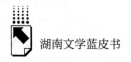

作，这对湖南的儿童文学后辈们起到了很好的榜样和激励作用。

肖存玉的《不一样的童年》包括《好好和他的奶奶》《冬冬的故事》《小队长老奇》三部独立的作品，集中展现了作者作为祖母、母亲、老师的不同身份对孩童生活的观察、描述和领悟以及作者作为不同的身份如何与孩子相处的智慧。其间都融贯了作家对于孩童的深情挚爱。《冬冬的故事》是作家对儿子幼时生活的回忆和记录，通过一个个富于生活气息的故事，呈现了主人公天真活泼、聪慧善良的形象。故事幽默清新，写出了孩童世界之美，散发着母子之爱的温暖气息。《小队长老奇》采用了第三人称的叙述手法，淡化了"母亲"的视角，作者更多地动用了她做老师的经验来写这个故事。

《好好和他的奶奶》中，作家的自传形象"奶奶"以亲切的笔墨展示自己与孙儿相处的温馨日常。这些日常生活和大自然，和小动物紧密联系在一起，诗意而美丽。她和孙子一起看木棉花，一起捡鸡蛋花、桃花送给妈妈，一起在花园里扒开草丛观察蜗牛，一起观察壁虎，一起送小蚯蚓回家，一起种红薯……岁月如酒，酿出了作者慈爱超然、返璞归真的心境和春风化雨般的智慧和柔情。她像孩童一样和世界，和孙儿平等、和谐地相处，给予所有的生灵以尊重和温柔的爱。《好好和他的奶奶》使《冬冬的故事》和《小队长老奇》从亲子故事的意义上获得了超越。作者的先生、著名艺术家杨福音先生在此书的后记中写道："如果说，孩童是人生的原初。那么，儿童文学则是文学的原初。原初的回眸与眷念，欢心欢乐无忧无虑……让我们再一次记起我们是如何开始的，无论以后痛苦或欢乐，那总是人生的安慰。"日月更替，岁月如流，留下的点点滴滴，一切都成为最美好最纯真的回忆。《不一样的童年》写的是自己和孙子在生活中相处的动人故事，也是作者对自己人生的深情回眸，是作者对童年的深深眷念，也是对人类童年精神的深情抒写与讴歌。

在长沙市图书馆举行的《不一样的童年》分享会上，作家邓湘子发言指出，儿童文学发展到今天，很多创作者都在追求想象，这是对的。但当我们提倡儿童文学作品具有丰富想象的同时，可能一些作家也丢掉了对现实生活的关注，丢掉了写实的能力。在肖老师的书中，我们看到了这种强大的、美好的、温润的写实能力。肖老师把生活写得很"透"。

2018 年 7 月，北京燕山出版社再版了曹阿娣的"蒲公英丛书"共 10 本，包括《我要读书》《爱心妈妈》《八岁的男子汉》《同学之间》，等等。曹阿娣工作在教育战线，熟悉当下儿童成长遇到的问题，也了解儿童的心理。她的很多作品也是自己教育理念的实践。

卓列兵的短篇小说《狩猎奇遇》讲述了狐狸妈妈为了保护狐狸孩子与猎人斗智斗勇的故事，篇幅不长，故事却一波三折，惊心动魄，传达出人与动物之间的温情。

综观湖南 2018 年的儿童文学创作，湖南的儿童文学作家们孜孜不倦，努力地向深处开掘，向高处攀登。在中国儿童文学整体发展的大环境中，湖南儿童文学所展示的对文化的吸收与重塑的能力、对美学的革新和创造的才华是令人鼓舞的。在新的文化环境里，对新的童年观念和艺术表现手法的积极探寻和探索，以及对于对永恒童年生命精神和价值的不懈追寻，成为当下湖南儿童文学发展的一大亮点。

B.7
网络文学：从"规模扩展"
迈向"品质为王"

贺予飞*

摘　要： 2018 年恰逢网络文学诞生 20 周年，湖南网络文学创作在这一历史节点取得了丰硕成果。在网络文学主流化与经典化大潮推进下，湖南的网络文学创作以社会担当彰显时代精神，重点发力现实题材创作，玄幻、奇幻、科幻、仙侠、历史、军事等类型小说多面开花。未来湖南的网络文学发展之路需继续高扬时代精神与创作理想，吸纳更多的新锐力量加入网络作家群体，吹响"网络文学湘军"集结号，向文学的"金字塔"塔尖进发。

关键词： 现实题材　奇异世界　时代精神

2018 年恰逢网络文学诞生 20 周年，湖南网络文学创作在这一历史节点取得了丰硕成果。在网络文学主流化与经典化大潮推进下，湖南的网络文学创作以社会担当彰显时代精神，重点发力现实题材创作，玄幻、奇幻、科幻、仙侠、历史、军事等类型小说多面开花。一大批精品力作不仅入选各类网络文学排行榜单、摘得荣誉桂冠，而且在 IP 衍生转化方面成果喜人，这昭示着湖南网络文学创作已从"规模扩展"迈向"品质为王"的新时代。

---

* 贺予飞，湖南工商大学文学与新闻传播学院讲师，文学博士，主要研究方向为网络文学、文艺理论与批评。

一 纵深拓进的现实题材创作

党的十九大报告提出，"社会主义文艺是人民的文艺，必须坚持以人民为中心的创作导向，在深入生活、扎根人民中进行无愧于时代的文艺创造"。要"加强现实题材创作，不断推出讴歌党、讴歌祖国、讴歌人民、讴歌英雄的精品力作"。在新的时代精神引领下，湖南网络作家们聚焦现实题材，深入生活、扎根生活，创作了一批接地气、有温度、有力量的作品。

近年来，在现实题材创作中行业文尤为火热。湖南的网络文学作家结合自身专业知识，深耕各行业领域，加快了行业文的分蘖速度，涌现出中医、刑侦、匠术等细分品类。蔡晋的《医门宗师》以中医为切入点，以专业理论和硬核技能向人们揭开中医科学的面纱，不仅弘扬了传统中医文化，而且融玄幻元素于中医药剂、药理之中，开创了网络小说的中医技术流一脉。小说所涉及的中医急救术、针刺麻醉术、正骨术等医学妙法参考了大量古代中医典籍，主人公高山经营诊所的经历来源于作家蔡晋的亲身体验。据采访，蔡晋出生于中医世家，他的父亲是当地有名的老中医，他本人也有过多年从医经历。"一方面对医学知识的了解，让我写医生类的小说得心应手。另一方面，开诊所那会儿，接触、见识到了很多形形色色的人物、故事，这些都成了我现在写作的素材来源。"蔡晋是阅文集团大神作家、第二届网文百强大神。他的小说《医门宗师》在起点中文网连载以来获得近800万点击率，网络书评区有关中西医的优劣问题引起了读者的广泛讨论，在港澳台实体销售中取得了繁体销售排行前5名的好成绩。不信天上小馅饼的《刑警荣耀》围绕重大刑事案件的侦破展开，描述了警察王为不畏权势、奋勇擒匪的精彩故事。王为在屡破大案奇案的同时，自身也不断被提拔重用，由基层民警成长为平民英雄。小说将现实类刑警故事题材与主流网络小说写作技巧融合，通过一个个案件的侦破再现社会现实与生活境遇，既生动地塑造了基层警察的鲜活形象，又洋溢着当代青年的热血与激情，高扬了奋斗与奉献的时代精神。洛小阳的《三尸语》是匠门体系流开山之作。小说以"万鼠拜坟""太平悬棺""土司王朝"为中心线索，讲述了主人公小阳的爷爷死后所引发的一系列离奇事件。小说将鞋匠、扎匠、赶尸匠、花匠、木匠、泥匠、髡匠皆系统化地勾勒出来，通过地方匠术与灵异事件结合，呈现匠门众人一场跨越千百年的传奇故事。洛小阳是土生土长的湘西人，大学求学于重庆。正是这些地方生活经验使洛小阳将方言俚语与民间奇闻逸事融合，形成了极富地域与民族个性的创作风格。这部作品自连载以来读者好评不断，仅半年时间便在 PC 端单站点击近 2000 万，均订破万，月销售近 30 万元，有声版权已售出。正是由于《医门宗师》《刑警荣耀》《三尸语》等一批续接传统文化、扎根现实生活的作品涌现，将湖南网络文学的现实题材创作推向深化期。

作为女频网站主打的都市言情小说在 2018 年加快了拓宽题材的步伐，广泛涉猎音乐、刑侦、VR 游戏、家庭、职场、商战等门类领域。丁墨的《挚野》以热爱音乐的追风少年岑野与音乐培训教师许寻笙为中心，记录了一群乐队年轻人努力拼搏最终登上梦寐以求的音乐殿堂的青春故事。小说将音乐筑梦与爱情圆梦巧妙结合，表达了当代青年群体在喧嚣的尘世生活中对爱情与理想的执着与坚守。该小说入选 2018 "中国好书"、2018 中国网络小说排行榜年榜。丁墨曾说："一个人到了三四十岁，让你真正感到热血的，不是别的虚无缥缈、离你的生活很远的东西，而是每天在从事的职业。"综观她的创作，从《如果蜗牛有爱情》《他来了，请闭眼》《美人为馅》到《你和我的倾城时光》再到《挚野》，丁墨从悬疑题材辗转商战题材再到音乐题材的创作尝试都大获成功。这一方面体现了丁墨不断走出创作舒适区寻求创新的探索精神，另一方面也可从这些实践探索中抽绎出丁墨的创作特性。她的作品大多书写不同行业追梦奋斗的青年人，热血、信念、青春、爱情一以贯之的创作内核是丁墨稳居"女频天后"之位的制胜法宝。吉祥夜的《写给鼹鼠先生的情书》以青年女警萧伊然、刑侦队长宁时谦、卧底缉毒警秦洛为主角，讲述了人民警察英勇破获特大贩毒案的故事。故事节奏明朗，双线并进，情节一波三折，是一部有温度、有力量的现实主义力作。吉祥夜本人是一位警嫂，她的小说不仅能生动地展现人民警察的英勇无畏品质，而且善于描写刻画女性独有的细腻情感与无私大爱。她的《写给鼹鼠先生的情书》深获读者好评，入选 2018 "中国好书"。雪珊瑚的《你才玛丽苏》讲述的是大龄未婚女青年苏玛丽在 VR 游戏中开启的一段奇妙爱情之旅。影视金牌制片人玛丽苏在遭遇事业破产、母亲催婚后，偶然收到一款神秘的 VR 游戏机。苏玛丽通过这个游戏机穿越进不同的玛丽苏文里，与现实世界的邻居池风发生了一段温情治愈系的爱恋。小说构思新颖，将现代科技元素融入言情之中，通过 VR 虚拟游戏来侧面体现当下女性在感情、家庭以及工作中的困境，具有时代性。男主人公池风是一位双目失明的心理医生，这打破了言情小说惯用的"高富帅"式男主设置，将"灰姑娘"式的恋爱幻想拉回普通人的爱情与生活轨道，以接地气的现实感对时下流行的"玛丽苏"文进行了反拨。安如好的《铜婚》讲述了 3 对夫妻携手度过 7 年之痒的婚恋故事。杭雨馨、吕雁、郭晚晚 3 个发小各自找到了如意郎君步入婚姻殿堂。7 年之后，3 人的婚姻却都面临不同的危机。事业与家庭的矛盾、丧偶式婚姻、婆媳关系，甚至二胎等一系列现实问题直击婚姻痛点，引发广大读者共鸣。3 位 90 后女性通过奋斗收获了自己的事业，同时也在不断理解和磨合中修复夫妻感情关系，堪称一部婚后女性励志教科书。小说入围第三届金海欧国际新媒体影视 IP 百强榜，影视版权已出售。曾紫若的现实婚恋题材作品《我们终将刀枪不入》讲述了当代女性在婚姻、友情、事业中的成长史。女主角曾念放弃事业回归家庭，在产子之际遭遇了丈夫和闺蜜的双重背叛，后又经历了事业上的痛击。面对命运的一次又一次考验和打击，曾念越挫越勇，最终涅槃重生，收获了事业与爱情，也找寻到了真正的自己。小说一经发布便广受追捧，连载期间连续多次位居销售榜第一，点击榜、推荐榜、月票榜前三。唐以莫的《盛少撩妻 100 式》讲述了不近女色的霸道总裁盛誉反抗家族指婚，误遇女主角时颖并一见钟情的故事。盛誉与时颖的感情一波三折，两人最终冲破现实的层层阻碍，收获了幸福美满的爱情。小说全网点击破 5 亿，已改编同名漫画和有声剧。对比前几年湖南网络文学创作扫描和文本研读，笔者发现大部分都市言情小说作家已经意识到

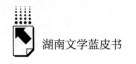

"灰姑娘"与"白马王子"式的爱情童话并不能观照普通百姓的爱情生活，他们转变了以往纯爱模式的惯用套路，将爱情注入时代脉搏与生活烟火气息中，大大丰富了都市现代女性的精神内涵。

二 奇异世界的正能量书写

幻想类小说一直是男频作家创作的热门领域，同时也是湖南网络文学创作的一块"金字招牌"。自 2004 年血红在起点"封神"以来，湖南的幻想类小说创作一直是大神的齐集地，并且不断有新鲜血液涌入。在 2018 年，湖南的幻想类小说创作获得了不俗佳绩。

玄幻、奇幻、科幻这三类小说都有一个"幻"字，侧重于在异世界描绘想象奇观，给读者带来自由、激昂、向上的审美体验。妖夜的《不灭龙帝》讲述了一个落魄少年成长为巅峰强者的艰险之路。小说主人公陆离的父母在他出生后便远赴寒冰深渊，15 年来杳无音信。陆离被姐姐陆羚抚养长大，姐弟二人从狄龙部落辗转到武陵城，颠沛流离中，姐姐又被青州强者劫走。为了救出父母和姐姐，陆离一路奔走于千岛湖、狄龙部落、中州、青州等各地。他得罪了世家大族，不断遭遇仇敌追杀，但也获得了许多机缘，成为北漠之王。恰逢南巫大地、东瀛大帝、西羽大地、北蛮大帝联合入侵人族，陆离为了捍卫家园，与四方强敌展开了一场持久的浴血之战。作家妖夜以热血书写家国情怀，故事高潮迭起，情节动人心弦，用激昂的笔调为读者营构了一场玄幻盛宴。妖夜曾说："每个男人都有一个英雄梦，都想快意恩仇。"他正是将这种执着追梦的热血激情与英雄的责任担当内化为创作硬核，吸引了大批读者的持续追更。2018 年他凭借《不灭龙帝》获得版税 1500 万元，名列富豪榜第 15 位。极品妖孽的《绝世战魂》构建了一个以武魂沟通天地的玄幻世界。主人公秦南十岁的时候因机缘巧合获得了来自太古时期的战神之魂。在他十八岁之时，战神之魂觉醒，从而开始了一场逆袭之旅。主人公秦南的成长历程与闯关晋级挂钩，具有很强的代入感。极品妖孽是我国 95 后网络文学代表作家之一，同时也是第二届网文之王的百强大神。

他善于设置悬念和刻画人物。他围绕秦南前世的身份之谜和战神秘密设置了环环相扣的情节，激发读者的阅读热情。他笔下的人物血肉饱满，主人公秦南的每一步成功都与他的坚强意志、冒险精神、侠义担当有关。他所描绘的玄幻世界也是一个充满正能量的世界，对于读者有激励功能。二目的《放开那个女巫》讲述了现代机械工程师程岩穿越到女巫大陆成为灰堡国四王子罗兰·温布顿，带领女巫和民众发展工业、抵御魔鬼的探险之旅。作家将科技与魔法相融合，形成独具一格的女巫种田文。二目从事建筑工程师工作，同时他又是一位资深奇幻迷，这一双重身份让他的作品发生了化学反应。他熟知建筑理论和操作实践，使《放开那个女巫》具有"内行人"的专业品性。奇幻世界的魔法设定又为要求严谨而精确的工业建筑与机械工程插上了想象的翅膀，为读者带来现实与虚拟结合的审美张力。尽管二目2016年才入驻起点中文网，但《放开那个女巫》已将二目推至"半部封神"的"十二主神"王位。该作不仅在国内受到读者好评，还被粉丝自发翻译到海外，在 Volarenovels 网站连载，掀起一股女巫同人图绘画的热潮，并在起点国际上架，海外读者反响颇高。罗霸道的《星际涅槃》是一部热血激战的科幻小说。一艘宇宙飞船被追杀迫降在一处蛮荒星球，由于船员人数锐减，为了保持种族延续、文明延续，众人齐心协力展开了一场星际涅槃行动。主人公韩星海本是被宇宙飞船劫持来繁衍后代的野蛮人，在对战宇宙怪兽天蟒、猛岩龙、星际旅军蚁等许多战役时展露出惊人战斗力，成为让七大星域闻风丧胆的"木棍少年"。接触高科技文明之后的韩星海通过不断地学习进化，不仅建立了知识体系，而且激发了机甲制造天赋，由一个被人瞧不起的野蛮人蜕变成拯救星际的大英雄。罗霸道谙熟屌丝逆袭的故事模式，善于将正能量注入科幻叙事中，其笔下的主人公大多是充满正义感的"纯爷们儿"形象，读来令人热血沸腾，受广大读者追捧，2018年罗霸道获得第三届"橙瓜网络文学奖"百强大神称号。综观湖南的网络玄幻、奇幻、科幻小说创作，都带有一种浓郁的英雄主义色彩。这一方面暗合广大男性读者的阅读心理期待，另一方面也昭示出湖湘文化中"敢为人先，心忧天下"的基因赋魅。

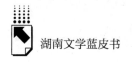

湖南的仙侠小说创作将"侠文化"与传统经典、都市生活、幽默元素、虐恋故事嫁接，侧重人情与人性的立体刻画，体现出作家新的探索与突破。磨剑少爷的《西游：决战花果山》对传统名著进行了另类解读，重建出一个全新的西游世界。这部小说将西游人物进行颠覆式的革新，在解构西游经典模式的同时，也彰显出作家勇于挑战传统阅读经验的自由与反叛精神。孙悟空追寻自由、屡败屡战的孤胆英雄形象实际上正是作家磨剑少爷人生经历的真实写照。磨剑少爷回顾自己的青春时，曾感慨那个15岁辍学一意孤行要当作家的他，那个写作生涯屡战屡败依旧咬牙不放弃的他，就是《西游：决战花果山》中内心孤独坚韧、敢于反叛的孙悟空。一梦黄粱的《老衲要还俗》讲述了一个带有一身毛病的少年黄粱一梦的故事。主人公方正是一个内心渴望还俗的小和尚，在佛祖系统的帮助下他带着几个动物弟子游历天下、渡世救人。当方正体验了世间百态，赚取无量功德飞升成佛时，才发现是一场梦。醒悟后的方正开启了在现实世界的行善之路。小说以传统节庆、佛教节日、风俗习惯、美食、文化、地域、山水、气候等为元素，将传统的中华文化、佛教文化、社会文化以及当下热门社会现象熔为一炉，颇具现实意义。作家一梦黄粱将修行融于都市生活中，佛祖系统的设定、一线穿珠式的结构设置以及动物弟子象征世人心中俗念的写法，给人以新鲜感。《老衲要还俗》连载后在起点热销榜、QQ阅读榜、多看阅读榜、喜马拉雅有声阅读榜中名列前茅，英文版已在起点国际推出，改编动漫正在制作中。尤前的《师父又掉线了》融幽默爆笑元素于仙侠之中，讲述武力爆表的师父、厨艺满级的徒弟以及超会赚钱的经商天才在异世界开启的笑闹之旅。作家尤前摒弃了以往仙侠小说中的强者为尊、打怪升级、虐恋情深的套路模式，通过小人物的自立自强和轻松明快的文风来为读者展现一个波澜壮阔的仙侠世界。该作全网点击破亿，获得2018年阅文超级IP影视改编价值创新题材作品、第四届华语原创小说评选最受欢迎网络原创小说女频作品，改编漫画即将上线。温宠儿的《天妃白若：花开可缓缓归矣》讲述了瑶池小公主白若与天族太子帝墨寒的三世虐恋情缘。这部小说承袭了仙侠言情中的"三世"模式，将"虐文"发挥到了极致。求虐心理是一种比较常见的阅读症候，阅读虐文看似是一种自我摧残，实际上是一种宣泄渠道，它能将读者平时在社会生活中所积压的负能量以高能方式排除，使人获得官能快感，温宠儿正是深谙这一心理法则，收获了一批稳固的网络读者群。

三 倾注血泪的时代精神写作

在网络小说创作中，历史文和军文由于对作家的知识专业性要求较高，写作难度大，阅读受众面小，因而相较玄幻、仙侠、都市小说等大类稍显冷清。湖南的网络历史小说和网络军事小说创作一直发展稳健，这不仅是因为有贼眉鼠眼、流浪的军刀等一批老牌大神稳扎根基，还因为有愤怒的香蕉、风卷红旗等一批中坚作家的笔耕拓进。他们肩负作家的社会责任担当，在波澜壮阔的历史长河和风云诡谲的战局硝烟中谱写了一曲曲时代赞歌。

在网络历史小说中，愤怒的香蕉的《赘婿》讲述了在武朝末年的动荡局势下，江宁城商贾苏家一个毫不起眼的赘婿从家宅到庙堂的命运蜕变之路。小说视野宏阔，集穿越、商战、军事、架空历史等网络文学元素于一身，以从容细腻的文学笔调将众多历史人物齐聚一堂。作家在"身—家—国—天下"结构下书写"天下兴亡，匹夫有责"的精神，通过主人公宁毅历经胡虏南下、百万铁骑叩雁门的动荡岁月，通过忠臣与奸臣的较量、英雄与枭雄的博弈，深刻揭露出国家与民族百年的屈辱与抗争历史，娓娓道出宏阔时代里的生活细节和感情悸动。愤怒的香蕉曾获第一届茅盾文学新人奖暨网络文学新人奖，在第二届网文之王评选中位列百强大神。其代表作《赘婿》是历史类网文的现象级作品，于起点中文网连载8年，在2018年5月荣登起点月票总榜冠军，并获第二届网络文学双年奖银奖。贼眉鼠眼的《贞观大闲人》以大唐贞观年间为背景，讲述了现代青年李素穿越后从乡野到朝堂的建功立业故事。主人公李素的"穿越"设定使他不仅熟知历史过往，而且能将现代技术和发明应用于古代，符合网民读者一贯追求的"爽"感。李素从一个不起眼的贫寒少年走向仕途施展抱负，满足了男性读者的"官场梦""英雄梦"。他爱财、腹黑的个性脱离了"高大全"式的人格，

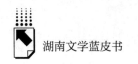

而恰恰是这一形象塑造使他在唐朝抵御吐蕃、高昌的表现中胜过许多"正人君子"式的大臣。贼眉鼠眼善于将历史题材熔铸于幽默诙谐的文风中，用温情细腻的笔调述说家国天下儿女情长，其塑造的"草根"人物形成了独有的"贼式"风格，他在第二届网文之王评选中位列百强大神。

湖南的军事小说创作历史较早，在长年的写作积淀下网络军文作家们2018年斩获了不少荣誉。流浪的军刀的《血火流殇》记录了抗日战争时期在武汉地区一群勇敢的谍报工作者为拯救国家危亡，与日寇、国民党、汪伪政权斗智斗勇的故事。主人公尚稚和燕景宗是两位身处不同阵营的多重间谍，为了获取日寇机密情报，他们由对抗到联手，在敌人内部层层深进的过程中二人互相掩护、奇谋百出，用生命与牺牲谱写了一曲忠诚史诗。流浪的军刀是省内最早一批进入网文界的作家，他的作品文风硬朗，具有很强的逻辑性、代入感和真实感，这一创作特点与作家流浪的军刀的自身经历有关。流浪的军刀是一名特种兵退役军人，有过荷枪实战、绝地求生的浴血经历，为保家卫国赴汤蹈火奉献了热血青春，是名副其实的"刀爷"。他目前位列第二届网文之王百强大神。当前正在连载的《血火流殇》入选2018中国网络小说排行榜年榜。风卷红旗的《永不解密》是一部书写正能量的军事谍战小说。故事背景设定于20世纪80年代，主人公林千军是解放军总参第二军（军情局）的参谋，他的日常工作是拆阅没有收件人的信件和无法寄投的可疑信件。一封代号为"蝴蝶"的信件打破了林千军平淡的生活，他由此卷入一场间谍与反间谍之战。我国军情机构通过"蝴蝶"的信件，与人民群众联手智斗敌特，主人公林千军几经生死、与敌人性命相搏的场面展现了中国军人深厚的爱国情怀与牺牲精神。小说作者风卷红旗善于在宏大的故事架构中设置悬念，破茧寻蝶、助蝶重生、得蝶相助、诱敌入瓮等情节使整个故事高潮迭起、扣人心弦。在谈到小说的创作意义时，风卷红旗希望通过《永不解密》传达社会主流价值观，弘扬中国各个阶层各个行业人士的爱国主义情怀。小说曾经荣登百度十大热词榜首，长期居铁血读书网点击榜、收藏榜、鲜花榜、打赏榜、催更榜等各类榜单前10名，入选多个网络小说排行榜单。

综观湖南的网络文学创作，从"荒野草根"到"大神鹊起"，一路走来，网络作家们披荆斩棘历经风雨，终于褪去了青涩与浮华，作品日渐显露精品意识和精英气派。未来湖南的网络文学发展之路需继续高扬时代精神与创作理想，吸纳更多的新锐力量加入网络作家群体，吹响"网络文学湘军"集结号，向文学的"金字塔"塔尖进发。

B.8
电影文学：展现湖湘风采，注入新锐力量

陈 爽 *

摘 要： 2018 年湖南电影蓬勃发展，从影片类型看，公益类、主旋律影片占据主要地位，农村扶贫、湖南地方特色，以及留守儿童是影片题材的主要来源，网络电影则以都市青春类型为主。从创作主体看，湘籍年轻导演的作品呈现可喜的增长，创作出极具个人风格化的影像。此外，随着网络大电影市场的发展，湖南媒体开始进军网络大电影行业，成为湖南电影发展的重要动向。

关键词： 湖南省 电影文学 综述

一 前言

2018 年湖南出品（含联合出品）、湘籍导演的电影作品主要有 18 部，电影基本信息见表 1。

本年度湖南电影共有 18 部，按照题材分类有公益片、爱情片、青春片、悬疑片等，整体来看，本年度较为突出的现象是：公益片数量的大幅增加，以及湘籍年轻导演的涌现与网络电影发展势头的增强。因此本文不按照题材分类方式进行一一述评，而以描述 2018 年引人注目的电影发展现象为写作思路。

---

* 陈爽，长沙学院影视艺术与文化传播学院讲师，主要研究方向为戏剧、影视理论与批评。

表1 2018 年全国首映湖南电影一览

序号	片名	类型	导演	编剧	制作出品	许可证编号	首映	网播平台、湖南关联
1	《芒刺》	悬疑	陈俊霖	陈俊霖	深圳市中皇影业传媒有限公司,巨禾影业(深圳)传媒有限公司,深圳市叁鑫文化传播有限公司,北京九紫文化传媒有限公司等	电审故字[2017]第735号	2018年1月16日	湖南籍导演
2	《泡美小姐》	爱情	张歆艺	程小猫	四川挚友文化传播有限公司,浙江禾婵和美文化传媒有限公司,天津58同坡影视文化有限公司,湖南影人窝窝等	电审故字[2017]第508号	2018年2月9日	优酷,湖南联合出品
3	《西游记:女儿国》	魔幻神话喜剧	郑保瑞	文宁	星皓影业有限公司,山东鲁信文化资本集团有限公司,中国电影股份有限公司,华夏电影发行有限公司,湖南星娱乐有限公司	电审故字[2018]第033号	2018年2月16日	爱奇艺,湖南联合出品
4	《篾婆》	公益农村	蒋能杰	蒋能杰,罗丽	意汇传媒(北京)有限公司,棉花沙影视传媒(东莞)有限公司	电审故字[2017]第589号	2018年4月11日	湖南籍导演
5	《香港大营救》	历史悬疑	刘一君	陆信,郭子胜,刘一君,刘云鹏	湖南潇影第二影业有限公司,潇湘电影集团有限公司	电审故字[2018]第131号	2018年5月4日	爱奇艺,湖南出品
6	《出走人生电台》	青春	刘博文	秦朗,李翰东	湖南芒果娱乐有限公司	电审故字[2018]第262号	2018年5月24日	爱奇艺,湖南出品
7	《搏击少年》	青春	韩旭	出其东门,宫商	湖南芒果娱乐有限公司	节目备案号:V0108283180102005	2018年6月15日	优酷,湖南出品
8	《女他》	动画	周圣崴	周圣崴	上海视觉艺术学院,北京益威文化传媒有限公司	电审动字[2018]第014号	2018年6月22日	湖南籍导演

续表

序号	片名	类型	导演	编剧	制作出品	许可证编号	首映	网播平台，湖南关联
9	《面向群众》	公益农村	周琦	陈宝光、张五洲	潇湘电影集团有限公司、八月潮影业股份有限公司	电审故字[2017]第702号	2018年8月3日	湖南出品
10	《香河》	公益传记	韩万峰	刘仁前、罗娟	深圳元煤映画文化传播有限公司、潇湘电影集团	电审故字[2018]第130号	2018年8月5日	湖南联合拍摄
11	《嗳！人鱼君》	青春爱情	符婷	王水波（文学统筹）	湖南芒果娱乐有限公司、优酷	节目备案号：V0108283180102012	2018年8月17日	优酷，湖南出品
12	《荒村浮生若梦》	恐怖悬疑	李沿子	无	湖南芒果娱乐有限公司	电审故字[2018]第224号	2018年8月23日	爱奇艺，湖南出品
13	《八卦风云之河图》	悬疑	张艳龙（湖南）熊巍	彭琳	广州江帆影视传媒股份有限公司、深圳市天祥影视文化有限公司	节目备案号：V1904073180802005	2018年8月31日	湖南籍导演
14	《一代女魂唐群英》	历史传记	邓楚炜	邓泽辉	衡阳市广播电视台、湖南银星文化传播有限公司	电审故字[2018]第511号	2018年11月6日	湖南籍导演
15	《正正的世界》	公益农村	孙杰	彭海燕	湖南砚泉文化传媒有限公司	电审故字[2018]第438号	2018年11月20日	湖南出品
16	《李贞还乡》	公益戏曲	朱赵伟	盛和煜	中国戏剧家协会、湖南公益电影传媒中心、湖南大映公益电影有限公司	电审故字[2018]第732号	2018年12月3日	湖南出品
17	《爱在湘西》	公益农村民族	李勇	李稳华	湖南一甲传媒有限公司	电审故字[2017]第708号	2018年12月18日	湖南出品
18	《热土》	公益农村	周琦	谭仲池	潇湘电影集团有限公司、中共中央党校出版社影视中心、华夏电影发行有限责任公司、湖南潇影第二影业有限公司	电审故字[2018]第896号	2018年12月28日	湖南出品

二　公益、主旋律电影：关注农村、书写民族国家情怀

本年度湖南电影中公益类影片主要有《热土》、《爱在湘西》、《正正的世界》及《矮婆》等。

公益电影《热土》于 2018 年 12 月 28 日上映。该电影由周琦导演，潇湘电影集团有限公司、中共中央党校出版社影视中心、华夏电影发行有限责任公司、湖南潇影第二影业有限公司出品。影片中主人公田韧在深圳以开出租车为生，属于农村中离开土地的年轻一代。田韧因爷爷生病而回乡探望，得知爷爷的病是由村里大片土地因无人耕种而荒芜的心病引起的。村支书田虎劝说田韧留在村里种地，向田韧讲解了党的十八大之后出台的惠农政策。田韧最初拒绝了村支书，后来他看到了农村发展的前景，决定留在村里创业。创业之路充满了艰辛，村民们不信任田韧，再加上竞争对手的打压，田韧以土地为生的创业举步维艰。为了取得村民的信任，在村里的帮助下，田韧成立了农村合作社，带领村民取得了大丰收。该片以田韧回到故土创业为主线，辅之以情感线展现了当下农村发展的前景与机遇，爷爷当年与女知青相爱，但女知青离开农村回到城里，而今田韧的女友周悦雅在经历了风波之后，却能够真正理解田韧，并选择主动回到农村，通过祖孙二人的情感对比，更加凸显当今农村是一个充满机遇与希望的地方。

《热土》是反映改革开放变化的湖南农村题材影片，献礼改革开放四十周年。影片的拍摄地选在湖南攸县，颇有地方特色，呈现了湖南农村地方新风貌，展现了党的十八大后农村政策的变革以及新时代下农村发展的新局面。影片中主要人物以"田"为姓，寓意着土地在农村的重要性，而主人公取名为田韧，则表现了希望年轻一代能够扎根农村，以韧性精神在故土创业致富的期待。潇湘电影集团在改革开放四十周年之际，选择拍摄农村题材影片《热土》，将国家改革开放的变化、新时代农村发展的状况以及对新一代年轻人应肩负起振兴农村使命的呼吁，摄制成电影，体现了潇湘电影集团及主创团队讲述湖南故事、讲述中国故事的决心。

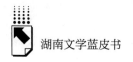

本年度另外一部农村题材影片《爱在湘西》于2018年12月18日首映。该片由湖南一甲传媒有限公司出品，"主旋律电影专业户"李稳华编剧，中国传媒大学教授李勇导演，为湘西州建州60周年献礼。该片获得2018年国家电影精品专项资金资助，并受邀参展第27届中国金鸡百花电影节少数民族电影展。片中以湘西大学生村官对口扶贫事迹为原型，主要讲述了大学毕业生田野以村官的身份来到苗寨，带领苗乡人民脱贫致富的故事。田野想利用当地的黄金茶作为脱贫致富手段，却遭到了反对。村支书石天柱的女儿石玲明确告诉田野这件事是不可能的。因为黄金茶脱贫牵涉到苗乡石、麻两家的恩怨，只有将恩怨解开才能顺利开展这项计划。田野并未因困难而气馁，他请来省里专家考察黄金茶，并最终化解石、麻两家恩怨，联合开发黄金茶，因地制宜发展旅游资源，带领村民走向致富之路。在这一过程中，田野与石玲互生情愫，这份感情受到了石玲父亲的反对，而他们要面临的最大问题是作为大学生村官的田野将会离开苗寨，二人的未来不可预知。虽然田野与石玲的感情经历了波折，但二人最终喜结连理，并举行了盛大的苗家婚礼。

《爱在湘西》拍摄地在湖南湘西花垣县十八洞村、吉首、保靖等地，具有较多的湖南元素，以富有美感的镜头呈现了湘西的自然风光，其中在红石林国家地质公园所拍摄的田野与石玲的苗家婚礼，不仅展现了红石林公园的自然风貌，更是将苗乡的人文景观表现得淋漓尽致。值得一提的是，片中的音乐颇具民族特色，为影片增色不少。而该片以"爱在湘西"为名，既是对湘西地方的热爱，扎根湘西，以精准扶贫建立美好生活为愿景，也是影片中所描摹的男女之间的浪漫爱情。

《热土》与《爱在湘西》关注的是如何在当下带领农村进行扶贫致富的新发展，本年度另外两部公益影片《正正的世界》与《矮婆》则关注的是社会城市化进程中留守儿童的问题。因《矮婆》导演为湘籍年轻导演蒋能杰，本部分主要评述影片《正正的世界》。《正正的世界》于2018年11月20日全国上映，由潇湘电影集团有限公司、湖南砚泉文化传媒有限公司出品，孙杰导演，湖南人文祥担任制片。《正正的世界》以板江乡小学8岁儿童于正正为主人公，正正患有先天性肌肉型斜颈，头部一直向左歪斜，正正因此被父亲于大龙所厌弃，于大龙甚至一度想将他抛弃。正正这种先天性的疾病，越早治疗效果越好，但对于家境贫困的正正家来说，3万元的治疗费如同天价，这也是正正的疾病直到小学二年级依旧未被治疗的原因。正正的母亲为了筹措治疗费，来到城里的酒店打工，正正成为留守儿童。正正为了寻找母亲，独自一人来到城里，在多位好心人的帮助下，正正见到母亲，并获得捐助得到救治。影片以暖心的大团圆结局做结，正正的疾病得到治疗，全家团圆，表达了影片主创人员对正正这样的留守儿童美好的希望。该片的主人公正正是一位较为特殊的留守儿童，他不仅留守而且患病，围绕着正正的故事，影片呈现了农村其他留守儿童的普遍境况，父母之爱缺失，如影片中参加学生家长会的竟然全是老人。《正正的世界》以留守儿童问题为题材，体现了该片的公益性与对社会问题的关注。片中正正的问题得到解决主要依靠好心人的帮助，儿童需要父母的陪伴，可父母却为了生计不得已需要外出打工。要想真正解决留守儿童的问题，社会人士的爱心与帮助是必要的，但从根本上来说是农村能够成为解决生计之地，这样更多被迫外出打工的父母会因为农村的发展前景，选择回到农村，留守儿童的问题才有可能得到解决。

本年度一部历史题材的主旋律影片《香港大营救》于2018年5月4日上映，由刘一君导演，湖南潇影第二影业有限公司、湖南天尚影视传媒有限公司、潇湘电影集团有限公司、湖南省文化艺术产业集团股份有限公司等联合出品。该片讲述了1941年太平洋战争爆发后，日军占领香港，并企图通过控制在香港滞留的文化艺术界人士达到对中华民族的文化控制。在日军搜寻文化艺术界人士的同时，蒋介石政府下达了对著名新闻记者、政论家邹韬奋的追杀令。受周恩来总理指示，"东江纵队"中共地下党员叶伟强与阿根乔装打扮来到香港，与混混潘葆荃以"一根金条一个人头"达成帮忙协定。而此时，《华声日报》主编孟砚秋被杀，《南华日报》主编王雅堂示好日军。在瑶园戏苑白梦瑶公祭孟砚秋时，叶伟强前去发现白老板竟是他在战争中被迫分开的妻子，夫妻二人相见，并一起为解救文化艺术界人士奔走。在这一过程中，混混潘葆荃与国民党特务朱瑛均被叶伟强的精神感动，最后叶伟强

成功营救了文化艺术界人士，他与阿根却牺牲了。

《香港大营救》选择了很有意义的故事题材，由真实历史事件改编而成，呈现了这一段鲜为人知的历史事件。影片用日军入侵珍珠港的真实历史影像将观众迅速带入历史情境并展开叙事。该片最值得一提的是人物的塑造，主角叶伟强不畏艰险营救文化界人士的赴死决心及其英雄主义，混混潘葆荃受叶伟强影响后的转变，其中最令人印象深刻的是《南华日报》主编王雅堂。王雅堂在《华声日报》主编孟砚秋拒绝日军要求被杀后，用曾留学日本等方式向日军示好，显示出妥协与合作的一面，但当叶伟强带着邹韬奋等人离开香港的紧要关头，面对日军要求他去指认文化界人士的命令，王雅堂毫不犹豫选择以身赴死，保全他人，人物的复杂性得以展现。总体而言，该片选择将这一段尘封的历史事件影像化本身便具有意义，在颇具悬念的叙事中，影片中的家国情怀、英雄精神、儿女情长等让人有所触动。

三 湘籍年轻导演：极具个人风格化的影像

2018 年湖南电影中由湘籍年轻导演拍摄的影片引人关注，蒋能杰导演关注留守儿童的剧情片《矮婆》、周圣崴导演的动画电影《女他》是其中的佼佼者，展现了年轻的湖南电影人的活力。

蒋能杰《矮婆》于 2018 年在 4 月 11 日作为第八届北京国际电影节"中国故事"单元首映，由意汇传媒（北京）有限公司、棉花沙影视传媒（东莞）有限公司联合出品。导演蒋能杰为 85 后湖南邵阳人，该片剪辑指导为廖劲松，音乐指导为林强。该片虽然是导演的首部剧情片，在题材上却延续了其一直以来对留守儿童问题的关注。蒋能杰导演曾拍摄留守儿童纪录片三部曲《路》《村小的孩子》《加一》，其中《村小的孩子》荣获德国法兰克福影展一等奖、荣获第三届凤凰纪录片大奖最佳长纪录片。《矮婆》主人公云洁是纪录片《村小的孩子》中的小女孩蒋云洁，影片的名字"矮婆"则是这个留守在农村，与奶奶和妹妹们相依为命的小姑娘的另一个名字。影片讲述了云洁与同父异母的两个妹妹及奶奶一起生活，父亲及后母去城里打工，云洁承担起照顾有腿疾的奶奶和年幼的妹妹的任务，大部分的家务都压在她的身上，这些使她没有这个年纪本该有的天真与无忧。让云洁困扰的除了现在的生活之外，还有那些无处寄托的情感，云洁的生母在她年幼时离开，当老师布置写作《我的妈妈》作文时，云洁向奶奶询问亲生母亲的信息，奶奶只说了"她是河南的"，便不愿意再继续说下去，要求云洁写"现在的妈妈"。云洁内心敏感，而奶奶不愿让云洁对她的亲生母亲多生幻想，加重情感上的痛苦。作为乡村留守儿童的云洁，生活单调，每天早晨为家人准备烤红薯、上学、拾柴、放牛等，这样的生活虽然偶尔会有微小的快乐，但更多给人的却是沉重感。云洁奶奶去世后，云洁随生父及后母南下，父母试图让云洁和妹妹在谋生地上学，计划落空后，她们只能再次回到家乡。

影片没有采用复杂的叙事，看似松散的记录式片段，连缀而成的是完整而真实的影像表达。该片所具有的震动人心的影像力量很大程度上来自这种真实感，这得益于导演之前拍摄留守儿童纪录片的积淀。不过，需要指出的是，作为一部剧情片，该片的影像真实是艺术真实而非生活真实，影片在风格上有纪录片感，却是真正精心设计的剧情片，导演很好地处理了艺术真实和生活真实的关系，功力可见一斑。该片主线围绕着云洁展开，片中最大的事件是云洁奶奶的去世，以及她与父母到广州，除此以外，所展现的都是日常的微小事件，如云洁写"我的妈妈"作文时的困扰、被房子漏雨而影响了考试、被小朋友开"夫妻"玩笑、舍不得吃的桃子、负担大部分家务、妹妹向她小小的炫耀，丢了牛不敢回家等，这些没有跌宕起伏戏剧矛盾与冲突的小事件，通过影像呈现一点点堆积起来，与影片中其他人的遭际相作用，产生了巨大的催化效果，真实细腻地展现了乡村留守儿童的生活与无奈处境，让人有所触动。片中有小学未毕业便一心想着去打工的男孩子，打工是他们在自己的处境中看不到希望的选择，也是他们能想到的命运给的唯一选择，甚至代课老师都做出离开学校去打工的选择。

该片在细节处理上颇为用心，留守儿童成长中缺少父母的陪伴与照顾，会有一种孤独感，对于云洁来说这种孤独感更甚。云洁的生母在她一岁时离

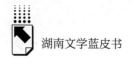

开，现在的母亲并不能够给她所需要的母爱，影片在细微处表现了这一点，在云洁与妹妹跟随邻居到父母打工的工厂时，母亲开心地抚摸妹妹，但对云洁则并没有过多在意。同样与家人走在一起时，画面上的云洁总是处在最后面被遮挡的位置，影片结尾处母亲带着两姐妹回到家乡，依旧是母亲带着妹妹睡，云洁单独睡在逝去的奶奶房里。

《矮婆》多采用固定镜头与长镜头，极具风格化，用冷静客观的镜头语言讲述了云洁的故事。影片整体表现为一种静穆的风格，寂寥的乡村景色，村口沉默无言的大树，适当的空镜运用，不仅呈现了乡村的真实环境，更是起到了以景传情的作用。该片并未试图寻求给出一种解决留守儿童问题的可能途径，影片的着力点在于真实的呈现，因此在云洁等留守儿童之外，也展现了父母们的不易。对于云洁的父母而言，外出打工是无奈之举，云洁与妹妹们成为留守儿童是父母离开造成的，但父母为何会离开？父母不想选择回到家乡吗？回归乡村会让云洁与妹妹们不再成为留守儿童，并且获得父母的陪伴与成长中家庭的完整性，但另一个问题是，留在家乡的父母是否能够解决养育子女的经济问题，并为云洁等留守儿童提供一种更加有希望的未来呢？这些思考都留给了观众。这部影片是一部佳作，通过影像引发观众思考，是真正有力量的影像。

本年度另外一部值得关注的影片是湘籍 90 后导演周圣崴的《女他》。《女他》是一部定格动画电影，2018 年 6 月 20 日在上海国际电影节首映，获得金爵奖提名。《女他》故事的基本设定是在只有男鞋才能工作的鞋子世界，一只红色高跟女鞋为了养育孩子，将自己塞入死去的男鞋中，去卷烟厂工作，受到压榨最后复仇的故事。该片开场是一只男鞋狂舞后死去，吐出很多钥匙，主角女鞋用钥匙打开家里的各种布包，拿出袜子喂小女鞋。袜子吃完以后，女鞋想去工厂做工，但工厂门口挂着女鞋不能进的示意图。女鞋便把自己塞进死掉的男鞋里，掩藏了女性标志的绿植，去工厂卷香烟，以获得食物养活自己的孩子。工厂根据工作量，会显示得到的袜子数，得到的袜子就挂在头上。然而其他男鞋偷懒不做工，但他们头上仍有很多袜子。女鞋拼命卷烟，半天才得到一只袜子。男鞋凭借喝酒取得老板的欢心，这便是男鞋偷懒却能获得很多袜子的原因。女鞋最初拒绝喝酒，但她看到喝酒会获得袜子，然而喝了酒之后，她吐出来一颗樱桃。老板感到震惊，随即让女鞋喝更多的酒。然而，女鞋喝醉后头顶隐藏的绿植显露出来，老板指挥助手蜘蛛所制造的香烟虫将绿植吃掉，用螺丝钉和烟雾把女鞋强行包起来变成男鞋。但女鞋想起了女儿，挣扎着让樱桃从蜘蛛里发出芽，长成绿植，撕开外壳变回女鞋。一场大战后，绿植把香烟虫消灭了，女鞋点火烧毁工厂后面的房间，让绿植把男鞋撕碎，并拿走他们的袜子。仅剩下了两只男鞋，一只被她变成一幅黄金画框的画，然后打碎，另一只为了活命，把头上的机械装置变成植物的样子，又涂上口红，假装自己是女鞋。女鞋拿着袜子回家把女儿养大，老了以后自己离开家死在荒野里。女儿把女鞋留下的眼睛（一朵枯萎的花）吃掉，拥有了力量，重新控制绿植，并来到工厂。强迫其他女鞋和女装男鞋一起工作，生产樱桃换取袜子。女鞋们努力吐樱桃，却得到很少的袜子。而男鞋依旧只负责喝酒，吐出烟雾变成黄金给女儿制造宝座。影片的最后，女儿坐在老板的位置上，头上的植物变成了毒蘑菇。

该片在上海国际电影节一经上映，便以大胆奇特的风格、有深度的内容表达获得了关注。片中制作定格动画使用了 5.8 万张照片，耗时 6 年完成，角色、道具和场景均是由生活用品和垃圾组成，导演亲自制作了 286 个模型。影片极具想象力，打造了一个光怪陆离的世界，男性是黑皮鞋，女性是红色高跟鞋，食物是袜子，眼睛是花朵等，类似卷烟厂的钟表这样超现实主义风格的元素加入，更使该片具有强烈的视觉冲击感。仅从故事来看，片中所讲述的故事并不复杂——生活受限的女性的复仇故事，但新颖独特的风格使该片具备了"有意味的形式"，隐喻性符号世界建立体现了强烈的表达诉求。其所建构荒诞世界，等级森严，性别界限不可逾越，挤压着女性个体的生存空间，借用女鞋的变装指向了性别问题。导演曾多次提到，该片的想法既来自童年时对母亲在外打拼的个人感受，亦受到大学课堂"当代花木兰"困境的影响。毫无疑问，女鞋不被允许工作，被作为生育机器的基本设定及所展现的同工不同酬等，都使人联想到女性主义运动的第一次浪潮中所关注的平权问题。不过影片并未止于对性别议题的表面探讨，而是引向了更有深

度的思考，女鞋复仇男鞋世界后，影片结尾处女鞋的女儿最后坐在老板的位置上，迫使女鞋和男鞋为其工作，头上的绿植变成毒蘑菇，画面越来越黑。以此作为影片的结尾使该片在表达上有了更深刻的可能。女性主义运动在为女性争取权利以及地位平等上取得了一定的进展，但时至今日，根深蒂固的性别二元对立观念依旧使女性处在弱势地位，与此同时，应该看到的是女性主义运动中存在的问题，尤其是打着女权的旗号过于强调性别权利，这并不利于男女性别议题的真正解决，其中透露出的以一种性别压制另一种性别的方式，与男权社会对女性的压制在根本上是同一的，都加重了性别的二元对立。如何更加理性地对待性别问题是这里无法展开的问题，不论哪种性别身份实际上都被束缚于观念中。但至少在该片中导演通过这样的结尾将性别问题引向了更为深入的思考。除此之外，女鞋为了母亲身份而活所失去的自我，自私自利的女鞋女儿等，都能够看出导演的个人思考。导演最初曾计划以《花木兰》为片名，如今采用了更加吸睛的《女他》，"女他"是海报宣传上"变形鞋妈"的所指，但另一层面或有着性别议题中"雌雄同体"的意味。值得一提的是，除了通过奇特的造型、色彩、光线等呈现的极具冲击力的视觉效果，全片无一处对白，独特的音效和配乐的使用为该片增色不少。

在上述两部作品之外，湖南衡阳80后导演邓楚炜的影片《一代女魂唐群英》2018年11月6在衡阳首映，由衡阳市广播电视台、湖南银星文化传播有限公司联合出品。该片讲述百年前中国的女权运动，以辛亥革命妇女领袖唐群英为代表的女性冲破封建礼教的束缚，要求"妇女解放，男女平等"的故事。影片主演为曾获得金鸡百花奖女演员的田海蓉主演，成功塑造了唐群英的荧幕形象。

四　网络大电影：电影发展的机遇与挑战

2014年爱奇艺"网络大电影"概念的提出，是网络电影兴起的标志。所谓"网络大电影"是为了区别网络微电影而采用的命名，此后网络大电影在数量上呈现井喷式的增长。网络大电影是一种新的电影制作与发行的产物，其不以院线播出获取票房为目的，而是通过网络平台的播放次数、有效点击率、广告植入费用等进行分账。网络平台播放的影片一种是已拿到电影放映许可证的龙标，但因种种原因未能上院线的影片，另一种则是网络播放平台与投资方的自制影片。有些网络电影出品方为了经济利益而放弃了影片的质量，使网络电影的质量参差不齐。2017 年国家新闻出版广电总局出台一系列法律法规，规范网络电影市场，做好网络电影审查备案。截止到2018 年，已有 30 部网络大电影实现 1000 万元分账的突破。网络大电影因为成本较低、播放方式灵活、灵活的分账方式等受到青睐，未来电影发展中网络大电影是重要的发展趋势，2018 年湖南芒果娱乐有限公司发布"超芒计划"，宣布正式进军网络大电影市场，这是本年度湖南电影的重要事件之一。2018 年该公司已出品的网络电影有《出走人生电台》《搏击少年》《荒村之浮生若梦》《嗳！人鱼君》等，预计在 2019 年推出《艋舺偷天换日》《大明锦衣之妖动乾坤》《新包青天》《男主大甩卖》《别那么骄傲》等影片，进一步推动本省网络电影行业的发展。

《出走人生电台》由湖南芒果娱乐有限公司出品，2018 年 5 月 24 日爱奇艺独家播放。影片的主人公秦朗是一位电台主播，他的梦想是用自己的声音陪伴孤独的人群。承办电台节目耗费巨大而收入菲薄，他的两个合伙人劝他转型，而秦朗坚守电台梦想，最终大家分道扬镳。秦朗将自己的节目改名为"坚持就是大坚果"，在激励听众的同时也用以自勉，然而传统电台式微的大势和日渐窘迫的生活却使他绝望，最终秦朗打算跳楼自杀。傍晚，秦朗登上了"佳丽"酒店顶楼，恰好见证了整个城市华灯初上的恢宏场景，深受震撼的秦朗突然产生了对生命的强烈留恋，放弃了自杀。在被迫暂停电台节目后，秦朗却始终保留着电台设备。为了生计，他不得不四处为广告配音，甚至经常采用恶意延时的伎俩以获得更多报酬，但电台的梦想始终镌刻心上。几年后，秦朗的两个合伙人已创建了实力雄厚的传媒公司，并进军电台领域，出于旧情，合伙人之一邀请秦朗担任电台的一档主打节目的主播，在激烈的心理斗争之后，秦朗答应了邀约。合伙人为秦朗量身定做的"MC

朗的吐槽盛典"属于流量节目，秦朗被包装成炫酷犀利的毒舌主播"MC朗"，娴熟地运用各种技巧套路来获得关注，从而迅速蹿红。秦朗在参加一档谈话类节目时遇到一位老听众，而这位听众在现场向秦朗提出了一个奇怪的请求：为她的毕业展作品配音。

这位听众叫苏见欢。她七岁时父母离异，在孤单的童年中，秦朗的电台节目"坚持就是大坚果"曾是她唯一的陪伴。苏见欢念兹在兹的是破镜重圆，父母复婚，虽然父母完全没有考虑过这种可能性。因此对幼小的苏见欢而言，"坚持"是最重要的信念。在一次失败的撮合后，倍感失望的苏见欢通过电台留言区向大坚果（秦朗）咨询，她究竟是否应该设法使父母重归于好，迟迟没有获得回复。事实上彼时电波那边的秦朗正在为哪里适合跳楼而烦恼，根本没有心情回复这种问题。但真正令苏见欢崩溃的，是她本打算给父亲一个"意外之喜"，却在父亲的住处见到了他怀孕数月的女友。心理崩溃后的苏见欢打电话给大坚果，抱怨所谓坚持只是徒劳，并声称自己打算自杀。大坚果通过电台提供了自己之前选择的跳楼地点，并委婉地将自己的经历告诉了她。与秦朗一样，在被城市灯火辉煌的景象所震撼的同时，苏见欢也获得了继续生活的勇气，然而此后电台停播，大坚果再无音讯。父亲和母亲都成立了新家庭，苏见欢小心翼翼地游走于两个家庭之间，而父母复合的可能性越来越低，竟成了她挥之不去的心病。后来苏见欢在美院读书，母亲建议她毕业后出国深造，而对父亲与弟弟的情感却令她难以决断。毕业在即，苏见欢将个人的成长经历融入毕业展中，并打算请一位电台主播配音。偶然间苏见欢听到了MC朗的节目，虽然语言风格迥异，但苏见欢还是确定MC朗就是儿时的精神支柱大坚果，于是前往节目现场向秦朗提出请求。

秦朗听出了苏见欢的声音，并答应为她配音。然而无论怎样努力，秦朗都无法找到当初大坚果的语言感觉。最终苏见欢的毕业展没有任何配音，而她期待的父亲也没有出现在毕业展现场。失败的毕业展后，苏见欢采纳了母亲的建议准备出国，并将自己珍藏多年的"坚持就是大坚果"录音带全部寄给秦朗。秦朗在听完这些录音带后受到极大的震撼，终于找到了当初大坚果的语言感觉，顺利完成了作品配音。大功告成的秦朗前往苏见欢父亲家，为父亲一家播放了苏见欢最终成型后的作品《光声年少》，并前往"佳丽"酒店顶楼，遇见了来此缅怀的苏见欢，二人共同见证了城市华灯初上的壮观景象。

《出走人生电台》是一部青春题材的影片，通过叙述电台事业的兴衰，将素不相识的讲述者与聆听者的生活勾连起来。对于影片中的两位主角，伴随着梦想的破灭与重拾，无奈与缺憾铺就一段成长的路途，而不舍与不甘却暗含着未来的人生方向。绝望之后的希望，含着眼泪的欢笑，这部诚意满满的影片生动诠释了青春的苦涩和成长的无奈，令人感动。

在通常的青春电影中，青春通常意味着人生中最有激情、最具幻想的短暂岁月，任何开心、激动、憧憬、悲伤、沮丧、消沉的情感，都伴随着青春期而出现，也在短暂的青春岁月结束后消失。但这部影片所讲述的青春仅仅指一个人成熟之前的特定阶段，没有太多浪漫气息。主人公在青春中所感到的孤独、痛苦、失望、困惑，并非青春期所独有，而是在漫漫人生之路中不断更新的个体经验。这些个体经验的形成来自周遭广阔的社会生活，具有相当的稳定性和普遍性，因而这部影片所折射出的社会现实，以及在此现实之下的个体心理与情感都值得深思。比如影片中着力展示了秦朗关于传统电台梦想的执念，这种执念的时代背景是新媒体对于传统媒体的变革式冲击，传统电台由于缺乏受众，生存空间被不断压缩，从业者大量流失，究竟是坚持电台理想还是顺势而为，其实属于行业性的焦虑，这种焦虑只有在电台的转型全面彻底完成之后才可能消失。就秦朗而言，因搁置理想而感到痛苦，似乎只有解决心病才可以继续振作，而影片中秦朗正是从听众的支持中受到激励，从大坚果的录音带中找回了遗忘的语言感觉。但是这并未解决由整个传统电台行业没落带来的现实问题。换言之，秦朗的电台梦以及梦想从根本上无法实现的痛苦，不会随着秦朗个人的"成熟"或"苏醒"而消失，这种心病作为一种社会现实的结果将长期存在。

类似的情形也出现在苏见欢身上。随着社会现代化进程的深入，个人的权利意识不断提升，个体价值不断彰显，传统的家庭观念正不断遭遇挑战。在苏见欢身上，对原生家庭的极度渴望和对父母离异的极度憎恨，其实体现了家庭价值观的传统与现代之争。在传统的家庭价值观中，白头偕老的夫妻比离婚后的夫妻更加幸福，生身父母组建的家庭比离婚后分别组建的家庭更加优质。而在现代观念中，婚姻的目标是实现个人的幸福，原配或再婚并非衡量婚姻成功与否的根本标志。毫无疑问，传统观念即使在当今还存在着不可忽视的影响力，虽早已不是金科玉律了，但也很难看到这些观念在短期内丧失影响力的迹象。两种价值观互相竞争和长期共存才是常态。苏见欢的"成长"，其实仅仅是表面上接受了两个家庭各自存在的事实，在她的内心深处依然存有"传统家庭"的幻想。比如影片中她将父亲、母亲视为"一家人"，刻意淡化两个家庭之间的界限，选择性忽视父母之间彼此厌恶、继母对自己充满敌意的事实。在毕业作品《光声年少》中，苏见欢勾画了一个幸福和谐的"一家人"乌托邦，现实中的各种矛盾通过想象得到了完美解决。很难想象，如果苏见欢及其周遭的现实生活没有出现巨大的变化，那么这个可怜的姑娘如何才能知道，尽管吵闹不断，父亲的生活远没有她想象的那样不幸，父亲组建的新家庭已是他目前所能获得的最好家庭了。

除了在主题方面具有相当可观的开拓性之外，《出走人生电台》的细节部分也颇见用心。比如苏见欢在商店听到 MC 朗的声音时，影片采用了混音的效果，七年前大坚果与如今 MC 朗的声音混杂交织，很好地呈现记忆浮现的效果，两种声音的混杂也暗示着童年理想与成年现实之间并存而矛盾的关系。又比如秦朗一边重温《灌篮高手》一边犹豫是否该接受节目邀约，这部热血动漫在 21 世纪初期风靡一时，其主题正是不完美的青春以及失败之后的成熟，出现在此处正暗示着秦朗后来作出的选择。《灌篮高手》的铁杆们若看到此处，应该会加倍地体会到这种成长的苦涩吧。类似的例子不胜枚举，《出走人生电台》对于细节和表达给予如此多的关注，这在网络电影作品中是不多见的，这种匠心值得钦佩。如果说稍有缺憾，那么影片似乎不必以"孩子提出的问题依然没有解决，然而孩子已经长大了"匆匆作结，影片的主题也有进一步深化的空间，但这对于一部时长 88 分钟的网络电影恐不免苛责了。总的来说，《出走人生电台》在短时间内精心讲述一个结构完整、细节动人的故事，在主题方面展开卓有价值的探索，在情感方面使观众产生置身其中的体会，几乎可被视为一部具有示范价值的网络电影。

《搏击少年》由湖南芒果娱乐有限公司出品，2018 年 6 月 15 日优酷独播。影片讲述 MMA 教练贺鹰的弟子周翔因打假拳而被逐出师门，师徒反目，贺鹰心灰意懒，终日以酒浇愁，贺鹰拳馆交由妹妹贺晴天打理。刚刚结束中学生涯的小混混高灿，因惊艳于贺晴天的美貌而坚持在拳馆学拳，却意外地展现出不错的格斗天赋，为了使颓废的贺鹰振作，高灿答应了贺晴天的请求，报名参加 MMA 比赛，在接受了贺鹰的严格训练后，终于在决赛中击败了弃徒周翔。《搏击少年》是一部青春题材的网络电影，主题是成长与复仇，以故事而论这部影片不算新颖。但值得关注的是，影片将时下兴盛的 MMA 搏击作为主要元素，精确瞄准年轻受众的需求，进行了大胆的尝试。搏击在中国属于小众运动，MMA 在中国搏击领域也属于新事物，对于大多数观众而言 MMA 这项运动是陌生的，甚至由于其残酷的规则和大量流血的场面，一些观众会对此类影片天然反感。如何在一部时长 1 小时左右的青春电影中使观众对 MMA 得到基本的了解，以及对这项运动产生兴趣，这是一件富有挑战性的工作。2013 年林超贤的《激战》将 MMA 精神与落魄拳手的人生困境成功结合，影片在票房与口碑方面均大获成功，称得上此类电影的翘楚。然而《激战》时长 122 分钟，多地取景拍摄，耗资近 2 亿港元，才营造出血脉偾张、扣人心弦的搏击场面。《搏击少年》网络大电影的定位，显然无法负担如此的拍摄成本，因此成片时的动作场面无法与正宗的动作电影相比，也很难产生激动人心的效果。另外，过短的时长和过多的内容难以使影片情节充分展开，故事的逻辑显得不够清晰，情节之间的衔接不够自然，一些情节的设置显得突兀和与主题缺乏关联。总的来说，《搏击少年》这部影片并非成功之作，但它至少使我们看到，小成本的网络电影如果照搬银幕电影的模式，将会遇到何种困境。

《嗳！人鱼君》由湖南芒果娱乐有限公司和优酷联合出品，2018 年 8 月 17 日优酷独家播出。该片是一部青春爱情题材的影片，在剧情设置上加入了部分奇幻色彩。正在读大学的女孩小君真实身份是一条美人鱼，一次偶然的机会戳穿了男孩海古收钱做"爱情策划",帮助他人追求女生的伎俩,二人产生嫌隙。海古的室友王梓是众多女生心目中的男神,他同样俘获了小君的心,小君鼓足勇气向王梓表白,却发现自己忽然变成了男生。同样是美人鱼的红珊瑚告诉小君,当年人鱼公主化为泡沫后,人鱼国王定下新的规定,美人鱼在 18 岁之前不能谈恋爱,一旦违反就会暂时变成男人,若要化解这个咒法必须获得真爱之吻。小君为了获得心上人王梓的吻破解咒法,用红珊瑚送给她的海螺项链召唤海巫帮忙,不曾想海巫竟然是海古,小君的此举唤醒了海古的海巫身份。海古与小君二人是一对欢喜冤家,在帮助小君追求王梓的过程中逐渐产生真爱。王梓与海古二人素来井水不犯河水,他不满海古因为小君的事情影响了自己的生活。海螺项链能够帮助小君召唤海巫实现愿望,但海螺项链毁坏会让人鱼化为泡沫,在王梓得到了海螺项链后,海古误以为王梓毁掉了海螺项链,当他看到浴缸中的小君要化为泡沫时显露真情,最后发现这不过是大家的一场恶作剧,影片以有情人终成眷属为结局。该影片并未以讲述复杂爱情故事为目标,从剧情设置上采用了较为常见的欢喜冤家模式,人物从最初的矛盾,到机缘巧合的加深了解,直至最后成为有情人,加之人鱼这一奇幻的元素设定,在老套的爱情故事之外增加了影片的可看性。片中的人物均是高度类型化的扁平人物,在情感表达上也缺乏动人的情绪渲染,这使影片在戏之外缺少一种有感染力的情感连接。影片在风格上轻松搞笑,故事简单,在当下的网络电影中具有一定的代表性,爱情加奇幻的元素满足了部分观众的胃口,加之在镜头语言上较为流畅,作为一部小成本的网络电影,虽然在剧情、演技等方面仍需打磨,但该片并不算是一部粗制滥造的网络电影。

本年度湖南唯一的恐怖电影是网络电影《荒村之浮生若梦》,由湖南芒果娱乐有限公司出品,2018 年 8 月 23 日在爱奇艺独播。该片根据蔡骏小说《荒村公寓》改编,影片主人公蔡俊的小说《荒村》大卖后,表妹苏萌与三位大学同学一起探险寻找荒村,来到了荒村"贞烈阴阳"牌坊下。半夜,正在睡觉的蔡俊接到苏萌的电话,电话中苏萌的声音模糊不清,仅能听见"荒村""救我"这样的只言片语。蔡俊将电话挂断后拨回,却是无法接通,他便一夜睡到天亮。签售会上，有位名叫欧阳小枝的读者在请蔡俊签名时，书中夹带着"贞烈阴阳"牌坊的照片，当蔡俊想要追问此事时，欧阳小枝却径自离开。之后蔡俊接到朋友兼助手霍强电话，苏萌在医院昏迷，同行探险同学疯掉或失踪。蔡俊跟随着神秘的欧阳小枝，一步步寻找关于荒村谜题的答案，与霍强来到荒村，在荒村获得了能够打开荒村地宫的"荒村三大圣物"——玉笛、玉指环、墓志。在准备打开地宫时，蔡俊揭示了这一切都是西巫族后人霍强的阴谋，二人反目。欧阳小枝为了复活自己的恋人子轩，也参与到霍强的计划中，最后在地宫中为了保护蔡俊，与霍强一起被关在地宫中。

该片在人物、情节的设置、视听效果上具有恐怖电影的元素，如影片中荒村环境的诡异气氛、人物的发疯与失踪、神秘的人物等，但严格说来并不能够称得上是一部恐怖电影，只能说是讲述了一个离奇的故事。该片故事建立在这种前世情缘基础上，故事中蔡俊与欧阳小枝是前世的恋人，不论是图书馆相遇时镜头画面的处理方式，还是通过蔡俊梦境这样更为直接的方式，均表明了二人渊源颇深，也使剧情的开展有了合理性。蔡俊之所以能够写出小说《荒村》，并"虚构"了荒村，原因在于他残存的前世记忆；蔡俊虽是欧阳小枝的前世恋人，但在欧阳小枝看来，二者不是同一人，因此当蔡俊爱上欧阳小枝之后，欧阳小枝颇为矛盾，欧阳小枝之所以会配合霍强的计划，是为了复活前世的恋人。该片改编自蔡骏小说《荒村公寓》，剧本的主要架构与人物来自小说，小说中同样讲述了畅销书作者探寻荒村秘密的故事，有好奇探险寻找荒村的读者，也有神秘女子欧阳小枝（最初化名聂小倩），小说以主人公第一人称主观叙述，电影中则采用了客观讲述。电影对比小说，人物设置上有所改动，小说中霍强的身份是荒村探险的大学生，与"我"之间并无太大关联，而表妹苏萌是电影改编时创造的人物。小说电影化的改编并非要绝对忠实于原著小说，但在剧本改编时要考虑到剧情上的圆融。小说中探险荒村的大学生是次要人物，这些人物的作用是使"我"卷入荒村事件，加之小说以第一人称叙述，更多侧重的是刻画"我"的心理，"我"的感受，因此这样的次要人物无须做更多的刻画。但电影中设置了反派角

色霍强，然而霍强从蔡俊助手兼好友身份到反派角色的转变突兀，铺垫上有所不足，该人物仅是功能性的推动剧情发展，缺少可靠的前因后果之联系，同样表妹苏萌的遇险是蔡俊探秘荒村的动机之一，但片中并未特别表现出对苏萌处境的足够关注，苏萌与霍强一样，都是作为符号式的人物存在。

五　结语

本文中所论及的2018年湖南电影作品，主要以电影的出品方，以及导演、编剧的地域归属为选择标准。与往年相比，本年度所评述的电影中不仅包括获得院线公映许可证的作品，还将目光投向了网络大电影，关注网络新媒体时代湖南电影发展的新变化。总体而言，2018年湖南电影蓬勃发展，在影片类型方面，公益类、主旋律影片占据主要地位，农村扶贫、湖南地方特色，以及留守儿童是影片题材的主要来源，网络电影则以都市青春类型为主，而动画电影、恐怖悬疑类影片寥寥无几。

本年度电影在展现湖南本土风貌方面引人注目，对比上一年度，数量上有明显的增长，《热土》《爱在湘西》《正正的世界》《矮婆》等均在湖南本地取景，讲述了湖南故事，通过荧幕呈现湖南的风土人情，做到对地方故事资源的发掘。这类影片大多有着直接的关怀与诉求，或关注农村扶贫问题，或关注地方留守儿童问题，具有现实主义精神。

此外，2018年湘籍年轻导演的作品呈现可喜的增长，这一现象值得关注。虽然有的年轻导演影片在质量上不尽如人意，但可喜的是出现了《矮婆》与《女他》两部导演个人风格突出、具有较高艺术性的影片。《矮婆》是一部是偏向纪录片风格的剧情片，导演之前拍摄过留守儿童题材纪录片，因此该片在创作时具备可靠的现实基础，这使该片故事自然而动人，而固定镜头和长镜头的使用，将生活真实用艺术真实的方式表现出来，也是表达克制的体现，具有美学意蕴。《女他》则以怪诞诡谲的风格表达了导演对性别身份的思考，是本年度唯一的动画电影，巧合的是《矮婆》《女他》都是导演的处女作，历经多年完成，均是以电影节首映的方式被人了解。年轻导演除了面临影片拍摄中的困难外，完成作品后如何能够让更多人观看了解影片，是他们一直以来所面临的难题，通过参加电影节的方式而获得关注是一种普遍的做法。而对于艺术性较强、受众较少的影片，即使不在影片票房上有更高的期待，但对于一部好的影片如何能让它被更多人了解和观看，延续影片的生命力，促进电影行业的生态发展，是值得思考的有意义问题。

2018 年湖南芒果 TV 正式启动"超芒计划"，进军网络大电影行业，是湖南电影发展的重要动向。网络大电影自 2014 年以来，经历了数量上井喷式野蛮增长，但同时也带来了诸多问题，2017 年国家出台一系列政策规范网络大电影行业，要求网络大电影与院线电影审查标准统一，行业的规范使其面临新的挑战。当下，网络大电影多是粗制滥造、烂片的代名词，可若想在网络大电影中有进一步发展，开放具有粉丝基础 IP、打造具有话题性的影片是一种途径，但最终要的是要对影片的质量和口碑有所保证，如此才能进入良性发展轨道上，方能长久。2018 年湖南芒果娱乐有限公司出品网络电影 4 部，其中观赏性较强、最为用心的作品是《出走人生电台》，其他几部作品在不同方面都有一定的问题，有的甚至没有编剧，能够看出对剧本不够重视。对网络大电影提出更高的要求，并不是对它的苛责，网络电影有其商业性的考量，为了增加点击率与播放率，拍摄受众群体更广的青春爱情、恐怖悬疑、玄幻类作品，利用 IP 的影响力等均有利于网络电影的进一步发展。但即使投资成本再小的影片，仍必须耐心打磨剧本，用心进行视听设计，不能为了快速获得利益而透支好感，影响长远发展。

2018 年湖南电影亦与省外的其他公司和平台联合出品影片，参与多部电影。像网络电影与优酷、爱奇艺均有合作。在院线电影中郑保瑞导演，冯绍峰、赵丽颖主演的《西游记：女儿国》由芒果娱乐联合出品，张歆艺导演，其与王栎鑫主演的《泡芙小姐》由湖南影人窝窝有限公司联合出品。《西游记：女儿国》《泡芙小姐》这样与省外公司联合出品的影片，在一定程度上显示了湖南电影产业的发展活力。

湖南电影若想取得进一步发展，应在以下方面努力。首先，均衡发展各

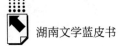

类型影片。2018 年公益、主旋律影片的数量较以往有大幅度提高，但动画、悬疑、恐怖、爱情等类型影片数量较少。其次，院线影片宣传力度应增强。能够登陆院线的湖南电影，上映时间较短，放映场次较少，应考虑加大前期宣传力度。若因宣发费用、院线排片等因素的影响，无法让更多人有机会看到影片，可以在院线之外，考虑与网络平台合作，投放网络平台，依据实际情况收费观看影片，争取让影片为更多人了解，至少能够提供观看渠道，以此延续影片的生命力。最后，扶持年轻导演，为湖南电影发展增添活力。开展电影剧本评选计划，为年轻导演提供机会和平台，以及一定的资金支持和奖励，鼓励他们拍摄有艺术水准、社会意义的影片，讲好湖南故事。

B.9

电视文学：流量为王，
漫改剧的高光年份

陈　爽*

摘　要： 2018 年湖南电视剧稳步发展，出现了《远大前程》这样演技精湛、制作精良的力作。在剧本创作上，湖南电视剧工作者重视对时兴元素的吸收与展现，对漫画作品的改编成为趋势，体现出电视文学创作者紧跟时代步伐，希望抓住年轻观众群体的创作方向。"时兴"的剧本与演员选择、平台造势宣发等手段相结合，创造了湖南电视剧的流量效应，出现了《甜蜜暴击》《流星花园》两个年度"流量大户"。

关键词： 湖南省　电视文学　综述

一　前言

2018 年由湖南的公司或机构出品的电视剧有 11 部，其数量与上一年大致相同。根据题材进行分类，青春偶像题材剧 3 部、古装剧 3 部、现代都市剧 3 部、年代传奇剧 1 部、革命战争题材剧 1 部。各电视剧的基本信息见表 1。

以下将根据类别进行简要述评。

---

* 陈爽，长沙学院影视艺术与文化传播学院讲师，主要研究方向为戏剧、影视理论与批评。

表1 2018年全国湖南电视剧一览

序号	片名	集数	类型	导演	编剧	出品单位	上星开播时间	上星首播平台	发行许可证	原著|湖南相关等
1	《我站在桥上看风景》	40	都市	袁晓满	金国栋	芒果影视文化有限公司、天津深蓝影视传媒公司	2018年1月23日	湖南卫视	（湘）剧审字(2018)第001号	改编自顾西爵小说《我站在桥上看风景》；湖南出品
2	《近大前程》	48(TV) 56(DVD)	年代传奇	谢泽、陈熙泰	陈思诚	芒果影视文化传媒有限公司、象山悟空文化传媒有限公司、上海骋亚影视文化传媒有限公司	2018年4月1日	湖南卫视	（湘）剧审字(2017)第007号	湖南出品
3	《金牌投资人》	44(TV) 41(DVD)	都市、行业	彭学军	江泽宏	芒果影视文化有限公司、北京博集天卷影业有限公司、霍尔果斯稻田影视文化传播有限公司	2018年4月3日	湖南卫视	（湘）剧审字(2018)第004号	改编自龙在宇小说《金牌投资人》；湖南出品
4	《小戏骨：水浒传》	10	古装、儿童	潘礼平、高翔	杨争光、冉平	潘礼平团队	2018年4月19日	无 网络平台：腾讯视频	节目备案号：V1904073170801011	原著施耐庵《水浒传》；湖南出品
5	《小戏骨：包青天之秦香莲世美》（又名《小戏骨之包青天》）	5	古装、儿童	潘礼平、奉万里、胡昀皓、陈功	蔡文杰	潘礼平团队	2018年5月7日	网络平台：腾讯视频	节目备案号：V1904073170801012	湖南出品
6	《流星花园》	50	校园言情	林合隆		芒果影视文化有限公司、北京萌样影视制作有限公司、湖南芒果娱乐有限公司	2018年7月9日	湖南卫视	（湘）剧审字(2018)第005号	改编自日本神尾叶子漫画《花样男子》；湖南出品

续表

序号	片名	集数	类型	导演	编剧	出品单位	上星开播时间	上星首播平台	发行许可证	原著/湖南关联等
7	《甜蜜暴击》	38	青春	柯翰辰	如萍、林雅淳	浙江华策影视股份有限公司、浙江金溪影视有限公司、湖南快乐传媒互动娱乐有限公司	2018年7月23日	湖南卫视	（浙）剧审字（2017）第037号	改编自韩国国漫画《狂野少女》；湖南出品
8	《特战英雄榜》	48	战争、革命	彭景泉	张晓虎	湘西文源影视文化有限公司	2018年9月25日	东方卫视	（湘）剧审字（2018）第007号	湖南出品
9	《那座城这家人》	42	都市亲情	邵馨辉	陶陶、李燚	湖南天娱影视制作有限公司、北京华晟泰通传媒投资有限公司、江苏城市联合影视文化有限公司、耳东影业（北京）有限公司、湖南广播电台经视频道等	2018年12月2日	湖南卫视	（湘）剧审字（2018）第009号	湖南出品
10	《火王之破晓之战》	27（TV） 28（DVD）	古装玄幻	胡意涓	饶俊	湖南快乐阳光互动传媒有限公司、捷成世纪文化产业集团股份有限公司、北京爱奇艺科技有限公司等	2018年11月26日	湖南卫视	（湘）剧审字（2018）第002号	改编自游素兰漫画《火王》；湖南出品
11	《火王之千里同风》	37（TV） 33（DVD）	都市	胡意涓	饶俊	湖南快乐阳光互动传媒有限公司、捷成世纪文化产业集团股份有限公司、北京爱奇艺科技有限公司等	2018年12月18日	湖南卫视	（湘）剧审字（2018）第002号	改编自游素兰漫画《火王》；湖南出品

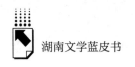
二 青春偶像剧：漫改剧成为主流

青春偶像题材电视剧在 2018 年湖南电视剧作中数量较多，共有 3 部，分别是《甜蜜暴击》《流星花园》《我站在桥上看风景》，前两部剧作分别由日、韩漫画改编而成。

《甜蜜暴击》是由华策集团、金溪影视、芒果 TV 联合出品的青春热血格斗剧，于 2018 年 7 月 23 日在湖南卫视金鹰独播剧场首播，并在爱奇艺、芒果 TV、腾讯视频、优酷同步播出。这部剧改编自韩国漫画《狂野少女》，以体校正则学院为背景，讲述了因格斗竞技而结缘的年轻人们共同成长的励志故事。

主人公明天的父亲是一位著名的搏击选手，因在拳台上失手打死对手而自责不已，与妻子离婚后郁郁而终，明天由此将搏击视为使家庭破裂的根源，对搏击极为痛恨。为了获得全额奖学金，明天进入以搏击著称的正则学院就学，正则学院是一所女子学院，此前从无男学生就读，明天一时成为风云人物，并引起正则学院有"格斗女王"之称的方宇的关注。方宇是方氏集团的长女，由于热爱搏击而放弃继承集团的要求，进入正则学院就学，连续两年获得竞争激烈的正则联赛冠军，被视为前途璀璨的天才格斗家。而在方宇等格斗家的亲身鼓励下，明天逐渐克服厌恶和恐惧，并逐步展现格斗天赋。在正则学院的朝夕生活中，方宇与明天渐渐互生爱慕，却由于双方家境的悬殊而遭到方宇爷爷的断然反对。方宇从小未见过父母，由爷爷抚养成人，方氏集团的纪叔是类似于父亲的长辈，因年事渐高，为了获得高额保险金而放任自己在拳台上被明天之父打死。为了彻底破坏二人恋情，方宇爷爷将纪叔的死因向方宇透露，并买通纪婶诬称明天之父由于打假拳，在赛前雇人重伤纪叔，遂导致纪叔惨死拳台。愤怒的方宇由于"父仇"而下定决心远离明天，明天却对纪婶生疑，立誓查清真相。最终真相大白，方宇回归，与明天终成眷属。

《甜蜜暴击》以时下在年轻人中兴盛的搏击运动作为故事背景，虚构了一所搏击院校以及相应的学校生活，但这其实是一个关于克服家庭阻碍的爱情故事。主人公明天需要克服搏击带来的家庭创伤，而方宇需要克服一种想象中的"家族仇恨"，以及摆脱家庭与阶级对其的束缚。故事完整地表达了"甜蜜"这一爱情主题，但关于"暴击"，作品却存在令人难以满意之处。搏击运动是一项高难度、高风险的竞技运动，对于从事者的体能要求极高，比如 2013 年风行大卖的林超贤电影《激战》，其主演彭于晏为了更真实地饰演 MMA 运动员，竟然将体脂率降低至 3% 的专业水准。《甜蜜暴击》中的任何一位主演，显然在外形上都与人们心目中的搏击运动员相去甚远。本剧中关于搏击的镜头也远少于表达爱情的镜头，且几乎没有令人血脉偾张的动作场面，因此本剧中搏击并非主题，仅仅是用以表达爱情主题的一个元素，应该是合乎作品实际的。

《甜蜜暴击》在剧情的细节处存在一些缺憾。比如正则学院开招男生的原因是，校方认为女生最重要的事业并非搏击而是家庭，开招男生是为了帮助女生学会如何与异性相处，以便更好地适应未来的家庭生活。其实，女性选择搏击事业在性别平等的意义上是一种双重进步：一是女性在工作中可以凸显自己的价值；二是女性可以凭借体能获得与男性同等的工作机会，而体能通常被视为男性最重要的性别优势。正则学院开招男生的理由，在满足了男性观众"后宫三千"的幻想之余，也极大削弱了女性搏击蕴含的积极社会意义，是一个价值导向不太好的情节设计。而在男女平权观念几乎成为现代社会常识的今天，校方依然抱持"男主外女主内"这一压抑女性择业自由的陈腐观念，无疑令人吃惊与遗憾。此外如正则学院的一些基本设定，比如校内允许无差别格斗、数学课内容大约相当于普通初中生水平等，都与观众所处的现实生活过分脱节，无形中增大了观众与作品的心理距离。总体上看，《甜蜜暴击》是一部中规中矩的青春偶像电视剧，较好地体现了爱情主题，而在搏击方面浅尝辄止。这部剧在演员外形方面把关不够严格，个别剧情的细节方面也存在令人遗憾的不足。

《流星花园》是根据日本漫画家神尾叶子创作的漫画《花样男子》改编的青春言情偶像剧，由芒果影视文化有限公司、北京萌样影视制作有限公司、湖南芒果娱乐有限公司联合出品，于 2018 年 7 月 9 日在湖南卫视青春

进行时剧场首播，并在芒果 TV 同步播出。

主人公董杉菜有志于烹饪事业，在考入明德学院的营养系后专心向学，却意外开罪了明德学院的明星人物"F4"。四位男生都是英俊聪颖、品学兼优的青年富豪，其中尤以道明寺与花泽类为最。种种因缘际会下，董杉菜与道明寺相恋，而道明寺也在这段阶级地位差距巨大的恋情中逐渐成熟。《流星花园》讲述了一个现代版的灰姑娘故事。"灰姑娘"是一位敢爱敢恨、自立自强，拥有强大主体性和迷人个性的女生，而"王子"则虚荣、傲慢、怯懦、迷茫，最终灰姑娘"感化"了王子，成就了一段别致而美好的爱情。这个经典的主题揭示了内心的富足远比外在物质的富足重要，美好的爱情可以超越阶级与门第。

《流星花园》于 2001 年首度改编为电视剧，由男子团体 F4、徐熙媛等主演，平均收视高达 6.99，刷新台湾电视剧收视纪录，由庾澄庆演唱的主题曲《情非得已》一时传遍大街小巷，在华语地区下起了一阵轰轰烈烈的"流星雨"。为了突出剧情冲突，营造戏剧效果，台湾版《流星花园》的 F4 被设定为家资巨万、不学无术的纨绔子弟，女主角董杉菜则是勤奋而自强的贫家孩子。然而剧中对财富与权势的炫耀，以及校园霸凌等内容可能对涉世未深的青少年观众产生不良导向，2002 年国家广电总局有关部门要求大陆全面停播《流星花园》，这部"神剧"引起的风潮才逐渐得以平息。时隔 17 年《流星花园》重现荧屏，虽然台版的编剧柴智屏担任新版的导演，但剧集相较前作依然出现了很大的改动，最大的变化是新作将 F4 设定为品学兼优的青年才俊，这无疑为"感化"剧情的展开设置了天然障碍。新版中还出现了大量相当生硬的植入广告，对于叙事节奏形成了不可忽视的干扰。总的来说，新版《流星花园》是一部面对强大的前作做出有力回应的作品，其收视率取得十分惊人的成绩，并在 2018 年重新掀起了"流星雨"的风潮。

值得一提的是，开播至今，新版《流星花园》的口碑形成了明显的两极分化，热衷原著及前作的观众大多根据以往的作品对新版进行严厉的指责，而更加年轻的观众似乎对新版持有更积极的见解。在 2001 年《流星花园》出现之前，由于大陆电视剧市场几乎没有此类型的作品，《流星花园》

一炮而红，而其后迅速涌现了一大批主题甚至情节相似的青春偶像剧，因此《流星花园》在某种意义上具有现象级的示范意义，这导致其在偶像剧领域的"经典化"。由于"经典"的强大影响，人们可能倾向于将新作的成功归因于与经典的相似，并因此相对轻视新作的独特性和时代感。

《我站在桥上看风景》是由芒果影视、深蓝影业出品的青春偶像剧，于2018年1月23日在湖南卫视青春进行时首播，并在芒果TV、腾讯视频同步播出。该剧根据顾西爵同名小说改编而成。

主人公萧水光的男友于景岚在萧水光的生日当天遭遇车祸去世，在去世之前萧水光曾以严厉口吻要求男友迅速从外地赶回为其过生日，萧水光一直认为是自己的过分要求导致悲剧的发生，并受到于景岚之妹于景琴的责难，长期萎靡不振。实际上于景岚之死与其挚友罗智有关，罗智为了获得装有其黑客身份证据的数码相机，在副驾驶座位上与于景岚展开争夺，导致汽车在行驶过程中与对向行驶的客车发生相撞，于景岚当场死亡，客车上也有乘客因此受重伤。为了不暴露自己的黑客经历，罗智迅速离开事故现场，隐瞒了自己这段经历，并长期忍受良心的谴责。而彼时正在IT领域辛苦创业的章峥岚意外在现场附近发现了被损坏的数码相机，发现相机中仅留存萧水光、罗智、于景岚兄妹的四人合照，并对照片中的萧水光一见钟情。数年后，万念俱灰的萧水光在"中华剑道馆"担任少儿剑道老师，因在教学中误伤学生章天昊而遇到其兄章峥岚。章峥岚已是炙手可热的游戏公司"雷霆"的老总，也同时拥有"中华剑道馆"的所有权，在见到萧水光的瞬间即认出了她是自己朝思暮想的心上人。同时，为海外黑客公司工作的罗智回国加入了"雷霆"，企图从内部摧毁公司。罗智与章峥岚对萧水光都萌生了爱慕之情，同时对其展开猛烈的追求，萧水光却因无法释怀当年的悲剧而迟迟无法打开心结，来回摇摆。另外，当年车祸事故受害者叶梅的恋人梁成飞怀疑事故别有隐情，与他的犯罪心理学家挚友展开秘密调查，最后将怀疑目标指向罗智。最终罗智向萧水光、梁成飞坦承一切，在与章峥岚联手击败了黑客公司老总雷宇后选择自首，章峥岚与萧水光终成眷属。

《我站在桥上看风景》的情节比较复杂，特别是在悬念设计方面用功很

足，吸收了不少刑侦剧的要素，内容相较于小说原著进行了大幅度改编，变成了一个关于赎罪和拯救的故事。主人公罗智在网络犯罪和过失杀人的痛苦中越陷越深，最终选择自首来拯救自己；而萧水光对恋人之死的强烈自责，以及对这种罪恶感形成的心理依赖，最终通过罗智的自首和章峥岚的爱得以化解。不同于一般的青春偶像剧，这部剧对遭遇重大心理创伤者予以关注，并体现出一定的观察深度，但同时由于偶像剧的题材，这种关注多少显得不够充分。我们知道，曾遭遇重大心理创伤者，即便导致心理创伤产生的原因消失，创伤也依然存在，而心理创伤一旦形成就很难治愈。在小说原著中，萧水光的暗恋对象在空难中丧生，于景岚成了她内心一道永难抹去的伤痕，这使她即便开始了新生活也始终无法释怀。而在电视剧结尾中，破裂的友情重新修复，恋人终成正果，萧水光仿佛一夜之间就从心如死灰恢复了生机活力，这种转变过于突兀，皆大欢喜的仓促结局严重淡化了萧水光丧失挚爱的沉重伤痛。而在类似关于心理创伤题材的影视剧中，为了与沉重的主题保持一致，其结局大多含蓄甚至悲伤。比如 2007 年的《从心开始》（Reign Over Me）讲述了一个医生在"9·11"事件中失去了整个家庭而无法面对现实生活，最终在友人的帮助下开始勉强生活；而 2016 年《海边的曼彻斯特》（Manchester by the Sea）中主角在失手造成的火灾中失去了自己的孩子，当潦倒的主角在另一个城市遇到前妻而唤醒创伤回忆时，主角甚至宁可再次搬家也不愿直面人生。如果这部剧的结尾是一位依然承受痛楚而尚未彻底走出回忆的女性，也许会给观众留下更多的想象空间和回味余地。此外这部剧在细节方面也存在一些缺陷，比如游戏公司总裁在编程时仅需要敲入代码而不必进行任何调试，萧水光的父亲通过挪用公款来帮助于景岚的母亲治病，犯罪心理学家通过泄露客户被催眠时的言语来协助调查等，这些情节都与现实生活严重不符，也具有一些不太好的价值导向。

三 古装玄幻剧与古装儿童剧：改写经典

古装题材的电视剧共有 3 部，分别是《火王之破晓之战》《小戏骨之包青天》《小戏骨：水浒传》。由于《火王之千里同风》是《火王之破晓之战》的下篇，也一并在此论述。两部《火王》是漫改剧，漫画原著是享誉多年的台漫经典。《小戏骨》是湖南广播电视台持续四年推出的小孩演大戏栏目，2018 年的《包青天》与《水浒传》，原作是知名度很高的经典剧集。

《火王之破晓之战》与《火王之千里同风》是两部由芒果 TV 出品的玄幻剧，分别于 2018 年 11 月 26 日和 2018 年 12 月 18 日在湖南卫视青春进行时剧场首播，并在爱奇艺、芒果 TV、优酷同步播出。这两部剧改编自台湾漫画家游素兰的同名长篇连载漫画《火王》，《火王》是游素兰《古镜奇谈》系列漫画的第二部，漫画前后连载八年，收获了一大批铁杆粉丝，在港台漫画界久享盛名。芒果 TV 获得了《火王》的改编版权，并请原作者游素兰参与编剧。

《火王之破晓之战》预设了神域和地球的两种世界，主人公火王仲天与风神千媚本属于神域七神，彼此深爱，在神域与翼族的战争中，千媚因救仲天而死，尚轩耗尽神力将神域冰封，七神中仅存的二位火王仲天和山神帝昀，分别前往地球寻找拯救神域的方法。帝昀是尚轩的忠实崇拜者，为了拯救神域，帝昀打算借助炎镜，抽取地球能量以拯救神域。仲天来到地球后，坚决反对帝昀的做法，于是与帝昀展开了争夺炎镜的争斗。在寻找炎镜的途中，仲天遇到与风神千媚外貌相同的司徒奉剑，并将司徒奉剑视为风神千媚的替代，二人相爱。最终司徒奉剑唤醒了风神千媚的意识，与仲天联手，合力战败帝昀，并将帝昀冰冻千年，而为了复原炎镜，司徒奉剑殒命。

《火王之千里同风》紧接前作，时间移至现代。仲天在地球已生活千年，更名为林烨，创办埠创生态集团，致力于环保事业和新能源开发，其发起的"火王计划"，目的是开发出火王元素，以拯救神域。而冰冻千年的帝昀，由于考古队的开掘而意外苏醒，为了报复千年前的冰冻之仇，帝昀化名狄昀，进入埠创生态集团的敌对公司，并利用精神控制掌握了公司管理权。林烨在自己的研究所外偶遇偷拍的女记者童风，惊讶地发现童风与司徒奉剑、风神千媚的外貌完全一致，却具有与二者完全不同的性格与个性，林烨在对待童风应该采取何种态度方面充满矛盾，狄昀意识到童风对于林烨的重

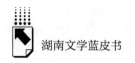
要性，于是以童风要挟林烨交出"火王计划"，双方发生争斗。危机解除后，林烨认为如果要确保童风安全，自己必须远离，但在种种因缘际会下，双方最终还是相爱了。林烨与帝昀对战，帝昀被林烨感化，放弃了毁灭地球以拯救神域的计划，转而与林烨合作，将火王元素发射至神域。二人联手对抗翼族首领天恒，在最后的决战中，帝昀战死，天恒被封禁，林烨能量耗尽几乎死去，而童风通过炎镜再次唤醒风神千媚的意识，拯救了濒死的林烨。

这两部剧的主人公仲天来自地外文明神域，为了完成拯救神域的任务而前往地球，而敌人千方百计阻挠任务的完成。在完成任务的过程中，仲天经历了爱恨情仇，最终击败敌人，完成使命并如愿留在地球。故事横跨神域、唐世、现代三个时空，着重表现了仲天与千媚、昊玥与婳琤的两段超时空恋情。由于拯救神域的任务贯穿于全剧始终，所以全剧主题兼具冒险与爱情。类似的情节设计很容易使人联想起《超人》《来自星星的你》等影视剧作品，由于这些作品已具备相当高的知名度，本剧情节方面的新意多少显得不足。剧情设定方面，由于《火王》原作有《倾国怨伶》作为铺垫，漫画读者在理解作品方面难度不大；而电视剧关于整个故事的背景说明只有寥寥几集，且相当简化，一般观众很难通过只言片语理解这个故事的复杂预设，而如果错过含有关键背景信息的几集，剩下的剧集会相当费解。此外，电视剧对漫画原作的基础设定进行了较大幅度的修改，但极为关键的地方，比如为何地球的司徒奉剑与神域的风神千媚相貌一致，为何司徒奉剑等人转世前与转世后的相貌一致，电视剧却未进行说明。

在超时空恋情的表达方面，电视剧版比之漫画原作存在明显不足。《火王》原作中的仲天与千媚之恋，是一场因为命运而总是彼此错过，相爱却最终不能在一起的动人悲剧。火王仲天是一个孤傲冷漠的男人，风神千媚是一个倾慕仲天却总遭冷遇的小男孩，仲天对于千媚的爱慕熟视无睹。在神域出现重大变故，六神在主神尚轩的指引下进入轮回后，在唐世的仲天遇到千媚转世的先知司徒奉剑。仲天未认出其真身，却由于同伴的气息而爱上了这位美丽的女子。后来司徒奉剑受重伤，认出了火王仲天，为了挽留这一世的难得情缘，司徒奉剑义无反顾地通过觉醒神性来抵御伤痛，但觉醒的代价是丧失先知能力并痛苦地死去。在遇到因热爱千媚而向自己挑战的泽神优河后，仲天终于意识到，自己深爱的司徒奉剑就是当初自己毫不在意的风神千媚，无限懊悔的他想尽办法也无法改变爱人痛苦死去的命运，为了使深爱的司徒奉剑摆脱无法忍受的痛苦，仲天亲手杀死了司徒奉剑，并立誓自己永不觉醒。轮回重新开始，仲天在现代世界转世，拥有全新的外貌、个性、能力，随着主神尚轩的死去，仲天的神性觉醒，在意外发现转世于现代世界的千媚后，仲天意识到自己由于领悟了爱的真谛而掌握了创造的神力，并因此成为新的主神，千媚正是因此而得以转世。但是千媚由于曾在唐世觉醒后死去，再也无法觉醒，也永远失去了关于前世和神域的记忆。仲天不愿回忆伤心的过往，也无法断然离去，只能默默地守护自己的爱人。可以看出，《火王》原作中转世和觉醒的复杂设定，都很好地服务于表现仲天与千媚这段超时空恋情的主题：对于千媚而言，为了体验到今生的动人爱情，即便永远无法转世也在所不惜；对于火王而言，为了不再有痛苦的回忆，他情愿放弃觉醒。原作求而不得的虐恋结局也在暗示：只有领悟了爱，才可以将强大的破坏性力量转变为创生的神力；然而即便是神，对于已经彻底消失的情感也无能为力。相较而言，改编版的世界设定与恋情相关性较弱，拯救神域与体验爱情之间存在强烈的对立，主角的恋情也因缺乏波折和反复而显得较为平淡。

对于漫改剧而言，如何面对原作的影响是令多数编剧头疼的问题。如《火王》这样享有超高人气的动漫连载，对基本设定与主题进行大幅度修改，甚至在部分情节方面完全推倒重建，这样的改编难度与风险不言而喻。事实上，《火王》原作的设定复杂而完善，主题也足够深刻动人，改编版若能尽可能再现原作剧情，效果可能会很不错。总的来说，这两部《火王》电视剧是一次关于长篇连载漫画的大胆改编，由于原作的设定和情节相当复杂，而改编版在主题和情节方面的改动幅度过大，因此这部剧在整体结构的完整性和情感表达方面不够尽如人意。

"小戏骨"是对思想性、艺术性俱佳的经典影视作品浓缩、改编成独立的系列剧集，所有演员都是6～12岁的少年儿童，该剧是湖南广播电视台的

品牌,自 2015 年起延续至今。2018 年 4 月 19 日,《小戏骨:水浒传》(10 集) 播出,由潘礼平、高翔导演,潘礼平团队出品,这是继《小戏骨:白蛇传》《小戏骨:红楼梦》等又一部"小戏骨系列"作品。该剧改编了施耐庵的《水浒传》,主要选取了林冲、宋江的故事片段。考虑到演员的年龄问题,在剧作改编过程中,将《水浒传》原著中的部分情节进行修改,以适应拍摄。如鲁智深拳打镇关西一场,原著中镇关西强抢金翠莲为小妾,但在《小戏骨:水浒传》中改为镇关西欲抢夺金翠莲为小妾;相应地,高俅养子高衙内原著中企图霸占林冲妻子林娘子,在该剧中改为抢夺林娘子手中的鸟。《小戏骨:水浒传》延续了之前"小戏骨系列"的口碑,其中小演员的演技精妙,令人赞叹。2019 年 5 月 7 日,《小戏骨之包青天》(5 集) 播出,由潘礼平、奉万里、胡昀皓、陈功导演,蔡文杰编剧,潘礼平团队出品。该剧是本年度第二部"小戏骨系列"作品,选取了包青天故事中流传最广的"秦香莲与陈世美"案件,演技同样精湛,将其中曲折的故事以及人物矛盾复杂的内心很好地展现出来。以上两部"小戏骨系列"作品,在拍摄时都以各自的经典电视剧为参照,尤其是在人物造型上,而音乐的使用也将经典音乐进行改编创造。每一部"小戏骨系列"作品出现都会受人称赞,小演员们虽然未成年,但演技的精湛能够满足故事的讲述,从文化传播角度来看,"小戏骨系列"至今为止拍摄的均是古代题材剧,或改编文学名著,或改编自古代传奇故事,这些作品的意义在于,将古代作品以这样生动活泼的方式拍摄而成,或许能够吸引青少年对古代文化的兴趣,寓教于乐。

四 现代都市剧:聚焦伦理和情感

现代都市剧有 3 部,分别是《那座城这家人》《金牌投资人》《火王之千里同风》。《那座城这家人》反映了灾后家庭伦理重建的深刻主题,《金牌投资人》讲述了金融领域中投资者的生存状态,《火王之千里同风》由于是《火王之破晓之战》的下集,已在第二部分叙及,请参前文。

《那座城这家人》是由湖南天娱传媒、华晟泰通、江苏城市联合、耳东影业等公司联合出品的都市亲情剧。该剧改编自李焱的长篇小说《平安扣》，于 2018 年 12 月 2 日在湖南卫视金鹰独播剧场首播，并在爱奇艺、腾讯视频、优酷同步播出。

主人公王大鸣是唐山国营煤矿的一名矿工，他的妻子林智燕是煤矿医院的护士，已有身孕。在唐山大地震中，王大鸣的妻子失踪，邻居与妻子的家庭也都遭到重创。在巨大的悲伤后，王大鸣的母亲冯兰芝与儿子商议，将关系较近的幸存者集合起来组成新家庭。这个新家庭包括冯兰芝、王大鸣、王大鸣的妹妹王卫东、林智燕的父亲林兆瑞、林智燕的哥哥林智诚、邻居刘云泽刘云恩兄弟、林智诚的初恋杨丹、杨丹的姐姐杨艾、杨艾的外甥孙磊。在经历了许多波折后，林兆瑞与冯兰芝、王大鸣与杨艾、林智诚与王卫东、刘云泽与杨丹结为夫妇。然而林智燕在大地震中并未死去，而是被其生母周敏救起，但由于大脑缺氧过久而成为植物人。林智燕育有双胞胎女儿，一个被周敏送至其生父王大鸣处抚养，取名王小霜；另一个取名周大双，由周敏秘密抚养。后来周敏过世，林智燕苏醒但仅有儿童的智力水平，周大双成年后带生母前来认亲，最终依靠着家庭成员之间的真诚、体贴与善意，林智燕和周大双也成功地融入了这个大家庭。

这部剧的背景是 1976 年大地震后的唐山，时间跨度近 40 年，诸如恢复高考、经商风潮、国企下岗、煤矿私营、房地产经济、离职创业等一系列牵动人心的大事件，都在这个家庭中以种种方式再现，并引发了诸多家庭危机，折射出人们在大变革时代的生存状态与精神面貌。剧中最引人注目的是大家庭的基本结构以及家庭成员之间的奇特关系，这种家庭关系是剧中一切矛盾、危机的根本源头。中国传统的家庭伦理是长幼有别、尊卑有序，一切亲疏远近都遵从费孝通所谓的"差序格局"，其伦理基础是血亲或姻亲的关系，基因方面的相似是家庭成员获得其家庭身份的主要根据。除此之外，广泛存在的"干亲"往往被视为血亲或姻亲的补充，但由于缺乏基因方面的亲缘性，干亲往往不能如血亲或姻亲一般顺理成章地成为家庭成员。本剧中，在遭遇如同唐山大地震一般毁灭性的灾难后，震前的传统家庭结构随着成员的大量死亡或失踪而崩坏，一种全新的家庭伦理得以建立。这种家庭的实质是干亲取代了原本血亲或姻亲在家庭中的地位，原则上干亲除了本来的身份外，还需要承担血亲、姻亲的家庭义务，但因为干亲毕竟与家庭成员之间没有任何实质性的关系，因此干亲实际上不能获得如血亲、姻亲一般的家庭权利和地位。这一点在主角杨艾的身份上体现得最为明显。杨艾与这个家庭本来无任何关系，出于对孤独的恐惧和对家庭生活的渴望，杨艾通过嫁给王大鸣的方式进入家庭。然而由于王大鸣的妻子林智燕生死未卜，妻子的身份并不坚实，杨艾个人也对这段婚姻毫无信心，出于更加稳妥的考虑，杨艾在婚礼当天请求成为林兆瑞的干女儿，即相当于林智燕的干姊妹。干亲的身份实际意味着，杨艾需要代替林智燕履行其照顾林父的义务，同时也是以一种类似于代替林智燕的方式成为王大鸣的妻子。但与真正的女儿和妻子相比，"代理者"意味着次要、虚假与间接。剧中两次重大家庭危机集中反映了这种身份的不稳定性质，代理者身份仿佛一种原罪，最终促使杨艾退出已占据的血亲、姻亲地位。第一次是杨艾的孩子流产，林智燕的孩子回归；第二次是林智燕回归，杨艾离婚。这两次危机是对代理者身份的强大威胁，在真正的妻子、女儿出现之前，杨艾得到了一位妻子与一位女儿能够得到的一切关怀，但随后几乎所有家族成员都将注意力转向了生活不能自理的灾难受害者，并试图恢复可怜的林智燕昔日的家庭成员身份。在中文语境中，"血浓于水"通常指人们在共同经历巨大灾难的过程中，因极不寻常的生命体验而产生的深厚情感，但在杨艾看来这个词可能有另一层意义：基于血缘形成的家庭伦理远比因天灾形成的临时家庭关系更牢靠，也更易为人接受。

《那座城这家人》在拍摄细节方面很出色，特别是在描写地震救灾、煤矿塌方等事件时，通过紧凑的叙事和极度还原的布景充分呈现了天灾与人祸的灾难性后果。一方面，角色的悲欢离合仿佛是由不可抗的命运造成的，另一方面，灾后人们背负压力的艰难生存彰显了勇气与尊严。但本剧在情节安排方面存在一些疏漏，比如林智燕作为护士，为何竟不知道自己怀了双胞胎，林智燕被生母抚养期间，其户口与身份问题如何解决等。此外，本剧关于20世纪八九十年代小城市生活状况的描述十分出色，大部分重要角色在那个时期展现出令人印象深刻的个性。相对而言，当大家庭中的年轻一代崛起时，他们的生活却严重缺乏其父辈所具有的那种令人感动的特质，这些年轻人似乎除了谈情说爱和帮助长辈们处理一些可有可无的杂事外，生活中的大部分时间都平淡如水。如此明显的反差可能源于编剧对于年轻一代的生存状态、内心情感和价值观念等不太熟悉，但这使剧情头重脚轻，越往后的故事内容越贫乏。总的来说，《那座城这家人》是一部制作精良、演技精湛、主题感人并能带给观众有益思考的剧集，这部剧以史诗般的结构描述了一个灾难后重建的大家庭，聚焦于家庭中新型的伦理关系以及其遭遇的各种危机，折射出近四十年变革中的普通人的生存境遇和情感状况，而剧中关于传统女性的刻板印象以及过于传奇的剧情转折稍显不足。

《金牌投资人》改编自龙在宇同名小说，是由芒果影视文化有限公司、北京博集天卷影业有限公司、霍尔果斯稻田影视文化传播有限公司出品，彭学军导演，江泽宏编剧，杨旭文、张俪、梁田、陈龙、郭晓然、袁成杰等主演的行业剧，于2018年4月3日在湖南卫视青春进行时剧场首播。该剧是金融投资题材的行业剧，讲述了年轻的金融投资人方玉斌的故事，并展现了金融投资的行业特点。剧中主要分为事业与爱情两条线，事业线以方玉斌收购巨能科技、投资珑讯科技、处理金盛公司事宜等为主要事件，穿插着荣鼎集团内部高层的派系争斗，以及江州集团子女的家族纷争等，爱情线与江州集团董事长苏牧之女苏晋、青梅竹马发小戚羽、助理佟小知有所纠葛。剧中方玉斌是知名投资公司荣鼎公司投研部的副总监，他有着高度理想化的职业信条与操守，在投资行业的竞争中绝不使用卑劣的手段、方式达到目的。该剧开场方玉斌去香港收购苏牧的巨能科技，面对苏牧的刁难和瞬息万变的资本市场，他坚持用自己的方式去解决问题，而不是依靠曝光内幕交易的事情达到目的。同时该剧着重塑造了方玉斌有情有义的一面，面对苏晋的赏识，方玉斌毫不犹豫放弃苏晋开出的优厚条件，选择对自己有知遇之恩的袁瑞朗；当大学时好友何兆伟在公司资金遇到困难找到他时，他能够尽其所能提供帮助，并在后期因何兆伟失去公司控股权而感到自责；好友戚羽因工作疏忽损失5000万元时，方玉斌主动承担错误。方玉斌这样的理想主义与重情重义，让他与行业中的其他人有着明显的不同，这也是他受到赏识与取得成

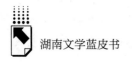

功的关键。作为一部行业剧，剧中对金融投资职场的展现令人耳目一新：金融资本的投资与运作，职场关系复杂的利益关系，股价之战的争分夺秒。不过该剧并未完全将方玉斌的主角光环放大，如他虽然顺利解决了收购巨能科技事件，展现了个人能力，但很大原因是他是苏牧、苏晋兄妹之争的受益者，而在何兆伟事件中，方玉斌未能成功保住何兆伟的公司地位，珑讯科技沦为资本市场竞争的牺牲品。方玉斌与苏晋虽彼此欣赏爱慕，在利益之争中，则主要是竞争者和对手，彼此手下不留情。正因为如此，该剧显示了职场中的真实面，将行业特点展现出来，而不是一部主角无敌的"爽剧"。此外，该剧中所传递的某些观念值得称道。苏晋的家庭关系复杂，同父异母的哥哥苏牧将其视为争夺家产的对手，处处刁难，与其作对。在苏晋参加方玉斌新书读者会时，苏牧暗中指使人泼墨，并当众诬陷苏晋是第三者。虽然方玉斌成功地为苏晋挡下了墨汁，却相信了他人对苏晋的污蔑，在之后有意劝说苏晋不要当第三者，遭到苏晋的严厉反驳。方玉斌之所以相信这一污蔑，实际上是来自对女性的刻板印象——女性年轻且成功多是有所依靠。剧中的方玉斌虽然是理想主义，但并不是完美的人，他也不能够摆脱某些观念的影响，或许正因为如此，该剧在人物塑造方面显示了一定的真实性。

感情线方面着重塑造的是方玉斌与苏晋势均力敌和彼此欣赏的爱慕之情，方玉斌从最初对苏晋唯恐避之不及到后面直面内心的情感，并在这段感情中完成了自我认知式的成长。该剧对二人爱情的萌发与发展处理自然，是该剧在金融投资职业之外，另一个吸引人的看点。若要说有些遗憾的便是二人感情中的"阻碍者"与阻碍事件，稍显刻意雷同，戚羽、佟小知，楚薇、甚至袁瑞朗，在感情线中角色作用有些相似单一，二人为此产生的误会也大同小异。方玉斌青梅竹马好友戚羽喜欢他多年，在方玉斌明确表明二人不可能成为情侣后，戚羽依旧纠缠于他与苏晋的感情中，尽管戚羽并未直接干预方玉斌的感情，却每次都在感情之事上与方玉斌争吵，这可以理解为戚羽对感情的执着与执念，然而戚羽的方式是每次都不听解释，无法与之沟通，这或许是影视剧中制造误会、推动剧情发展的有效手法，但多次使用会使观众感到疲惫。如何在行业剧中处理好事业线与感情线的关系，更好地讲述行业故事，是很多同类型电视剧都面临的问题。

五 年代传奇剧：演技精湛，制作精良

年代传奇剧有 1 部——《远大前程》，该剧由芒果影视、象山悟空影视、骋亚影视联合出品，于 2018 年 4 月 1 日在湖南卫视金鹰独播剧场首播，并在腾讯视频、优酷、爱奇艺、乐视、芒果 TV 同步播出。这部剧在制作方面不惜血本。据报道，该剧的资金约 70% 用于制作层面，剧组工作人员超过800 人，最大场面的一场戏群众演员接近 1500 人。剧组使用航拍无人机等电影级配置摄影器材全程跟组、搭建了 9 个全新场景、超过 600 个细致到纽扣和针脚的造型设计。[1]

这部剧以 20 世纪 30 年代的上海滩为背景，讲述了一个冒险主题的故事。主人公洪三元出身贫寒却胸怀大志，与挚友齐林从苏州前往上海投奔其大哥严华，打算有所作为，不料意外卷入上海滩两大帮派的争斗，后二人被迫加入法租界永鑫公司，并在一座大杂院中栖身。洪三元为人圆滑多智，重情重义，凭借在各种奇遇中的出色表现，逐渐在帮派中崭露头角，而齐林木讷愚钝，渐渐感到自卑与失落，并滋生了对洪三元的不满。洪三元与齐林同时爱上航运富豪于航兴之女于梦竹，随着经历愈多，洪三元渐渐意识到自己的真爱是同住在大杂院中，与永鑫公司有血海深仇的林依依，并与林依依成婚。于梦竹却对洪三元渐生情愫，齐林由妒生恨，终于死心塌地跟随向来不满洪三元的永鑫公司二当家张万霖，多次暗中破坏洪三元事业，最终导致林依依坠崖，并亲手杀死了待自己视如己出的洪三元之母。洪三元虽然身在帮派，却对帮派欺压劳工的冷酷，打击异己的凶残，以及种种违法勾当极为痛恨，渐渐同情并支持大哥严华的各种保护劳工、捍卫弱势群体权益的主张，

---

① 《宏大中有小趣味〈远大前程〉商艺两难中找到平衡》，网易娱乐，http：//ent. 163. com/ 18/0426/10/DGAHVUTN000380EN. html。

而彼时严华已经成为共产党员，洪三元也通过大哥开始接近共产党，并多次协助、参与共产党的秘密任务，最终彻底与帮派决裂，在与国民党的斗争中被捕牺牲。

《远大前程》在人物形象塑造方面很显功力，很大程度上归功于优秀演员的出色表演，其演员阵容之强大，可以说集中了大陆电视剧领域中最优秀的一批资源：由陈思诚饰演的洪三元充分显露出狡黠善辩而重情重义的性格；由袁弘饰演的齐林前期懵懂木讷，后来阴鸷狠毒，两种迥异的性格令人震撼；由郭采洁饰演的于梦竹天真而勇敢，由佟丽娅饰演的林依依急躁而坚强，两位乱世女子的痴情遭际最终淹没在变幻莫测的时事风云中，化作灰暗世界掩盖下的一抹彩色，令人扼腕；由倪大红、赵立新、刘奕君饰演的永鑫公司"三大亨"，或老成持重，或精明强干，或轻狂峻急，每一位都个性鲜明，气派十足，令人难忘；即便是配角，如扮演师爷夏俊林的果靖霖、扮演梁兴义的成泰燊、扮演露伶春的李念等，也大多是演技精湛的一线演员。在演技方面，这部剧可称得上巅峰之作。

在剧情设计方面，这部年代剧流露出面对《上海滩》经典地位的严重焦虑。由周润发、赵雅芝、吕良伟主演的《上海滩》几乎成为20世纪香港TVB的标杆，其主要情节是：初入上海滩的两兄弟同时爱上一位女子，从此兄弟异路，各自在帮派打拼，最终走向不同的人生。不难看出，在保持《上海滩》主要人物关系和主线情节基本不变的同时，《远大前程》似乎努力地制造出一些不同，这些不同主要表现在丰富的支线叙事、主要人物的大量奇遇、国共斗争新背景的介入。《远大前程》的支线叙事有劫土案、双春会、古墓寻宝等，支线叙事都具有独立的开端和结局，情节相对完整，甚至这样说大概也并不过分：它们完全可以作为独立的故事而存在。这带来的问题是，支线故事与主线故事的衔接不够严密，有时甚至会与主线情节产生矛盾。比如运土案，永鑫公司雇用杀手，对自己的运货人员进行劫掠，留下活口企图嫁祸给对手"八股党"，以作为向敌人全面开战的借口。机缘巧合下，杀手被洪三元杀死，运送的货物返回永鑫公司，嫁祸失败，全面开战被迫搁浅。这个支线故事的情节无疑是完整的，但当回归主线情节时，故事却显出一些缺陷。永鑫公司的三当家陆昱晟是智囊型人物，素来反对以强力手段向对手进攻，劫土案是向对手全面进攻的重要契机，计划发起者张万霖和夏俊林却完全没有征求陆昱晟的意见，剧中也未交代二人任何关于劫土案成功后的部署，这使一个本该严密策划的计划显得鲁莽和粗疏。而综观全剧，永鑫公司"三大亨"个个精明世故，老于算计，劫土案的草率筹划似乎与人物性格龃龉。何况在主线情节中，当八股党的二当家意外死亡后，元气大伤的八股党首领沈青山依然拥有与永鑫公司相颉颃的实力，两大帮派可以展开地位平等的谈判，这也表明将劫土案嫁祸给对手而全面开战的计划非常不理智。此外，《远大前程》为主角设计了许多奇遇，比如主角总会受到拥有强大实力者的赏识，在紧要关头通常会得到恰到好处的帮助，常常能解决即便是强者也难以处理的危机等。出人意料的奇遇情节会增强故事的吸引力，但过多的奇遇反而令人疲倦。在第一集里，洪三元将"红烧蹄髈"这道菜命名为"远大前程"（"远大"即"圆大"谐音，蹄髈用于行路），早早暗示了洪三元辉煌成功的生命历程。而他每逢重要关头做出的选择，都被其后来经历证明为正确。如果主角永远正确，永远成功，那么无论过程如何崎岖，情节如何曲折，观众其实已经能预料情节的发展。《远大前程》与《上海滩》的另一个显著不同在于主题表达。《上海滩》着力塑造一种罗密欧式的困境，直到临剧终许文强才做出了追求个人爱情的选择，但由于遭到暗杀，这一选择并未真正实现。而洪三元很早就埋下了同情劳工、向往共产主义的种子，这最终使他浪子回头，毅然远离帮派，将个人遭际与民族大义、国家命运联系起来，做出了无愧于时代的正确选择。在政治正确方面《远大前程》无疑做得很好，但这也一定程度削弱了结局的悬念。整体而言，《远大前程》是一部制作精良、演技精湛的优秀电视剧，剧中的一些片段甚至足以用来进行演技教学。在面对经典之作《上海滩》的深刻影响时，《远大前程》勇敢地做出了自己的应对，但在剧情设计方面还有待完善之处。

六　革命战争题材剧：中规中矩

革命战争题材剧有 1 部，即《特战英雄榜》，又名《逆战》，是湘西文

源影视文化有限公司出品的革命战争题材电视剧，于 2018 年 9 月 25 日在东方电影频道黄金强档剧场首播。

这个故事讲述了在皖南事变前后新四军独立营的艰难求生历程。主人公关四斤是智勇双全的新四军独立营营长，在与日军、国民党军、土匪、民团等武装的周旋中多次化险为夷，迎来了最后的胜利。这部剧描述了正面战场的残酷、间谍战的云诡波谲、敌军的残忍狡诈、新四军艰苦卓绝的斗争精神，塑造了一个个勇于牺牲的革命英雄形象。在惨烈的斗争中，新四军独立营的大部分成员都在执行任务的过程中牺牲，表明日军侵略者所犯下的滔天罪行无可饶恕，反映了革命前辈大无畏的革命主义精神，也告诫今天的我们：如今的安定幸福生活来之不易。这部剧一反传统革命题材影视剧中刻板单一的人物形象，着力刻画出一些立体感十足的人物，比如亦正亦邪、在日军和新四军之间左右摇摆的吴彪，多疑与忠诚并存的王时光，对于燕竹爱恨纠缠的泥鳅等。特别是在土匪和民团的形象塑造方面，本剧没有采用较常见的二元对立的理念，不仅注意到了土匪的恶行与暴行，也注意到了土匪心中的良知与善行，这使本剧中的土匪人物形象丰满，具有较强的艺术感染力。此外这部剧中的恋情十分特别，来自大城市的知识分子干部冷珊、土匪帮派的掌门人燕竹、具有高超射击天赋的新兵湘玲，同时爱上了主角关四斤，四人在险象环生的战斗经历中产生了一系列意想不到的情感纠葛，形成一道另类的情感故事线。

七　总结与展望

2018 年的湖南电视剧作品呈现以下四个方面的特点。

（一）多数作品水准一般，制作精良的作品较少

2018 年的多数湖南电视剧作品处于一般制作水平，仅有少数几部制作堪称精良。《远大前程》使用了堪称"梦之队"的豪华演员阵容，在演技方面达到国内电视剧领域的巅峰水准，饰演张万霖的演员刘奕君也凭借出色的

表现，入围 2019 年白玉兰奖最佳男配角名单，该剧也同时入围白玉兰奖的最佳摄影和最佳美术名单。《那座城这家人》通过聚焦灾后家庭伦理，在主题方面卓有新意，入围了白玉兰奖最佳影片名单，萨日娜通过完美诠释老母亲冯兰芝的坚忍与慈爱，入围了白玉兰奖最佳女配角名单。《火王》投资高达 3 亿元，拍摄地点包括银川、象山、杭州、冰岛等，采景风光优美。但除了少数几部以外，多数作品依然存在技术粗糙、演技浮夸、情节缺乏逻辑合理性等问题。

（二）重视对时兴元素的吸收，"新潮"在2018年的湖南电视剧作品中成为关键词

《流星花园》《站在桥上看风景》《甜蜜暴击》《火王》等作品聚焦青春偶像题材，选拔高颜值的年轻艺人担纲主演，将自由搏击、剑道、手机游戏、清洁能源等时兴事物纳入电视剧作品，至少在物质领域紧跟时代步伐，其目的无疑是为了争取年轻观众。但是这些元素往往在电视剧中作为背景出现，没有很好地融入人物形象的塑造中，也无法为表达主题提供更多帮助。比较典型的如《甜蜜暴击》，剧中的男女主角虽然在搏击方面卓有天赋，搏击也的确是其钟爱与长期从事的事业，但是整部作品从未展现搏击对于个人的生活意味着什么，人们在搏击中得到了什么，这使搏击更像是一个用以包装老套的爱情故事的噱头。如果时兴元素能深刻介入剧情甚至主题，将会为作品增添许多变化的可能，而作品需要表达的主题也将变得更加丰富。

（三）重视流量效应

2018 年的湖南电视剧作品中出现了两个"流量大户"。《甜蜜暴击》最高收视率达到 1.95，最终全网点击量超 62.4 亿，日均点击量超 3 亿。《流星花园》首播收视双网破 1，成为全国网同时段收视冠军。这两部电视剧在流量人气方面的巨大成功，与选择人气偶像作为演员、在多平台大面积造势宣发、选择最优秀的传播平台和黄金时段播出等原因密不可分。

（四）对漫画作品的改编成为趋势

2018 年的湖南电视剧作品中出现了一种改编漫画作品的趋势。从电视文学的发展历程来看，来自文学作品的改编剧作比例很大，并且成为优秀作品的概率也往往较高。但 2018 年制片人们似乎开始对漫画产生兴趣。如《火王》《流星花园》《甜蜜暴击》等都属于漫改作品。与漫画原作相比，改编后的电视剧往往在情节方面有所增删修改，有时出于拍摄的实际需要甚至会变更主题，原作中最核心的部分会被削弱甚至忽视，最典型的例子当属《火王》。

针对 2018 年湖南电视剧作品的整体状况，以下的工作还有待于进一步加强。一是剧本的重要程度应该进一步提升。无论是改编还是原创，一个合格的剧本至少要有清晰的主题、足够吸引人的故事、合乎逻辑的情节、真实而严密的细节。对于电视剧制作单位而言，对剧本水准的把控应该更加严格，而在拍摄时如果要修改剧本，也不应草率进行。二是减少流量剧作的生产。《甜蜜暴击》和《流星花园》由于高昂的宣发成本、演员片酬和平台播放费用，在片中植入大量广告来创收，这些广告破坏了剧情发展的节奏，降低了剧作结构的完整性，使这两部剧集在创造流量奇迹的同时，在观众口碑方面饱受批评。过于追求流量表现，也导致剧作在故事、表演等方面表现平平，从长远看这种流量剧作对于电视剧的健康持续发展是极其有害的。三是多拍摄现实生活题材的作品。现实生活是一切艺术作品最丰富的土壤，即便以虚构为主的艺术作品，也是以委婉的方式对现实生活的某些部分进行折射。《火王》《甜蜜暴击》《流星花园》等漫改剧在 2018 年成为流量热点，却在艺术水准和观众口碑方面表现不佳，其主要原因在于故事设定和主要情节严重脱离现实，令大部分观众产生强烈的疏离感。反观《那座城这家人》仅描述平凡家庭的琐碎生活，反而以潜移默化的方式打动人心，最终收获了许多好评。相信在以上几点持续改进，湖南电视剧作品必将拥有美好的明天。

B.10

文学评论：在日常工作中不懈砥砺的评论事业

龙昌黄*

摘　要： 2018 年，湖南文艺理论工作者在基础与前沿之间不懈地掘进，马克思主义文艺理论研究得到进一步夯实；文学基本理论问题研究得到进一步深化，其中以叙事理论、阐释理论研究等开掘尤深；文艺美学研究在中西互鉴中得到拓展。湖南批评界也在各自领域辛勤耕耘，不仅有对现代经典作家或文学流派（如鲁迅、沈从文、京派文学等）的精细解读，对省内和省外当代重要作家作品或与之相关的热点话题的积极探讨，也有对现当代文学史及所涉相关主题开展的诠释，同时还有对史料的精心搜集、整理和辨析。此外，新兴文类与媒介研究成为湖南文学研究界着重予以关注的前沿领域。

关键词： 马克思主义文艺理论　文本与历史　媒介研究

近百年前，《文学研究会宣言》将文学称作一项"于人生很切要的工作"，治文学者也当以此为"终身的事业"。这番表述，可能更适用于今天作为学术活动的文学评论。文学评论不再是兴之所至的鉴赏和品评活动，而是一项既与职业攸关又同理想勾连的工作，甚至的确是"终身的事业"（至

---

* 龙昌黄，湖南省社会科学院文学研究所助理研究员，文学博士，主要研究方向为文艺理论、中国现当代文学批评。

少对其间绝大部分从事者是如此）。就此来看，2018 年湖南文学评论界所取得的任何一项成果，无一不是省内学人努力"工作"的结果。

本年度，湖南文艺理论工作者在基础与前沿之间不懈地掘进，马克思主义文艺理论研究得到进一步夯实；文学基本理论问题研究得到进一步深化，其中以叙事理论、阐释理论研究等开掘尤深；文艺美学研究在中西互鉴中得到拓展。湖南批评界也在各自领域辛勤耕耘，不仅有对现代经典作家或文学流派（如鲁迅、沈从文、京派文学等）的精细解读，对省内和省外当代重要作家作品或与之相关的热点话题的积极探讨，也有对现当代文学史及所涉相关主题开展的诠释，同时还有对史料的精心搜集、整理和辨析。此外，新兴文类与媒介研究，也成了湖南文学研究界着重予以关注的前沿领域，科幻文学研究、网络文学研究、文学媒介与跨介质研究异彩纷呈。总起来说，2018 年湖南文学评论界的研究工作卓有成效，几十篇具有较高学术含量的国内重点学术期刊（CSSCI）论文，足以说明这些研究可能抵达的学术高度和深度。限于材料搜集及学术评价体系因素，本文将以该年发表于 CSSCI 来源期刊的论文为主要数据库（来源于中国知网），对以之所代表的 2018 年湖南文学评论活动及成果予以简述。

一　文艺理论研究：基础与前沿之间的深度掘进

（一）马克思主义文艺理论基础性研究得到进一步夯实

本年度，赵炎秋不仅喜获国家社科重大招标项目"中国特色文学理论建构的历史经验研究"，并著文《马克思、恩格斯文艺思想与十九世纪英国文学》（《湖南师范大学社会科学学报》2018 年第 2 期）、《百年中国 19 世纪英法文学与马克思主义文艺理论思想史研究》（《湖南大学学报（社会科学版)》2018 年 7 月第 32 卷第 4 期，与王欢欢合撰）两篇。在前一篇论文里，他指出，"19 世纪英国文学是马克思、恩格斯文艺思想的重要文学来源之一"，为后者的形成与发展提供了文学资源和材料，并且是后者赖以开展文学批评和理论阐述的场域；同样，后者也对前者的发展产生过重大影响。后一篇文章里，他对百年来中国学界"19 世纪英法文学与马克思主义文艺思想"这一论题，开展了比较翔实、细致的学术史爬梳。作者不仅剖析了国内研究现状及不足，还指出继续开展此研究的意义："可以为马克思主义文艺思想阐释奠定坚实的文学基础"，同时也可以借此"重估 19 世纪英法经典作家作品的文学价值和意义"。所论对于我们重新回到文学视野"返照"马克思主义文艺思想，富有启示意义。

季水河是另一位马克思主义文论研究的辛勤垦拓者。他与人合著（合作者：季念）论文两篇：《论马克思主义现实主义文论对中国现实主义文学理论发展的影响》（《山东社会科学》2018 年第 1 期）、《论马克思主义文艺理论创新的中国问题意识》（《社会科学辑刊》2018 年第 3 期）；独著论文一篇：《马克思主义艺术生产论的中国化与时代化》（《中国文学批评》2018 年第 4 期）。三篇论文分别从现实主义文论"影响"研究、文论创新的本土意识、艺术生产论的中国化与时代化等不同视角，对"马克思主义文学批评的中国形态"进行了深入细致的开掘。

此外，还有邱高、罗婷的论文《马克思主义女性主义理论与批评在中国的接受与影响》（《中国文学研究》2018 年第 4 期），对马克思主义女性主义理论的形成与发展、在中国的接受与实践，以及对当代中国文坛的影响与发展等作了较为翔实的论述。李巧伟的《习近平文艺思想的传统文化因子》（《湖湘论坛》2018 年第 5 期），对习近平的文艺思想展开了诠释，认为习近平接续了"文以载道"古典文学传统，围绕"筋骨""道德""温度"，系统地阐述了其本人"以人民为中心的文艺思想"。

（二）文学基本理论问题研究得到进一步深化

1. 叙事理论研究

赵炎秋的《要素与关系：中西叙事差异试探》（《外国文学研究》2018 年第 3 期）是一篇中西叙事理论比较的力作。该文主要探讨了中西叙事作品在构成要素（人物、情节、环境、事件、场景、细节等）及其关系上所呈现的相歧性，以此来简括中西叙事各自的特征。在作者看来，西方叙事偏重"要素的具体呈现"，中国叙事重在凸显"要素之间的关系"。这种相歧性体现在以下三方面：内容上，西方叙事文学倚重于要素的细度，中国叙事文学则倚重其密度；形式上，西方叙事技巧"主要围绕要素的呈现设置而展开"，中国叙事技巧"主要围绕要素的关系而设置和展开"；内容与形式关系上，中国古代叙事作品内容多决定形式，西方叙事作品形式对内容的影响较之中国古代叙事作品更大。所作阐述，对于理解中西方叙事的不同特色颇有裨益。《西风东渐背景下中国章回小说形式的蜕变与淡出》（《中国比较文学》2018 年第 2 期），是赵氏另一篇关注叙事问题的论文。与上一篇论文聚焦理论阐述不同，该文主要审察中国古典叙事文体章回小说在清民之交的历史蜕变，以及最终淡出的历史原因：缺乏现实观照的力度，僵化的叙事程式。

卓今的《认知叙事论》（《中国文学研究》2018 年第 2 期），则尝试从写作者立场，探讨认知科学之于文学研究（尤其是小说研究）的可能性。作者将"认知叙事"视为"写作者构建一种能够渗透到各种叙事要素的叙事方法"，认为这种叙事能有效"确立自我主体意识"，凸显对人的精神本质的阐释。论文在此基础上，还对认知叙事的基本特征、意义、构造、势能、话语等，逐一作了较为深入的阐述。

廖述务的论文《中西身体叙事传统中的身体形象比较论》（《湖南师范大学社会科学学报》2018 年第 4 期），则对中西叙事传统下身体形象的不同呈现作了颇为细致的比较；认为中国叙事重传神写照，西方叙事重写实。故在常态身体形象的塑造上，前者易程式化、脸谱化，后者则人物个性鲜明；在非常态身体形象的塑造上，前者形式多变、想象丰富，后者形式略显单一。

2. 阐释理论研究

卓今是本年度这一领域的主要着力者。她的论文《"公共阐释"论术语、概念的构成及发展》（《文艺争鸣》2018 年第 9 期），主要辨析和审察"公共阐释"概念的构成史。作者认为，张江通过改造（"否定和扬弃"）艾柯的"过度阐释"论，确立了"强制阐释论"；通过对"作者死了""意图谬误""有意味的形式""纸上的生命"等论断的批判和反拨，寻回作者对于文本的主导地位，构建了"公共阐释"论；张氏"公共阐释"论之所以成立，一方面因为人类"共在"与"他性"的客观现实性，使公共阐释成为可能，另一方面因为公共理性让个人阐释超越私人领域，从而使公共阐释具有"认知的真理性与阐释的正当性"。与此同时，她也指出，公共阐释论仍是一种尚在不断构建和完善的理论方案，它在学科目标、概念辨析、阐释的确当性、意图与现实的对称性问题等方面，还有待进一步的辨明和厘清。《公共阐释的公共性基础》（《求索》2018 年第 2 期），可看作是她对前一篇论文局部问题，也即"公共性"的集中诠释。论文翔实地论证了个体阐释同公共阐释、公共性与个人性的辩证关系，阐明了个体阐释是阐释主体赖以实现公共性的前提，人类"共在"性又决定了个人阐释必然的公共属性。

3. 其他方面的研究

赵炎秋的《文字和文学中的具象与思想：艺术视野下的文字与图像关系研究》（《文学评论》2018 年第 3 期），着意探讨文字与形象、文字的能指与所指同形象中的具象和思想之间的错综关系。作者认为，文字的能指与所指须一道转化为具象，但这种具象的建构和转化并不完全：一方面文字自身的独立性没有完全消失，另一方面文字在向具象转化的同时，也参与了形象、思想的建构。导致这种不完全性的原因在于：第一，文字是独立运作的有意义的符号系统，所以不可能消除其在具象或形象塑造过程中的自身独立性；第二，文字或语言是思想的直接现实，所以直接参与了文学思想的构成。此外，作者另著有《鲍勃·迪伦事件与诺奖评委会的文学观》（《中国文学研究》2018 年第 1 期）一文，对鲍勃·迪伦获得 2016 年诺贝尔文学奖事件及奖项授予者诺奖评委会的文学观作了较富思考性的讨论。

刘涵之的《文艺高峰与文艺的历史累积》（《文艺争鸣》2018 年第 6 期），重点考察了文艺的长时段积累同文艺高峰的形成之间的复杂关系。论文回顾了中国文学历史上的"高峰"时刻，辨析了文艺高峰论与"一代有一代之文艺"说之间的复杂关系，揭示了文艺的"继替"现象与文艺高峰何以形成的多重合力因素。

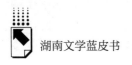

（三）文艺美学研究在中西互鉴中得到进一步拓展

汤凌云的《论审美幻象的理论特质》（《北京大学学报（哲学社会科学版）》2018 年第 5 期），以中国传统艺术形式观为中心进行考察，细致梳理审美幻相的哲学基础，揭示后者的理论特质。作者认为，审美幻相既不同于"西方心理学、图像学意义上的审美幻象或幻觉效果"，也不同于奠基于老庄哲学的象外之象"，而是受到"形相虚空""于相而离相""即相显性"等禅宗思想的影响，在中国美学和艺术领域内，具有"相无定相""即幻悟真""游戏自在"这三层内涵的理论特质。它一方面是对超越形似传统的深化，另一方面则是对"张扬个体自性和注重瞬间感悟的创造精神"的激活。《感性与灵感》（《江海学刊》2018 年第 1 期）是作者另一篇文艺美学论文，该文对感性与灵感这一组中西文论当中相对应的关键词的异同作了较为深入的辨析，认为：感性这一中国古文论范畴指向物感和气感这两种形态，是中国古典的天人合一思想的体现；而西方文论中的灵感，主要指向神秘或神奇的心理现象、写作状态，以及作为创造性天才的天赋异禀。但同时二者又有关联，二者均"强调心灵的创造功能和主体作用，都注重审美心境的护持"，故"二者存在对话与会通的可能"。所论对于具有民族特色的现代美学理论建构具有参考价值。

毛宣国的《朱光潜文学修辞意识探微》（《华中师范大学学报（人文社会科学版）》2018 年第 6 期），对朱光潜的文学修辞意识作了深入的探讨。论文认为，"修辞立其诚"是条贯朱光潜修辞意识的中心，它要求思想与语言、人格与风格、语言形式技巧与人的情感思想的同一；朱光潜对修辞的重视，暗示了朱氏将文学的本性视作"一种如何说话、将话说得好的艺术"。他的另一篇论文《"意境"之争：从理论回归艺术实践》（《中国文学批评》2018 年第 2 期），有意对以蒋寅、罗钢等为代表的、对"意境"作为中国古典美学核心范畴地位展开质疑的相关意见作出回应；认为这种意见忽视了"意境"同中国美学与艺术实践的关系，主张应当接续王国维、宗白华、朱光潜、李泽厚等对"意境"理论的建构和阐述，将"意境"范畴视作中国美学和艺术实践经验的总结。

季水河的《论"感应美学"对新时期中国美学研究的贡献》（《湖北社会科学》2018 年 1 月），着重探讨了以郁源为代表的"感应美学"对新时期中国美学研究的学术贡献。在他看来，"感应美学"主要贡献有三：第一，以"感应"这一中国古代美学范畴作为核心范畴和理论基石，构建了完备的美学理论体系，为古代文论的现代转换提供了范例；第二，在阐述文艺与生活的关系上，以"感应"代"反映"，对文艺与生活之间的关系问题给予了更为辩证的诠释，"为重新认识文艺与生活的关系提供了中国视角"；第三，跳出了现有美学体系，以"感应"来探讨审美活动与艺术欣赏，"为多角度研究审美活动与艺术欣赏提供了新的途径"。同时还指出，"感应美学"在处理"感应"同"反映""认识"关系问题上，尚存在着理论建构难以自洽的弱点。

李三达的《审美即政治：论康德共通感理论的三种当代阐释》（《文艺理论研究》2018 年第 2 期），对康德共通感理论的当代阐释作了深入的分析。作者认为，共通感作为审美判断力赖以存在的基本预设，在阿伦特那里，转换为伦理—政治理论的基础，借此论证任何人作为个体"在不放弃思考和对话的情况下都能够作出正确的判断"；布尔迪厄和伊格尔顿则将这一概念迁移至文化批判领域，批判康德审美理论的普遍化所造就的乌托邦共同体谎言，认为以之为基础建构的共同体乃呈现一种"区隔的状态"；朗西埃则在反对布尔迪厄将审美判断仅看作社会判断之再现的基础上，指陈"无目的的合目的性"以及"纯粹的凝视"本身就意味着"对等级秩序的打破"，这就使每个个体的审美判断具有了政治意义上的平等性，因此，每个人都可以依仗"自身的官能"（共通感、共同知性），具有同"最好的趣味持有者"相同趣味和判断力的可能，而这就为后世平等社会的实现提供了理论基石。在作者看来，上述阐释路径"构成了当代共通感理论阐释的政治维度"。他的另一篇论文《哲学家的原罪：论朗西埃对哲人王理论左翼谱系的批判》（《天津社会科学》2018 年第 5 期），主要论述了朗西埃对柏拉图，以及包括马克思、布尔迪尔在内的左翼哲学家、社会学家的批判，辩陈

了朗西埃与葛兰西相关理论阐述的异同，阐明了朗西埃知识分子观念当中的无政府主义特性。

另有张海燕的《牟宗三美学思考脉络中的"文化立场"研究》(《云南师范大学学报（哲学社会科学版)》2018 年第 2 期），对牟宗三美学思考中展现出来的中国本位的文化立场进行了较为细致的探讨。

二 现当代文学研究：文本与历史之间的多维诠释

（一）现代作家作品研究的精细解读

1. 鲁迅研究方面，刘涵之、周仁政对鲁迅的具体文本作了颇具思考深度的掘进

刘涵之的《复调艺术与反抗绝望：〈过客〉重读》(《鲁迅研究月刊》2018 年第 4 期），重点探讨了鲁迅的散文诗《过客》作为"剧诗"的复调特性，与其"反抗绝望"主题之间的张力关系。论文有意借用巴赫金的复调理论，来阐发艺术呈现同主题思想之间的相歧性。作者认为，意在"反抗绝望"的鲁迅，对过客精神的偏好只是一种"表面的相似"，作品多重对话的艺术特性，或复调性，却使之"置于多种声音的交锋中"。换言之，该文有意以作品中过客、女孩、老翁声音的复调性，来为鲁迅"反抗绝望的文学"的寓言式书写去蔽。由此，"文学家鲁迅在这里战胜哲学家鲁迅"。

周仁政的《论〈孔乙己〉与"纯粹教育"》(《鲁迅研究月刊》2018 年第 12 期），有意凭借《孔乙己》这个文本，来阐发儒家臻善传统之下的"纯粹教育"，在教育趋向功能化、技能化的现代社会里式微的必然宿命。作者颇富见地地指出，儒家思想虽自汉以降成为帝制王朝的统治思想，但本质上仍以"教育为本"作为"生存方式和事业格局"；"树人"为其基业，"入仕"为其最高目标。因此，儒学虽因"败政"的士大夫们常遭诟病，但真正构筑起其历史中流的是孔乙己这样穷则独善其身的江湖士子。由此，孔乙己式的人生悲剧，也就更能够呈现新旧社会秩序更迭之间，儒家历史命运

的悲剧性终结。

2. 沈从文研究依旧是湖湘学者深耕的一块学术领域

王玉林的《论沈从文初入北京时期的文学创作》（《中国文学研究》2018 年第 1 期），着重对沈从文初到北京时期的写作予以关注。作者认为，沈从文 1920 年代初入北京时期对都市灰色生活的书写，不仅是沈个人生活的"自叙传"，更是沈对都市"怨恨之爱"的表现。正是北京时期遭际的经济困境和冷漠世态，让他回望故乡，去寻求情感与心灵上的慰藉，从而使其文学书写形成了"湘西—都市"对立的文学格局。

张宏建、吴正锋的《论沈从文创作与歌德的关系》（《中国文学研究》2018 年第 3 期），主要探讨的是沈从文文学创作同歌德影响的关系。作者认为，歌德对沈从文早期文学写作具有重要影响，特别是歌德的《少年维特之烦恼》对后者早期爱情小说题材影响明显。

3. 京派文学研究

杨经建是该领域的重要耕耘者。其论文《感悟诗学：京派文学批评对母语思维智慧的现代建构》（《社会科学》2018 年第 8 期，与王蕾合撰），重点论述了京派文学批评所重"感悟诗学"的特征。他将后者视作京派文学批评"对母语思维智慧的创造性运用"的具体表现。作者认为，感悟诗学是一种将批评家"个人的直觉印象、审美体验与突出母语文学语境中的语言功能融汇起来的批评范型"，其代表性的批评家是李健吾。李健吾"印象鉴赏式"的感悟诗学批评重视现代批评意识，在强调"母语悟性思维"的前提下，主张经由"艺术直觉与审美体验"达成一种"智性的圆融和综合"。

他的另一篇论文《"乡土"叙事：京派文学母语写作的典型症候》（《福建论坛（人文社会科学版）》2018 年第 8 期），则将目光投到京派文学的"乡土"叙事上来。作者认为，与左翼文学、海派文学的"乡土"叙事"意在拆解和批判"不同，京派文学对"'乡土'投以深情的关注，通过个人心灵的构思来重构'乡土'叙事的逻辑"。"乡土"作为审美时空、人文环境，也借此得到开掘和拓展。京派作家们由此传递母语文学血脉的诗意书写，也便为现代中国文学提供了一种可资参鉴的书写方式和文学样态。

论文《"抒情传统"的新质与母语文学的"创格": 重论废名小说》（《厦门大学学报（哲学社会科学版）》2018 年第 5 期），是杨教授继续探究京派文学的个案研究。它以"抒情传统"这一认知装置来重审废名的小说。作者认为，情、文相生是后者小说特有的诗学质地，废名也借此"在接续、召唤'抒情传统'的过程中，重构并创化了母语文学的现代传统"；废名小说以可供"直观"的文本，将"心象"看作基本叙述元素，凸显小说直观、感悟的艺术特质和审美吁求，故更接近母语文学抒情写意的诗性本质。

4. 其他作家作品研究

肖百容的《论林语堂对中国文化传统的阐释》（《中国现代文学丛刊》2018 年第 3 期），对林语堂之于中国文化传统阐释的独特性及其价值意义展开了探讨。邹理的《周立波的翻译策略与翻译风格研究》（《文艺争鸣》2018 年第 6 期），对周立波 20 世纪 30 年代上海时期译作的翻译策略、翻译风格开展了细致研究。曾炜、周君颖的《苍凉世界的立体感官建构：论张爱玲小说的通感策略》（《湘潭大学学报（哲学社会科学版）》2018 年第 4 期），对张爱玲小说中的"苍凉"主题作了新的解读。作者认为，张氏借助视觉、听觉尤其是触觉上的通感策略，来展现小说的苍凉及其反映的现实人生的悲凉。

（二）当代作家作品及焦点问题的积极探讨

1. 湖南本籍作家、诗人研究依旧是研究的重点

张枣诗歌研究。2018 年是张枣研究的一个热点年份。该年 4 月 28 日，首届张枣诗歌学术研讨会在长沙召开。卓今在《南方文坛》2018 年第 4 期上发表的论文《张枣诗歌的"现实性"阐释》，其初即作为这场研讨会会议论文提交。该文意在探讨张枣诗歌当中展现出来的现实性。作者认为，这种现实性体现在思维方式、语言、自然与人伦关系规则、认知和节奏的现实性；它们具体表现为：以"我是我的……"的视角探查现代人意识的深度；"通过失重与悬浮，寻找存在与非存在的关系"；"用形式的空格和语言空壳化，证明某种普遍性"，以"非常规思维"实现对"现象的穿刺和清空，从

而对意义和感觉进行双重建构"。并认为，张枣借此以其才华和执着抵达人的精神意识深处，把人类精神发展的内在现实性呈现了出来，而这也正是张枣诗歌的美学思想和诗学价值"独特"且"丰富"之处。

韩少功小说研究。晏杰雄、杨玉双的《韩少功长篇小说的日常生活叙事》（《湘潭大学学报（哲学社会科学版）》2018 年 9 月第 5 期），以韩少功的三部长篇小说《马桥词典》《暗示》《日夜书》为例，揭示他从多重维度（语言、具象、历史情境等）呈现日常生活的丰富性与复杂性，并有意将抒情意识和理论意识融入小说文体形式当中，故而使其小说突破了小说、散文和理论的文体界线。作者认为，韩少功此举一方面在于承续中国文学抒情传统，另一方面意在以理论和文化评述介入小说叙事，"将民族文化寻根扩散至人类文化的范畴"。同刊同期发表的张勇的论文《原始思维与韩少功的"寻根小说"创作》，则侧重研究民间原始状态的文化与思维方式，同韩少功"寻根小说"创作的关系研究。论文认为，韩少功的寻根小说写作具有"揭示、批判民族根性中的蒙昧性和通过对原始文化形态和思维的表现唤起现代人生命活力的双重价值"。

彭学明散文研究。张建安的《湘西意象与民族精神的文化诠释：彭学明散文论》（《当代作家评论》2018 年第 5 期），对湘西作家彭学明的散文艺术展开了较为系统地研究。作者认为，以湘西为题材写作的彭学明，"显然是在着力营造湘西这片独特的南方诗意想象空间"，并指出彭散文写作的四个主要"视点"：第一，"歌吟湘西女人，赞颂大自然的美丽精灵"；第二，"抒写流水意象，寄寓别致的哲学情怀"；第三，"描画边城小镇，透视古朴的人文理想"；第四，"记述多彩民俗，传达悠远的文化命脉"。

唐朝晖散文诗研究。聂茂的《石灰窑：生命的淬炼场与栖息地——唐朝晖及其〈一个人的工厂〉》（《当代作家评论》2018 年第 6 期），从"思想的密语与灵魂的歌吟、格言化写作与隐喻化象征和人民记忆的'厚描写'"三个维度，对这位"被严重低估"的诗人的代表作《一个人的工厂》展开了细读与诠释。作者认为，诗人无意追求宏大叙事，而是自觉选择一位石灰窑工人的微观视角，来透视 10 年工厂生活，"在肉体和机器、欲望和钢铁的诗意想象

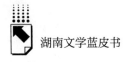

中，用文字复活记忆，将底层人物最本真的生命形态展现在读者面前"。

2. 省外重点作家、诗人及其作品研究

路遥小说接受与文学史地位研究。阎真的《路遥的影响力是从哪里来的？——从〈平凡的世界〉看写与读的关系》（《文学评论》2018 年第 3期），从《平凡的世界》受"读者追捧"，遭"学界冷遇"的强烈反差现象谈起，来探问现象所指向的问题实质：作家写作时的读者意识同读者接受的关系问题。作者认为，《平凡的世界》在大数据时代能够成为现象级的超级畅销书，同路遥对读者的重视密切相关。一方面，路遥以其艺术创造性将所表达的价值观念"坚韧""善良""尊严感"等，呈现于小说叙事当中，故而对中国年轻一代具有巨大的心灵感召力；另一方面，当代读者切身感受到的"成长的艰难"同小说中孙氏兄弟的命运相似，且仍对上述具有普世性的人生价值观有着相当普遍的认同感。由此，作者指出，《平凡的世界》启示作家的创作，首先"要给读者最大的尊重"，这种尊重表现为："要考虑自己的创作在什么层次上与读者达成命运的契合、心灵的交融、观念的启迪。"此外，作者也就作家应如何面对写作、在学术批评与大众阅读之间如何评价路遥的文学史地位等问题，展开了富有启迪的探讨。

余华小说叙述问题研究。赵炎秋在其颇富见地的论文《兄弟情与三角恋：试论余华的〈兄弟〉》（《社会科学战线》2018 年第 4 期）中，从叙事安排与小说之间的不协调关系，对余华的长篇小说《兄弟》的艺术成就给予学理性的评价。作者认为，小说主题意在表现永远的兄弟情，故事叙述却"有点旁逸斜出"，"削弱了主题的纯净"；这种"旁逸斜出"的小说叙事，主要表现为对污秽、暴力、欲望的过度书写，以致小说品位被拉低。

食指诗歌史问题研究。易彬的论文《"命运"之书：食指诗歌论稿——兼及当代诗歌史写作的相关问题》（《扬子江评论》2018 年第 6 期），重点探讨了食指诗歌的评价及当代史地位问题，认为面对"诗集之薄"与"评价之厚"的当代诗人食指，有必要回溯历史语境予以重估。在他看来，食指诗作之所以获得北岛、多多及部分研究者的高誉，很大程度上，是因为：第一，对食指"多舛命运的激赏"；第二，在均质化、一体化的单声部合唱时代寻找异端声音的强烈冲动使然；第三，文学史回溯历史的重新"发现"；第四，带有知青情结的"想象的虚幻"仍未消逝。值得注意的是，他在论文末尾提出了"历史意图"的问题，并由此质疑可能更多为读者、研究者"强加"的这种意图，对于长时段视域下食指的现代诗歌史地位的有效性。

杨经建对苏童、汪曾祺的小说与母语写作意识的关系研究。论文《唯美化创作：对母语文学诗性本质的传承与创新——苏童小说与母语写作之三》（《长江学术》2018 年第 1 期）指出，苏童的母语写作源于对江南文学传统，尤其是以"俪辞"为所指的南朝文学传统的创造性接续，故令其小说具有唯美主义的特质。《"礼失求诸野"：从民间文学吸纳母语文学的资源——汪曾祺和母语写之三》（《当代作家评论》2018 年第 3 期，与王蕾合撰）则认为，汪曾祺力图以鲜活的民间口语，改造"五四"以降深受欧化语法束缚的白话文，疏离和反拨具有政治功用化趋向的"大众语"，主张文学语言"要用普普通通的、大家都能说的话"。

（三）现当代文学史综论及主题学、文献学研究成果较为丰硕

1. 现当代文学史综论

聂茂的《文化批判视域下中国新时期文学的道路选择》（《湖南师范大学社会科学学报》2018 年第 6 期），重点考察了新时期以来中国文学"在理论选择、价值承载和文化导向上"艰难曲折的发展之路。作者认为，20 世纪 90 年代中期爆发的有关"中国焦虑"的"后学"之争，决定了中国作家只能走"扎根母土""洋为中用"的写作路径。中国作家对域外文学理论及写作实践的学习和借鉴，"创新、充实和发展了中国新时期文学"，令中国文学在世界文学舞台上更加从容自信。

赵树勤、雷梓燚的《21 世纪少数民族女性文学研究的新走向》（《中国文学研究》2018 年第 4 期），意在综论 21 世纪以来我国少数民族女性文学研究的现状及因此展现出来的研究的新路向。作者认为，21 世纪以降，少数民族文学批评日趋兴盛，整体上呈现"比较研究视野的多维拓展、跨学科批评方法的综合运用、民族问题的辩证考察的新走向"。这种走向既为现

有研究注入新的活力，同时也存在着"轻纵向的影响研究"、缺乏跨学科理论的有效支撑、对民族性等概念的理解有待厘清等问题。

许永宁的《夏志清中国现代小说研究的多维透视》（《齐鲁学刊》2018年第4期），则是关于夏志清中国现代小说研究的个案研究。论文以夏氏著作《中国现代小说史》为中心，来探讨夏志清的文学批评及文学史观。作者认为，夏志清的现代小说研究，接续中西方文学传统，体现出一种"古典与现代交叉互动的文学整体观"；"优美"构成了他的文学评价标准，"讽刺"与"同情"则是他评价中国现代文学"退而求其次"的权宜选择；"弃绝'科学'和'理性'"是他面对文学研究的姿态。由此，夏氏的小说研究范式，也便为反思既往文学研究提供了审美之维的参照。

2. 现当代文学主题研究

刘长华的《论中国现代文学中的"身世恨"书写》（《文学评论》2018年第2期），对中国现代文学当中存在的"身世恨"这一母题展开了研究。作者认为，中国现代文学中存在着众多"身世恨"书写，表征着个体自我确认的深切诉求及其深重焦虑，是考察现代中国主体现代性建构时一个不容忽视的观测点。

吴正锋的《论现代湘籍作家与湖湘文化精神的关系》（《江汉论坛》2018年第7期），着重开展了现代湘籍作家同湖湘文化精神的关系研究。作者认为，现代湘籍作家具有鲜明的湖湘文化精神，这种精神在其个人及其作品当中都有展现，表现为强烈的政治参与意识、不屈的抗战精神、对个性解放的执着追求、关注社会底层生活的民本思想等。与之类似的，还有林平乔阐述道家思想对中国现当代女性诗人之影响的论文《道家思想对中国现当代女性诗人的影响》（《哈尔滨工业大学学报（社会科学版）》2018年7月第4期）。

卓今的《当代乌托邦小说的叙事困境：以长篇小说〈山河入梦〉〈人境〉〈巫师简史〉为例》（《当代作家评论》2018年第6期），着重探讨当代小说中的乌托邦主题研究。作者认为，《山河入梦》（格非）、《人境》（刘继明）、《巫师简史》（于怀岸）这三部长篇小说，均在实践层面展现了对未来社会作某种制度构型的尝试。不论是《山河入梦》在"自由意志的极端放纵"与"自由意志的极端控制"之间摇摆的花家舍式共产主义实验，还是《人境》中全球资本主义与社会主义信仰、跨国资本与本土农业之间博弈的神皇洲式社会主义集体经济，又或是《巫师简史》里传统与现代嬗替之间 20 世纪"桃花源"猫庄的"德治"社会主义改造，都具有很强的现实感，"在实践性上具有某种警示意义"。同时又指出，以此三部小说为代表的中国当代乌托邦（或毋宁说反乌托邦）小说的书写，虽"在体制上有一定的反思能力"，但对社会发展规律往往缺乏宏阔的视角，"对某些探索性的改革缺乏理解和同情，并且对中国目前的制度选择以及其历史性和必然性缺乏深刻的认识"。

3. 文学史料或文献学研究

易彬是该领域持之以恒的耕耘者，2018 年他的主要研究也在于此。穆旦研究是其一以贯之的研究重点。《个人写作、时代语境与编者意愿——汇校视域下的穆旦晚年诗歌研究》（《中国现代文学研究丛刊》2018 年第 3 期），意在以文献学的汇校视域审察穆旦晚年诗歌的整理发表和出版，以及因此呈现的版本问题。《捐赠、馆藏与作家研究空间的拓展：从中国现代文学馆所藏多种穆旦资料谈起》（《文艺争鸣》2018 年第 11 期），以中国现代文学馆所藏穆旦资料（尤其是捐赠手稿）为中心，着重探讨了书刊捐赠及由此带来的资料馆藏增益对于拓展作家作品研究空间的积极意义，并倡导建立起"文献工作的协助机制"。《呈现真实的、可能的作家形象：说新版〈穆旦年谱〉，并说开去》（《新文学史料》2018 年第 4 期），某种程度上，相当于作者新版《穆旦年谱》编后感言。论文着重探讨了"档案的获取、甄别与运用"问题、口述史的可能性及其限度问题、材料采集与作品版本谱系的呈现问题、材料对于穆旦形象建构的偶然性与可能性问题等。此外，他借助荷兰访学契机撰写了《荷兰文版鲁迅作品的传播与接受研究》（《中国现代文学研究丛刊》2018 年第 10 期）、《域外文化传播与中国作家研究空间的拓展：从"郭沫若与荷兰"相关文献说起》（《求索》2018 年第 4 期）、《"中国文学在其他国家的反响比较平淡"：荷兰汉学家林恪先生访谈之一》（《南方文坛》2018 年第 5 期），这三篇论文对于中国作家的域外（尤其是

荷兰）影响研究，对于重新思考中国文学与世界文学的关系，提供了有益的文献参照。

吴正锋的《〈沈从文全集〉一处注释与"风怀诗"的求证》（《中国现代文学研究丛刊》2018 年第 6 期）、李玮、唐东堰的《九·一八事变后沈从文的文学思想：新近发现佚文〈文学无用论〉释读》（《中国文学研究》2018 年第 4 期），对于沈从文研究亦颇具文献学意义。前者旨在对沈从文诗《白玉兰花引》等牵扯出来的"风怀诗"与沈从文、张充和情感暧昧问题，予以辨析和拨正；后者则通过对沈从文佚作《文学无用论》作者问题的考辨及文本的释读，来展现"九一八"事变后不久沈从文悲慨以文而非惯常认定的逃避现实的精神面向。

此外，彭程的《日本新发现郭沫若与创造社同仁等书信一组》（《新文学史料》2018 年第 3 期），也是一项助益于郭沫若研究以及现代文学研究的重要文献研究成果。

三 新兴文类与媒介研究异彩纷呈

（一）网络文学研究颇有成效

作为国内网络文学研究的一方重地，2018 年，省内学人在此领域发力较深。

欧阳友权依旧是不容忽视的网络文学研究专家。《网络文学批评的述史之辨》（《文学评论》2018 年 3 月），重点阐述网络文学批评"述史"，或者说如何撰写网络文学批评史时务须辨明的问题。作者认为，目前网络文学批评"述史"仍面临三大难题：第一，如何面对网络文学历史的短促性及批评成果的有限性造成的资源掣肘问题；第二，如何规避网络文学多元创作下"批评定制的述史风险"；第三，如何处理好文学史元典传承同网络时代文学观念新变的语境选择。这就需要：第一，清理现有学术资源，"抽绎出批评史的学理观念"；第二，把握文学、文学批评，以及网络文学批评变与不变的历史辩证法；第三，在文学元典规制同网络文学批评现实的对接之间，找准网络文学批评史实和史论、史料和史观之间的逻辑关联。《网络文学批评的五个焦点问题》（《社会科学家》2018 年第 10 期），围绕网络文学批评中面临的评价体系建设、批评原则设定、批评的特征与方式体认、作家作品及类型化写作的评论、网络文学发展中存在的问题与局限等五个焦点问题，展开探讨。《改革开放视野中的网络文学 20 年》（《中州学刊》2018 年第 7 期）、《中国少数民族网络文学 20 年巡礼》（《福建论坛（人文社会科学版）》），可看作作者网络文学史建构的具体实践。前者对改革开放历史语境下中国网络文学 20 年赖以生成的历史背景、社会环境、市场配置、文化消费，以及现有文化产业经营现状等，给予翔实的阐述。后者则选择"少数民族"这一更为具体也更为窄小的视窗，来阐述 20 年来少数民族网络文学不断发展和壮大起来的历史状况及其贡献。《2017 年网络小说回眸》（《南方文坛》2018 年第 3 期，与邓祯合撰）则是一部具有文献价值的年度网络小说综述。另外，作者还撰有对新时代网络文学发展状况予以辨识的论文《辨识新时代网络文学的三个维度》（《中国高校社会科学》2018 年第 3 期），以及论述网络文学产业化运作的论文《网络文学产业链的竞合与优化》（《福建论坛（人文社会科学版）》2018 年第 2 期）等。

此外，禹建湘的《产业化背景下网络文学 20 年的写作生态嬗变》（《中州学刊》2018 年第 7 期），从网络文学产业化的视角，探讨了产业化对网络文学书写范式及写作生态的必然影响。贺予飞的《网络文学崛起的媒介动因与发展症结》（《出版科学》2018 年第 3 期），重点论述了网络类型文学崛起过程中媒介的重要影响，以及网络文学发展面临的主要症结：文学审美价值消减、文学主体精神沦落、消费逻辑下读者主体精神退化，以及以"读者为中心"的商业写作机制及其媒介特性，导致作者写作自由的丧失。

（二）科幻文学研究的有益垦拓

截至目前，湖南科幻文学研究尚处于起步阶段，王瑞瑞是此领域有心的垦拓者。其论文《论科幻文学的宇宙伦理：以刘慈欣的"三体系列"为中心》

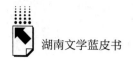

（《江淮论坛》2018 年第 5 期），以刘慈欣的科幻小说《三体》三部曲为中心，探讨了科幻文学所展现出的后人类时代的宇宙伦理问题。作者认为，刘慈欣的《三体》三部曲，指陈了一个后人类时代我们务必直面的问题：作为人类伦理道德系统的核心和基础的黄金法则，在由人类的地球文明时代进入后人类的宇宙文明时代之后，可能是失效的；我们须从秉持基于互惠原则的黄金法则，转向理性地承认基于生存竞争原则的黑暗法则的客观存在，并以此为基础，重构指向宇宙（而非仅仅指向地球）的"大义与至善"。刘慈欣在其小说当中思考的宇宙伦理，也便在这种"道德的弃与举"之间，展现出了"科幻文学成为我们进入后人类时代思考宇宙伦理的绝佳方式"的意义。

（三）文学媒介与跨介质研究积极开拓

作为国家社科基金重大招标项目"中国当代少数民族文学制度研究"（罗宗宇主持）阶段性研究成果，申旗、罗宗宇的《略论〈民族文学〉的世界眼光》（《民族文学研究》2018 年第 4 期），以历史阶段性总结的方式，重点探讨了"文学—媒介"间性关系视野下，文学期刊《民族文学》自1981 年正式创刊以来的"世界眼光"问题。作者认为，该刊的这种眼光体现在：第一，"译介国外民族文学作品和研究成果"；第二，"刊发具有'世界性'因素的民族文学作品"；第三，"探索少数民族文学的世界性理论"；第四，"促进中外文学交流"等。并由此指出，《民族文学》加快了中国少数民族文学"走向世界的步伐"。

欧阳友权作为网络文学这一依托新媒体介质存在的文学形态的深耕者，同样关注新媒介问题。他的论文《人工智能之于文艺创作的适恰性问题》（《社会科学战线》2018 年第 11 期），着重探讨了人工智能对于文学创作的有效性问题。他认为，应当对这种有效性持有"一种审慎的质疑态度"，因为人工智能艺术归根结底肇始于人的而非其自身的艺术创造力。支撑这种创造力的是人类审美经验的历史积淀，是"人的人文情怀和艺术智能在技术系统中达成的'本质力量的对象化'"。人工智能作为"拟主体"，始终无法抵达"创作动机的情感限度""艺术表达的想象力限度和作品效果的价值限度"这三个攸关艺术创作的重要"边界"。因此，对于人工智能的艺术可能性，我们需要有准确的判断和科学的把握。

罗先海的《当代文学的"网—纸"互联：论〈繁花〉的版本新变与修改启示》（《当代作家评论》2018年第3期），主要探讨了金澄宇长篇小说《繁花》从网络初稿本到期刊，再到图书出版这种跨介质（网络—期刊—图书）文本生成过程中，因介质差异带来的不断修改，故而呈现的版本问题。作者认为，《繁花》版本变迁过程中的大量修改，原因具有多重性：第一，适应不同介质（网络—纸质印刷）的需要；第二，助益文本理解（上海话转换为普通话）；第三，增益艺术表现力等。这种跨介质的文学版本变迁，在作者看来，对于当代文学批评及作品经典化、历史化研究等，均具有重要的学术价值，故而提出了与之相关的文献保存问题。

四　结语

综上可见，2018年湖南学人在文学理论、文学批评、文学史，以及新兴文类和媒介等方面研究，均有不菲的学术成绩。像赵炎秋、季水河等对马克思主义文艺理论研究持之以恒地坚守与掘进，赵炎秋对叙事理论研究、杨经建对京派文学研究、欧阳友权对网络文学研究、卓今对阐释理论研究、易彬对穆旦研究和文献学研究的聚焦和深探等，则在一定程度上代表了这一年湖南学人对相关领域研究所作思考的高度。不过，也须看到的是，由于学科建制、研究兴趣和视点的差异，2018年，湖南文艺理论与现当代文学研究，亦多少呈现"散点"而非"焦点"透视的现状。换言之，本土该领域的文学研究，依旧呈现为各自"圈地"，缺少重心、中心"地标"的景观。如何增强在研究对象、方向、主题上的共识，增进对相关学术问题和学术焦点的集中探讨，逐渐形成相对集中的研究领域和学术主张，从而在全国范围内发出湖南学人更为明晰和强劲的声音，并在此基础上构建该研究领域的"湖湘学派"，依旧是一项任重道远的学术使命。

B.11

湘籍作家：文本内外的极致人世

佘　晔*

摘　要： “湘籍作家”是从三湘大地上出走湖南、影响全国的优秀作家群体。2018 年大部分的“湘籍作家”都以专著的形式向文坛输出，在一个个精致的文本表达中显现着作家对历史、对人生、对世界的体验度和关注度。这里面，有大地和星空，更有诗和远方，为我们呈现了一幅极致的人世图景。

关键词： 湘籍作家　文本　人世

一　极致的体验

翻开英国著名批评家詹姆斯·伍德的文集，他在《最接近生活的事物》一书中开篇引用了乔治·艾略特的一个观点：艺术是最接近生活的事物，它是放大生命体验、把我们与同伴的接触延展到我们个人际遇以外的一种模式。① 不知是“湘籍作家”的文本艺术先接近了笔者，还是笔者先把它延展到了个人生活以外的人世，在对“湘籍作家”2018 年的创作成就进行总结和品评时，乔治·艾略特的这句名言让笔者深有同感。2018 年，大部分“湘籍作家”都以专著的形式向文坛输出作品，在这些史著、长篇小说、诗集、随笔集等文本中表达作家对历史的反思与纪念，对人生过往的追忆与怀

---

* 佘晔，湖南省文联文艺创作与研究中心《文艺论坛》编辑部副主任，主要研究方向为文艺理论及当代文艺批评。

① 詹姆斯·伍德：《最接近生活的事物》，蒋怡译，河南大学出版社，2017。

念，还有对世界热点、痛点的现实敏感和合理性批判，等等。总之，无论是从这些已有文本的内部出发，还是从文本外部予以观照，内外联结，都指向了我们当下内涵丰富的现实生活。如果要用一个词来概括"湘籍作家"意欲给我们呈现的这个人世图景的话，笔者想到了"极致"二字。

2018 年是"湘籍作家"写作研究的第四年，每次面对他们，笔者都想一次又一次敬畏地书写下这一长串名字：黄永玉、易中天、韩少功、蒋子丹、薛忆沩、李少君、熊育群、彭学明、陈启文、田耳、周瑟瑟、盛可以、李傻傻、郑小驴。2018 年，以文本方式打开他们的文学和内心世界，笔者将作家和专著一一对应进行具体阐述，而不框定具体的结构和叙事逻辑，仅以"作家 + 文本"的形式进行单个呈现。"湘籍作家"群体每年都有大量的丰硕成果面世，不同的结构框架和叙述逻辑，决定了进入这一群体方式方法和取材的不同。就 2018 年来说，经作家本人确认，"湘籍作家"蒋子丹、郑小驴、李傻傻暂无专著和相关文字发表，所以他们就不列入阐释范围了；"湘籍作家"陈启文、田耳无专著面世，却发表了一些优质的散文和小说；另外九位"湘籍作家"都出版了各自的新著或修订版著作，兴奋之余，笔者将小心翼翼地、详略得当地再现他们的文本世界及其带给我们的极致体验。

二 真实可触的现实

黄永玉与《无愁河的浪荡汉子》。《无愁河的浪荡汉子》是一部以黄永玉的故乡和一生亲身经历的人与事为原型创作的长篇小说，是一部屈指可数的边城风俗民情史，也是黄永玉先生让张序子把自己的近百人生在"无愁河"里再走一遍，以此表达自我的回首、凝视、沉淀、铺展、追寻之后的大彻大悟、大智大慧之作。而就是这样一位从边城出发的浪荡汉子，走向了文学和美术的广阔天地，走向了世界的各个角落，更走进了无数灵魂的深处。从《收获》杂志连载后，2013 年人民文学出版社已经出版了他的第一部《无愁河的浪荡汉子·朱雀城》，2016 年先后出版了《无愁河的浪荡汉

子·八年》（上、中卷），体例庞大，内容丰赡。

就 2018 年《无愁河的浪荡汉子》在《收获》的连载部分来看，给笔者的感觉是序子"在行走与追忆中面对战争与时世"，并渐渐树立起自我完整的人格和认知。它从序子收到李桦和嘉禾的信谈起，这一年序子先是跟着战地服务团在福清待了半年，因为遭遇炸弹袭击，原来的战地服务团无法待了；紧接着到了长乐民众教育馆，之后到陪青中心教书；没过多久，序子又要走了！到信丰当美术主任……这一路辗转、跌跌撞撞，在战争的阴影笼罩下，序子的生命意志越发坚强。在闽赣文化的温润滋养下，序子与人谈文学、谈木刻、谈读书，也谈战争和命运，不知不觉中塑造了基本的人格和观念。序子与钱校长对话时说："人总是常常被放错地方的。当然，不光是人，历史、命运、时间、情感，常常也颠三倒四。"① 序子在面对战地服务团姑娘的追求时感慨地写道："一个理想的'家'不只看前十年，还要看后十年。'情'是这样，'命'是这样，'美'也是这样；世界上不是任何美女都有资格做妈，而是天下任何妈都是孩子心中的美女。"② 这些不经意的人世箴言都在序子的行走途中自然生发。张序子的一颗行走之心，浪荡无愁；黄永玉的追忆之河，浩荡静谧，两者结合终于抵达这样一位世纪浪荡汉子的人生之核：随心所欲，随遇而安。这是作家黄永玉用其绝妙的文学才华为我们营造的人生境界和精神高地，即使是在抗战岁月，仍然可以看到散点式的文字和结构背后透露出的个人气节和家国情怀。笔者很认同评论家卓今女士提出的"精神现象史"的说法，她指出："《无愁河的浪荡汉子》是黄永玉一个人的'精神现象史'，体现了个体从教养、知性到理性的成长过程。他在国事、家事、个人的苦难和矛盾中成长，苦中作乐，这段精神史在顺境与逆境中螺旋递进升华。在中国新旧教育交替之时，他的版画、文学、诗词等文艺启蒙教育，他的格调、品位、审美趣味，变得更加美善和厚重。

---

① 黄永玉：《无愁河的浪荡汉子》，《收获》2018 年第 3 期。
② 黄永玉：《无愁河的浪荡汉子》，《收获》2018 年第 3 期。

小说表面写经验到的事实，内在旨趣却转向了无形的大道。"①

韩少功与《修改过程》。《修改过程》是"湘籍作家"韩少功 2018 年新出的一个小说文本，回溯四十年，讲述 77 级中文系大学生这样一个独特的历史存在。它以肖鹏写作网络小说用同班同学作为原型进行虚构引发同学陆一尘的抗议开篇，采用独立章节的非线性叙事，将 77 级中文系全班 12 位同学的求学生活、精神特质、命运遭际、时代困厄、矛盾苦楚等以反讽、戏谑、调侃的语言风格来呈现，让人在欢笑、厌恶、感动甚至落泪的复杂阅读体验中怀念一代人、感叹一代人，也修改了一代人。在笔者看来，这是作家以文学的名义表达对一个时代的终结和一代人青春终将逝去的无奈与缅怀，这是韩少功的祭奠方式，也将成为一代人的集体纪念和祭奠。

作为一个三十年后才走进大学校园的年轻人，手捧《修改过程》，内心充满无限期待，这种期待源于对 20 世纪七八十年代的激情向往与想象，更源于对那个年代知识分子的观察与联想。翻开《修改过程》，笔者想到了品读它、理解它的三个语词：语言、叙事和修改。第一，笔者认为，任何一位读者都不会否认《修改过程》的文本语言带给我们内心的震撼和视觉的冲击，恰到好处的网络用语、时代新词、自我创词，无不让人眼花缭乱，并在缭乱之中体验到惊喜、活泼和幽默。以一句电话质问语开篇，奠定了整个小说节奏明快、语言跳跃的叙事基调，让人在调侃中感受愉悦，在戏谑中看取人生。作家用这样的一种语言风格来展现历史上不可复制的一代大学生——77 级中文系学生的日常及其风云际会中人物命运的跌宕起伏，一方面反映出当时被压抑十年之久的中国知识分子思想的活跃、敏感、怀疑、富于想象，甚至轻狂和魅惑；另一方面，也表现出作者内心深处对自己所曾经历的时代和青春的感伤与终归逝去的无奈，在文学越来越边缘化的今天，这似乎是最好的讲述方式。第二，作家韩少功是圈内公认的思想型作家，是一个从不重复自我，并能不断提出新命题、新思路的创造型作家。《修改过程》的

---

① 卓今：《黄永玉的"精神现象史"——评〈无愁河的浪荡汉子·八年〉》，《中国文艺评论》2017 年第 7 期。

创造性就在于它的多重叙事方式，这一点被很多的读者赞赏，也许将来会被更多的作家借用。作家有意识地用"元小说"的叙事方式既从现在回溯过往，又从过去追问未来，过去、现在与未来三种时间在整部小说中时而穿梭，时而重叠，作者、读者与肖鹏、史纤、楼开富、马湘南等众多叙述人时而一起发声，时而单独表演，时而又唱双簧，全书没有一个完整的故事情节，有些人物只是匆匆路过，寥寥几句描述，同样形象立体、真实可触。无论是作家的第三人称叙事视角，还是肖鹏的第一人称叙事视角，这两重叙事都通过文本后面的"附录"建构起三重叙事的稳定体，让人物语言和思想自由流动。这个叙事视角的"三角稳定物"就是《修改过程》在文学叙事上的创新！第三，如何理解"修改"二字，是理解《修改过程》的一个关键维度。通过肖鹏的记录和改写，我们发现，我们每个人的人生都在 A、B 面甚至更多的面中不断变换，被他人或自己有意无意地修改；通过作家的回溯，我们知道，不管自我愿不愿意，我们的人生轨迹、命运归途还会被"生活"修改；通过第三重"附录"的叙事，我们找到了"修改"的出发点和参照物，无论是面对过往，还是展望未来，"修改"从未停止，这就是"修改过程"，通过这一"修改"，人类获得了向历史的纵深处开掘、向未来的无限处延伸的可能性。

彭学明与《人间正是艳阳天》。 从湘西走出去的"60 后""湘籍作家"彭学明不仅是一位散文大家，还是一位报告文学作家和文学批评家。2018 年 11 月，在习近平同志提出"实事求是、因地制宜、分类指导、精准扶贫"的重要论述五周年之际，彭学明的长篇报告文学新作《人间正是艳阳天》在十八洞村举行首发仪式，为湖南的扶贫文艺精品创作提供了又一个重要范本，也为"精准扶贫"的伟大战略决策获取了一种文学的命名和仪式感。众所周知，"精准扶贫"是当下时代鲜明的一面旗帜，旗帜下的个人写作往往容易被宏大叙事淹没，被宏大主题格式化，《人间正是艳阳天》的创作让我们欣喜地看到，彭学明巧妙地跳出了宏大主题叙事的晕圈，用真实、真情、真诚的创作原则艺术地记录了一个边远地区的贫困村落如何建设成为村级精准脱贫的人类范本的精彩故事。正如彭学明在后记中写的："在本书里，可以看到以习近平同志为核心的党中央政策是多么的深入民心，看到一群基层干部是如何的尽忠职守；党对人民的情感、人民对党的情意，领袖对百姓的关心、百姓对领袖的亲情，都在我的文字里水乳交融；我的每一个文字，都是骨髓里的深情。"① 这份深情来源于对家乡、故土的热爱，来源于一位作家用心抒写时代、用心感悟生活、用心诠释真善美的责任心和使命感。这是彭学明一次本能的写作。在接受《文学报》人物专访时，彭学明提道："农村是中国社会最广阔却最微小的细胞，最丰富却最复杂的肌理，也是最饱满却最生动的面容。人世、人间，人情、人心，人性、人道，都在农村有最为集中和典型的体现。"② 这一点，在农村待过的人都会有所感同身受。所以，彭学明将《娘》的抒情笔调与自我的政治激情相融合，为《人间正是艳阳天》的写作找到了一条写实的路，呈现了一条通往人间万象的复杂心路。具体来说，讲述十八洞村一个个普通村民的生活故事和扶贫干部的帮扶事迹，既写出了老百姓的淳朴、善良与固执，也写出了扶贫干部的艰辛、坚韧与担当。人物写活了，立体了，扶贫工作的复杂与艰难也凸显了。

自 2013 年习近平同志首次在湖南花垣县十八洞村提出"精准扶贫"的口号以来，湖南的扶贫文艺创作得到了湖南文艺界的高度关注，取得了一系列重要成果。仅以十八洞村为原型创作的扶贫文艺精品为例，电影《十八洞村》荣获第十七届中国电影华表奖；花鼓戏《桃花烟雨》荣获第 23 届中国戏剧奖·曹禺剧本奖，等等。笔者想说的是，十八洞村的扶贫现场为我们打赢脱贫攻坚战提供了群众智慧，也为不同门类的文艺家的创作提供了不竭的生活源泉。而《人间正是艳阳天》跟众多的以十八洞村为创作原型的扶贫文艺精品一样，它不是第一部，也不会是最后一部。这是后话，也是预言。

盛可以与《息壤》《怀乡书》。2018 年，盛可以完成了自己命名的"子

① 彭学明：《人间正是艳阳天》，广东人民出版社，2018。
② 彭学明：《在湘西热土上探出时代的脉动》，《文学报》2019 年 3 月 14 日。

宫三部曲"——《锦灰》、《息壤》和《女佣》，从女性生育的角度讲述当代女性的生存境遇和自我觉醒，表达出一个女权主义者的激进与反抗。其中，《锦灰》已经由台湾联经出版社出版，《女佣》计划于2019年推出。《息壤》作为盛可以从《北妹》出道以来的第9部长篇小说，由《收获》杂志2018年第5期刊出，人民文学出版社推出单行本。除此之外，他还出版了继水墨画作品集《春天怎么还不来》之后的最新绘著《怀乡书》，由北京大学出版社出版。

《息壤》原名《子宫》，初看到"息壤"二字，不知用它作以女性生育问题为切口的小说题目有何深意。晋郭璞《山海经注》："息壤者，言土自长息无限，故可以塞洪水也。"原来"息壤"二字，来自中国古代大禹治水的神话传说，大禹的父亲鲧从天帝那里偷来息壤这样一块可以自己成长的土壤，使治水取得了明显效果。而女性的子宫就像一片可以自己耕种、收获的自留地一样，拥有不断繁殖孕育新生命的能力，"子宫"二字直截了当，"息壤"的象征意味突出，更具复杂意蕴和阐释空间，带给我们更多关于女性及其生育的深度思考。《息壤》以初家四代八个女人的生育、婚姻问题为叙事对象，讲述初家女人在各自不同的婚姻生活境遇中面对生育问题的不同态度，在这片具有息壤般生长力量的子宫福地里，初家女人们似乎没有一个受此恩惠，反而在自我与子宫的纷繁纠葛中弄得遍体鳞伤，只不过有的甘愿承受，有的锐意反抗，有的幡然猛醒，有的无能为力。具体说来，作为《息壤》中初家第一代女性的代表恩妈戚念慈早年守寡，独自持家，受封建思想毒害至深的她显得非常强势和冷酷，这一点在对儿媳妇吴爱香的家族统治中纤毫毕现；第二代女性的代表吴爱香一辈子受婆婆管教和压制，为初家生育五个女儿直至丈夫离世，俨然一台极其自觉的生育机器；第三代女性初云、初月、初雪、初玉、初冰的情况更为复杂，犹如"不幸的家庭各有各的不幸"；第四代女性的代表初秀自己还是个孩子，却同样要面对本属成人世界的生育问题。盛可以让这些同一家族的不同代际女性都卷入生育问题的漩涡，敏锐地捕捉女性世界的真实生育状态和现实困境，并在历史的变迁与时代的发展中不露痕迹，在对女性命运的同情与感伤中不露声色、节制冷静，在包容中反抗，在反抗中独立，在独立中重生。绘本随笔集《怀乡书》文字简洁，主旨鲜明，清晰温暖地讲述了作家的童年乡村生活记忆，在安静惬意的客观陈述中表达作者对回不去的童年、回不去的乡村生态、回不去的乡土的诸多感慨。在《怀乡书》的画里，那个穿着红衣服、绿裤子的小女孩身边有一条小黑狗形影不离，他们是爱与孤独的载体，传递着陪伴与倾听的美好。盛可以在书的封底强调："这些小画，画的是童年的孤独与爱，也可说是此时的绝望与伤痛；是缅怀逝去的故乡，也是哀悼现实的境况。"①《怀乡书》不仅仅是作家一个人的怀乡，它的意义会在全球化、城市化明显加快的进程中日益凸显，成为一代人对逝去的乡土文明的深刻怀念，而这种图文结合的文本表现形式也会得到越来越多读者的认可和喜爱。

李少君与诗集《海天集》。《海天集》是诗人李少君 2014 年初从海南到北京近五年时间内写就的诗歌总集，其中包括 2018 年创作的叙事长诗《闯海歌》，由江苏人民出版社 2018 年 9 月出版。有人认为，这本集子反映出他近年来诗歌技艺上的创新与日趋成熟，以及独特美学风格的典型呈现。在笔者看来，这本集子还是延续了诗人之前一直强调的"草根性""自然性"的诗歌创作风格和美学追求。正如自我倡导的诗艺理论一样，始终讲究诗歌写作的心、情、意结合，李少君在《海天集》中写出了记忆中的多情海南，如果用诗人自己的诗句来概括的话，那就是不仅"我是有背景的人"，而且"我是有大海的人"。

长篇叙事诗《闯海歌》是诗人李少君为海南建省成立经济特区 30 周年的献礼之作，也是献给 20 世纪 80 年代带着激情与梦想闯荡海南多达十万冒险家队伍的致敬之作，而他本人就是当年的十万分之一。80 年代二十出头的年纪，诗人深信海洋是英雄创造奇迹的地方，带着一把吉他作别珞珈山的云彩，手指大海的方向，奔赴自由的远方大地。以天涯歌手实现青春梦想作为叙事的核心事件，由此窥探出一代闯海青年奋斗的足音。歌手用歌曲打动了闯海人内心最微妙的心弦，李少君用历练成为那个闯海队伍中最有经历和

---

① 盛可以：《怀乡书》，北京大学出版社，2018。

故事的人。三十年岁月轮转，再次回忆起梦中的海南，一首《闯海歌》，唱出梦中的少年追梦之旅，更唱出一代闯海人内心的坚韧与希望！北大谢冕先生在《中国新诗史略》一书中不无焦虑地提出："失去了精神向度的诗歌，剩下的只能是浅薄。同样，失去了公众关怀的诗歌，剩下的只能是自私的梦呓。"① 李少君认为，有清晰的自我判断和历史意识，是优秀诗人的重要禀赋。在《海天集》中，《我管不住我的乡愁啦》《我是有故乡的人》《小社会》《我的永兴岛》《和父亲的遗忘症做斗争》等诗篇无论是对地理意义上的自然故乡、社会意义上的人文故乡的眷恋，还是对人事的洞察与观照，都在诗人回归古典抒情传统、倡导自然的现代性的可贵反思中无缝对接着诗人的人文关怀和价值尺度，对诗与历史、诗与自我的关系有着清醒的认识和自觉，找到了一条中国新诗通向现代化的个人路径。他始终践行着"自然诗人""草根诗人"关注自然、关注底层的诗歌理念，《海天集》的集结更是诗人在新的诗歌王国深入生活、深入时代、拥抱现实、同时拥抱边缘的叙事佳作，时代与经典同行，海天共南心一色，成为当代海洋诗歌书写的独特之作。

熊育群与诗集《我的一生在我之外》。"湘籍作家"熊育群是文学全才，在诗歌、小说、散文、摄影等方面都有重要的收获，曾获得第五届鲁迅文学奖、《中国作家》郭沫若散文奖和第十三届冰心文学奖，《己卯年雨雪》《西藏的感动》《无巢》《生命打开的窗口》等作品被翻译成多国语言在国外出版。2018 年，熊育群给我们带来了他的第二部诗集《我的一生在我之外》，离第一部诗集《三只眼睛》的出版已过去了近二十年。在这既缓慢又快速流逝的二十年里，熊育群从没有停止过对诗歌的热爱与探索，他把写诗当作自我感受、思考和把握世界的一种方式。熊育群的诗，用词清晰简洁，每一个意义精确的辞藻在他的不经意调配、安放中获得丰富的所指和动能，诗里行间有时流淌着温润与美好，有时荡漾着激情与力量，有时笼罩着自我精神世界的感伤与惦念，有时又带着对人生终极价值的关怀和追求。没有谁能更

---

① 谢冕：《中国新诗史略》，北京大学出版社，2018。

准确地概括诗人在自序中说出的意义："这些诗是我精神和情感的影像，是生命的感悟与领悟，是生存的一种呈现，是心灵悸动的一次次捡拾，也画出了我人生一些隐秘的轨迹；既是一次归档，一份纪念，也是我对青春的回望与致敬。她成了与我相伴相生的另一个生命体。"[1] 每个诗人都有自我创作的特质和视域，每个读者也有自我独特的审美趣味和感性或理性的解读。诗集《我的一生在我之外》一共九章，分别讲述了诗人对人世中要面对的诸多情感比如分手、旅行、怀念、遗忘的感受和理解，记录下自我在中国西部、南方以及欧洲、非洲等地域穿梭的足迹，还有那些写给文人的长歌和历史的赋，共同构成了这一生命体的独特轮廓和丰满血肉。笔者喜欢《铁》"我们与铁同居/梦很轻盈/肉体却如此虚弱/普遍的寒冷触手可及"中背离的伤痛；喜欢《猛禽》里"我与猛禽一样也在别人的瞳仁里/活着我们一起学习飞翔"生猛的人生冲刺；喜欢《滑落》"从我身体滑落的瞬间却用尽了我一生的时间"中流动的深情；喜欢《歌与哭》里"不真实的世界/一如时间之后的你/还有比心更远的地方/什么东西正在碎裂"之岁月的感伤……熊育群是散文大家，却说诗歌彻底改变了他的命运，曾有十年沉迷诗中无法驳离，放弃所学建筑专业的他像疯子一样爱着诗歌，诗歌成为他个人的精神栖居之地。如今，他的这份热爱、执着与辛勤耕耘收获的《三只眼睛》《我的一生在我之外》等，也给了我们这样新时代的诗歌爱好者、写作者一盏指路明灯，只要热爱与用心，每个人都能找到属于自我的青春书写方式——以诗的名义。

薛忆沩与电子书《薛忆沩作品系列（6卷本）》。笔者始终隐隐地觉得，薛忆沩是"湘籍作家"群体中一个特别的存在，他身上的气质和味道让人难以捕捉，却恒定久远地存在着。"中国文坛最迷人的异类"，这一称号说的就是这种感觉。从 1988 年《作家》杂志发表中篇处女作《睡星》至今，薛忆沩刚好走过了"文学的三十年"。在这艰辛而漫长的三十年中，他用两次重大意义的移居和三个不同阶段的文学生命期，走过了一条独立于主流和

---

[1]　熊育群：《我的一生在我之外》，花城出版社，2018。

正统文学圈之外的无人走过的路。在薛忆沩的访谈录中，他多次用不同的语言真诚地表达着他与文学、写作的关系：写作是他的"命运"，以后他的墓碑上可以写明他是一个"从一而终"地痴迷文学的人。"迷人"的他用独特的哲学方式建构小说世界的"深度模式"以展现文本和人世丰富的内在肌理和内心世界，"另类"的他始终以个人和历史的紧张关系为据点去探索人性的深幽、历史的深刻和社会的多元，给三十年的文学路安静执着地涂抹上希望之色、远大之气。自 2012 年开始，薛忆沩每年都有两部以上的作品出版（2012 年和 2015 年出版作品高达 5 部）。2018 年，华东师范大学出版社出版了《薛忆沩作品系列（6 卷本）》的电子书，包含作品有《深圳人》《遗弃》《伟大的抑郁》《希拉里、密和、我》《以文学的名义》《异域的迷宫》。其中，华东师范大学出版社出版的随笔集《异域的迷宫》、访谈集《以文学的名义》以及由人民文学出版社出版的小说集《流动的房间》是新作新版，将其写作生涯中应邀所写的各类访谈文字重新梳理，以未删节、未编辑的"原汁原味"的薛忆沩风格，呈现在这部全新的随笔和访谈集中。在接受晶报记者"文学的三十年"采访时，薛忆沩的一番话深深地触动和戳痛了笔者：我想得最多的是艰辛而非成就；我感谢这三十年的艰辛，因为它不仅深化了我对文学的情，还强化了我对生活的爱；写作是与贫穷、寂寞并且与失败关系密切的事业；对写作者最大的诱惑和挑战总是"下一部作品"。薛忆沩是真心热爱文学的，并且对写作有着清醒的认识和理性的判断。他早已把文学、阅读与写作融入他的生命血液，呕心沥血，在不断地退稿、退修中承受巨大的磨难与写作苦楚，三十年的坚守更像是命运的召唤，终成一代无法忘却的"湘籍作家"，让我们在持续的关注与祝福中期待薛忆沩的下一个"文学三十年"。

周瑟瑟与诗集《世界尽头》。"湘籍作家"的另一位重量级诗人周瑟瑟继《栗山》《暴雨将至》等诗集之后，又给我们带来了献给智利、哥伦比亚的"地域在场"诗集——《世界尽头》，由百花洲文艺出版社出版。这是一部由周瑟瑟摄影、周瑟瑟诗歌、周瑟瑟书法与评论的多元结集，以诗歌为主。诗歌共分二辑，收录了诗人从 2017 年 5 月至 2018 年 6 月创作的重要作品，《世界尽头》的出现与周瑟瑟日常生活的文学经历密切相关，也带给读者不一样的诗歌理论与创作主张。2018 年，周瑟瑟应邀参加第七届墨西哥城国际诗歌节、孔子学院拉丁美洲中心"中国作家讲坛"，在聂鲁达基金会、智利圣托马斯大学、哥伦比亚塔德奥大学、墨西哥国立自治大学、墨西哥蒙特雷新莱昂州自治大学、墨西哥奇瓦瓦自治大学等进行诗歌朗诵与文学讲座，提出"走向户外的写作"理念，倡导一种"简语写作"的模式，获得第五届中国当代诗歌奖（2017～2018）诗集奖、人人文学奖 2018 年诗人奖等。周瑟瑟"走向户外的写作""简语写作"等诗歌主张在这本诗集中有鲜明的体现，很多诗歌仅从题目就可看出它表意的直接和在场流动的写作方式，比如：

我们开车去黑岛
去看聂鲁达的故居与墓地
我们先要经过
瓦尔帕莱索古城
在进入古城之前
我们把车停在路边
　　——摘自《太平洋》

我从遥远的中国
来到哥伦比亚
我想了想
还有什么必须一见
　　——摘自《巨树》

我侧身穿过河西走廊
我缩在冬衣里
想起洞庭湖
……
走在古丝绸之路上
我想长久走在这里
　　——摘自《过金昌》

我到过世界尽头
……
我在北京迎接
世界尽头来的朋友
你们带给我安第斯山脉的雪
……
我们谈起世界尽头
有一条诗人之路
　　——摘自《世界尽头来的朋友》

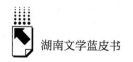

我很认同周瑟瑟提倡诗歌"走向户外"的写作主张，诗歌跟其他所有的文学样式一样，需要深入生活、深入日常，扎根现实的土壤展开想象和联想，立足真实的情感化用夸张和移情，才能在纷繁复杂的现象世界和经验世界提炼思想，贡献诗人的智慧。至于"简语写作"，评论家陈亚平先生对此有高度的评价：简语技术的出现，预示着一个时代的突进；简语是原发事态的最初澄明；简语把人性的天启连在一起。① 固然如此。但诗歌纯粹地追求一种"简语化"也是有缺陷的，因为有些诗歌的丰富内涵和巨大容量用"简语"是无法涵盖的。一首意蕴深厚的诗，通过声音、节奏、文法和意义的内在调和，可以给读者带去心悦诚服的喜爱与模仿，给诗人自己带来渴望的超越和升华，最终呈现优秀诗歌作品的大格局、大气象。这一点"简语写作"是做不到的。但"简语写作"单纯、纯粹，内心直达。

三　湖湘人文底蕴

在"湘籍作家"研究与写作之路上，一种焦虑与困惑始终伴随着笔者，那就是"湘籍作家"群体每年的新作如此之多，有些作品来不及阅读，更谈不上研究。这种不是全盘阅读的综述写作能成立吗？比如，"湘籍作家"易中天先生一直致力于《易中天中华史》的写作，已经出了二十多卷了，2018年又出版了最新修订的"易中天品读中国系列"，包括《闲话中国人》《品人录》《大话方言》《读城记》《中国的男人和女人》《中国人的智慧》六部，分别从中国人的日常饮食、穿衣风格、世俗人情、两性关系、地区方言、城市特性、传统文化等全方位地品读，给世界了解中华民族的历史和当代文化提供一份清晰的档案和角度。再比如薛忆沩作品系列。这里还得提到"湘籍作家"陈启文。陈启文2018年在《民族文学》《山花》《广西文学》《作品》等发表多篇散文，并获得多个文学大奖。因为2018年立足新著，对他的单篇作品仅仅提及，而不做阐述。在对这个基本问题的持续焦虑中，

---

① 周瑟瑟：《世界尽头》，百花洲文艺出版社，2018。

笔者找到了一种解释：虽不能穷尽对所有作品的阅读，甚至片言只语只能对"湘籍作家"的年度成就做一个大致的梳理，但笔者力求在随性的絮叨和理性的思辨中呈现作品最核心的元素和最基本的特质以及作家最可贵的文学品位和文学精神。

"湘籍作家"群体是三湘大地孕育出的一群"最可爱的人"，他们生于斯，长于斯，成于文学和世界的广阔天地。他们走到哪，便把湖南人的精神、湖湘文化的精髓带到哪；也无论走到哪，都磨灭不了"惟楚有才 于斯为盛"的千年积淀与湖湘文人气质。而笔者作为一个致力于湖湘文艺发展的服务员和研究者，将一如既往地关注、研究这个才华横溢、兼容并包的群体，寄情于"湘籍作家"，忘情于"湘籍作品"，期待下一个新年！

力作评说篇

Reports on Masterpiece Review

B.12
2018年小说之力作评说

摘　要： 2018 年湖南小说力作题材丰富，立意高远，文采斐然。何顿新作《幸福街》透过历史缝隙中流溢的身体话语一窥凡俗人物六十年的不同命运。残雪《赤脚医生》始终贯穿着作者一贯的先锋风格，于其理想国的建构中，传达了一种执着的理想主义精神和一种超然的生命哲学。彭东明《坪上村传》采用传记的方式开启了对乡村文明的存在之思。舒文治《活灵活现》呈现了当下乡村非古非洋、不伦不类的滑稽世相。沈念《冰山》集中性地以一个虽为法医实则灰色无助的"我"的情感历程为线索，表征出现代人尽是些情感孤儿、创伤者的时代性。

关键词： 湖南　小说　力作　评说

一 身体图景中的历史与人物命运——论何顿《幸福街》

王瑞瑞*

"身体"在何顿的小说中不是一个陌生语词，甚至可以视为他小说创作最重要的主题之一。他往往依托历史记忆，将各种欲望场景直插当代生活，畅快且毫无掩饰地记录着置身于迅疾变化的现代社会中普通人的生活实况与精神状态。福柯曾经揭示身体与历史之间的密切联系，他认为身体不可避免地被卷入历史与政治的领域，并在权力关系的运作中被规训。在小说领域，"身体"作为参与小说建构的重要叙事手段，它与历史之关系也非常复杂。作为20世纪50年代末出生的人，何顿经历了从"文革"到改革开放这样一段当代中国的历史巨变过程，他在《我们像葵花》《黄泥街》《我们像野兽》《香水百合》等作品中以荒诞的、情欲化的身体书写对市场经济社会转型的历史过程中人性的扭曲进行揭露与批判。相比前述作品，新作《幸福街》中的"身体"因所涉的漫长历史链条而枝蔓横生，身体在与权力、政治、金钱的纠缠中打上深深的历史烙印，使我们能够透过历史缝隙中流溢的身体话语一窥凡俗人物六十年的不同命运。

（一）权力与身体

考察《幸福街》这部小说，不可忽视的一个方面是"文革记忆"，对于何顿来说，"文革"这段历史不是宏伟地矗立在文本面前，而是趋向于淡化为日常生活小叙事的背景。在这一转变中，人们借"身体"进入由个人经验和生活碎片构筑的现实地带。在这一地带，作者对身体与权力的纠葛进行了深入描写并由此揭示"文革"历史的残酷与荒谬。在这部小说中，身体与权力的关系主要体现为：前者对后者的依附与反抗、后者对前者的操控与

---

* 王瑞瑞，湖南省社会科学院文学研究所助理研究员，文学博士，主要研究方向为文学理论与批评。

宰制。这种关系集中体现在周兰与区革委会严副主任之间。严伟在"文革"期间获得了权力，在他看来，权力是一种能够操纵人命运的东西。作为自古以来就是权力操纵对象的女性在"文革"特权的威压下更陷于失守。周兰正是这样一个失守者，她懦弱、胆小的性格使她无法应对"文革"时期随时可能发生的各种打击。面对丈夫林志华被诬为国民党反动派锒铛入狱，她首先是自怨自艾，悔恨与林志华的结合，继而为了使自己的生活不受影响准备离婚。在周兰身上，我们既可以看到对男权的依顺，也可以看到"文革"思维对人们日常生活的深刻影响，即弱势多数对政治权力的依附。在周兰的心里，她不仅需要一个男人，还需要权力做靠山。因此，她和严伟之间是身体和权力的交易关系，通过交易，她得到权力的庇护，严伟也因权力所释放的威力得到极大的满足。

何顿在描写权力对女性身体的占有方面主要通过"看"即视觉来实现。看是权力拥有者的特权，被看者承受的是权力拥有者的视觉暴力。小说中对严伟的"看"进行了非常细致的描写。在周兰将离婚报告拿给他签字时，他对周兰从拉长驴脸威严地打量到炽热地盯视再转为昂起驴脸深情地觑视。这个过程中，周兰的回应先是心口的刺痛，后是脸红、心跳，再是心下明了的脸红。在权力对身体的挑衅与暗示中，看者与被看者之间其实已达成了某种协议。因此，在这一过程后，严伟可以大胆地在心中形成一个能够挑起欲望的身体影像，"他喜欢周兰那张鹅蛋型脸，那目光犹如山涧的流水般清澈、迷人。他还喜欢她那土色的嘴唇和尖翘的下巴及白皙、修长的脖子……她那圆润的臀部多么诱人啊。"[1] 与此相应的是，当严伟来到理发店找周兰并再次冷着驴脸使用威严的目光注视她时，她不再害怕，因为她已经在权力的胁迫下妥协，可以利用身体这个天然资本来为自己获取安全和依靠。不过她并非心甘情愿成为权力的依附，一个自由的躯体总在周兰的脑海里存在着，"淡蓝色跳板上的跳水运动员，一个燕式跳入充满迷雾的梦乡"，一个自由伸展的放松的躯体。后来她试图摆脱严伟对她身体的主宰，她大胆与彭

---

[1] 何顿：《幸福街》，湖南文艺出版社，2018，第67页。

校长谈恋爱并跟已成为主任的严伟摊牌。她因为心里站着她爱的男人而充满力量，她不再畏惧严伟鹰一样凶狠目光的视觉威胁。殊不知，爱情在那个特殊年代的权威面前是不堪一击的。在权力面前，身体是任其摆布的物。严伟不能容忍女人这个"东西"有自己的自由意志，这是对他权力的挑衅。因此，在严伟的指使下，遭权力迫害的前夫因听信谣言，嫉恨她与其他男性之间的肉体关系，自觉成为权力的同谋，将她诬陷下狱。她苦苦盼望的爱人也离她而去。

在周兰这里，身体对权力的反抗以失败告终。赵春花是何顿塑造的另一个在权力与身体之间挣扎的女性形象。她与周兰年龄相仿，家庭情况相似，丈夫不在人世且给她留下一个不光彩的家庭成分。不过，与周兰截然不同的是，她性格理性沉着，坚强勇敢，同样是面临独自一人承担抚养女儿的责任，她坚定地认为凡事都要靠自己，立刻去大米厂上班来养家糊口。在赵春花这一人物形象上体现出身体对权力的反抗。她清晰地明白这个时代权力对人尤其是对女性的主宰与威胁，因此她自觉地进行性的隐匿以求得自保。这是身体对权力进行反抗的一种方式。她在大米厂工作时用头巾裹着脸避免露出自己美丽的面容，且目光冰冷，不给觊觎者任何机会。看者与被看者之间占有与被占有的关系因这一隐匿身体而受阻。面对在黄家镇有点权势的刘大鼻子的追求，她果断地给予回击，当刘大鼻子用那双自以为聪明的眼睛盯着她时，却被她深邃冰冷而毫无畏惧的目光吓跑了。看者与被看者之间的权力关系发生反转。如果说头巾是她抵御视觉暴力的实体屏障，坚强勇敢的性格则是她回击视觉胁迫的无形武器。从视觉层面勾连起权力与身体之关系是何顿使身体进入历史的独特方式。由看与被看的个体经验所营构的身体话语导向了对历史悖谬本体的深度批判。

（二）"享虐"体验与乌托邦狂欢

在这部小说中，如果说看与被看构成的视觉交锋是体现权力与身体之关系、进入历史的重要途径，那么，何顿并未停留于此，身体狂欢是小说参与历史建构的另一手段。身体狂欢既是革命乌托邦理想高扬的映射，又是政治权力欲望蔓延的表征。小说通过有关"享虐"体验的书写来呈现身体狂欢与乌托邦、权力的交织。"享虐"主要是指施虐与受虐所带来的心理或感官上的享受体验，它往往是从"痛感"中获得快感的一种活动。何顿对"享虐"体验的书写集中体现在高晓华与黄琳两个人物身上。在周兰与严伟之间，以革命为名的权力与身体之间是占有与被占有的关系，因此革命与性是对立的，而在高晓华与黄琳之间，革命与性实现了高度的契合。施受双方何以达成一致共同完成"享虐"活动？从黄琳这边来说，她从小生活在一个权力环绕的家庭中，养成了肆无忌惮的性格。当她举起竹棍抽打小学同学时，当她蛮横地管教初中同学时，当她作为小红卫兵头头带人去抄家时，她从施虐中获得快感。不过，倚仗权力的施虐在其父亲权力丧失和身份跌落后被迫中断。她在高晓华这里重新延续了其施虐的快感。

高晓华是个较为复杂的人物。一方面，他充满了革命理想。在知青点组织建立的小农场寄托着他的乌托邦理想，"一个无私无我平等的新型集体"。另一方面，他又具有根深蒂固的想成为"人上人"俯视众生的官本位思想。这两方面在高晓华身上实现高度的统一。对革命理想的憧憬与对权力的迷恋成为刺激黄琳与高晓华结合的精神激素。高晓华是性爱享虐者，他享受着黄琳对他各种形式肉体施虐带来的快感；他又是社会享虐者，所谓"炼一颗红心，滚一身泥巴"，他始终怀着一腔激情自觉接受贫下中农的再教育。对于他来说，无论是性爱领域还是社会政治领域的"受虐"皆是其内心强烈欲望的表达。因此，他并非甘心受虐，"天将降大任"之前必虐其身，他"享"的过程是锤炼的过程。这意味施受双方并未形成超稳的享虐结构。一旦支配这一结构的乌托邦理想和权力诸因素发生异动，享虐活动的和谐状态即会改变。

高晓华建立的乌托邦小王国实质上非常脆弱。韩少功曾经在《革命后记》中指出乌托邦的阿喀琉斯之踵——权力与金钱，当乌托邦没有权力和金钱实施的奖惩时就无法真正落地，[①] 因此任何一个关涉个人利益的因素都

---

① 韩少功：《革命后记》，牛津大学出版社，2013，第71页。

可将其击溃。何顿暗含讽喻地写出了高晓华乌托邦理想的虚幻。高晓华与黄琳、黄国艳、鲁智力等人之间的情感纠葛竟成为凝聚小农场骨干人员的与革命理想并驾齐驱的力量支撑。没有世俗利益（权力或金钱）的保障和约束，现实生活的艰辛、爱情的无法兑现、招工指标的诱惑都可成为瓦解革命激情的致命力量。高晓华经历了小农场这一自由理想国的盛起与瞬时湮灭，所以他寄希望于依靠权力实现理想。但陷于乌托邦之困的中国在文革权力操控下已历经劫难，而后必然是幡然醒悟的转舵。在已经变换的历史环境中，高晓华们想通过造反、告发等方式一夜翻身爬上权力金字塔的顶端无疑只能是空想。虽然高晓华是享虐活动中的受虐一方，却一直是施虐者黄琳的崇拜对象。"文革"结束后，高晓华仍陷入"文革"思维中不能自拔，权力的不可得使他对于施虐者黄琳来说逐渐失去吸引力。黄琳不能在他身上延续施虐的快感，享虐的稳定结构被打破。理想的遇挫和黄琳的肉体背叛与精神冷待使他终于由受虐者转为施暴者，当性爱溢出法律边界时即意味着享虐活动的终结。在此之后，祛除了权力欲望困扰并失忆的他终成为一个虔诚的乌托邦信徒独立于世又孤独地死去。他那布满蛆虫的僵躯为其虚妄的革命理想彻底画上句号。小说通过或明或暗的享虐描写揭示了在历史巨变时期被卷入漩涡的普通人的悲剧命运。

（三）成长体验与身体蜕变中的世俗欲望

"身体"作为何顿写作的主题之一，在这部小说里虽并不如他书写都市欲望的小说里表现得那么醒目直露，但作者追踪历史的印记，将身体书写与人物的成长过程结合，揭橥了身体在权力、政治之外的另一日常模态。

在人的成长过程中，童年是一个尤为重要的阶段。当娇嫩的身躯与沉重的历史话题相遇时总会引发文学言说的多种可能。"文革"历史的震颤如何施于娇嫩之身？不同于新时期以来一些儿童身体叙事中过度张扬的创伤体验书写，何顿对特殊历史时期儿童的成长进行了带有独特个人经验的言说。在他的笔下，儿童视角与成人视角形成鲜明的对比与辉映。整部小说的章节结构很有意思，对两代人的书写交叉进行，几乎是写一两节儿童就写一两节他们的长辈，进而交叠对照两代人的历史遭际。何顿笔下的儿童呈现被压抑的身体特征。对于儿童来说，这个压抑之源是成人，最终指向的是社会。在陈漫秋这一人物形象上体现出成人对儿童的规训。在家庭出身决定一切的年代，对于一个资本家出身的女孩儿来说，美的躯体绝非好事。因此，陈曼秋处在母亲的严密管束与监控之中。母亲对她采取性别特征遮蔽，"她故意不给女儿梳头，不给女儿穿新衣裳，甚至都不提醒女儿出门要洗脸"。[①] 外貌特征的隐匿一定程度上造成人们对她这一被歧视身份的忽略。无论是外貌遮蔽还是行为约束都是作为母亲通过身体规训来保护孩子的一种方式。但这种方式对作为少女的陈曼秋来说无疑造成了心理创伤，她的少女时代因被压抑的身体而倍加孤独。当她因嗓音出色被选中饰演"阿庆嫂"一角时，渴望自由的身体开始被唤醒。她的穿着、肢体动作甚至目光都会引发众人的模仿。但被追捧的肉身并不能使她获得真正的身份认同。样板戏中塑造的女性形象只是权力主体灌输意识形态的载体，身体仅作为示范的模具而存在。模具身体实质上造成对她独立身体的再次遮蔽，所以，剥离了政治符号的身体仍然以一种被压抑的方式存在，她并未因饰演"阿庆嫂"而改变自己的身份和命运，她仍然因为身份问题不能如愿地像其他人一样读上高中。

相对于被压抑的身体叙事，另一种诗性的身体语言一直蔓延在文本中，力图为苦涩的历史记忆增添些许温情。何顿对林阿亚、杨琼、张小山、何勇、黄国辉等人快乐无忧的童年时代、纯真自由的少年时代花了不少笔墨。他对童年玩伴之间纯真的友谊、青春时期的懵懂以及"性"意识的萌发等都描写得非常细腻，比如对他们在湘江两次游泳的描写就从身体形态、穿着、对话以及人物心理等方面呈现他们从儿童到青少年身体发育和心理成长的变化。身体的成长总会敏锐地反映着时代变迁以及文化、心理的律动，权力和历史无论是对于少年还是儿童来说都不是缺位的，严格地说是一种隐形在场。何顿力图在小说中呈现人性的真实。逐利是人的生物性本能，正如韩

---

① 何顿：《幸福街》，湖南文艺出版社，2018，第 24 页。

少功所说，对权力的追逐是一种非物态的逐利。① 对于张小山、黄国辉等只有八九岁的孩子来说，红领巾和红榜是他们最为值得争取的利益，是最重要的人生增值。他们是政治意识形态的被动接受者，好与坏、英雄与叛徒在孩子这里拥有单纯直接的界定。权力仍然在他们模糊的童年记忆里打上了烙印。

曾笼罩在权力阴影下的身体在新的历史时期逐渐得以解放。人的形象面貌的变化是身体解放的外在表现形式。在"文革"期间，人的审美受"文革"思想的影响，个人的一切包括穿着打扮必须符合革命的要求，绿军装、解放鞋、毛主席像章和军挎包是革命的象征，革命的就是美的。当年的小红卫兵黄琳就是配齐了这套装备神奇活现带头造反的。改革开放后，人们的审美发生了很大变化，张小山那大宽裤口的喇叭裤、西装、波浪卷、蛤蟆镜逐渐成为青年男性追捧的时髦扮相。丰富多彩的服饰装扮虽只是时代变化的一隅，却是整个群体风貌和心理变化的投射。革命理想淡化、政治符码褪色的年代，被释放的物质欲望和身体欲望共同填充着人们突然被抽空的情感空间。黄琳、高晓华与宋力之间的情感纠葛体现了这种转变，当高晓华的革命理想实现无望，无法登上权力的高位时，能够对黄琳产生性吸引的就是张扬的身体欲望本身。宋力能够成功地引起黄琳的好感就是因为他扭动的屁股、甩动的浓密乌发以及时髦服饰合力呈现的潇洒身躯。而那个一向傲气的杨琼最后能与唐志国走到一起，物质与金钱不得不说起了非常重要的作用。革命—肉身的情爱模式被物质—肉身的情爱模式所取代。

成年的张小山是物质—肉身的情爱模式中的典型代表。当金钱替代政治权力成为时代的主角时，曾被政治热情压抑的物质欲望被唤醒，并成为这些步入成年的人最实在的追求。张小山敢想敢干，在改革开放时期放手一搏，大胆创业，开服装店开舞厅，迅速积聚起巨额财富。当金钱占有量成为衡量人生幸福的最大指标时，它必然会使人坠于本能之域，人的原始欲望膨胀放任了以解放为名的身体狂欢。张小山没有基本的道德底线，"性"对于他来

---

① 韩少功：《革命后记》，牛津大学出版社，2013，第75页。

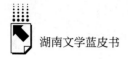

说已不再神秘，他可以心安理得地依靠金钱换取婚姻之外的肉体欢愉，也可以抛弃传统的情爱观念公开与情人同居。不过，这毫无约束的身体狂欢引发一系列事件。最终，他的金钱梦成为泡影，并一蹶不振地走上了犯罪道路。

（四）结语

《幸福街》一书涉及从 20 世纪 50 年代末到当下近六十年的历史。作者何顿曾坦承还原时代的野心。显然，"身体"隐喻是作者探测时代脉搏的中介。小说并非意在臧否人欲或一味解构历史，人本乃欲望之躯，无论哪个时代，身体都铭刻有欲望的印痕。自然，由有限之人践行的历史殊难完美。小说中塑造了高晓华、黄琳、张小山、黄国辉等一批悲剧人物。高晓华们怀念历史，怨憎现实，张小山们虚无历史，迎合当下，命运却惊人地相似。小说中还有何勇、林阿亚、黄国进、陈曼秋等一批幸福街的人们。他们历经"文革"、改革开放以及社会政治经济领域的巨变，历史的印痕在他们身上同样清晰可见，但他们依旧能够收获幸福。这些人有着坚韧的意志，良好的道德操守，能够在历史时代的洪流中始终把持自身，不被妄名、实利所左右，脚踏实地地去探寻人生的真义。利须礼驭，名要德守，文本在身体话语背后隐伏着一种德性生存的希冀。

二　先锋艺术的理想国——读残雪《赤脚医生》*

董外平　向梦雪**

《赤脚医生》是残雪 2019 年初最新推出的长篇力作，小说原名《一种快要消失的职业》，发表在《花城》2018 年第 2 期。小说以乡村女中医亿嫂为中心，讲述了一群乡村医生对职业的忠贞和信仰，讲述了一群年轻人对理

* 本文系湖南省社科基金一般项目"神秘主义与当代湖南文学"(14YBA001)、湖南省教育厅优秀青年项目(18B153)的研究成果。

** 董外平，长沙理工大学文法学院讲师，文学博士，主要研究方向为中国当代文学；向梦雪，长沙理工大学文法学院硕士研究生。

想的追求与坚守，同时还讲述了芸芸众生对疾病、生死的感悟与超脱。当然，小说除了涉猎比较少见的中医题材，其中让人印象深刻的还有其一贯的先锋风格。作为20世纪80年代先锋小说家的代表人物，当她的同道者在90年代纷纷转向现实主义，残雪却从未放弃先锋的实验文学，她几乎以一种近乎固执的姿态将先锋进行到底，《赤脚医生》毫无疑问又是一部充满实验色彩的长篇小说。

（一）理想国的建构

阅读残雪的小说时常让人困惑不已，残雪究竟想表达什么，一般读者很难理解，《赤脚医生》同样如是。残雪反复强调她的小说探讨的是深层的精神世界，那么《赤脚医生》又表达了怎样深刻的精神内涵？从较为明显的层面来看，笔者认为小说传达了一种执着的理想主义精神和一种超然的生命哲学。

小说的原标题"一种快要消失的职业"，带有鲜明的隐喻意味，小说中以亿嫂为核心的一群人，是一个近乎消失的群体，联想到残雪本人的经历，我们可以发现有很多相似点。残雪所代表的"新实验"文学家，在当代文坛也是一个"近乎消失"的群体，因为他们的小说晦涩难懂，对于读者来说难度比较大，所以很难遇见理想的读者，有些读者甚至曲解文本的内涵，造成对作品的误读。即便如此，残雪仍沿着这条路不断前进，她也是目前仅存少数继续从事先锋写作的作家。在这部小说中，残雪就是以"我"为中心，将创作生涯的亲身经历形象化，在她心里，这份"职业"并没有消失，也并不会消失。

小说中所有的人可以说都是作者本人的代表，无论是云村人、荒村人还是蓝山人，即使是处于不同的层次，都带有"同类的气息"，趋于同一个目的而努力，他们都是理想主义精神的化身。亿嫂对于赤脚医生这个职业十分痴迷，亿叔对她的工作也十分支持，米益夫妇和亿嫂夫妇很相似，在杨伯的支持下，他们承包了荒山种植草药，后来灰句、小勺和细幸的加入也为这份事业注入了新鲜的血液。在追寻神圣事业的过程中，也有人会面临迷茫，灰

句曾不辞而别和小勺进城，中途反复曲折、左右摇摆，但最后灰句还是选择回归。残雪说并不能机械地把他们理解为思想落后者，实际上他们都是云村的代表，真实的云村拥有不同的面孔，在追寻理想的过程中必定是充满了艰辛。

云村人、荒村人、蓝山人都散发着理想主义的气息，简单的一句话或小小的提示就能互相理解。但理想终归要回到现实，事物的发展是矛盾的，前途光明，道路曲折，追求理想的旅程中注定布满荆棘，可是残雪并没有写成理想主义的悲歌，而是写成了一首首动人的赞歌。灰句、小勺、细幸等，这些人在追寻理想的过程中心里犹豫过、痛苦过，但最后还是坚持了理想，残雪说这是一种喜剧和正剧，绝非悲剧。残雪没有像大多数现实主义作家那样描写理想者最终的溃败，因为在她心里理想之光是永不熄灭的，残雪试图在小说中建构自己的理想国。小说宣示了残雪的理想国的成功，早些年建设起家园的是站长、林宝光医师，现在在亿嫂的带领下有葵、米益、灰句、白芷等，家园的建设不断繁荣，除此之外杨叔、罗汉等也都是家园的主人。这个理想国对于作家来说就是艺术的王国，残雪通过小说告诉我们，她要摆脱世俗世界建构自己的艺术国度。

在这个艺术国度里，残雪注重生命世界的探寻，她要在小说中传达一种旺盛的生命感，即"一种喜悦的信念，幸福的信念"。[①] 残雪反对后现代主义，她认为后现代主义是解构而不是建构生命，后现代主义的审美观是消极的，而她提倡的是歌颂生命的审美观，这种审美从大自然的自由意志出发，也是人类自由意志的体现，它的核心是创造和建构。在《赤脚医生》中，我们随处可见残雪对生命的敬畏和赞美，其中比较突出的是对死亡的淡然与乐观。

残雪认为濒临死亡是美的最高境界，她说："艺术家追求的最高境界就是死，但是，死是说不出来的东西，只能体验说不出来，但艺术家追求死并

---

① 残雪：《探索肉体和灵魂的文学——访美讲演稿（上）》，《名作欣赏》2017 年第 1 期。

不是要去死，而是活到底。"① 可以看出，残雪的生命意识受到海德格尔"向死而在"的影响，她认为只有超然面对现实世界的痛苦，才有可能靠近令人神往的极乐世界。小说中，圆有西大妈面对死亡非常从容，她对亿嫂说："可我并没打算永生。只是每一次挺过来都分外高兴，好像做生意赚了钱一样。"她还和亿嫂许诺，如果没死成就包粽子给她吃，心中没有一丝恐惧，反而充满了喜悦，甚至说"我快要乐疯了！"陶伯在临死时，亿嫂亿叔赶到他家，闻到一股清新的花香，陶伯对亿嫂说："我……一点都不疼"，"那边有很多熟悉的人在叫我……真好，你们也来了。"陶伯走的时候很安静，亿嫂认为这是有尊严的死，死的对立面是生，生的终点站即为死，二者之间不断循环往复，所以云村人给秦爷送终时都面带喜色。小说中亿嫂等人面对死亡，无不表现出一种少见的淡然与乐观，他们谱写了一曲曲残雪所倡导的"向死而生"的生命赞歌。

需要指出的是，无论是理想主义精神，还是审美的生命意识，在残雪早期作品中都很难看到。残雪早期的作品几乎是表达对世界的失望与绝望，而且她对生命世界充满了质疑、否定与批判，字里行间透露出一股强烈的审丑意识。随着内心世界的改变，残雪后来的小说逐渐温暖起来，她不再那么冷酷无情，而是多出一丝柔软与爱意，《赤脚医生》正是这种转变的集中体现。

（二）荒诞怪异的人物

残雪的小说主要靠人物支撑，缺少完整的故事情节，这些人物通常没有具体的形象，如幽灵一般，带有鲜明的荒诞色彩。《赤脚医生》中的每一个人物都是残雪"自我"形象的分裂，这些人物在作品中处于不同位置、不同层次，彼此之间存在着一种隐秘的联系，他们大致可以分为核心人物、支撑人物以及游离人物，其中代表人物有亿嫂、米益、灰句、白芷等。这些人物虽然各具不同的特点，但又有诸多相似性。

---

① 残雪：《残雪文学观》，广西师范大学出版社，2007，第47页。

残雪通常对人物的外在形象不做具体的描写，云村人对于自己多少岁了，已经过去了多少年这些简单的问题，大部分都是不清楚的，读者很难依据外在特点对人物做出判断，因为残雪更侧重对人内在精神的描写。小说中对此也有直接的展现，有一个病人坐在诊断桌边上了，白芷朝他看去，发现他没有清晰的轮廓。残雪对于人物外在呈现的忽视，似乎是有意提醒我们，不要仅局限于外在，最重要的是人物的精神和灵魂。

这些说不清相貌的人物犹如神灵一般存在，他们时常来去自由，活动不受时间、空间的限制。亿嫂给圆有西大妈看完病坐公交车去县城买药，车的空座上有一个男生对她说话，在回云村的路上又不断听到站长的声音。这里的陌生男人，完全不知道他的身份，从头到尾也没有真正现身，充满了诡异色彩。灰句上山寻找草药，原本一同前行的葱爷爷向他告别后突然就消失了，当天晚上回家后，他先是看见了小勺，没多久又看到走失许久的二舅妈，两人说完话，二舅妈也从窗前消失了，但是一整夜又老是和他说话，其间又出现灰句的爹爹说话的声音。这些人不像"人"更像神灵，可以随便跨越时空的限制。白芷姑娘在蓝山的小屋给一位老头把完脉后，老头突然就不见了，对面变成一把空椅子。亿嫂在山上挖完黄连藤，突然发现原先的土坑不存在了，自己已经回到了云村的禾坪里。小说中的人物好像都身怀穿越时空的超能力，可以在不同时空任意穿梭。

在这些来去自如的人物当中，有一些甚至可以比拟"预言家"。蓝山的黑衣人就是名副其实的预言家，他们具有未卜先知的能力，小说中写道："为了很多事情——那些事在很久以前就开始了，站长、葵、白芷，她——多么神奇的巧合啊，就像前世有缘一样！难怪黑衣人说很多事情早就开始了，只是她从前不知道。"这种预测功能在亿嫂身上也有体现，比如出门前她就预感会遇见阿原，所以提早就准备好了火焙小鱼。

此外，小说中还有一些人物没有实体，如影子一般，他们虽然早已去世，却又时常幽灵再现，像活人一样说话、行动。站长去世后仍然以一种特殊的方式存在，甚至可以说没有去世，他自己称为"死灰复燃"。他死后在云村附近游荡，可以看见别人，别人却发现不了他，宛如一个幽灵，看见葵时还提高嗓门喊"葵！葵！！"。小勺在园子里蹂躏药草，他突然出现，见到此番景象禁不住悲伤流泪。这一切使他看起来就像一个活人，而且与亿嫂一直保持联系，能够彼此感觉到对方的存在。

以上各色特异的人物令人惊诧，同时他们之间的关系也让人捉摸不透。在小说中，人物之间的关系扑朔迷离，缺乏相应的情节支撑，仿佛是作家自己设想的联系。比如，米益在长途汽车上认识了白芷姑娘，白芷姑娘去蓝山的目的是寻找林光宝医生，之后米益通过葱爷爷想起了林光宝医师，人物之间的联系显得十分偶然。再比如，小勺和灰句在采药途中突然遇见云村村民玉嫂，小勺惊呼："是她，是她啊！"灰句心想："咦，小勺是怎么知道的？我的确遇见了一个很久以前的朋友。"小说经常不交代人物之间的关系，但又会让人物在某一时刻与所谓的"熟人"联系上，这些突然出现的"游离人物"对于推动情节的发展作用不大，看起来显得十分随意。

人物之间虽然看似陌生，但又存在不可思议的默契，相互之间只要简单的一句话、一个小小的暗示就能心领神会。正因为彼此心灵相通，人物之间的关系显得十分和谐，他们相互关爱，相互扶持，朝着共同的目标一起奋斗。这与残雪早期的创作十分不同，在其早期作品中，人物之间充满了窥视、猜疑与对抗，而这部小说重建了一种理想的人际关系，由此可以看出残雪后期创作的一大转变。

（三）神秘的意象

意象的重复出现也是残雪小说的一大特点，这些意象往往带有神秘特质。《赤脚医生》延续了残雪特有的意象手法，小说中出现大量诡异的意象，这些意象任意穿梭在文本中，给小说增添了一层神秘的氛围。

动物是小说中出现次数较多的意象，残雪在"创作谈"中说，这些动物常常起到启动人性机制的作用。残雪曾说外婆小时候给她讲过大量关于蛇的故事，这对残雪的创作产生了直接的影响，小说中出现最多的动物就是蛇。比如，灰句上山寻找古山龙时，一条巨蟒将葱爷爷缠住，灰句用锄头救出老葱头后，他发现葱爷爷像换了个人似的，瘦瘦的、穿着浅蓝色衬衫的身体显得充满了活力，以前身上臭烘烘的味道消失了，灰句闻到一股金银花的清香从他身上散发出来。这次经历使灰句认识到自己的不足，可以说蟒蛇担任了触发的机制，激发出灰句人性中光辉的一面。此外，小说中还出现老鼠、松鼠、黄鼠狼、飞鸟、乌龟、鸡等动物，这些动物都带有灵性，它们看似恐怖、冷酷，却在小说中焕发出新鲜的活力。陶伯快去世的时候，周围的动物表现得非常躁动，松鼠在路上奔跑，连夜鸟也扑腾作响，这些动物像是提前知道了一切，它们用特有的方式来庆祝陶伯的重生，陶伯死后，黄鼠狼和芦花鸡也一并死去。这些充满灵性的动物与人一体，相互感知，相互依存。

当然，小说最核心的意象是"药草"。残雪在"创作谈"中说，药草最富灵性，它是连接精神与肉体的桥梁，一方面使肉体精神化，一方面又让精神肉体化，促成了灵魂与肉体的矛盾与统一，无论是云村还是荒村的人，都是这一辩证法的实践者。[①] 小说如是写道："其实我总是凭灵感找到药的"，"我就那么随便一抬头，看见了这些药草，它们像美女一样，它们朝我探出身体"，"亿嫂看到药草的海洋，不知名的粉色花朵在草丛中怒放。此刻，她感到自己满怀一种雄心壮志，并且她像青年一样意气风发"。亿嫂通过灵感寻找药草，感受到药草的身体，意味着精神的肉体化，亿嫂发现药草之后顿然感到雄心壮志、意气风发，这又意味着肉体的精神化，其间药草起到了沟通肉体和精神的作用。在残雪看来，药草和人之间是一对矛盾与统一，矛盾的双方你中有我，我中有你，缺一不可，药草与人构成了一种辩证之美，生动诠释了残雪独创的"物的哲学"。

总之，小说中所有关于物的意象都传达了残雪独特的自然观，残雪说："在我的自然观中，人即自然，天地万物都是主观性的产物，而一切主观性事物，又是客观性的产物。"[②] 残雪在小说中创造了一个生机勃勃的物质世

---

① 王迅、残雪：《自由表演的行为艺术就是我们的生活本身》，《长江文艺评论》2018 年第 5 期。

② 王迅、残雪：《自由表演的行为艺术就是我们的生活本身》，《长江文艺评论》2018 年第 5 期。

界，在这个世界，物质与精神同构，物质与精神一道构成最高宇宙矛盾。这种自然观实际上也是残雪的哲学观和艺术观，残雪最终要建构的是一个物我不分、天人合一的理想国。

（四）非逻辑性的语言

残雪反复强调自己的写作是一种"自动写作"，她说："我的实验小说的确是写到哪里算哪里，因为这位作者在写作之际已变成了大自然，一切旧有的规则全不在她眼里，她只关心一件事，就是在凝聚的质料当中突破，就是创造事物的新图型，所有的规则都被变通了，以便为这个目的服务。"①在这种"自动写作"中，残雪颠覆了人类语言的逻各斯，她说："语言不再是通常所指的逻各斯，它转化成了一种肉体性、质料性的功能，它的所指象征着黑暗大地母亲的形象，当然这个肉体或地母仍然要通过感性精神来表达，只是这种表达不再是逻各斯的那种明确的表达，而是朦胧、模糊，充满了暗示性、寓言性的层次丰富的质料意向性表达。"②残雪通过不断地调动肉体和灵魂的矛盾，开辟了原创性写作的艺术王国，在这个艺术王国里，一般的理性通通受到挑战，并最终被排斥出去，现存的语言也被颠覆，并通过否定获得意想不到的效果。因此，在《赤脚医生》中，无论是人物独白，还是人物间的对话都显得毫无逻辑，读者不能像阅读常规小说一样去理解。

先看人物独白的非逻辑性，残雪在小说中采用了许多梦呓式的人物独白，这些独白似梦非梦，充满神秘感，让人费解。灰句用银针扎进小勺的肩井穴后，小勺记起了药农的样子，心里想道："原来她是这个样子啊，以前她看不清她，是因为她老在沉睡，银针一进入体内，她就醒来了，于是看见了她。实际上，她总在那里的，在地里忙碌，那些药草贴着她的身体，显得那么沉醉。"银针入体，记起药农，药农睡醒，这些事物之间并没有直接的关联，像是被强行拼凑在一起，导致语言结构的分裂。这样的内心独白在小

---

① 残雪：《探索肉体和灵魂的文学——访美讲演稿（下）》，《名作欣赏》2017年第2期。
② 残雪：《探索肉体和灵魂的文学——访美讲演稿（上）》，《名作欣赏》2017年第1期。

说中很多地方都有出现，看起来是一整段话，实际上每句话都有不同的含义，相互之间完全没有逻辑可言，很多时候，一件事没说完又转述另一件事，也没有明确的主语，就像做梦时说的呓语。再如，米益从站长家离开后好一会儿，站长仍对着墙壁发问："是春秀吗？你还好吗？坚持得下来吗？这里有块石头松动了，注意不要踩着了。对，往那边……"春秀根本没有出现，此刻的站长像是一个神经质的人在絮絮叨叨，这些逻辑不清的独白属于典型的"残雪式"呓语。

再看人物对话的非逻辑性，残雪在小说中广泛使用了独创的平行模式的人物对话。人物之间的对话主要是为了交流，但残雪小说中的人物通常是各说各的，像是两条互不相交的平行线。例如，米益说："杨伯，您多来山里走走吧，我觉得小山包生气了。"老杨说："啊，米益，它是在等待，在细细体会呢。"米益说："真的吗？哈，我心里的一块石头落了地！"老杨说："我刚才对它说，你可找到家了，他俩会将你变成一个家！"米益本来是邀请杨伯多去山上走动，杨伯却回答说小山包找到了家，明显前言不搭后语，造成了一种混乱的效果。这种无逻辑的对话在小说中十分常见，即便是关系亲近的母子之间也是如此。例如，灰句说："云村苏醒了，真正苏醒了！"母亲说："灰句，你嚷嚷些什么啊，你把鸟儿全吓跑了"，"这些喜鹊在争执不休，刚才我正为它们着急呢！"灰句因为之前看到了银狐认为这是个好兆头，而他母亲回的话却围绕的是喜鹊，两个人完全不在一个话语频道。

对于这种非逻辑性语言，残雪自己却不认为是非理性的，正如前面所提，她认为这是其独创的"黑暗地母"的语言，它表面上看反逻各斯，但是内在结构渗透了理性精神。残雪一再强调自己小说的语言具有理性精神的内涵，她说："它似乎飘忽不定、捉摸不透，但它又是内部有机制有规律的。只有悟到了这种语言的深层结构的读者，才有希望领略黑暗地母之美，并在与文本的互动中进行自由的表演。"[①] 残雪把这种理性精神称为一种特

---

① 残雪：《探索肉体和灵魂的文学——访美讲演稿（上）》，《名作欣赏》2017 年第 1 期。

殊的"物质性的推理",读者若想获取小说语言的理性结构,就要进行特殊的表演,她说在表演的氛围里,当你运动你的肢体时,你的行动遵循着严格的逻辑性,你通过你的感觉能体验到逻辑的结构。因此,阅读残雪的小说不能停留在表面的逻辑,而应该发现其内在的逻辑,这种逻辑是一种隐藏的理性精神。

三 复活诗意与救赎的乡村
——评彭东明长篇小说《坪上村传》

晏杰雄*

在现代城市生活的挤压下,乡村一路退居幕后,在荒凉的江畔河头遥望瞬息万变、酒绿灯红的都市风景。如果说中篇小说《故乡》是彭东明感情炽烈的青春之作,那么新近长篇小说《坪上村传》便是他迈入中年后回望过去的一次深情驻足。置身新的时代语境下,面对现代化发展迅捷的态势,作者采用传记的方式将乡土推到了时代前沿,开启了对乡村文明的存在之思,并从中寻求现代社会的救赎性力量。这座小小的村庄,百年来的人事变迁通通揉进了熟人社会的原生态图景里。这是带有温情与体验的记叙,故乡的人事风俗乃至菜园田坎的一蔬一果,所有的记忆随着一条懂人情的麻狗打开。"它似乎是在寻找什么?"答案在横亘而来的家族史的记录中逐步浮出水面。

虽然没有一个确切的指向,但隐隐中我们能触摸到作家文字底下迸发的忧虑与温情,这是当下农村于新旧势力交困下必然经历的一场痛苦的煎熬,这背后,是漂泊多年的乡人摆脱不了的穿越千年的归根情结。小说中的坪上村百年来的生存智慧犹如波光点缀的湖水,在常与变中闪耀它的光芒。那条麻狗所寻找的东西,似乎就是关于故乡的一切记忆,跳进了历史又不局限历史,尾章关于理想乡村的设想烛照了作家的心思。这部得益于作家大胆与匠

---

* 晏杰雄,文学博士,中南大学文学与新闻传播学院副教授,主要研究方向为中国现当代文学。

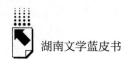

心的传记小说，在想象与纪实的共同催化下，呈现新的人文内涵与艺术特质。

小说以动工修葺老屋始，终于乡亲们重回老屋探讨如何振兴乡村。在这里，"老屋"成了乡土情结的置放之所，在"离去—归来"的文本模式中发散自身的象征意蕴。生活在县城的父亲埋葬在乡村，漂泊在外的游子回乡扎根，席卷于现代商业中的成功人士以各自的方式回馈家乡，无论出于什么原因"离去"的乡人，在"原乡"意识的驱动下将再度踏上乡野的土地。那具有象征意味的古旧农具器皿，陈列在修葺完好的祖屋中，以祭奠的姿态向过去、向农耕文明告别，同时化身为乡村的庇佑神怀想未来的发展前景。小说中"我"致力于"拾遗"的过程，以深情书写乡村，更用智性审视乡土，乡愁的笔触融入了法理的牵绊。

首先体现了作者对乡村传统与现代的双重批判。虽然早已进入现代社会，村里的农民仍然沿袭古老的陋习，与进驻乡村的现代文明格格不入。作者承接了鲁迅乡土小说所开创的国民性批判主题，向我们展示了乡村小人物不幸而不自知的生命轨迹，从中可以看到文本在底层发声方面表现出来的独特意义。比如，小说特别关注了"繁衍"主题。长贵家接连生出五个女儿，她们做出了如出一辙的抉择——"初中毕业从坪上来到了深圳"。受教育机会的被剥夺以及受父亲家长歧视的女性身份，表明乡村伦理、父权家长制的代代相传，而这背后彰显了农村多子女家庭的生存窘境。此时的"繁衍"已加入了社会化的元素，透现千百年来相似的农村人命运。与此同时，小说多次借村支书之口道出了现代化不成熟的一面，故乡的原生态风景遭到破坏，自足的乡村生态体系被瓦解，让人觉得新的还不如旧的，进而触发了农民保守偏安、古朴守拙的文化心理。

但作者更多的是深情描述了一个充满自然灵性的乡村世界，从中寻找诗意和救赎性力量。以农民的耳朵去聆察去讲述故事，崇古的情调、宁静的氛围、自然的韵律交杂着土地上的生老病死，深刻阐释了乡村生活的多重意义。与土地血脉相连的乡人，和外物之间存在一种心灵感应，小说中"我"的父亲去世之时，曾经圈养过的老牛似通晓人间疾苦般发出哀鸣，这个细节把人与自然间的和谐共生关系和盘托出，乡村叙事被点缀得楚楚动人、充满灵性与神秘。小说以单线的模式刻画了一个个活生生的农民形象，他们悉心培植蔬果，纺纱织布，热爱土地，把每个人的故事串联起来，我们看见的是在各自土地上生存，又彼此有着千丝万缕联系的农民的生活剪影。由于书写自然的乡村世界，语言便默契地贴近了乡土，与乡村的瓜果疏物融为一体，赋予乡村风景、乡村故事以典雅、清丽、原始的古典色彩。

这种自然诗意的探寻，更深层次地体现在对乡村神性魅力的阐发上。坪上村地处湘楚之地，原始文化作为活化石依然保留在地方的生活方式之中，巫风盛行，活的文化魂魄尤其附着于一些乡村手艺人身上。作者采用了民间"传奇叙事"的笔法，以离奇情节去表现乡村，以身怀绝学的叙事者讲述乡村故事，新的叙事视角呈现一个另类的乡村印象。小说中各种手艺人，诸如窑匠石贵、杂匠李才、剃头师李发、改坟师相宝等，通晓占卜算卦，能解蛇毒，会接骨，无所不能而享誉乡邻。对于这些远古落后的偏方迷信，作者似被手艺人的魔力征服般给出了"具有疗效"的答复，沉湎其中，亲切有加，读者便陷入了小说布下的迷局，丢弃了手上将要投出的愚昧的标签，转而一头扎进梦幻的、传奇的故事迷阵中。这些与科学相悖的故事，其自身的矛盾背离又强化了传奇意味。例如照顾麻狗的阿莲，死于狂犬病；熟谙蛇道的相宝，死于蛇毒。人物身前的光荣消解于死亡的方式，反讽的技法、背离读者阅读期待的形式，无不在制造丰富诡谲的文本魅力。

乡村对于作家来说，不仅是过去生活的场所与创作的源泉，更融汇了生命的体验而成为精神的皈依。这部小说描绘出坪上村百年来的面貌与变迁，记录下桑梓父老的生活和命运，以美化乡人、乡村的方式达到对于逝去文明、文化的追忆与复活。为乡村立传，将边缘化的村庄写入文学的世界，从而慢慢找回流失的故乡风情而达到释放乡愁的目的。但现代化重新解构乡村，打碎田园幻象，让自然的、神秘的家园只能停驻在想象性的审美空间中，这又激起了更深的乡愁。

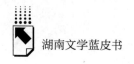
四　灵魂的光晕——评舒文治中篇小说《活灵活现》

鄢　莉*

　　《花城》杂志2018年第3期选载的舒文治中篇小说《活灵活现》，在所有作品中仿佛是一个另类，其中的幽默讽刺，是当下小说创作中不算多见的元素。当读者从头至尾读完这篇小说后，很难不被它荒诞不经的故事、诙谐幽默的风格和滑稽可笑的语调所吸引。作者将一个本是惨痛的车祸事件硬生生地转化成一场荒唐的乡村闹剧，营造出了强烈而丰富的喜剧效果，出人意料，令人捧腹。

　　《活灵活现》的叙述人是一个死者，"亡灵视角"在小说中并不罕见，而这个死者却比一般的死者更为特殊，他虽已被宣告死亡，肉体却依然零碎分散地存活着。故事从一封来自幽冥之界的求助报告开始。清都县梅仙桥村的"化生子"湛浏亮在镇上制造了一起严重车祸，将一家三口撞成重伤，本人当场死亡。为了赔偿对方后续治疗费用，父母将湛浏亮的器官尽数捐出，但仍然无法将款项凑齐，只得在村干部的授意下，请章公庙游楚老弟"扶乩笔"，炮制出一份死者口吻的求助信，复印三百份分发派送。而真实的湛浏亮早已尸骨全无，不同的器官四分五裂地生活在十几具身体里，他的魂灵只能透过移植给飞叔的眼角膜来观察大千世界，在"一团光晕"中回望他短暂而不羁的人生。在此过程中，他带着听天由命的态度，发挥自我解嘲的精神，嬉笑怒骂，插科打诨，尽情地调侃了他的故土和故土上的人们，也嘲讽了一切都以金钱衡量的商品社会。

　　在《拉伯雷研究》一书中，巴赫金提出了"民间诙谐文化"这个概念。他认为，民间文化以诙谐为主要特征，"诙谐不会创造教条，不可能变为专横；诙谐标志着的不是恐惧，而是意识到自己的力量；诙谐与生育行为、诞生、更新、丰收、盈余、吃喝等人民世俗的不朽相联系；最后，诙谐还与未

---

　　*　鄢莉,长江文艺杂志社选刊版副主编,副编审,主要研究方向为中国当代文学。

来、与新的将来相联系，并为它扫清道路"。他敏锐地发掘了民间诙谐文化的价值，并不把它简单地视作一种娱乐，而是当作一种深刻的世界观，一种与正统文化、严肃文化相对的认识世界的模式，同时指出它具备正统文化、严肃文化没有的开放性、自由度和生命力。他还列举了民间诙谐文化的一些形式，比如节庆形象、筵席、怪诞的人体等。《活灵活现》作为一篇带有强烈民间性和喜剧性的小说作品，在叙述一桩发生在湖南乡间的离奇事件时，充分地展示了民间诙谐文化的那些典型的形式，将其世俗化、肉体化的特点表露无遗。小说男主人公湛浏亮的器官捐献过程本身就是一场肉体的狂欢。他说，"他们把我盛装排泄物的大肠给刮出来，扔到一个绿色桶子里，连同我的胃液、尿泡、切碎的脂肪一块处理掉。我的其他部分，十八岁的处男之身，他们利用得很充分，生怕浪费了。"这具尸体的头颅、骨骼、肌腱、小肠、皮肤、肾脏、肝脏、胰脏、神经元、骨髓、生殖器等，凡是可资利用的部分，全部零卖给了不同的人体器官公司，如同废旧物资的分拣、破碎、集散、加工，变废为宝，循环再生。他甚至进一步调侃，"总有一天，人们会给身上的各种器官也弄个交易市场，正式命名'人体器官回收再利用聚散服务中心'，或者，干脆轻松简便一些，就叫人体 4S 店。从头到脚，男女老少，各色人等，应有尽有，可旧物利用，可以旧换新，可男女交换，可人种组装，可预购订购，还提供售后服务，根本用不着遮遮掩掩，完全可以明码标价，公开交易"。人的肉体，以及与肉体相关联的成长、繁衍、生死，最能体现人的自然属性，民间文化涉及肉体，总能激发出无穷无尽的想象力，表达出最天然、最无拘无束的人生态度，《活灵活现》中对肉体的极度夸张变形正是如此。小说中其他对结婚筵席、闹婚习俗、"扶乩笔"迷信活动、丧葬仪式等的描写，也无一不是乡土民间随处可见的典型景象，体现着人与土地、与自然循环密不可分的联系，显示出既鄙俗又蓬勃的生机和活力。

正因为具有民间诙谐文化的强大根基，《活灵活现》在具体幽默手法的运用上，虽然借鉴了西方现代主义黑色幽默、魔幻现实主义，并较多地使用了调侃、反讽、戏仿等方法，然而更明显的，是对中国本土诙谐、戏谑文学传统的继承。中国古代小说本就有"谐谑之属",这倒也符合古典小说源自"街谈巷语、道听途说"的属性,更不用说在戏剧、民谣、寓言故事中广泛存在的戏谑成分。"谐之言皆也,辞浅会俗,皆悦笑也。"(《文心雕龙·谐讔》)确乎,齐东野语,乡老笑谈,才是民间幽默最本初的形式。《活灵活现》的语言就很浅白俚俗,平易近人,作者还熟练地将口语、方言、时下流行语、严肃词汇烩在一锅,形成强烈的反差,制造爆发的笑点。小说中将发明家蔡伦称作"坐缸佬",管乡村小混混叫"化生子",将盗割电缆的行为叫作"打掳",称小伙子谈恋爱为"打草",民间语言信手拈来,别致而鲜活。另外,叙述中穿插着大量的插科打诨、调侃笑骂,充满着底层的娱乐精神和草根的智慧火花,确实是活灵活现、生动机智。当然,民间性的幽默文化也需要进一步升华,过分的调侃搞笑有时会损伤幽默的意义,如何把握雅俗共赏的分寸,达到乐而不淫、谑而不虐的艺术效果,还有可以探讨的空间。

如果说20世纪八九十年代,以王朔、王小波为代表的一批戏谑小说,戏谑的主要目的在于消解宏大叙事和权力话语的话,那么《活灵活现》中的戏谑的目的则较为低调和温情。小说用幽默瓦解了田园牧歌式的乡村想象,呈现了当下乡村非古非洋、不伦不类的滑稽世相,调侃了乡村中金钱至上、唯利是图的民情,实则是为了表达对普通民众的关怀和体恤。小说详尽地描写人体器官的流转过程,无情地嘲讽把人当作商品、一切都可以明码标价的商业法则,更是为了提供另一种眼光,去帮助读者理解人生的荒唐、社会的荒诞。从此意义上说,小说中无处不在的幽默绝非只是博人一粲的笑料,它并不缺少严肃和庄重的意味。自从八九十年代的那一波戏谑小说潮流过去,当下文学创作的面目略显深沉和古板,极具幽默性的作品实属少见,特别是涉及社会底层的题材,调子总是显得灰暗而阴森,缺乏对生活的别样的解读角度。按说,当下光怪陆离、纷纭驳杂的社会本该是产生戏谑文学的温床,幽默也是观照世界的一种路径,是对抗苦难和残酷的一种手段,理应有更多的优秀幽默作品诞生出来,从这一点来说,《活灵活现》可以作为一种借鉴。

五 一走近，尽是些创伤者——读沈念的《冰山》*

刘长华**

诗人彭燕郊在晚年所作的一篇自述——《历史的规定，我的选择》中写道，他在青少年时期某一天，突然感觉周遭的芸芸众生在眼神、在举止、在求生的方式上等都带着"修复不了的创伤，万般无奈地生活"。显然，这种直觉更来自诗人晚年的生存体验。不过，在洋房、豪车、美食等一掷千金的消费包装下，在由各种社交、各种切身利益等所编织的关系网络越来越紧密的状况下，这样的创伤感被有意无意地遮掩了起来——"笑靥如花""欢乐海洋"等。这就是外人所只能看到的"冰山一角"，其中更大的"黑暗大陆"可能只由个人去顶扛。当然，这只会给人撞成更大的"内伤"；这就是现代性的"病患"；这就是现代性的悖论或难题——历史进步与幸福体验并不成正比。沈念的《冰山》（《野草》，2018年第3期；《小说月报》《中华文学选刊》2018年第8期转载）正是立足于此表征出其独到的意义来，令人心有戚戚和引人深思。

光鲜亮丽者总有"不能说的秘密"。小说的开端就是作品中一直尚未婚娶的"我"被安排与多年前心仪的"女神"见面餐叙，"女神"的身世被逐渐敞开是小说的一条主线。这位叫吴果的女生在其他一些同学嘴里传得"神"乎其"神"了。找了个权力部门有职位的男朋友，拜认部级领导为干爹，住豪宅，开着豪车，在男人们所玩弄的种种游戏中游刃有余……更让人侧目的是，县领导进京去"求批"项目等事情，经她几个电话就"办成了"。她的"神"通广大，"我"后来是有所亲历和验证的，因为"我"正在办理案件中某些蛛丝马迹和"我"诸如恋爱新房等私生活她了如指掌。

* 本文系湖南省高校创新平台开放基金项目"湖南著名作家口述实录与研究"（项目编号：〔2012〕595号）、湖南省社科基金项目"湖南当代作家的文学地图"（项目编号：〔2011〕13号）阶段性成果。

** 刘长华，湖南师范大学文学院教授，文学博士，主要研究方向为中国现当代文学。

吴果在"我"心目中所笼罩上的"神秘面纱",还与其当年和我同窗交往、所谓的恋爱时的若即若离密不可分。但是,随着故事情节的层层展开,吴果不幸的人生经历就渐次浮出了水面,艳羡甚至鄙夷就为同情与哀矜所取代了。她很早就失怙。母亲为了生存,被迫改嫁一个粗俗不堪之辈,继父几番动了非分之念,拟对吴果性侵。吴果只好选择转学异地,母亲还经常性地受到家暴,母亲最终施毒报复继父……吴果的心灵上空曾经可谓阴云密布。而现在呢?作品予以了留白,但是她突然回来找"我"和对"我"慷慨解怀、一诉衷肠,并明显地希冀从"我"这里获得往日的温存和可以倚靠的温暖,以及她总在提及一而再地梦见"我"掉进"安河"里淹死了。从精神分析的角度来说,这正凸显出她内心的"不安"和压抑太久之后的必然性释放。这种"马一角",读者应足以窥见全豹,作者从中显现出老到的拿捏文学与现实之间关系的能力。县委书记秘书何鹏程也是"神龙活现""人与其名"的。小说特意交代了他的职业履历,"跑步前进"、官运亨通、扶摇直上,大家封之绰号"何大鸟",以示同学对其"无限期许"。事实上,他稍露峥嵘就表现出"法力"非凡。本来"我"正卷身一场案件的侦破之中而疲惫不堪时,他直接"指示""我"顶头上司——"张队"给予"我"准假去赴宴;我到了最为豪华的"神禹",只要报上"何秘"大名,服务员就立马心领神会;每次同学会聚会时,只有他才能对"神一般存在"的吴果其行止做出"恰到好处"的发布……因此,何鹏程与吴果在某种意义构成了叙事上的对比,在他"风光无限"的另一面,是不是有鲜为人知的"委屈"和"痛苦"呢?"鬼"才知道。叙述者不说,但影子作者已告诉了我们答案。

如果说光鲜亮丽是呈金字塔结构,有层级分别的,"吴"和"何"在小说中是高一级,那么"张队"和叫任大先的法医就是次级的,或者说是另一种内面的,有实际内容的。"张队"作为警察,有着法律和权力所赋予他的坚毅甚至武断,他固执地认为案件中的小姑娘就是他杀的。但在这背后,他的激动易怒也正来自他的不幸。小说庶几跳出说道:"看到他那张苦瓜脸,我却又起了些怜悯,中年丧偶,妻子去年子宫癌离世,孩子丢给了年迈的父母,他就基本上泡在办公室或与几个队友拼在酒桌上。一个人回家,真还不如在外面搏斗，横尸街头也好歹有几个明里暗里的观众。"至此"张队"的孤独、愁苦、无奈，会令多愁善感者黯然神伤，一掬清泪的。任大先作为法医，技术精湛，因工作能力表现突出而被上调市局。还有他培养出一个在美国获得遗传学博士学位并已在美国工作的儿子。人生和事业是"双赢"，让人都心生几分"敬畏"。但突然有一天他在晨练中中风。这种身病应来自"心病"。作为有技术、讲原则的老法医，他在解剖吴果继父的尸体时，他肯定是知道死因源于安眠药发作的。但下药者吴果的妈妈是他儿时的两小无猜、青梅竹马，他遇上了旧情，遇上亟须男人呵护的楚楚可怜。如果将案情如实公之于世，吴果的妈妈必将被处以严刑，必死无疑。法医选择了庇护。应该说，情感与法律的角力，个人情愫与社会道德的冲突，旧"恋"美好与现"情"沧桑的对比……将其击溃在地。

"有情人"总难"终成眷属"的。人的创伤感应该也必须予以呵摸、慰抚和修复。不然，积郁成疾，恶化出更大的心理肿瘤。修复的手段有很多种，心病需心来医，情感的倾诉与沟通应是其中最有效的一种。对于尚未成婚的青年人而言，恋爱抑或是最有效中的有效。明末清初，在科举考试上失道、失魂落魄的"才子"就痴心在"佳人"那里找到补偿和自信，皆大欢喜、大团圆式的结尾在某种意义上是一种"文学与治疗"。当然，通篇都是如此时，就是鲁迅所说的"瞒和骗"。在现实生存上，更多的是有情人总难终成眷属。《冰山》集中性地以一个虽为法医实则灰色无助的"我"的情感历程为线索，表达的是现代人尽是些情感孤儿。吴果本来与"我"是同学，她的哀怨虽为少年时的"我"也是谙习的。而且这些情感不只是同情，还有发自内心对她的好感，与她点滴交往都是"热血沸腾，心脏扑通乱跳"。假如一切仅仅出于"我"的一厢情愿、单相思，那么她也不会在时隔多年以后重回故地来找寻"我"，将"我"视为坚强的情感臂膀。但是，吴果她"自己没法真心爱任何男人，大城市里到处是人流涌动，在她眼中却是一片荒凉之地。她的内心住着一个早已死亡的自己"。言下之意，两人的相遇相见最终还会是再次无疾而终，一如作者将女主人公命名"吴果"，意味着她的爱情之花是"无果"的。因为她在成长历程中饱受过长有一副丑恶嘴脸的继父之天大伤噬，因为抑或在后来的风月场上见识了太多的虚情假意，红尘被看穿……这些创巨痛深、心理阴影就被固化了，成了情结。在情感的病历单上，"我"更是"伤痕累累"，以至于现在是婚房先行而女友依然毫无着落。从根本上，"我"是有情感洁癖的。这种洁癖恰恰又是与创伤经历有关。"大四"时，"我"与吴果的"纸上爱情"即将画上休止符，"我"与医学院的女生恋爱了。曾经一度，面对这样一位漂亮和时髦的女生，"我"不仅心动不已而且都看好过未来。但适得其反，这位"纯真"的女生居然背着"我"，利用学术会议的机会，结识外国教授，并出卖身体，以达到出国的目的。更令人不堪的是，她还主动提出分手，且其理由在电子信件中是那样的言辞恳切。这一切的后果便是"这件事情对我而言打击有多大，没有人能懂。我整天趴在宿舍，不给任何单位投递简历，毕业直接回到老家县城。我把自己裹得严实，像一颗活了太久的星辰，不再发一点光亮"。一次爱情的创伤就令其近乎自暴自弃。这是物欲的泛滥成灾带给人们的情感冲击，情感的堤坝显得不堪一击、脆弱无比。现代化的枝蔓在人间大地上四处爬开，各种各样的精神果实都在探头探脑，朝着瓜熟蒂落的方向挺进，自不待言其中就包括不少的"歪瓜裂枣"——譬如有些人在感情的索取上甚至不是物欲，而是某种莫可名状的怪癖。正如小说中所写的，自知"真爱难觅"，"我"出于了却父母的逼婚，与一幼师恋爱。但这幼师居然要求我带着医学手套与之亲热。严重的制服癖、"职业癖"支配着她的性心理。而"我"只能丢盔弃甲，有着一种严重的挫败感。

　　大约为了凸显这一分主题，小说还特意提点到了吴果的妈妈与法医任大先的情感交往。从侧面或者后来的实践来看，吴果的妈妈与任大先应是"天仙配"。他们本来有着良好的感情基础。任大先不仅是敬岗爱业的好法医，而且应该是一位好父亲、好丈夫。他在表情上有些怪异，作品应是在暗示这种怪异来自外界所置加给他的创伤。他是有情有义的铮铮男儿，吴果妈妈主动去找他，他并没有"趁火打劫"，而是君子一样地呵护着她的无助和走投无路，更还在于他顶着"压力山大"去隐瞒吴果妈妈的犯罪事实，虽然吴果的继父罪有应得。但是，他们两人从一开始为什么不能结成秦晋之盟和相伴到老？这是悬念，作品不曾挑明。这一如很多人不明白吴果妈妈再婚后为什么要去嫁给吴果继父那样的人。小说似在告诉读者在现代社会，更多的婚姻不再基于爱情。也许幸福的婚姻、真正的爱情永远都在别人那里，但别人也是这样想象的。实际上，没有什么比情感更能带来创伤感。因为情感不是理论能说清道明和予以解决的，因为情感体验永远是由当事人自己完成的。

青少年有着成年人不懂的"罪与罚"。根据弗洛伊德的观点，成年后所显露的一些所谓"变态"型的心理和行为与青少年时期所遭受过的创伤有关联。这也就是上文中所说的情结。另外，从生理学的角度来看，青少年身体机能相对较为活跃，而又少不更事，因而常常表现出种种乖张、叛逆、让大人觉得"不可理喻"的行为。因此，除了正规的学校教育，良好的家庭教育环境和社会教育环境在引导青少年的健康成长方面也是尤为重要的，简单粗暴甚至袖手不管无疑将是"助纣为虐"。而当前整个社会又必须直面到一个父母离婚率日趋攀高、家庭破裂的客观和突出事实。家里小孩由此吞食到的苦果并酿成的祸端已经成为社会关注的焦点。文学需要持续性地发出"救救青少年"的呼声。这是一份"诗性正义和叙事伦理"。《冰山》浓墨重彩地讲述了吴果在成长过程之中所遭遇的"艰难家世"。虽然吴果在成长过程倒没有自我主动表现出"非主流"性的逆反行为，虽然屡遭困难也没有滑向"破罐子破摔"的路数中去。但是，她从骨子里对男人、对爱情、对婚姻的恐惧和拒绝就充分地表征了那些曾经的伤害之深。本来的失怙，就让其心灵窗户蒙上了荫翳。继父不懂这些，为了满足兽欲反而更加面目狰狞地加害她与她母亲。

小说的故事导火线就是一位中学女生莫名其妙地死在河滩上。而且经法医鉴定，她应是有孕在身了。就推断来看，应是她迫于早恋之后及其不良结果所带来的压力而选择自杀。所以小说反复交代"我"对死体解剖结果确信不疑。令人觉得滑稽的是，小姑娘早恋了且怀孕三个月，家长却没有发现任何异常。这只能说明他们在平常只顾忙于生意和自身去了，在子女关爱和家庭教育上是缺席的。而一旦出了问题，他们就立马兴师问罪，近乎本能性

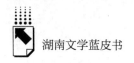
地反应和一口咬定就是他杀的，容不得任何证据和事实。这种二元对立或者敌我斗争的思维，显然是失之简单。就此而言，作品都深入了文化批评和国民性格的历史反思中。在某种意义上，根据这样的父母这样的表现，我们甚至更有理由断定小姑娘就是自杀的。因为父母不曾走进小姑娘的心灵世界，不曾过问小姑娘的心事……小姑娘应该是孤独的，早恋也许是她排遣内心孤独唯一和最好的方式。当冲动过后，问题出现了，小姑娘出于对父母"淫威"和社会舆论等之类的后怕便只好自杀。家庭教育如此，社会教育在某种程度上也是无异的。当"我"判定这是一件自杀案件，"张队"听到这样的报告，很不高兴。因为好像整个社会大众更希望这是一件"他杀案"才能更吊起他们作为饭前茶后谈资的胃口，因为有关上级领导和侦查执法机关可以将这样的案件作为政绩……如此一来，青少年不真"犯"出点"罪"来才不正常呢。所以，在"我"的解剖结果还没有正式公布，他们就宣布抓回了"逃犯"，而且"理由充分"，因为那位男生同学是留守少年，恰恰这两天他在车站里准备乘车南下。对于这样追抓逃犯，"我"是由衷地反感甚至恐惧的。小说特意通过"我"的想象描写到男生在接受审问时的惊悚万分、生无可恋，最终他将"配合""张队"提供所需要的一切的证据、证词。而"我"所提供的尸体解剖报告，将被他们审改为犯罪分子是如何"奸诈"，如何"伪造现场，混淆视听"……当然，这是过度夸张与漫画化。也许，小男生最终依然会被确认无罪的，小姑娘就是自杀的。但是，小男生经过的这番"炼狱"，恐怕将是一生都无法擦拭而去的精神烙印。从小说文本来看，作者对青少年这个问题的关注尤为用心。小说以重复叙事的方式写到"我"几次从一个噩梦中惊醒。一个姑娘死在河滩上，而且她腹中有一个胎死了的小孩。这个小姑娘是吴果，也是自杀者的女生。作品告诉我们，从某个角度来看，一些小孩从一出生就意味着死去了，因为他（她）一直活在无法遁逃的心灵创伤之中。而"生产"创伤的大人浑然不觉，因为他们本身早已在创伤中死去了。

小说几处写到"安河"，本来它是水量充沛、干净甘甜，是饮用水源所在地，有母亲河的盛誉。但现在干枯瘦脊了，河床到处怪石嶙峋。这正是隐喻一种创伤感，也是在隐喻一种社会生态。人们常言，家家有本难念的经。而现在更好像人人有处不能触碰的"痛"。总体而言，小说文字温驯平和，叙事策略变化多样，传统现实主义与现代的纪梦、精神分析等手法交融，在从容不迫的叙述中跃动着作者一颗悲悯哀矜又极其敏感的心。

六　情感的陌生与人生的荒谬——论江冬的《陌生人》

吴正锋 *

　　江东的《陌生人》（《长江文艺》2018 年 12 月上）是一部值得关注的短篇小说。它以荒诞的手法表现了现代社会人们情感的冷漠与陌生，人生的孤独与寂寞，存在的荒谬与绝望。从某种意义上来说，小说展现的是人在现代社会所感受到的生存危机，带有一定的存在主义的特征，具有相当的深刻性。

　　小说生动地展示了"我"对这个社会的陌生感与荒诞感。加缪指出："对荒谬的体验并不来自对一个行为或印象的简单考察，荒谬感是从对一种行为状态和某种现实，一个行动和超越这个行动的世界所进行的比较中爆发出来的""荒谬既不存在于人之中，也不存在于世界之中，而是存在于二者共同的表现之中"。[①]"我"的陌生感与荒谬感的产生正是由于"我"精神世界与现实世界进行的"比较中"爆发出来的。"我"因为失忆，仿佛从一个世界跌落到另外一个世界，这两个世界互相碰撞，互相冲突，从而使"我"与现实世界彼此离异、彼此陌生、彼此荒谬。小说以人的"失忆"这一非常规的行为深刻地揭示了人在现代社会中的尴尬与艰难、陌生与荒谬、孤独与寂寞这一具有存在主义特征的生存处境。"我"的这种陌生感和荒诞感首先来源于与妻子的关系上。小说开篇描写"我"下班后在一家餐厅等"我"的妻子一起晚餐，但是没想到等来的竟然是一个陌生的女人，"我"说"我"等的是"我"的妻子，她大笑起来，"我"给妻子打电话，坐在

＊　吴正锋，湖南城市学院人文学院研究员，文学博士，主要研究方向为中国现当代文学。
[①]　加缪：《西西弗的神话》，广西师范大学出版社，2002，第 27～28 页。

对面的她接了"我"的电话！"我"满腹疑惑，决心回家。她便叫了出租车，到家后她率先掏出"我"房门的钥匙，找到"我"与她的合影，证明她就是"我"的妻子。可见，小说中的"我"其实是一个已经失忆的"我"。所以，"我"失却了"我"所熟悉的妻子模样，感到她和"我"记忆中的妻子完完全全是两个人，在"我"的心目中，她是一个陌生的女人，因而"我"拒绝与她同寝。小说不仅表现了"我"与妻子的关系是陌生的，还展示了"我"与亲人们之间的关系也是陌生的。"我"的家人来看"我"，但是在"我"看来，母亲只是一位五十几岁的陌生妇女，"我"的哥哥是一位三十多岁的陌生男子，"我"已经认不得他们，感到"他们的样子和以前不一样了"。小侄子在"我"的眼里也是"陌生的"，孩子长得很可爱，似乎也很懂事，但"我"并不感到亲切，甚至还有一点害怕。"我"来到上班的单位，"全都是一些陌生人，因为害怕被人发现，没多久我就要司机把车开出去"。对于小区的人，"我始终无法对那些陌生的面孔作出亲热的表示"。而离小区较远的商场，"商场里那些陌生的面孔让我感到亲切，因为我知道他们全都不认识我，不会对我显得亲热，而我也不必回报以亲热。我们对彼此的冷漠显得理所当然，谁也不会在意"。"我"在这个陌生的世界里是孤独而寂寞的，没有人可以跟"我"进行交流。"我"不与妻子同寝竟然"让她很开心"。主任打来电话，那陌生的声音让"我"感觉他是在说另一个人的事情。看病的医生认为"我"是假装失忆，"我"回报给他一个冷笑，随后气冲冲地摔门离去。"我"只能一个人待在家里，用各种方式打发时间，并经常在晚上出去。这个冷漠的社会让人犹如行走在荒原，没有让人感受到一点人间的温暖。当然，"我"的行为也让他们不可理喻，感到可笑、荒谬与陌生。

小说特别描写了"我"失去记忆后"我"的家人对"我"的情感态度的转变，表现由过去的温情与关爱到后来的厌憎与离弃，揭示哪怕过去是温情脉脉的爱情与亲情，只要有一点意外的遭遇和人生的变故，爱情便会轻易地失去，亲情也会荡然无存，成为陌生人，只留下千疮百孔的情感创伤，表现了现代社会人们之间关系的冷漠与自私、存在的困境与人生的荒谬。

"我"因为突然失去了记忆，妻子开始对"我"还是关心的，在回家的路上，她紧紧地挽着"我"的手臂，仿佛"我"随时会跳车逃跑一样，回家后，她急于证明她是"我"的妻子，给"我"做面条吃，分析"我"的情况，建议"我"明天就去看医生。第二天中午询问"我"是否去了医院。"我"的情况让她感到焦虑、委屈，好像随时都会使她哭出来。应该说，妻子对"我"是有温情与关爱的。但是，这种感情在现代社会是非常脆弱的。周末，妻子陪"我"去看医生，医生的一番话彻底改变了她对"我"的态度。原来医生说"我"是假装失忆，过去曾有一个男子在外面有了情人，假装失忆不认识妻子了，妻子受不了就主动和男人离了婚。这种奇谈怪论虽然不至于使妻子怀疑"我"在外有情人，但仍然动摇了"我"对于她的爱，她要"我"回答她是不是爱她，"我"的模棱两可的回答让她对"我"态度发生急剧的改变，于是，她每天都是很晚才回来，看到"我"也是熟视无睹。当"我"试图与她好好谈一谈，给她做了她喜欢吃的菜等她回家时，她竟然不接"我"的电话，并把"我"拉黑。而她回来时已近半夜，"我们"的交流和沟通无法进行。第二天晚上，妻子不再回家。后来，"我"决心去找她，"我"要告诉她"我"爱她，今后无论她变成什么样子，"我"都会爱她。然而，当"我"来到妻子上班的办公室时，妻子与"我"完全变成了陌生人，"不久我就推开了妻子所在的办公室大门，径直来到了她的办公桌前。她正坐在那里，这时朝我转过脸来。我还没有说话，却听到了她那礼貌的柔和的声音：先生，您找谁？"现代社会爱情的不忠与背叛使妻子怀疑"我"对她的感情，而妻子对于"我"的感情的冷落与陌生只来源于一次医生的莫须有的谈话，她没有查证，也没有相信"我"对于他的爱，其实说明了她其实是缺乏对于"我"的认识与理解。而妻子态度的激变，也说明了现代社会人们情感的自私与冷漠，人们更多关注的是自己的爱与幸福，而缺乏的是对于处于艰难处境中的人的人文关怀，只要对方稍有挫折与困难，不是共克时艰，而是很快地转身离去与无情抛弃，哪怕是温情脉脉的夫妻关系很快可以变成陌生关系。在现代社会中亲人关系又是怎样的呢？当"我"失忆之后，"我"的母亲、哥哥、嫂嫂及侄儿都来看"我"。母亲虽然流泪，但"我"在母亲和哥哥的眼中成了一个不折不扣的傻瓜。嫂子与侄儿没有走到"我"身边来，觉得并无必要。在电梯里，母亲怕别人知道"我"的失忆，故意引开话题。在外吃饭，母亲和哥哥嫂嫂他们不等"我"从洗手间里出来就回家了。可见亲情薄如纸。母亲来为"我"驱邪，但她似乎更在乎自己做了些什么，而不是在乎对"我"有没有效果。因为"我"没有按照她的心意把灵符贴在门上，桃树枝也不见踪影，便很少再过来。即使她偶尔过来看一下"我"，也只是坐在离"我"很远的一张椅子上，感情是较为生疏和冷漠的。"我"很想跟她说：她没有必要再来看"我"，如果不想来，或者来了也没意义，就完全没有必要再来。可见，在现代社会，亲情的冷漠也是令人伤感的。小说在此撕开了现代社会温情脉脉的面纱，呈现的是一个孤独、冷漠、自私的内在本质。从存在主义角度来说，小说揭示了现代人面对陌生与荒谬的态度，人们大多选择逃避自己的责任，这没有如加缪关于正确认识和对待荒谬的态度。加缪指出："我就这样从荒谬中推导出三个结果：我的反抗、我的自由和我的激情。"①

江东的《陌生人》使我们想起卡夫卡的《变形记》，两者都表现现代生活的"异化"。这种"异化"都是通过作品中的主人翁的遭遇及其心理活动来表现的。在两篇小说中主人翁都遭遇一场突如其来的变故后引起亲人们情感关系的变化，揭示现代社会的冷漠与自私。《变形记》描写格里高尔一早醒来，发现自己变成了一只大甲虫。他为自己不能去上班了而焦虑，他请求来催他上班的公司秘书主任能在经理面前美言几句，以求保住他的饭碗。母亲为他的模样晕倒在地，父亲则恶狠狠地把他打回房间里去。妹妹开始还给变了形的哥哥送饭，尽量把房间里的家具搬出去，以便为像甲虫一样爬来爬去的哥哥腾出更多的地方。由于没有了哥哥的收入，家里的经济每况愈下，连家里的首饰也拿去变卖。格里高尔虽然形体蜕变为甲虫，行为动作具有了甲虫性，但是他依然保留着人的情感与心理特征。他自惭形秽，躲在沙发底下不敢见人，每天耳朵贴着墙壁，偷听隔壁房间里家人对他的议论，为家人

---

① 加缪：《西西弗的神话》，广西师范大学出版社，2002，第56页。

的烦恼而感到愧疚。租房的房客们终于发现他们竟然与甲虫为邻而愤然退房，雇来早晚帮忙的老妈子每天用鄙夷的目光看着这个"屎壳螂"爬来爬去。格里高尔越来越成为家人的累赘，家人也越来越对他失去耐心。有一天，妹妹声称格里高尔是他们所有不幸的根源，向父母提出"一定得把它弄走"。父亲早就把家里的尴尬处境归咎于格里高尔。妹妹最后干脆把格里高尔的房门一锁了事。格里高尔在所有的亲人都厌弃了他以后，在极端的孤独与饥饿之中悄然死去。对于格里高尔的去世，家人如释重负，轻松愉快地出去春游了。这两篇小说都表现了人与人关系的异化与冷漠，人与人之间关系的冷酷、虚伪到了何等令人震惊的程度！恩格斯曾批判资本主义社会家庭关系："家庭的纽带并不是家庭的爱，而是隐藏在财产共有关系之后的私人关系。"《变形记》是以格里高尔的内心活动来展开描写的。格里高尔突然变成甲虫，脱离平时忙碌的生活之后，这反而使他能够对自己的生活进行冷静的审视和思考，他埋怨自己的工作是一份累人的差使，希望这一切都"见鬼去"。可是他在这种意识产生之后，他又为自己不能去上班而着急，因为一旦失去了工作，就会面临无以养家的巨大压力。格里高尔希望改变自己，回归原来的自己，为此他进行艰苦的努力，企图回归正常人的正常生活，但是他发现自己根本无法改变自己。格里高尔被家人抛弃，然而他却始终没有放弃对于家人的温情与责任。他把妹妹当成最亲近的人，甚至有朝一日送她进音乐学院，发展她的音乐特长。就是到了最后回房等待死亡的一瞬，他还将留恋的目光投向了胆小懦弱的母亲。格里高尔在这个世界上真正是无可归依，面临的是无法摆脱的彻底的孤独与冷漠。《陌生人》与《变形记》一样注重主人公的内在心理的描写，《陌生人》也是以主人公"我"的心理视角展开"我"失忆后的描写。"我"莫名其妙地失忆将妻子当作陌生女人，"我"不仅想摆脱她，而且在内心激起惶恐与不安："我失去了我所熟悉的妻子。妻子现在去哪里了呢？是被卷入了某个神秘的时间虫洞，还是她根本就没有存在过？不，她一定是存在过的，我记忆里有关她的那些画面依然如此生动和鲜明，但她在现实里的身影，则已凭空消失，消失得那么突然和彻底，即使在那个自称是她的陌生女人身上，也已不见丝毫踪影。"因为悲伤和恐惧，"我"蜷缩在沙发上簌簌发抖，那个陌生女人则紧紧地搂着"我"，"不断在我耳朵说着我在这里，我在这里。但她每说一次，都使我更加地肯定：她已不在这里。"随着故事的发展，"我"对陌生女子的心理认识始终也在变化，譬如中午陌生女子来电话问"我"去看医生了没有？"我"的心理活动为："其实我很希望她能再跟我说点什么，因为如果她真的是我的妻子，她完全可以命令我下午一定要去，而我则很可能听从她的命令，尽管我依然相信自己并不需要医生。"一家人来看"我"，一起去饭馆吃饭，"我"去了洗手间，母亲哥哥嫂嫂他们不等"我"回来就离开了，只留下陌生女子还等着"我"，好像随时都会哭出来，小说描写"我"的心理活动："我想如果她是我熟悉的妻子，我一定会拥抱她，并且想方设法地宽慰她，但现在，我甚至觉得自己比她还要委屈，仿佛是她，以及其他那些人，把我原来的生活给偷走了。""我"与陌生女子从医院回来，她问"我"还爱不爱她？小说对"我"的心理活动描写道："对于一个陌生人，我当然不能说爱，但对于妻子，我又不能说不爱。所以我无话可说。而我的无话可说，对于她来说，就等于不爱。"

对现代社会中自我的失落和人的异化，人的存在陷入"非本真"的状态，作者试图寻找到一条返回自我人性复归的道路。但是要寻找到这条道路又谈何容易。"我"想与陌生女人谈谈，"虽然我的状况暂时无法改变，但是我们可以和谐相处，一起去面对一些问题"，但是"我"联系不上她。等她回来已近半夜，喝醉了酒，"我们"没法交流下去。第二天，她没有回家，"妻子的身影似乎布满了房间的每一个角落，让我的大脑一刻都无法安宁。"自从"我"与一群"兄弟"聚会后，"我"才发觉回到人群之中的可贵。此时的"我"的心理发生着重大的变化，"我突然急切地想要和那个陌生女人以及所有的亲人重聚，他们诚然是陌生人，但我依然是如此需要他们。我深知自己的过去已经坍塌，但我的生活还将继续。一个人的生活，我是无论如何都无法维持下去的。我随时都可能失去工作，丧失经济来源，而更重要的是，我必将无法承受那日复一日的寂寞——迟早有一天，我都会走向那些陌生人，去和他们说话，去和他们建立各种各样的关系。我决定明天就去那个陌生女人工作的地方（我已知道明天是工作日），我要告诉她我爱她，今后无论她变成什么样子，我都会爱她。除了爱她，我别无选择，但这个我不会告诉她。我想我还会对所有的亲人朋友，所有单位里的同事，以及小区里碰到的任何一个人，展示我的礼貌和热情，如果他们中也有人问我爱不爱的问题，我会说：我爱。"小说细致地勾画了"我"从失忆到努力挣扎的完整的心路历程。然而，当我寻找到"我"的妻子，企图与她和解时，妻子的一句话："先生，您找谁？"夫妻关系最后真正变成了陌生人，小说叙述到此戛然而止，达到故事的高潮，小说生动地展示了生活的残酷与真实，将人的生存处境推进到绝望的境地。

《陌生人》在艺术上主要采取的是荒诞的现代主义手法。小说并没有描写"我"失忆的原因与过程，而是把重点放在"我"失忆之后的内心体验，展现了"我"的细腻的心理流程。"我"是怎样失忆的？经历了什么创伤还是什么意外？小说没有给读者任何提示或者暗示。也可以说，这是作者以"我"的突然失忆这种荒诞的艺术手法，来呈现现实生活。"我"的妻子、母亲、哥哥嫂嫂以及朋友等这些熟悉的人在失忆者"我"的视野中，呈现陌生的面孔，熟悉的生活与熟悉的场景，一切都变得诡异起来，怪诞起来。与整体的荒诞融为一体的，是作品在细节上的真实。作品重点展示"我"失忆以后妻子对"我"的感情的变化，以及"我"的心理反应。作品通过"我"的感受与心理活动，描绘了一幅真实无比的现代夫妻关系及亲情关系的图景。这样，寓现实于荒诞，借荒诞写现实。"那些看起来最不可能、最不真实的事情，由于细节所诱发的真实力量而显得实有其事"（卢卡契语）。作者在描写的过程中呈现客观、冷漠、简洁的叙事风格。福楼拜在他的《包法利夫人》中，表现了一种创作风格，那就是作者在自己的作品中，像上帝在世界里一样，人们看不到他，但他十分有权；人们处处感觉到他的存在，却看不到他。《陌生人》这篇小说也是这样，作者的文字总显得不动声色，即使是十分荒诞与夸张的情节，作者也不会表现出应有的惊骇，作者始终只叙不议。这种平静、单调、平实的写作方式，背后蕴含了一种内在的悲凉的情感，小说能够把现实的真实和残酷以荒诞的形式表现出来，呈现生活

描写的深度与艺术的创新。荒诞手法的运用既真切地表现了小说的思想内涵，同时又对于小说的艺术表现具有重要作用。

七 岁月深处，青山流水意从容
——读廖静仁的《斯文摆渡》

龙永干*

廖静仁是散文名家。早在 1980 年代，他就以《纤痕》《船魂》《红帆》《过滩谣》《船夫号子》等为代表的"资江系列"散文蜚声文坛。近年来，他更是推出了《爷爷的联珠桥》《奶奶的寡妇矶》《我的胞衣树》《祖母》等真淳醇厚之作。作为散文名家的他，并不视散文为町畦，在散文园地内深耕精作的同时，也在小说领域内开辟着属于自我的空间。随着《白驹》《皈依》《血色兜肚》《人生一盘棋》《祖业》《传灯先生》《明德师傅》等作品的发表，人们在见到他作为散文家的情致的同时，也见到了他作为小说家的风神。在这些作品中，《斯文摆渡》（《中国作家》2018 年第 1 期）虽说篇幅不甚长大，内容也并不复杂，但其蕴藉的人生况味，迂缓的叙述节奏，散文化的表现笔法，都表明它是廖静仁小说创作中不可多得的杰作。他在这篇小说里，"请他的读者并排着起坐行走"，[1] 去体味一道人世的风光与况味，去感悟百年的人生沉浮……

（一）

《斯文摆渡》的故事并不复杂，它讲述的是一个老人和一条渡船的故事，有些像《边城》。《边城》中老船夫渡船是在茶峒的码头，斯文的渡船是在资江上的婆婆崖。《边城》中的爷爷是摇着小小的渡船，将过河的人从河的此岸渡到彼岸，但斯文的渡船，已经没有人来渡。婆婆崖上的资江已经建起了水坝电站，并建起了一座跨江大桥。"渡口已经少有人迹，婆婆崖下的渡船也几

---

* 龙永干，湖南第一师范学院文学与新闻传播学院教授，文学博士，主要研究方向为中国现当代文学。

① 《汪曾祺全集》第 3 卷，北京师范大学出版社，1998，第 24 页。

乎形同虚设。"《边城》中的老人并不孤独，他有一个可爱的孙女相伴，《斯文摆渡》中的斯文却是孤独的，96岁的他只身一人，与渡船为伴。或许，他也不孤独，他静听着逝水东流，静观着日月沉浮……他一边写字度日，一边反刍着近百年的人生际遇和生命况味。由此可见，《斯文摆渡》在讲一个老人的故事，也是在叙述着资江两岸近百年的世事变迁。

"俗事随流水，对酒须当歌。"小说以廖技术到船上与斯文爷聊天开篇，在现实和历史的交替中，展现了廖家、花家和魏家等几个家族之间的恩怨情仇。当廖技术对红岩水库决堤引发的灾情表现出种种愤慨和深深忧患时，斯文爷却思接"百"载，开始了对既往遭际与人事的种种回望。在近百年的人生轨迹中，斯文爷有过民国时的求学、解放时的教书、土改文革中的遭难、改革开放和市场大潮的新变，但叙述者并未平均用力。斯文家原是殷实的大家族，祖上出过翰林和举人，有过教育厅厅长，他的父亲是解放前廖姓的最后一位族长，有着六楹五进的大宅子，有着百十亩田地。原本日子如流水，世事无烦扰。家族内却呈现某种败落的趋向：斯文的大哥生了个傻儿子，斯文满腹经纶却从不谈婚论嫁。就在廖家族长深深忧患的时候，外面正经历着"天地玄黄"的大蜕变。资江两岸在刹那间换了天地，廖族长成了反动地主，整个家庭也遭到了灭顶之灾。廖族长被长工吊死在村口的古树上，斯文被打压做民办教师，苦命的哥哥排哑炮时被炸死，傻侄儿被恶意安排去山中砍树而失踪，嫂子在痛苦中改嫁……原本好好的一个家庭，就此烟消云散，让人感慨时世兴衰变化时，更让人为命运无常唏嘘不已。

作品在叙述廖家的飘零败落的同时，还叙述了花家、魏家和傻猴子几个家庭的沧桑起伏。花月容父亲虽出身于茶商之家，却与斯文那种优游恬淡不同，而是楔入了火热的时代蜕变，抛家弃女前往延安去寻求别样的人们。花月容同样感应着时代的潮汐，积极投身于时代与社会变革的大潮中，小小年纪就加入了地下党组织。在追求斯文未果后，不更事的她怀着失落和惆怅而远走他乡。但很有意思的是，花老板却在一次酒后和年轻的媳妇有了一次越界，并喜得双子。他不仅安度晚年，而且子嗣荣耀，儿孙绕膝，家族显赫。与花家同样得以显赫的是魏家。魏家与花家原本有着殷实的祖业不同，他们原是衣不蔽体、食不果腹的佃户，却借着政治潮汐，翻身当了"主子"。很具讽刺意味的是，当年魏家祖上来到白驹村时，是斯文父亲廖族长收留了他们。但在世事苍黄时，魏山风不仅毫无感恩之情，反而以激进民兵的身份残忍地吊死了自己仁厚慈爱的东家，处处排挤时时打压廖斯文。从此，魏家一帆风顺，不仅魏山风当了村里的革委会主任，儿子魏正更是高居县长之位，成为一方父母官。除此之外，作品还涉笔了傻猴子父亲发家后另寻新欢后酿成的家庭悲剧，也写了廖炼钢科技致富后帮助斯文老师重获尊严得以摆渡婆婆崖安度晚年……

"闻道长安似弈棋，百年世事不胜悲。"帝都如此，民间亦是如此。单就题材来看，这种世事变迁、人生沉浮的回望并不少见，但少见的是叙述者那种高远旷达、波澜不惊的心境和风致。父母兄弟侄儿的惨死，自我长年遭受的打压和批斗，不可谓不惨重残酷，但廖斯文并不呼天抢地、涕泪纵横，也无批判和诅咒、愤慨和不平。可以说，《斯文摆渡》与一般的"伤痕小说"和"反思小说"不同，它不展示暴虐和伤痕；也与"新历史小说""后文革叙事"不同，它不戏谑反讽，不颠覆解构，而是在静观视角、审思心态、绵长情怀、高远心境中将悲欢离合、辛酸苦辣、生离死别等况味收回心间，展现一道风景，引发一段感喟，书写一种故事，诠释一方人世。给读者留下极为开阔和自由的可供遐思和感怀、联想和吟咏的审美空间。其所表现的是人生，是多样斑斓、欲说还休的人生，正如斯文爷在作品借助碑帖拓本所感："那里有反有正，有偏有侧，有聚有散，有近有远，有内有外，有虚有实，有断有连，有层次，有剥落，有丰致，有缥缈……其实社会人生何尝不是如此？"……

萨义德曾说："我们在某些晚期作品里会遇到某种被公认的年龄概念和智慧，那些晚期作品反映了一种特殊的成熟性，反映了一种经常按照对日常现实奇迹般的转换而表达出来的新的和解精神与安宁。"确实如此，年过六十的廖静文，在《斯文摆渡》中咀嚼人生况味、体会斑斓世事，其审美主旨就有着一种惯看春风秋雨后的宁静，这也让作品主题意蕴呈现淡远而深隐、绵长而蕴藉的状态……但《斯文摆渡》并非仅仅停留在一种对人世的咀嚼和吟咏、感喟和体会之上，他在字里行间、人事交错中留下了一种挥之不去的伤感，一种难以释怀的惆怅。他在寻找如何面对魏山风的倒行逆施，面对与花月容爱情的失之交臂，面对魏正的颐指气使，面对乡间种种悲欢离合、种种恩怨情仇的立场、方法和可能……面对苦难和不幸，他内心何曾忘怀，但生活总是向前，代代总有荣衰，如何面对生活而又超越生活，他在寻找内心的舟筏，那种能将他人和自我救渡到彼岸的舟筏——那就是一种人与人、心与心相契相与的和谐与友爱，那是一种人与世、人与我的恬淡和安心的生命的栖所，那是人之为人的真诚而遥远、温暖而亲切的生命召唤。只有那样，人生深处，才会有青山流水意从容的境界与气象……

（二）

《斯文摆渡》本身就是一幅风景，一幅可供读者远观遥望的风景。但在这幅风景中，向读者所传达的并非远离尘嚣的牧歌情调，也不是单纯浪漫的儿女爱恋，而是一种生命的风致，一种人生况味，一种似淡实浓的生命的体验，一种惯看春风秋月后的天高云淡，一种情到深处意从容的生命风致……而这种情致和风度在廖斯文这一形象身上得到了集中而典型的体现。

廖斯文出生于殷实之家，其父是廖家最后一位族长。这位族长与陈忠实《白鹿原》中的白嘉轩一样仁厚爱施，他却没有白嘉轩作为家长的专横与强硬，也没有作为礼教维护者的虚伪与残忍。他没有给族人以精神心理的威逼与压迫。同样，廖斯文并没有从父亲那里感受到家长的束缚与钳制，反而他将父亲那种仁爱情怀化为一种诗意的审美人生态度。他没有旧家子弟的纨绔习气，也没有任何不良嗜好。他饱读诗书，酷爱书法；他文质彬彬，儒雅俊逸。他身上散发着一种纯净不滓的诗性气质。可以说他的骨子里，是儒家的仁义善良、谦和友爱的精神，是"君子如玉"人格品质。正是如此，他在黄江学校教书时，在村小当代课老师时，都会反复叮咛学生要做到：横要平，竖要直。他会在天色将明未明时把学生召集到沙滩上，在疏星残月悠悬空际，山河大地皆在静默，唯闻江声浩荡的情境中，高声朗读"天地玄黄，

宇宙洪荒，日月盈仄，辰宿列张"的古文。面对山水滩声，他会情不自禁，会在湍急的河水中画横画竖，兴奋示范，会引领学生感悟自然，查看江流、江岸和峻岭悬崖，从中感悟人生，悟得书法艺术的真谛……

儒家谦和仁爱，与人为善，但在儒家文化发展的历程中，它也有着刚直激烈、严峻抗争的一面。但很有意味的是，这些在廖斯文那里荡然无存。当然，这是人物的独特之处，而就其文化心理的深层原因来看，则是作者在他身上贯注着儒家的柔善的同时，将儒家的刚烈有为的一面予以祛除，而有机地融入了道家的柔弱、无争和无为。可以说，斯文性情中的那种柔和温顺，天生地让他有着与道家的"抱朴守拙""无为柔顺""和光同尘"的可能。因此在斯文身上，读者可以见到他通体有着儒家的温顺柔和的性情，但同时还有着与世无争，出世脱俗的那种道家情韵。可以说，是民间儒家善良与仁爱的精神与情怀哺育了斯文，而资江的汤汤流水、绵延青山让他与自然有着内在的亲和，获得了道家的处世神髓。可以说，在廖斯文那里，"上善若水"应该是其人格精神的最好写照。"上善若水。水善利万物而不争，处众人之所恶，故几于道。"① 可以说，在他身上是儒家的善良仁爱和道家的无争自然得到了有机的融合和高度的统一。面对外来的压力与摧折，他有着内心的属于自我的心灵空间；面对种种苦难与不幸时，他能够超越简单的爱恨恩怨。他居于世间，又有着超于世间的高远；他有爱恨情仇，但又能空诸红尘。从这一点来看，他身上又有着佛家的色空意识。正因如此，当吊死他父亲的魏山风死后，他会前去叩头，而且还主动承担写挽联的任务。在安排他教小学体育的时候，他会甘之如饴，并且以"能教体育也不错，正好我自己也可以锻炼身体"的话来自我宽慰。当村小校长唐老师批斗他时，当魏山风派他去清田埂时、掏牛粪坑时、和妇女一块去锄玉米草时，他都不抗争，不气馁，更不放弃生活。在父母过世、兄长暴死、侄儿失踪、家道衰败的情境中，他不颓丧、不怨愤、不绝望，更不放弃生活……他亲儒，喜好书法文化，仁爱温润待人，绵长柔韧生活；他体道，顺其自然，与世无

---

① 陈鼓应：《〈老子〉今注今译》，商务印书馆，2003，第102页。

争；他近佛，空诸万象，看破红尘……但他无儒家之刚烈与虚伪，也无道家之狂放恣纵，更无佛家之悲观绝望。而是以儒家之执着，道家之自然，佛家之超越面对生活，给人一种传统的情韵与风致，一种诗性飘逸而韵味绵长的气象……

在斯文漫长的一生中，其中最有意味的事件是他对花月容的爱情的拒绝。他温柔谦和，令人可亲；他才华过人，令人可敬。风华正茂的他，在情窦初开的花月容那里无疑是极具魅力的。但当花月容怀着少女的激情向他示爱的时候，他却在慌张与怯懦中拒绝了。他并非不爱花月容，花月容离开后，他始终未曾谈及爱情与婚姻。之所以如此，一面是他没有遇到理想的对象，另一面是他对花月容的坚守。"亲不可不见，爱岂可无心"。他喜欢的爱情是诗文书画中的爱情，是《西厢记》中张生和崔莺莺的爱情。对花月容爱情的拒绝，是廖斯文一生中的遗憾，但这种拒绝并不仅仅是其爱情婚姻中的遗憾，而是作者通过这个情节给传统文化情韵的那种美以反思与疏离。当花月容突破少女的矜持来到他的单身宿舍，突破师生之防倒入斯文的怀抱时，她的热烈和大胆让斯文极为恐惧，惊慌失措中的他大呼"使不得，使不得"。这又让他显得迂腐不堪。虽然这种爱情与《西厢记》中崔莺莺和张生的爱情大相径庭，但在他心中所不能突破的潜在意识应是师生之间的不伦之恋形成的规约与束缚，他作为男性应当处于主体的爱情心理定式……这些有形无形的因素左右了他的情感，也最终影响了他的命运，让他无法果敢迈出奔向生活的步子。而最为根本的则是他沉湎传统文化年深月久后，生命本能与生命元气的萎弱和衰颓。沈从文曾在《如蕤》中借叙述者之口说道："民族衰老了，为了本能推动而作成的野蛮事，也不会再发生了。都市中所流行的，只是为了小小利益而出的造谣中伤，与为稍大利益而出的暗杀诱捕。恋爱则只是一群阉鸡似的男子，各处扮演着丑角喜剧。"① 虽然沈从文是对病态畸形的都市文明而发，但斯文因对传统文化的浸淫太深，在某种程度上同样让其失去了生命之力的强悍，失去了

---

① 沈从文：《沈从文全集》第7卷，北岳文艺出版社，2002，第399页。

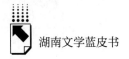

与生活抗争的那种意志，也是值得深思和警觉的。或许，此处是叙述者与笔下人物产生分离的可能，也可能让作品在此种分离中获取一种深度发掘的可能，但叙述者就此止步，在认同与亲和中再次与其"亲密无间"，让人感到很是遗憾……

传统文化有着其绵长的韵味和内在的自足，它让斯文获得心灵的内在平衡，让其越过了种种苦难和不幸，但在他身上多了几分飘逸和超越，少了几分朴素与生力，少了生命应该有的那种强悍意志和原野气息。如果说，斯文渴望着有一种渡船能将自我渡到彼岸的话，那里有着传统文化，也应该有着源自民间的那种与山野和土地紧密相连的元气，也应有着现代生命为实现自我价值与意义的生命意志……或许，对花月容的爱情的拒绝，是寄寓了作者对传统文化的审思，也寄寓着作者对传统文化如何自我蜕变，如何在渡人时寻找自渡的无上法门的企望……

（三）

前面说过，《斯文摆渡》有着沈从文的味道，但仔细贴近作品的底子，则感觉到它更近乎汪曾祺的神韵。沈从文是在张扬着自然人性，是在表现一种源自山野与边地的生命元气，但廖静仁在《斯文摆渡》中所要表现的是一种情怀和气度。一种仁厚和悦、空诸世事的气象和风致，而这一点与汪曾祺的《大淖记事》更为接近。但从整体风格与审美情调上来看，《斯文摆渡》无疑是受到了废名、沈从文、汪曾祺等人的启迪和濡染的：艺术表现上的散文化笔法、语言的迂缓从容、风格的绵长蕴藉等，无不表明着这一点。

《斯文摆渡》有着长的时间跨度，有着丰富的内容，在故事情节上却不复杂。它不剑拔弩张，也不大起大落；不线索纷繁，也不结构庞杂。以斯文和技术的谈话始，以夜幕的降临终。中间穿插着人物的回忆和人生的感悟，自由迂缓，恬淡悠长，散发出浓郁的散文气息。单就这种浓郁的散文情韵的源自来看，与作者本就是一个散文名家有着密切关联，但就其具体创作实践来看，它既源自作品并非严谨结构，也少运用太过虚构的巧合与偶然等；也源自作品的回忆性叙述视角，对题材的纯化过滤化以及叙事和抒情相结合的语言运用。

汪曾祺曾说："我以为小说是回忆。必须把热腾腾的生活熟悉得像童年往事一样，生活和作者的感情都经过反复沉淀，除净火气，特别是除净感伤主义，这样才能形成小说。"[①] 这种状况也存在于《斯文摆渡》之中。《斯文摆渡》虽然有着现实生活的内容，它采取的却是回忆性视角。作品的主体性内容放置在了过去，让已经耄耋之年的斯文回首曾经走过的历程，让一切拥有了一种因回忆带来的独特趣味。回忆性视角，让本来苦难和不幸的命运在时空的距离中呈现一种远的状态，让其有着一种如海德格尔所说的回过头来回忆已思过的东西，从而淡远与平和。同时，斯文作为一个老人形象更有利于那种淡远的情调的表现。老人惯有的那种恬淡与平和心态，可以净化火气，淡化简单的情感的左右。再有，近现代百年中国，体制变更、政治运动、市场大潮可以说风起云涌、波谲云诡。但作品在一定程度上避免重大社会事件的纵深展开，巧妙地将关注重点转向了人物内心的生命体验和自我的感触的表现。这样既避免了作品过多与具体事件缠绕，也让作品具有了丰富的生命情韵和生命意蕴。

小说审美情调的形成，与叙事视角的运用有关，更与作者对题材的处理有着密切的关联。《斯文摆渡》虽有着近百年的风云变幻，但作者并不想写出鸿篇巨制、立体宏观的"大历史"，而只想写出一个人对命运的体验、对生活的感悟。于是，他将斯文近百年的生活在心中反复淘洗，不仅除去了太多的琐屑和杂质，而且极力地控制着自我的情感，尽力摆脱一般意义上的感伤主义的缠绕和撕扯，让其从生命的感悟和诗性体验上落脚。土改运动和"文革"大潮中，父母的惨死、侄儿的失踪、自我遭受的打击等，不可谓不悲惨不沉重，但作者没有让他陷入怨恨和愤激中，也没有让他陷入绝望和黑暗中，而是尽量控制住叙述声音和人物情感。按照鲁迅评价废名的话来说，是"珍惜他有限的'哀愁'"，而让生活与阅历在内向性

---

① 汪曾祺：《汪曾祺全集》第3卷，北京师范大学出版社，1998，第461页。

的聚敛中形成一种结晶后再升华；在人生体验的超越意识中进行过滤，然后在一种不温不火、不急不迫的状态中传达出来。当然，这种传达也是含蓄蕴藉的，是通过斯文书写书法时的感悟，在静观逶迤群山姿态时的体会，在面对汤汤资水的流淌时的思考，在苦难和不幸的远去之时的反刍等来传达，来表现，来暗示……可以说，这种表现是一种动中法度的控制，更是一种有着长期艺术实践积淀且深知美学壶奥的"从心所欲不逾矩"。或许，这种作品看起来似乎淡了感情，少了故事情节的大起大落，没有人物之间的激烈冲突，但那无疑是一种简约之美，一种"癯而实腴，质而实绮"的美……

作为一个作家，最能体现自我审美情趣和艺术特征的是语言。"语言不只是技巧，不只是形式。小说的语言不是纯粹的外部的东西。语言和内容是同时存在的，不可剥离的。"① 正是在表达一种极具传统人文情韵的人生体验与生命感悟，念想着能够让生命得以栖息的诗意所在，《斯文摆渡》的语言自然而简约，朴素而真淳，是一种繁华落尽后的美，也是一种历经沧桑后的醇。它有着源自传统诗词的熏陶，也有着源自文言小说的浸润。可以说，《斯文摆渡》的语言散发着生活的气息，但又不粗粝简陋，处处渗透着传统文化的悠长韵味，尽显着言近旨远、言简意赅的传统诗学精神。"俄顷""迟送涩进""青葱少年""清澈澄明"等词语的运用，李白《独坐敬亭山》、杜甫《蜀相》、《千字文》、《大唐中兴颂》等诗词的引入，以及书法要诀的反复出现，让作品平添了许多的书卷气息与文化韵味。同时，作品中多用简短的句子，不仅语言在简短的句子中显得更为洁净而隽永，有了一种近乎唐人绝句的神韵，而且很多句子可说就是经过打磨过的诗句或高度浓缩了的哲言。"俗事随流水，对酒须当歌。""亲不能不见，爱岂可无心？""阴是一天，晴也是一天，风霜雨雪年复年。""家在水上，水上有一条船，是渡人的船！"这些语言不仅仅诗意隽永、哲理淳厚，而且与人物心境和故事推进相融合，或叙事，或抒情，给人以精警之感而丝毫不觉得突兀。汪曾祺

---

① 汪曾祺：《汪曾祺全集》第4卷，北京师范大学出版社，1998，第7页。

曾经评价何立伟的小说语言时有过"奇句"的评论。他说"我觉得文章不可无奇句,但不宜多……奇句和狂态一样,偶露,才可爱"。《斯文摆渡》就是这种"偶露",是可爱的。读后,不仅给人以耳目一新的感觉,更是引得人反复咀嚼而有余味无穷之妙!

B.13
2018年诗歌、散文之力作评说

摘　要： 2018 年，湖南诗歌力作或视反讽为对自我与历史的必然的认
知过程，收获欢欣的自由与清明的允诺，或以其独特的军事
题材，有力地诠释了诗歌的历史责任与现实担当，呈现了新
诗题材意蕴的创新美、自由体诗的结构美以及丰富多彩的韵
式美。散文力作独创性强，为当代文学民间性书写提供了一
种新的认知方式，展现了文化大散文的结构创新与话语建构，
丰富和充实了白话散文创作的实绩。

关键词： 诗歌力作　散文力作　历史责任　结构创新

一　允诺与反讽——论谭克修诗歌

赵　飞[*]

鲁迅在小说《药》的结尾写道："这坟上草根还没有全合，露出一块一块的黄土，煞是难看。再往上仔细看时，却不觉也吃一惊——分明有一圈红白的花，围着那尖圆的坟顶。"对此，鲁迅在《呐喊·自序》中说是"凭空添上"。鲁迅这一"坟头添花"的行为充满了"反讽"意味，它出自"语言对乌托邦的允诺"诉求，以及消极主体对不可能性的转化。这构成了中国现当代诗歌"语言作为救赎"的写作传统，也即对某一绝对价值尺度或真理之"实在"于语言层面的追寻。诗人们相信，在绝对的层面上，所指

---

[*] 赵飞，四川外国语大学中文系讲师，文学博士，主要研究方向为现当代诗歌及中国诗歌理论。

与能指之间没有区别。这一传统的实践当然存在诸多偏差，以及像鲁迅自身一样矛盾重重的变体，譬如在张枣那里，时而是"语言就是世界，而世界/并不用语言来宽恕"，时而是"人，完蛋了，如果词的传诵/不像蝴蝶，将花的血脉震悚"。自然，从张枣的诗歌，例如这样的诗句"这个少，这个少，这才是/我们唯一的溢满尘世的美满"中，我们大可看出，张枣是当代诗歌中最强烈并且最依赖诗歌的允诺诉求的诗人之一，因为这诗句，正是呼应德国中世纪神秘主义者 Johann Tauler 的圣歌"寓于上帝的存在的幸福"："可这种丧失，这种消逝，才是真正的发现。"

把谭克修纳入允诺/反讽（该主题与思想得益于博士期间与师弟彭英龙的交流，特此说明并表示感谢）的视域来观察，乃是基于这样的诗句，它们来自《一只猫带来的周末》结尾：

> 我暗自庆祝，看见了那株小花
> 藏在草丛下的一小片湿地
> 在地球坍塌成豌豆大小的黑洞之前

这节诗令人惊讶地暗合于鲁迅的"坟头添花"。整首诗也确实可看作对奔涌现实中可信与可疑的争辩，争辩往往构成现代诗的深度，正如鲁迅《野草》中对"充实与虚空"无穷无尽的争辩。正是争辩，暴露出现代性写作的精神无归、苦闷，拔根状态以及虚拟扎根。反讽也恰恰诞生在允诺、不信任、失信之间无休无止的争辩，以及最终允诺的无可奈何与勉强之中。《周末》一诗展示了这条线索。争辩聚焦于一只猫。首先，猫的出场带有无可怀疑的"语言非物质属性"，或者说，语言的弄虚作假："一只猫，惊动一片迷醉在月光中的/瓦，掉下屋檐砸死一只老鼠/碰翻了数百里外床头柜上的台灯"。接下来横峰一转："我认为世界上不会有这只猫"，对于语言可以创造实在的根本上的不信任。然而又被"你"（也是另一个"我"）的科学假设压下："你说如果梦是另外一个你/在平行宇宙发的脑电波呢?"这回"我没反驳你"，理由是基于性的真实而勉强接受或承认"可信"的必要性。

219

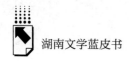

但"决定尽快离开事发地"又再次表明挣脱虚幻的清醒，合二为一的"我们"是这清醒的标志。"勉强"令我"被满腹心事撑着，一路打嗝"。接下来的转移话题却是加强了在争辩中的"较劲"，进一步落实了我的"可疑"："那只可疑的猫，让我感觉到/刀子依然埋在暗处"。至此诗行把"可疑"与"暗处"指向了具体的城市生存，那稀烂而人潮汹涌的地方。只看这些片段：

> 保安说这些突然涌入的人
> 来自另外的世界
> 用高跟鞋和长筒袜对付泥泞
> 用纸质的大鸟欺骗伤心的小孩

> 那老人也不善于掩饰，体内的
> 惊魂未定，正从深陷的眼窝
> 发出哑光。多数人的心情
> 和身体一样沉重，用嘴把脸撑开
> 像橘子挂在树上，看上去

> 在微笑，也可认为毫无表情

泥泞与哑光、微笑与毫无表情，正表现了一种语境的、历史的"反讽"："作为'现代虚无主义'文化情状的主要特征，'反讽'总是预先假定：坚实、稳固、崇高的真理（'真、善、美'之合理性）是不存在的，但是，它自身在构成'虚无主义'的同时，又在个体的实践中瓦解了这一意图。它以暗合'否定之否定'辩证法规律的方式来实现恰到好处的'自贬'，在含蓄的铺陈中温和地表达无伤大雅的戏谑，又在宠辱不惊地暗示着内在的跌宕起伏，于合乎逻辑的铺陈中显示着某种矛盾与悖论。"[1]《一只猫

---

① 隋少杰：《有关"反讽"的辩证法》，《当代文坛》2014 年第 3 期。

带来的周末》是一首独异的诗，在谭克修的写作中具有诗学标杆的作用。它隐约透露出悲悯和感伤，诗末充满强烈反差的允诺色彩，包含着"自嘲"因子的"自我意识戏剧化"以及由此而来的反讽，使我们得以深入把握他的文本和精神结构。

与生存相呼应，作为规划设计师的谭克修，不由自主地成为为城市现代生存寻求扎根的诗人，或许正是这使他的写作带上了允诺性质。允诺是对扎根的期许，对城市生存、世界图景的美好规划，类似于绘制蓝图。在《洪山公园草图》中，他这样写道：

> 请蚂蚁们将高压线埋入地下
> 废弃的钢铁和水管
> 改造为时代的自塑像
> 碎石场噪音转交给游乐场
> 剩余的碎石，拼装成
> 谈情说爱的失忆症患者
> 或练太极拳的软骨病人
>
> 这草图花了他几个傍晚
> 草图之外，它只接待过一个游客
> 他常在傍晚穿过简易工棚入口
> 和荒地里安静的泥土气息
> 担心他刺鼻的书卷味
> 干扰菜农和蚂蚁的理想
> 它曾在土路上伸出石头绊倒他

这首诗第一节的确包含允诺气息，它以"改造"一词体现出"他"的雄心勃勃。然而，悖谬的是，这本身也意味着时代背景的荒乱以及改造的失败，时代有其钢铁和水管的"自塑像"，喧嚣、破碎与失忆症患者、软骨病人拼装成了整体生活方式。这使绘制草图的"他"格格不入。"刺鼻的书卷味"意味着这是一个专注于和文字打交道的人，一个从事创作（同时也是设计）的人。这里出现了一个允诺主体，一个站在此时此地反思的人。一个写作者，某种程度上就是一个允诺者，允诺意味着对消极性的战胜，它就恰恰必须生成于消极。[①] 允诺的虚空性和假设性内含着否定，它来自这样的句法要求："倘若……那么"，事实上，现实却没能满足这样的要求，它是另外一回事：

> 如果足够安静，隔着洪山公园
>
> 能听到浏阳河的水声
>
> 听到那些水，往上流
>
> 爬上 1998 年春天的大围山
>
> 重新跳下悬崖
>
> 引发我们的尖叫声
>
> 如果再安静一点，能听到古同村
>
> 那无名小溪的水声里
>
> 几尾敏捷的鲫鱼
>
> 对着两个追赶的光屁股男孩
>
> 发出嘲笑和嘘声
>
> 但并没有安静的夜晚
>
> 万国城的夜，多么晚都不是深夜
>
> 我将用这一夜，屏住呼吸
>
> 等待另一种水声，从管道内传出
>
> 之前，或许还有高跟鞋
>
> 或纽扣落地的声音

---

① 张枣：《鲁迅：〈野草〉以及语言和生命困境的言说》（下），亚思明译，《扬子江评论》2019 年第 1 期。

之前，还可以花点时间

不让自己知道，楼上无人居住

这是《洪山公园组曲》中的一首《水声》。它典型地体现了谭克修诗歌反讽的文本结构和精神意味，也即基于某种条件的允诺在现实面前无法兑现，诗人作为理想主义者希冀着，审视着现实却无力创建一个"宁静"的世界，但其精神清明空灵毫无困扰："我将用这一夜，屏住呼吸/等待另一种水声，从管道内传出。"允诺的可能性在于那个自由的、无限的、建构的主体，尽管它的悖谬恰恰在于把尘世的自我与永恒的自我混淆起来了。① 这即是反讽的必然，然而这样的反讽无疑已是艺术的反讽、充满力量的反讽。

的确，不能把谭克修诗中的"我"混淆起来，譬如《声音》《噪音》《精神病院》《空房子》《废墟》等诗中，也充满了抓狂的"我"、奇异的"我"，别的诗中也还有狡黠的"我"。这真实的、丰富的"我"，使诗歌的反讽摆脱了固有立场和观念，那不是思辨的抽象产物，而是现实境况的产物。他塑造了多样性的"我"融入生存世界，以此推动写作应对现代性的困境，在此过程中坚定地指向"扎根"，由此避免了黑格尔所批判的浪漫派反讽所具有的"虚幻深度"与片面的绝对否定。② 在他的诗歌中，我们能够看到诗人此时此地的写作，对应于一个设计师的工作：

当这片荒地出现在窗前

我就开始按自己的想法

设计洪山公园方案

直到我明白，它最后的命运

无非是重新成为一片荒地

——《洪山公园》

---

① 克尔凯郭尔：《论反讽概念》，汤晨溪译，中国社会科学出版社，2005，第 223 页。
② 黑格尔：《哲学史讲演录》第二卷，上海人民出版社，2013，第 54 ~ 56 页。

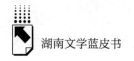

如此一来，"设计"也充满了元诗意味。"明白"这片"荒地"的命运，就是诗歌的觉悟，也是困境的解脱，诚如张枣在评述鲁迅的散文诗《希望》时所言："——如此一来，成为一个永远被怀疑的元地点，不仅怀疑希望，也怀疑自己，这个地点就是此时此地——即便充满了消极性。这个地点既不悲观也不乐观，也非遥远地近乎虚无，就像鲁迅时常被误读的那样。这个地点，从最深刻的意义上来说，就是诗意。"① 我们看到，谭克修数次在诗歌中表明，"只想在湘江边做个诗人"，混迹于城市人群中，一个波德莱尔似的拾荒者、流浪汉："除了打盹，我仅存的理想/是把费解的诗歌，印上业主手册"（《理想》）。这就是现代主义的鼻祖波德莱尔所传递的秘密，能对抗生存之"恶"的，唯有诗歌之"花"。在波德莱尔那里，美学的胜利是通过极端自主自律的形式秩序来获得的——内容的"恶"被容纳在完美的韵律中；鲁迅则是创造了一个神秘、唯美的诗性世界，丑与恶被描绘成"地狱边沿的惨白色小花"之类的美学形象和乌托邦梦想。② 归根结底，那是语言的胜利。

在谭克修的诗中仍然会看到一种极端的沉溺，那声音是低沉、妥协的。譬如，"天色已经黯淡/它看着/我们把小球推入黑暗的洞杯/再把自己推入愈深的黑暗"（《L纪念高球赛》）、"当某一天，我再也爬不上九楼/在一楼也站不稳/像大腿抽筋的人一样落向地面/我将继续往下，落进一个深坑/但多深的坑也留不住我/我将继续往下，往下"（《地心引力》），还有《从墓园回来的路上》，它们停留在哀伤的层面。此外是对城市人群形态的描写，那些无所归依的人们，要么"迷着眼，低垂着脑袋"浑浑噩噩，要么寂寞空虚，像烂尾楼一样有朝一日被强行推倒，混入破碎的瓦砾。他们是"被现代世界粗暴地拔根了"③ 的人，与精神文化无关，与安居乐业无关，这些

---

① 张枣：《鲁迅：〈野草〉以及语言和生命困境的言说》（下），亚思明译，《扬子江评论》2019年第1期。

② 张枣：《鲁迅：〈野草〉以及语言和生命困境的言说》（下），亚思明译，《扬子江评论》2019年第1期。

③ 西蒙娜·薇依：《扎根》，生活·读书·新知三联书店，2003，第68页。

人从"古同村"（《古同村》）——消失了的乡村符号来到城市，经受着拔根的疾病——

腐烂是一种自上而下的传染病
最早由腐烂的乌云传染给酸雨
再由漏雨的屋面传染给楼板
再传染给五保户无人料理的癫痫头
再传染给男人们嗜酒如命的胃
再传染给几个打工少女的宫颈
再传染给众多寂寞大婶的膝关节
再传染给成片荒芜的田野
再传染给穿村而过的 S312 省道
现在这条通车一年的水泥路已彻底腐烂
正在将腐烂传染给地下的人

西蒙娜·薇依在《扎根》一书中写道："扎根也许是人类灵魂最重要也是最为人所忽视的一项需求……每个人都需要拥有多重的根。每个人都需要，以他作为自然成员的环境为中介，接受其道德、理智、灵魂生命的几乎全部内容。[1]"薇依关心的是工人、农民、被征服者的拔根状态，底层人的命运，要么落入一种灵魂的惰性状态中，几乎无异于死亡；要么采用最具暴力的方式投身于对他人的拔根活动中。二者其实都是未扎根，因为，"已经被拔根的，便要拔他人的根。已经扎了根的，便不会拔他人的根。"[2] 归根结底，唯有扎根才能治愈拔根的自我增殖。谭克修对扎根的诉求与居住的根基联系在一起，在《洪山公园》中，有这样一节诗：

---

[1] 西蒙娜·薇依：《扎根》，生活·读书·新知三联书店，2003，第 33 页。
[2] 西蒙娜·薇依：《扎根》，生活·读书·新知三联书店，2003，第 37 页。

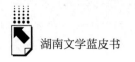

> 在栗山坪，他的棺木覆上新土时
>
> 我突然明白，他最后的明亮
>
> 是因为躺在这里
>
> 能看见他亲手盖的老房子

房子作为人起居的庇护所，是人得以在某个空间扎根的基本需求。作为规划设计师的谭克修深谙促成健康状况的生命需求，扎下根才能构成稳定的良性循环，生产与劳作才能进入充满活力的秩序。然而一切不是那么容易，现代生存的冷酷，人潮汹涌的城市挤压着、淹没着多少无声无息的生命。《森林》对钢筋铁林中千疮百孔的生命瞬息绝迹做了惊悚的表达。某种程度上，拔根是现代生存的必然境遇，一种无奈的生存现实。这种"将世界判定为虚空"的现代反讽是否有一个坚实的基础呢？如果没有，那它本身也会成为一种反讽，即自我崩塌。如果有，这个基础是什么？

笔者认为，这个基础指向救赎。谭克修在荒地意识之后，也只能承认，历史过程和生命情态内在地包含着反讽，而最终的允诺也只可能是诗的允诺，语言的救赎。无论如何，这是"值得的"，"对于人类来说，做梦也是值得的，因为只有在语言的乌托邦，诗意的充实也是存在的充实"。① 正如克尔凯郭尔注意到，"反讽意识到生存是毫无实在性，从而提出了和虔敬的心灵同样的命题，由于这个缘故，反讽似乎是一种虔诚。"② 也就是说，"宗教信仰与现代反讽出人意料地拥有一个共同的基础。"③ 对尘世允诺的反讽实则暗含一种晦暗的世界历史观及其反思：一个无法兑现允诺的世界要怎么办？没有办法，唯有那个反思的、虔敬的心灵是救赎："当万物皆成虚空之时，反讽的主体却不感到自己是虚空，其实他拯救了自己的虚空。"④ 正是

---

① 张枣：《鲁迅：〈野草〉以及语言和生命困境的言说》，亚思明译，《扬子江评论》2019 年第 1 期。
② 克尔凯郭尔：《论反讽概念》，汤晨溪译，中国社会科学出版社，2005，第 207 页。
③ 江思图：《丹麦黄金时代的苏格拉底》，华夏出版社，2019，第 91 页。
④ 克尔凯郭尔：《论反讽概念》，汤晨溪译，中国社会科学出版社，2005，第 207 页。

在这个意义上，当我们读到谭克修诗中那些充满反讽意味的诗句时，就能理解惊悚与悲悯的关联。也正是在这个意义上，我们会感到他的反讽还没有彻底展开，以实现语言自身具足的丰沛。例如在《归途》中他写道："那从没见过的神秘人／希望他，不要因为长时间／被放在潮湿昏暗的地方／长出散发着烂红薯气味的脸／不要为适应在地下管状空间穿行／真的进化出一个蚯蚓的头／在停电的时候／拖着恐慌的人群继续前行"。以这样的诗句来结束标题《归途》的诗歌，就像以这样的地铁司机来带领人们"前行"所具有的反讽效果一样，充满了恐惧与绝望。这是茫然、希冀、哀怜，还是必须战胜的惶恐？如何战胜呢？谭克修在写作中处理种种漫画式存在，也表明除了此时此地的具体生存，我们别无其他时代和命运。如果视反讽为对自我与历史的必然的认知过程，它无疑蕴含着先验性，即追求内在的无限性这一动力。作为诗人，经由反讽主体的淬炼，收获欢欣的自由与清明的允诺，方可抵达救赎之境。谭克修的诗歌已处在这一复杂的对弈中，这样的生成与张力对于写作本身是极为重要的。

二　重提诗歌的历史责任与现实担当
——读起伦的《雷场开设在雷公岭》（外一首）

卢　絮*

（一）

起伦在湖南乃至全国都颇具名气。他成名较早，20 世纪 90 年代就有大量诗作发表在《诗刊》《人民文学》《解放军文艺》等国内重量级诗歌刊物上，曾获得全球性华人诗歌大赛的大奖，并参加 2000 年第十六届"青春诗会"。之后由于工作关系，起伦淡出国内诗坛达十一年之久，直到近几年才又重新拿起手中的笔进行诗歌创作。因此，起伦称自己在诗歌创作上"不是个有长性的人"。这当然是谦虚的说法，但也说明起伦不是一个以写诗为

---

* 卢絮，华南师范大学讲师，文学博士，主要研究方向为文艺理论。

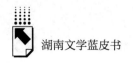
职业，或视诗歌为生命中必不可少和最重要的事情的人。坦诚地说，他首先是一位军人，一位工作繁忙且地位重要的大校，其次才是一位诗人。交代这些并不是想指出起伦诗歌创作的某种随意性或缺陷，而是想说这是当代中国许多诗人创作的状态。诗歌创作与阅读早已不复20世纪80年代的盛况，诗人无法以诗歌创作为职业，并赖以生存。起伦的职业特性也将有益于我们进一步解读他的诗歌，他是军人里的诗人，但更是诗人里的军人。

当笔者阅读起伦的诗歌《雷场开设在雷公岭》和《破障队》时，首先考虑的是诗歌题材的独特性，当前诗坛军事题材的诗歌确实少见，写得好的更是寥寥无几；其次是诗歌中体现的历史和现实的关系。在进行文本阐释之前，有必要提及一种很重要的文学理论，即新历史主义。新历史主义诞生于20世纪80年代初的美国文艺复兴研究领域，之后迅速席卷西方理论界，成为炙手可热的理论新星。创始人斯蒂芬·格林布拉特使用这一名称目的在于区分传统文学研究中的实证主义历史研究和美国新批评研究。前者将历史作为文学发生的语境或背景；后者强行将历史与文学割裂，陷入语言的乌托邦与修辞的迷境。而新历史主义有兼顾两者、另辟蹊径的理论特征，它试图将文学重新纳入历史视域，反对将历史作为某个文学或艺术作品的可被拆分的元素和装饰性材料，将文本与历史进行相互阐释，主张"历史的文本化与文本的历史化"，主张"历史与文学是相互叠盖的。"最后，新历史主义强调历史的断裂性、偶然性、个体性和文本性，与传统的历史观强调线性、整体统一、宏大和历史规律性形成巨大反差。这些理论观点对于我们理解和阐释中国当代诗学中的历史现象，以及如何深入阅读起伦的这两首诗有一定的启示意义。

（二）

随着网络的兴起，自媒体日益普及，中国当代诗坛可谓热闹非凡。诗歌准入门槛降低，任何人都可以在网络上发表自己的作品，自诩为诗人；新诗标准不统一，甚至没有标准，只要是分行的文字，几乎都被纳入诗歌的范畴。在这个碎片化阅读的时代，越来越多人把诗歌当作消遣和娱乐的文字，而很多诗人也只是借助诗歌宣泄个人欲望与愁绪。一方面，曾经沉寂多年的这一文学体裁重新进入公众视野，大有重回巅峰的势头。在 20 世纪 80 年代诗歌热潮中冲锋陷阵，后迅速销声匿迹的诗人在相隔二三十年后重新提笔写诗，被称为"归来派"或"新归来派"诗人。而"80 后""90 后"，甚至"00 后"等新生代诗人不断被挖掘，效仿娱乐明星的走红方式，被过度包装和宣传，这其中就少不了许多诗歌主流刊物的推波助澜。另一方面，诗歌主题和内容日趋狭窄，诗人们似乎并不关注除自身以外的其他人与事物，沉浸在自我的小情绪和琐碎的日常体验之中难以自拔。诗歌形式和语言上的追求显现出两个极端，要么是口语化的寡淡无味和满地鸡毛，要么坠入语言的迷阵，不知所云。而诗歌与生俱来的思想与精神上的先锋性质、历史与现实的责任感几乎被消磨殆尽。总的来说，中国当代诗坛的各种乱象很大部分源于诗人以"写作是个人的事"为由，对于历史与现实采取双重回避策略，事不关己，高高挂起，绝口不提诗歌的历史责任与现实担当。所以，当笔者看到起伦的这两首诗时，一种新鲜感和敬佩感油然而生。

新历史主义认为历史话语应该与文学话语在诗学层面获得沟通，历史与文学的二元对立关系要得以修正。格林布拉特强调对文学文本中的历史世界和现实世界展开双向调查，体现了一种历史与现实、现在与过去、后人与前人的对话理念。他认为文学是历史时空中最活跃的思想因子，它建构了历史，参与了历史进程，同时也是现实文化塑造和发展最有力的推手。新历史主义眼中的历史与现实并不完全是一种线性的先后序列关系，更是一种共时的历史与文本对话关系，两者之间通过文本存在着相互协调的对话性特征。①《雷场开设在雷公岭》一诗在标题里交代了正在发生的事件和地点，作为一次常规性军事训练的雷场埋雷，地点却选在雷公岭，这到底是有意还是巧合？首先，两个"雷"字并排一处，在语音和语义两个层面给人以紧张急迫感，增强了战斗的气息和气势。其次，"雷公"作为具有中国神

---

① 卢絮：《新历史主义批评与实践：基于西方文论本土化的一种考察》，中国社会科学出版社，2016，第 34～36 页。

话色彩的人物，掌管天雷和闪电，扬善惩恶，是力量与正义的化身。作为此次训练的参与者，诗人自然也会感受到这种威严和震撼，并把这一感受成功传递给了读者。值得一提的是，雷公岭位于广东信宜市，在古代称"招义山"，地处山间小盆地中央，若天有雷鸣，则山涧回响声不绝，雷声也因地势、水声相互作用产生音响效果而被放大，因此被称为"雷公岭"。位于祖国西南边陲的这座小山一定是 20 世纪中国对越自卫反击战的亲历者，它见证了人民解放军为了保卫祖国领土浴血奋战，最终取得胜利的过程。

战争虽然已经结束，但后来者不会忘记这些历史。"我们假装不激动""借着夜色掩护，在雷公岭集合/仿佛复仇者联盟"。复仇者联盟是一部科幻电影，讲述了六位超级英雄集合在一起，为了保护地球安全共同携手抵御黑暗势力的故事。此时的作者和他的战友们组成了如"复仇者联盟"一样神圣的战斗同盟，他们通力合作、配合默契，为了一个共同的目标而努力。"不能有丝毫马虎、走神/不能有任何闪失"，无论是在战争年代还是在和平年代，我们的战士都展现了同样高超精湛的战术和一丝不苟的职业精神。此情此景在三十多年前也同样发生过，历史世界与现实世界在此得以重合，过去与现在、前人与后人得以交流。这是一种思想与灵魂的交流，无论时代如何变迁，战士承担着保家卫国的重责。他们在最美的青春年华放下个人情感、利益，克服个人困难、欲望，服从祖国安排，勇敢从容地走向战场。他们也有相思之人，可不会畅想"雷场有没有相思树"；他们也有"原来的暴脾气"，可此时"已学会克制"；他们就如"天上的天雷、地下的地雷"一样，是"最好的情绪管理者"。"让闪电盘踞内心/轻易不说话/一旦开口，便石破天惊"，这既是实写天雷与地雷的本质特征和巨大威力，也象征了战士们临危不惧、视死如归的战斗精神。战争时期因为这样无畏而智慧的战士，国家领土和利益得以保全，人民的幸福生活得以继续。而在和平时期，我们更需要这样的战士为我们的祖国发展保驾护航。

最后一节，作者回忆了自己年轻时期正值"西南边陲，战端未休"，他毅然"写好参战血书""投笔从戎"。此处，个人记忆与历史记忆得以重合。

战争在宏观意义上可以成为一个国家和一个民族的共同记忆，但不可否认它也是一个个微不足道的战争参与者的个体记忆。历史学家们往往习惯从整体上来描述一场战争的始末，强调关键历史人物和英雄的事迹，而忽略掉其中渺小个体的积极参与。新历史主义认为这种单数大写的历史（History）应该被小写复数的历史（histories）代替。无数普通人、边缘人物组成的小历史无疑更值得我们关注和记忆。起伦原是数学系的高才生，却满含一腔报国热情参军入伍，到祖国最需要的地方去，这要何等的勇气。试想今天又有多少年轻人有这样的豪情壮志呢？他们大多数思考的不是自己能为国家、社会做出什么贡献，而是想着如何在短时间内发家致富或扬名立万，成为"明星"，成为"网红"，成为他们眼中的富人和名人。所以当我们成天计较于个人得失，沉迷在小我的爱恨情仇之中时，这样具备开阔视野和精神气魄的诗歌有醍醐灌顶、振聋发聩之效。诗的最后引用沈从文墓碑上的一句话"一个战士，不战死沙场，就回到故乡"，荡气回肠，发人深省。众所周知，沈从文也有过从军的经历，军队培养了他历经苦难仍保持赤子之心的品格，这段经历也是其文学创作的源头和起点。此处，起伦自比沈从文，当然有自勉之意，也表达了他的真情实感。虽然作者没有机会上真正的战场，不能大义凛然、为国捐躯，但在自己的岗位上兢兢业业、勤勉工作，也是报效祖国的一种方式。

在《破障队》一诗里，起伦用近乎白描的手法叙述了一次军事训练的过程。除了许多军事专业术语外，诗歌语言平实而节奏密集，让读者身临其境。其中给我印象最深刻的有下面这几句："战争永远在战争的迷雾中进行/必须学会在微光中前行""有人想让胜利举步维艰/必有勇士趟开血路/——只有流血和倒下/才能使一部战争史厚重起来"。首先，这些诗句体现了一种视死如归的战斗豪情，此处不再赘言。但更值得一提的是其中包含了一种新的历史观念。传统历史观强调历史发展的单一性、整体性和规律性，认为规律支配着历史进程，允许对于人类发展做出长远的预测。然而自克罗齐的"一切历史都是当代史"到波普尔的"历史命运之说纯属迷信"，再到福山的"历史终结论"，传统历史观不断受到挑战，得以革新。新历史主义认为"大写的历史"应该被"小写的历史"取代；"国王和英雄的历史"应该被"小人物和边缘人物的历史"取代，强调历史的断裂性、偶然性和文本性，这是值得我们思考和肯定的。此处，"战争的迷雾"即历史的迷雾。战争的发生、发展和结局到底是怎样一个过程，敌我双方永远有不同的说辞，同一场战争在不同人的眼中，甚至在不同历史学家那里都有不同的叙述和解读。所谓战争，永远是一个历史谜题。所以海登·怀特说："历史事实是构造出来的，固然，它是以对文献和其他类型的历史遗存的研究为基础的，但尽管如此，它还是构造出来的。"① "在微光中前行"此处既是实写，也是一种象征性隐喻手法。无论是战争史还是人类发展的历史都极为复杂丰富，充满戏剧性，但我们也不要陷入相对论和绝望的泥淖。心中永远保有一线光明，坚信正义总能战胜邪恶，战士的鲜血不会白流，历史也会记住他们的丰功伟绩。

（三）

艾略特在谈及诗歌的社会功能时，曾说："诗歌可以有它自觉的、明确地为自己制定的社会任务。"② 例如在人类的最早期，诗歌被用于宗教仪式之中祈福、驱魔。叙事诗和英雄史诗用来记录和传递英雄事迹，让后世铭记祖先的功德。在我国有"诗以言志、歌以咏怀"的古老传统，白居易提倡的"文章合为时而著，歌诗合为事而作"成为历代文人关心时事、介入现实的有力口号，和军事题材相关的"边塞诗"更是我国诗歌宝库里最为璀璨的明珠。这些诗歌大多题材开阔，昂扬奋发，表达思乡之情以及保家卫国的高尚情操，集思想深刻性和想象丰富性于一体。这种传播高昂士气和社会正能量，反映时代精神面貌的诗歌在当下诗坛的确太少了。这样的诗歌甚至会招来轻蔑和耻笑，被看作倒退至文学为政治、为意识形态服务的年代，而那样的年代带给我们的惨痛经历还让人记忆犹新。正因为如此，

---

① 海登·怀特：《元史学：十九世纪欧洲的历史想象》，陈新译，译林出版社，2004。
② 艾略特：《诗歌的社会功能》，载杨匡汉、刘福春编《西方现代诗论》，花城出版社，1988，第83页。

当下作家们（当然包括诗人）既没有正面历史的勇气，也没有关注现实的兴趣。他们退居书斋，躲藏在文学的象牙塔里，耕耘内心的一亩三分地，不敢也不屑于对外面的世界做出回应。他们似乎忘记了文学的基本功能之一便是介入社会，回应现实。萨特曾言："首先，我是一位作家，以我的自由意志写作。但紧随而来的则是我是别人心目中的作家，也就是说，他必须回应某个要求，他被赋予了某种社会作用。"① 在追求个人化写作的今天，自由意志似乎成了我们明哲保身最为可靠的借口。事实上，诗歌自形成的那一刻开始就在等待和寻找它的阅读者，作为诗人也绝不希望自己的作品永远被埋没在旧纸堆里。诗歌应该面向他人，面向公众发声，这是它的本质特征，也是它与生俱来的使命。诗人也应该如战士一样，保留心中信仰的光明，在历史和现实的"微光"中前行，这是让一部现当代文学史变得厚重起来的途径。

关于主体与世界的关系是20世纪一个重要的哲学命题。福柯说："世界被认为是我们得以体验自身的东西，是我们得以认识我们自己的东西，是我们得以发现我们自己的东西，是我们得以揭示我们自己的东西。而且，在此意义上，这个世界，这个bios（生活），也是一种训练，即根据它，通过它，由于它，我们将会培养自己、改变自己，迈向一个目标或一个目的，直至完美的境界。"② 格林布拉特的自我塑型理论与此相通，他认为自我的产生是一个历史事件，在丰富多样的历史、社会和文化语境中有无数种可能，它是发展变化的，处于主体间不断敞开和闭合，不断被他者及自我影响和塑造之中。诗人和他所在的世界也是这样一种错综复杂的关系，一方面他们要保持独立的个体，另一方面不断被拉扯回世界之中，与权力系统进行谈判协商，共同完成自我塑型的过程。

起伦有一句名言，即"好的诗人应该像孤岛，与模糊不清的大陆划清界限"。这里他强调的是诗人要保持一种清醒的自我认识，保持独立的人格

---

① 转引自谢有顺《乡愁、现实和精神成人》，《文艺争鸣》2008年6期。
② 米歇尔·福柯：《主体解释学》，上海人民出版社，2005，第505页。

和精神品质，不能人云亦云、盲目跟随大流。同时，起伦也曾谈及"我的文学之根扎在两块土壤里。其一，我所经历的现实生活，包括少时乡下的生活、后来的城市生活和军旅生涯，这些是我诗歌的源泉也是我表达的对象。其二，我所有阅读过的文学和非文学作品，它们启迪了我的心智，引发了我的思考"。文学绝非空中楼阁，它应该有牢固的现实基础，有参与生活、表达世界的渴望。起伦曾有诗云："有时，我刻意让自己目光越过低矮的生活/试着用蓝天的辽阔来放大灵魂疆域/并找到几朵堪可比拟或相对应的白云"（《一个冥想的下午》）。诗人似乎想避开琐碎的现实生活，驰骋于心灵的辽阔空间，这是一种理想的状态，是作者进行冥想时的幻觉。在另一首诗里他写道："辽阔这个词我已彻底弃用/我一生追求的大气象，不再与我沾边/愚顽的中年，被虚光占领/明白这一点不算太晚，也无须太难为情/生而为人，能将人做好殊非易事"（《空惘》）。这时的诗人似乎有意回归于现实，和世界握手言和。这不是什么令人羞愧的事情，因为本不存在超然的普遍性主体，主体本应是历史性、不稳定性、协商性和可塑性的。虽然对自由和独立主体的追求是我们的理想，但是人的社会属性也是其天性之一，人不可能脱离于他人、脱离于社会而存在。

诗人到底应该如何处理他和时代的关系？应该如何在保持主体性自由的同时对世界和现实勇敢发声？也许查理·奥尔丁顿说的一段话值得我们借鉴："（诗人）既不应该有意识地排斥现实、它的外貌、它的时代精神，也不应当宣称自己是它的解说员""他的创作只能是他所能认识与理解的那种时代精神的反映"。[①] 这是一个发展和转型的时代，也是一个酝酿与模糊的时代，我们不能全面否定和排斥它的种种丑恶、颓废现象，但应该充满希望，积极吸收各种新思想，勇于承担历史与现实的责任，让混乱、模糊的时代具备秩序、和谐的新特征。

---

① 查理·奥尔丁顿：《诗人及其时代》，载杨匡汉、刘福春编《西方现代诗论》，花城出版社，1988，第 234 页。

三　龚曙光《日子疯长》——礼敬平凡而闪亮的民间精神

谭桂林[*]

　　龚曙光的散文集《日子疯长》（人民文学出版社 2018 年 7 月版），是一个游子对故乡的一份长存心间的惦记。那里的人、物、事，长长短短，风风雨雨，乃至雁舞鹤翔、鸡鸣狗吠，都在这个世间刻印下自己的痕迹。它们也许不会成为宏大历史的符号，也不曾对世道人心产生什么有意义的影响，但分别以自己的存在，演绎着悲欢离合，显示着人间永恒长存的秘诀。

　　对"民间性"的发掘，是作者的自我定位。他在描写自己家族的家教传统时说，真正深入骨髓、刻在心底的，还是一个农民家庭世代承袭、融入血脉的家传。这是一个家庭的传统，也是中国所有普通农民家庭的传统。这便是中国的民间，中国民间的精神力量。中华民族不断前行，"正是依托于这个无比坚实的民间"。千百年来，民间社会形态的形成通常有两个源头，一是庙堂之中的儒家传统的遗落与转化，二是普通人自我的顽强生长。比较而言，前一种源头造就的民间性在当代文学中得到了丰富和经典的表达，譬如《白鹿原》中白嘉轩所代表的乡贤文化，处处显示着儒者朱先生的影响力。朱先生飘然而逝，白鹿原上的家族架构也就轰然坍塌。而对后者民间形态的呈现，迄今似乎还不见有深度的力作。《日子疯长》的出版可说是一种填补空白的标识。梦溪镇上的人物，无论是有着"九条命"的父亲，还是洞悉自己命运而顺应命运的母亲与大姑，以及"失贞"的三婶，那个神龙不见首尾的叫花子和身负绝艺的裁缝栋师傅，他们各有自己的幸运与不幸。但他们都毫不犹疑地按照自己的活法，顽强坚韧地过着自己的日子。虽然贫困，虽然卑微，但无愧于天地，也无愧于自己的生命。

　　他们对生命的理解，对生活的应对方式，不是来自书本教育，也不是来自某种力量的耳提面命，而是来自自然的启示。在农耕文明中，人类与自然

---

　　*　谭桂林，南京师范大学教授，文学博士，主要研究方向为中国现当代文学。

相依相存。人类与自然交往中学习与积累下的生存智慧，化作基因，沉潜在人类生命的血脉中，制约与引导着人类的思维和行为。所以，自然是良师，是天道，听之顺之，生命就在辽阔天地之间尽情舒展，忘之逆之，生命就会在分裂与偏执中扭曲。《日子疯长》用抒情的笔调，描绘了梦溪镇上的人们效法自然的生命精神。父亲一生受病魔的纠缠，但跌跌撞撞活到八十多岁依然健在，他的解释就是"兔子撒腿天天跑，最多能活十几年，乌龟缩在壳里一动不动，却能活上千百岁"；叫花子靠的是抓鱼捉鳖为生，"黑鱼的每个窝里都有公母两条黑鱼，叫花子从来只钓一条，说如果两条都钓了，刚孵出的小黑鱼没大鱼护着，会被青蛙或别的大鱼吃掉"；白鹤是洞庭湖的灵性飞禽，"鸟群选择了谁家的园子筑巢，便不会有任何一只去邻家，哪怕两个园子之间只有一道若有若无的竹篱，鸟儿也不会弄错"。所以，"三婶把白鹤看得很重，绝不许邻家的孩子和大人钻进园子掏鸟蛋，抓雏鸟"。这些描述，展现的是这些小人物身上顽强坚韧的生命力量、留有余地的待人接物方式和重情守义的人格品性。人出自自然，也回归自然，自然就像母体，只要人依循自然的律动，有了怠惰，自然能赋予激发的能量，有了创伤，自然会具有复原的神奇。所以，《日子疯长》中所写到的这些小人物，在自然的浸润中，即使像母亲那样的柔者，一生无争，但在关键时刻，也具有百折不挠的刚性；即使像叫花子那样的弱者，居无片瓦，举目无亲，其生命却活出了强者的风采，令人尊敬。这就是生命的辩证法，它是自然的精髓，是自然之人与自然之道相互感应而生的血脉，与书本无关，也不是一般人所能进入的境界。

《日子疯长》不仅写到了梦溪镇人对自然的效法，而且写到了他们对自然的敬畏。三婶家的白鹤迁徙之后不再回来，龚家的老屋场就出事了。这中间有联系吗？也许有，也许没有，没有人能说得清究竟。但梦溪镇人相信有，因为他们相信天人之间是有感应的。正是这份坚信，梦溪镇人凡事都有自己的底线，并且拥有一份不容撼动的认真。栋师傅的父亲，做的衣服夏装不掉色，冬装不板结，名声在外，生意应接不暇，但不论顾客贫富贵贱，每一件衣服都同样讲究和细致。因为他深知手艺人靠手艺吃饭，人家叫你一声师傅，敬的是你的手艺，尊的是你的名声。这是实实在在的民间，也是平凡而闪亮的民间精神，作者对他们的这份认真态度有着由衷的礼赞。

从这个意义上看，《日子疯长》不仅是一部简约而生动的民间生命野史，而且是一个作家心灵成长的精神秘史。它不仅以自己对效法自然生存状态的独特观察，为当代文学民间性书写提供了一种新的认知方式，而且以一种平民至上的情感态度，表达一个出身于现代文学研究的经济学人对"五四"新文化精神的致敬。

四 文化大散文的结构创新与话语建构
——以张雄文《白帝，赤帝》为例的考察*

马新亚**

发轫于 20 世纪 80 年代中后期，经由余秋雨、韩少功、张承志等人的助推臻于完善的文化大散文走入 21 世纪，逐渐落入了俗套。这固然与 21 世纪以来散文文体乃至文学、文化的整体式微有关，更与散文作家的文化视野、才情识见、文体意识的局限性息息相关。介于以上因素，再加上楚文化所固有的封闭性与排他性，我们很难在 21 世纪以来的湖南散文创作现场看到一些气象宏大、史识通透，又具文字表现力和文本辨识度的文化大散文，这也正是笔者看到张雄文的《白帝，赤帝》（发表于《人民文学》2018 年第 4 期）后感觉眼前一亮的原因。

《白帝，赤帝》由李白的"朝辞白帝彩云间，千里江陵一日还"起始，展开对白帝城的凭吊与追思。接下来，从白帝城的地理位置、气势气韵过渡到对白帝的历史文化渊源的探究。首先，作者考证了上古传说中有关五帝的记载，并指出传说"原本无心""却给了后世诸多有着帝王梦想的人以假托的借口"。紧接着，作者按照朝代更迭的先后顺序，写了秦襄王借"白帝后裔"之名大兴争霸之实，刘邦用"赤帝斩白帝"的典故俘虏秦王子婴，王

---

* 本文系湖南省社会科学成果评审委员会课题"人学视域下的沈从文思想研究"（编号：XSP18YBC178）的阶段性成果。

** 马新亚，湖南省文联理论研究室助理研究员，文学博士，主要研究方向为中国现当代文学。

莽伪托刘邦遗命篡夺王位，公孙述炮制"白龙出井"一说与推崇赤色的光武帝刘秀分庭抗礼直到最终挫败，刘备白帝城托孤等历史典故。追索了政权与白帝的关系之后，作者将写作的重心再次转移到李白、杜甫、白居易、刘禹锡等诗人身上，写他们笔下的白帝城，写他们用卓绝的诗才、傲然的风骨为我们营造出来的一个个瑰丽多姿、自由飘逸、纯真唯美的诗歌帝国。行文至此，全篇的结构画上了一个完整的圆——由"诗中的白帝城"到"眼前的白帝城"，再由"眼前的白帝城"到"历史中白帝城"，最后由"历史中的白帝城"回到"诗中的白帝城"，一线串珠，严谨整饬。然而仔细推敲就会发现，整部作品其实是双线并行的——一条是由王侯将相所书写的政权与白帝（赤帝）的纠缠不清的历史，另一条是由义士、诗人在白帝城书写的忠义史、诗歌史。这两条线索一明一暗，互为表里，赋予整部作品较大的思想深度和文化信息含量。

结构主义者认为，叙事类作品的结构包括两个层面。一是显性结构，包括叙述的顺序、作品的各个要素、各部分的起承转合，以及字面以上文本结构；二是隐性结构，也就是指超越故事顺序和表层文字，甚至超越文本的文化结构。[①] 我们一般会在分析小说的结构时用到这一理论，很少对散文的结构有过诸如此类的分析，即使有，也多停留在对显性结构的分析上。随着现代、后现代思维方式对文类形式的冲击，散文越来越呈现"跨文体"的倾向。因此适当将结构主义的观点方法引入散文的形式建构，有助于我们从文学的内部入手，深入挖掘散文结构的多重性和复杂性，深入体察散文背后的"人"的具体性、丰富性、多义性。就如《白帝，赤帝》，作者用了2/3的篇幅写了处于时代的风口浪尖的五个历史人物借"白帝"（"赤帝"）之名来更换政权的史实，用生动的细节极力烘托出他们一统天下的勃勃雄心与赫赫战功，凸显了他们在朝代更替中所起的决定性意义，有那么一点时势造英雄的意味。而这些人煞费苦心为子孙后代创造的基业，也并不能做到永世稳

---

① 相关论述参考陈剑晖《诗性想象——百年散文理论体系与文化话语建构》，广东人民出版社，2014。

固,一旦群雄并起,乱从中来,大厦将倾只在须臾之间。历代封建王朝就这么乱吵吵你方唱罢我登场,上演着成王败寇的千年大戏。其实,以上历史人物、朝代在"白帝""赤帝"之间的名分之争本质上属于正统之争。为什么会出现正统之争呢?因为中国传统文化最讲求一个"名"字,"名"正则言顺,"名"不正则言不顺,因此在历代王朝都把"奉天承运"作为获得并行使权力的本源依据。然而一个王朝覆灭了,另一个王朝又建立起来了,人们不得不面对两种不同的权力交接形态。"正统之争,便成为历代王朝末期,各个最高权力觊觎者争夺异姓承传的意识形态斗争的焦点"。① 整部作品在显性层面上就是写五个历史人物围绕"白帝"("赤帝")的正统之争,但作者的用意绝非站在正统观念的立场之上为这些历史人物歌功颂德,而是站在民间立场,或言一个具现代意识的个体的"人"的立场,去感受历史,判断功过。而这些感受与评判并没有浮于作品的表面,它们断断续续、若隐若现地传达着文本结构背后的文化结构。需要说明的是,这里所说的显与隐,在区分度上并不完全等同结构主义对叙事类作品结构双重性的解释,而与中国传统文论中的"草蛇灰线"更为贴近。

"白帝"与"赤帝"的此消彼长,为正统观笼上一层庄严而神秘的神学面纱,但它们只不过是城头变换的"大王旗",给人以强烈的无稽感。这让人联想起了《白鹿原》中的"鏊子",本是民间制作烙饼的炊具,因其在制作过程中被人一边向上一边向下来回翻转,故被用于喻指中国数千年的封建王朝的循环更替,就该书所表现的具体内容而言,也隐喻了当时中国社会现实的本质。"白帝"("赤帝")与"鏊子"本是不相关的事物,但作为特定语义空间中的文化符号,有着异曲同工之妙。除了将"君权神授""天人合一"的正统之争描述为"野心家的发家史"之外,作者的民间立场还体现在他所塑造的两个失败者的形象:一个是公孙述,另一个是刘备。公孙述的故事发生在西汉末年,正值王莽篡权,天下大乱,公孙述借机称霸川蜀,欲与中原刘秀分庭抗礼,然经过 12 年的抗争,终于逃不过身死国灭的宿命。

① 凌宇:《凌宇文集》(第四卷),湖南文艺出版社,2016,第 281 页。

虽然公孙述的政权仅仅维持了 12 年，"白帝城主体却在长江日夜淘的涛声里幸运留存下来，悬浮在山崖之巅云端之上近两千年"。为什么历经风雨侵蚀、治乱分合后，白帝城依然屹立不倒？它的遗迹何以保存得比东汉江山，乃至西汉江山更为长久呢？原因只在民心。因为在烽烟四起的乱世，唯有白帝城可以凭借高峻的地势偏安一隅，让百姓免受战火洗劫从而过上安稳的生活。因此百姓感谢公孙述的筑城之恩，将他视为上天降下的真实白帝，年年祭祀，香火不断。由此可见，支撑白帝城千年不倒的，是老百姓对安稳生活的恒久向往，是文人千年的"桃源"梦。刘备是"西汉中山靖王刘胜后裔，曹魏掌中傀儡多年的东汉献帝的皇叔"，他在诸葛亮的辅佐下，以川蜀为基地，搜罗人才，整顿军马，准备北伐中原，匡扶汉室，却在后期连遭重创，落得兵败白帝城的下场。从成王败寇的立场上说，西蜀政权失败了，"桃园三结义""三顾茅庐""白帝城托孤"中上演的"忠义"故事却千秋流传。作者之所以反复渲染"托孤堂"的凝重之气，并用类似电影画外音的方式突出刘备在弥留之际与诸葛亮的对话，不单是为了彰显"忠义"在君臣之间所承担的伦理意义，更是站在个人的"人"的视角，凸显了刘备、诸葛亮之间坦诚厚道、生死不渝的情义。刘备先是三顾茅庐，赤诚之心，溢于言表；继而待之以师礼，喻之以鱼水；而托孤之际"君可自取"之句，则逾越了君臣的界限，体现出人性的光辉。正是出于对这种准乎人性的爱敬与信托的回报，诸葛亮才担起了匡扶汉室大业的重任。其"竭股肱之力，效忠贞之节，继之以死"的承诺与担当，以及其后对承诺的践履——鞠躬尽瘁，死而后已，所达到的境界，已经上升到了生命——人格的高度。

何为成，何为败？何为真实，何为虚妄？如果说以上两个失败者形象的塑造是从时间维度上对成王败寇这一定律的颠覆的话，那么对李白、杜甫、白居易、刘禹锡等人建立的诗歌王国的极力书写则从空间维度上挑战了这一定律。文学（或言诗性）就其本质而言，是对现实社会以及现有观念秩序的反抗，因此文学与历史的关系准确来说是一种空间并置的关系：历史书写的是"事功"，突出的是历史发展的推动者所做出的贡献，遮蔽的是千千万万的个体生命，特别是那些处于社会底层的受压迫者；而文学书写的是

"有情"（关于"有情""事功"的说法参考了沈从文的《抽象的抒情》以及王德威对"抒情"传统的有关阐述）是"性灵"，彰显的是从意识形态话语、公共意识的挤压之下释放出的个体的"人"对社会生活、对大自然的独特感受。李白、杜甫、白居易、刘禹锡等诗人由不同的机缘来到白帝城，写下了或飘逸、或沉郁、或清浅、或朴拙的诗句，他们用困苦而又饱满的主体，整合了自然与"人"、历史与"人"的关系，他们用独一无二的个体经验与想象重构了一部历史——一部与正史截然不同的"有情"的历史。由此，作品的隐示层面的文化内涵昭然若揭。需要指出的是，对于这两种历史，作者并没有持非此即彼的态度。也就是说，在极力肯定"桃源"情结、"忠义"思想、诗歌帝国的文化人格指向时，作者并没有完全否定前一种历史。或者说，作品所营造的较为开阔的美学空间，消融了二元对立的表意模式，凸显了建构大话语模式的写作尝试。你看，那"历史深度弓箭刀兵的铿锵作响与战场画面的鲜血淋漓"，那不计其数的金城汤池、亭台楼阁，那叱咤风云的英雄气概和玲珑剔透的心机，那繁华之后的凄凉，无不显现着悲情与沧桑。是与非，成与败，兴与亡，固然有着客观的标准，但在时间和死亡面前，一切都不再那么重要。这不是相对主义和虚无主义，而是"人"在面对时间和死亡困境时的悲悯与反思。

之所以说 21 世纪以来的文化大散文正逐渐落入俗套，是因为越来越多的散文作家习惯于埋首经卷，考证史料，而缺乏对历史深处的文明碎片的打捞。而"对于散文而言，历史这个阔大命题的诱人之处，并不在于诉诸史料的历史传奇和历史苦难的演义，而是在于那些常年沉潜在民间的独特段落和瞬间。这些段落和瞬间里面所蕴含的精神信息，往往才是巨大的，震撼人的，它与在野的文明、异质的文化、民间的传承一脉相承"。[①] 张雄文的《赤帝，白帝》借用"白帝"（"赤帝"）正统之争的五段历史，着力突出了"桃源"情结、"忠义"思想、诗性精神在民间的巨大生命力，并在表述历史中彰显出了结构创新以及建构大话语模式的写作雄心，这不能不说是文化

---

① 谢有顺：《散文的常道》，广东人民出版社，2014，第 70 页。

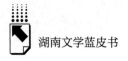

大散文创作革新的一次有效尝试。但不足之处在于，虽然作者有意将主体人格渗透到历史叙述的整个过程，但两者之间的贴合并不十分紧密，有时会出现作者迫不及待地代替人物说话的情况，缺乏文化大散文应有的含蓄。在节奏感方面，虽然在书写历史之前有一个情绪的层层铺排和延宕，但整体叙述笔调高亢滞重，缺乏张弛有度错落有致的灵活度和艺术性。在文字表述方面，还没有完全形成自己的语体风格，缺乏对公共语言的转化。

B.14
2018年报告文学、儿童文学之力作评说

摘　要：　2018 年，湖南报告文学力作《报春花：三湘大地改革见闻录》真实再现了湖南改革开放 40 年的典型案例，凸显了题材的地方性特色，彰显了叙述的写实风格。儿童文学力作《梅花鹿角》通过消解暴力、动物开口说话、动物中心的改进、魔幻现实主义手法的运用，突破了传统动物小说的写作范式。

关键词：　报告文学　儿童文学　力作

一　绽放三湘改革的"报春花"

胡良桂*

　　徐文伟报告文学《报春花：三湘大地改革见闻录》是湖南改革开放 40 年的典型案例的真实再现，是改革者勇闯市场、大胆创新的形象记录，是报告文学艺术探索的实践总结。它是绽放在报告文学画廊一簇崭新的花卉。

　　真实的描绘、主题的鲜明是《报春花》的突出特征。描写如火如荼的改革事迹的题材，作家更应注重亲历性，将自己置于采访的全过程，通过艰苦的采访，才会有更加冷静、客观、深入、细致的观察和体验，才能描绘出一部以案例反映全景式的三湘改革风貌、记录历史和社会的巨大变化的报告文学作品。为了写好这部书，徐文伟在三湘大地从南走到北，从东跑到西，"几乎都是自驾车。有时由于路途太遥远，甚至不惜花钱雇人开车。忘不了，多

---

* 胡良桂，湖南省社会科学院文学研究所原所长，研究员，主要研究方向为中国现当代文学及文艺理论。

次驾车外出采访时，因劳累，或想着采访的事情，注意力不集中，几次差点酿成车祸，所幸命大，或有惊无险，小或有险情，但并无大碍。"就这样他足迹遍布长沙、株洲、衡阳、娄底、怀化、湘西、常德等 7 个地市，20 多个县，300 多个机关单位、乡镇，共采访了 1220 余人。在三湘大地，他走了那么多地方，那么多单位，了解改革事迹，力图立足湖南，全方位鸟瞰，多角度记录三湘改革波澜壮阔的生动画卷，从而展现了他心系三湘发展宏伟蓝图的责任与担当。而以鲜明的主题表达自己的思想，对报告文学来说尤为重要。报告文学作者应该研究时代发展的趋势，善于发现社会新的矛盾、新的事件，把握住生活中萌芽状态的变化和信息。才能开掘出深刻的主题。徐文伟《报春花》取材较广，既有自上而下的"大改革"，也有自下而上的"小改革"。不论是"大改革"，还是"小改革"，作者都把握住了时代的主题，写出了改革的艰辛、创业的成功、社会的进步的时代主题。在这些描写中，既有宁乡市的土地改革，又有娄底市探索构建村级微权力清单体系改革；既有衡阳市远教站点"四加六代"模式，又有衡阳市"双十佳"改革创新人物；既有湖南省首届十佳改革管理创新的优秀案例，如荷塘区"一门式"服务平台创新、双峰县涉农资金整合管理创新、怀化市"四跟四走"产业扶贫创新等，又有新型农业经营主体的典范，如黄广林、洪庆华等；既有津市市"绿色存折"改革的故事，又有"中国物流之乡"衡南县"现代马帮"的故事；既有十八洞村脱贫的背后故事，又有因解决养老问题催生的衡阳市"时间银行"的故事等。这些内容涵盖了经济、农村、生态、文化、社会、党建和纪检等方面。真是内容丰富，主题鲜明，是新时代三湘改革一曲优美的赞歌。

经济与乡村发展中的命运变迁是《报春花》的重要特征。改革传统的痼疾与樊篱，表面上改变了社会的现实生存状况，其实是现实生活中人们命运的根本扭转。作者在创作时自觉将转变观念、乡村脱贫、发展经济与人们的命运紧密联系，不但聚焦广大改革者个人的命运变迁，也力图写出人民群众在改革过程中的感人事迹，努力反映普通群众、乡村、社会在旧式生产、管理、思维方式的改革过程中的悲欢交集的历程，并将这一过程同人物命运的变迁结合起来。譬如，《衡南"现代马帮"传奇》中的邓运国，他在 20 世纪

80 年代初，还只是一个"帮猪贩子从湖南拉生猪到广州"的司机，每次都是拉猪去放空回。不久就有货拉回了，这就"赚双倍的运费"了。随着"粤湘之间的物资往来风生水起""这让一直经营衡阳到广州的生猪运输的货车司机邓运国敏锐地'嗅'到这一市场气息"。于是，他办起了"零担货运"，迈出了开辟"新航路"的第一步，也"赚到了'第一桶金'"。后来，他正式成立了第一家货运点，继而改为货运公司，财富一年年剧增。一石击起千重浪，一传十，十传百，亲朋好友，左邻右舍都加入货运行业。以致"由花桥人开创和打造"的"货运网络几乎覆盖了除台湾之外的中国全境，基本连接了中国境内所有地级城市"。现在，"县城创办的物流企业都有 1 万余家，开通的省际线路有 3 万多条、省内专线约 30 万条"。衡南县由此被国家授予"中国物流之乡"，邓运国这个"货运鼻祖"成了"衡阳市物流商会"的首任会长。《剪一段十八洞的歌声》中湘西大山深处的十八洞村，原来是"山沟两岔穷疙瘩，每天红薯包谷粑。要想吃顿大米饭，除非生病有娃娃"，真实地反映了早年十八洞村人的艰苦。自从习近平总书记在十八洞村提出"精准扶贫"之后，他们改革了由"输血式"扶贫为"造血式"扶贫。如今十八洞村"有千亩猕猴桃产业园，有花卉产业，有开发的十八洞景点，还引进苗汉子合作社，成立了十八洞果业有限责任公司"，发展民宿经济；有新修的停车场和石板路、新刷的木板房、新添的青片瓦，也有便民邮局，村镇银行，村落一片生机和活力，显示了苗寨的新变化。在这一过程中，石拔专这个被习近平总书记亲切称为"你是大姐"的人，脸上绽放着像花一样的灿烂笑容："真是太幸福了。现在不愁吃不愁穿，什么也不愁了，生活过得很舒服。"几年的脱贫攻坚，彻底改变了十八洞村的面貌，使穷寨变富寨，村民生活发生了翻天覆地的改变。这些就是人物命运的变迁、经济改革发展的一个时代的见证与缩影。

写实风格与朴素的描写是《报春花》的艺术特色。报告文学是对社会人生现象的一种写实描述。它既是一种原则，也是一种文学特征。这种写实不是机械的照相与冷静的临摹，而是加进了作家主观的认识及感情因素，从而使客观的事实存在变得富有能动性，具有了更多的意义。因此，写实风格使报告文学变得独特而富有个性，产生出别的文学形式所无法企及的力量。

徐文伟《报春花》的写实艺术风格发挥得十分充分，使他的作品变得鲜明而有个性，也是他报告文学文体自觉追求的结果。如“衡阳湖之酒的前世今生”，就是一种写实艺术的生动写照。湖之酒是衡阳一个“老字号”，距今有两三千年的历史。郦道元《水经注》就有记载：“酃县有酃湖，湖中有洲，洲上居民，彼人资以给酿酒甚醇美，谓之酃湖之酒，亦称为湖之酒”。之后，《三都赋》《齐民要术》《宋史·陈师锡传》《衡阳县志》等历史资料，都有记载。说明它历史悠久，并阐明了湖之酒就是“黄酒文化”的发源地。然而，由于战乱等原因，这种深厚的文化意蕴并没有得到充分的发挥，直到新的历史时期，西湖湖之酒厂刘谋彩等继承了湖之酒的传统秘诀，又引进了保鲜技术，才使湖之酒获得“中国优质产品”证明，受到“一带一路”国际人士的欢迎。这种真实而冷静的描述，显示了作者鲜明的艺术个性与卓尔不群的风姿。《报春花》的语言朴素而丰富多彩。既有新闻性、散文性的叙述语言，又有乡土性的对话、描写。前者如“今天的耒阳，城亮了，净了；街道宽了，畅了；市民生活更舒适、更和谐了！”后者如“十八洞村烟雾锁村，眼前的春景就像初见情郎的姑娘，迷人又羞涩”；既有娴熟进入角色以自身的感觉体验来显示报告的对象，又有引经据典、俗语谚语的巧妙运用。前如“鹊山村的土地变得生动起来，活跃起来，人们欢笑着走在田坎上，土地发出了笑声……”后如“一方山水养一方人”“有钱男子汉，无钱汉子难”“各炒一盘菜，共办一桌酒”等，都有形象而生动的描写，机智而隽永的叙述，朴素而准确的记录，深沉而潇洒的抒发，从而使他的报告文学语言具有丰富的层次感，纯粹而优美。

二　突破范式：毛云尔动物小说《梅花鹿角》

吴振尘*

毛云尔动物小说集《梅花鹿角》（湖南少年儿童出版社 2018 年出版）

---

* 吴振尘，长沙师范学院学前教育学院副教授，主要研究方向为中国现当代文学。

收录了 10 个短篇，其中部分被收录在《一匹叫淖尔的枣红马》中（希望出版社 2017 年出版）。作品通过消解暴力、动物开口说话、动物中心的改进、魔幻现实主义手法的运用，对传统动物小说范式进行了突破。

（一）消解暴力

动物小说在丛林规则下，弱肉强食的描述不可避免，不免有"滴血的文字"。[①] 可以肯定地说，渲染或写实地展示血腥暴力杀害，是儿童文学不宜的。在此之中，因生存的名义，因作者笔触视角的偏爱一类动物，而人为地把另一种动物想当然地泯灭情感，而沦为猎物和食物，无疑存在逻辑矛盾。《冬季狩猎》描写了群狼围攻麋鹿群，最终杀食几只老弱残鹿，以此给幼狼上猎杀课。强者猎杀弱者，正面展示或歌颂，恐难具有为人（儿童）学习参考的意义。

令人欣慰的是，毛云尔《梅花鹿角》作品集除了这篇传统范式中的《冬季狩猎》之外，其余 9 篇都显示了有意识的以悲剧来消解暴力的实践。

悲剧让人净化。悲剧需要有思想基础，这种思想应是可贵的、文明的、深刻的、伦理的，而非廉价的、反文明的、肤浅的、反伦理的。动物小说中展示的弱肉强食、丛林法则，正是属于后者。

以思想来消解暴力，暴力则产生更强烈的触动人心的效果。作品集《梅花鹿角》谙合或诠释了生态思想。"老董的爷爷是一个出色的猎人，爷爷曾经多次告诫过他，一个猎人是不能随便开枪的，因为这些动物都是受山神保护的"。这是传统文化中的信仰保护。《最后一枪》让人想到利奥波德在《像山那样思考》中记录的猎杀狼之后的著名感悟。最后一枪，意味着对动物及其所代表的大自然的反思，对人类中心的残杀性、自私性的反思。老黑与狼对视，发现没有敌意，久而久之，"两者仿佛和睦相处的邻居似的"。作品试图引发读者思考的意图还体现在结尾的特别设计。人与公狼在雪中经过一夜的对峙，早晨雪停时，老董发现狼已经死了。老董对此想哭，

---

① 王泉根：《生命的拷问》，《当代文坛》1998 年第 2 期。

"被冻成冰雕的应该是罪孽深重的自己，而不应该是这头狼"。老董鸣枪致意，引发巨大的雪崩。

这里，公狼选择的是对峙，而不是兽性大发、拼死复仇。这种对峙，无疑是狼对文明的对视，或文明的审视、反思的凝视。在一夜的大雪中，人狼生死对峙即人与自然的对峙，反思两者之间的爱恨的关系、生命平等、复仇的伦理、生存的意义。这种凝视中，狼选择了冻死来反抗、警示人类，在凝视中，人（猎人兼守林员）良心发现，生命平等观念被激发，人为狼的死而后悔、自责，为人与自然复杂宿命的关系而悲愤，鸣枪致敬引发的雪崩，是感情的爆发，天地为之动容。

毛云尔《梅花鹿角》出版时被冠以"温情动物小说"，这个温情不如悲情准确。作品集除了《冬季狩猎》，其余都是悲剧的结局。悲剧往往是主角的死亡、希望破灭或渺茫，如公狼雪天冻僵、老黑神秘之死、淖尔永别、友情破灭、水獭炸死、牛累病死、猕猴桃未必能采到和够治病的、山羊被杀、庄稼被破坏，给读者伤感。作者在自序《远处山岗上，那默默注视的眼睛》里说："写作这些动物小说的时候，我的内心里，时不时有悲伤像泉水那样奔涌而出。"这种悲伤，从故事中看，是悲天悯人、是慈悲为怀，是民胞物与、是物我混一，是非人类中心主义的生态思想。

与众多的以展示动物界弱肉强食的丛林规则不同，毛云尔的《梅花鹿角》把视野和笔触回到和人类内心相通的地方，试图纠正动物小说蔽于天不知人的缺陷。作者写动物们的悲伤与痛苦，"又何尝不是写我自己的悲伤与痛苦呢？"正是这种从心灵震撼出发的写作，让作品具有撼动人心的力量。现实中动物与人关系中的弱势，一些不能忘怀的动物的悲剧故事，促使作者写作。人的自然属性让少年儿童的爱心未泯，能够感知动物的苦乐。而动物具有苦乐能力，是生态伦理学中动物权利论的基础。

这种悲剧的感情基调，让作品的角色、场景等设定，有时远离常规的动物小说模式，以至于作者怀疑自己写的是不是动物小说。"这种用自己的生活经历与内心世界演绎而成的动物小说，能称得上是严格意义上的动物小说吗？"我们应该认同经历与内心对文学的重要作用，而不是固守动物小说的所谓范式。而范式，总有突破的时候。在不同之中，正显示着作者强大的可贵的突破动物小说已有范式的创新勇气和力量。

（二）动物开口说话

动物小说为保持所谓的物性，不会让动物说话。这可谓文学史上一个特例，几乎没有哪种小说的主角不开口说话，尤其在长篇作品中。但这种特例或怪现象就在我们的动物小说中大面积地坚持了下来，形成了动物小说的角色塑造的范式。实际上，这类作品中的动物不是不说话，只是没有带引号的直接引语，大行其道的是对动物内心世界的刻画。这里显示出来至少两个问题：动物说话和动物内心刻画的合乎逻辑性。

毛云尔《梅花鹿角》既有常规的范式沿用，也有醒目的动物说话。在《一匹叫淖尔的枣红马》中，枣红马化身少年，和"我"交谈。对话引号的使用，就自然需要了。如果这是特殊手法导致的特例，那么在《银色的骨笛》中，云豹之间对话用引号写了出来。

> 那晚，母亲说："你长大了，该出去寻找自己的归宿了。"
> 芸明白了母亲的意思，她点了点头，然后在母亲的目光中，轻轻一个纵跃——就这样，芸离开了熟悉的家。
>
> 迎着芸的目光，皓不再犹豫，他鼓起勇气，大声地说："芸，做我的新娘吧！"
> 芸没有拒绝，羞涩地垂下了头。她用这种沉默的方式来回答。

前者写云豹芸离家，后者写两只云豹结合，符合动物自身的特点。在情节发展中显得自然，整个故事与非写实的童话有别。

写动物带引号的语言，是否会影响动物小说的物性？既然常规范式中对其心理进行推测描摹，也应对其语言进行合理推测描摹。还应从生态文艺的高度去看待这个问题。物性写实目的是写动物状态，合理的语言在赋予动物

更加生动真实的基础上，还有更好地传达动物的思想、作者的思想的便利。动物之间的交流也应有不同人类、不为人知的语言，舍弃语言这一有效的途径，无疑是壮士断腕，故步自封。以动物为主角大写内心活动而不写语言，到了改变的时候了。

人与动物的对话，朱自强解释是生活中本来就有，"作为人与动物所共有的一种理想生活来体现的"。① 朱自强在《儿童文学概论》中对动物文学的定义，包括"第二种类型的作品，其中的动物角色虽然拥有动物的属性，但是能够像人一样思考和讲话"。高尔华斯评价《小鹿斑比》时说："一般来说，我并不喜欢让动物口吐人言的方法，而这本书的成功就在于，在对话的后面，你感觉得到那些说话的动物的真实感情。"动物像人一样说话，能够传达出真实感情，这都给予了动物小说中动物讲话的宽容和指导。

动物小说在固守动物不开口说话的范式上，为了塑造动物角色，只有对动物内心活动大加描摹，甚至过火，违反了所谓的物性原则，写得不像动物而像人。朱自强批评沈石溪作品的角色"兽面人心"，正说明了这个问题。文学允许对动物角色进行合逻辑的假想，当丰富有理性的内心活动与不开口说话两个放在一起的时候，觉得常规范式的动物仿佛是哑巴。以己度动物，度得太多太少，都是个问题。度得多像人，度得少近似无知。

心理描写在动物小说中需要合乎逻辑。动物出场就浮想联翩，回忆、推理、计划等，都容易让人产生非写实的阅读感受，这与动物小说既定的物性范式矛盾。当一类文体不能坚守自身逻辑的时候，离衰败就不远了。这种衰败的范式需要突破。

毛云尔《梅花鹿角》中，显示出回避对动物心理臆测的策略。《梅花鹿角》《丹珂的湖》《牛皮鼓》《秋到木户山》《拯救大兵》《守秋》中的动物因为不是主角，而是人类生活中的动物，没有多少戏份，甚至一笔带过，如《梅花鹿角》的梅花鹿、《丹珂的湖》的水獭和《秋到木户山》的红豺。梅花鹿见到即猎杀、水獭是远观、红豺是从人藏身的山洞附近嗥叫。《一匹叫

---

① 《朱自强文集7》，二十一世纪出版社，2015，第416页。

淖尔的枣红马》中马化身为人，使用了第一人称"我"，因视角局限，没有对马的内心进行描写。

在动物小说的心理描写上，毛云尔的短篇动物小说集《梅花鹿角》显然是有别于通行的唯心理描写的写作手法，回归到传统。动物只是动物，在人类社会里，成为人类生存和反思的对象。作家在生态文艺的高度上去写作动物小说，以对人与动物的强烈感情去编织故事，动物让位于思想和文学，不纯以惊异猎奇示人。

（三）动物中心的改进

在动物小说中，动物角色的弱化不是少见的，但也不是多见的。在通行动物小说范式中，狼虎象豹蛇狗等大行其道，大多远离人烟。动物小说集《梅花鹿角》弱化了动物角色，很多篇作品甚至不给动物正面出场的机会，这可以看作对蔽于动物不知人既有的范式进行了尝试纠正。

朱自强认为，"动物本位的价值观，是生态文学的真髓"。很多动物小说的确体现了动物本位观。但理论是发展的，在人与自然的关系的演进上，被认为存在人类中心主义、动物中心主义或自然/环境中心主义。从一端到另一端、各领风骚三五年，是西方理论的一个现象。当前，已从人类中心和动物/环境中心，走向了人与自然共生的生态中心。从破坏、颠覆、解构，走向建构。文学是人学，离开人以动物为中心的动物文学的穷途末路是显而易见的。

动物中心产生的动物小说往往坚守丛林法则。沈石溪关于动物小说的言论，可以视为动物小说代表性的言论。他在被广泛收录的《闯入动物世界》一文中，说《象冢》《暮色》是创作新起点，表现在两个方面，"首先，这两篇小说纯写动物，没有人类出现，故事和情节源自动物特殊的行为本身，而不是来源于道德规范"，"其次，在写法上，我改换叙述角度，运用严谨的逻辑推理和合情合理的想象，模拟动物的思维感觉，进行心理描写"。他以为是成功的。实质上带来远离人的道德规范即远离人的文明的问题，作品高扬弱肉强食、丛林法则，在《狼王梦》中发挥到极致，该书多次明确宣

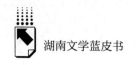

扬这个非人类的规则。这成为常规动物小说最大的弊端之一。严重地反人类反文明，既缺少文学价值，更缺少美学价值。等而下之，是渲染其中所谓的残暴的正当性，动物的猎杀吞食，竟被细致描绘，血腥暴力，不知所谓。毛云尔在《梅花鹿角》一书中，因为作者主观情感的浓厚，对人情感的强调，实际上对动物世界的丛林规则进行了改进。

《梅花鹿角》写梅花鹿出场到被杀，仅7行。

……不远处的夜幕下出现了梅花鹿的身影，那是一头高大的雄鹿，树杈一样的鹿角隐约可见。两个人紧张得心怦怦直跳。

近了，越来越近了。突然，警觉的雄鹿掉转身奔跑起来，漆黑的夜空下响起了一串急促的蹄声。

两个人从藏匿的草丛里一跃而起，开始分头追赶。

陈叶父亲是在一个叫鹰嘴岩的地方将雄鹿射杀的。在陡峭的悬崖前，雄鹿已无路可逃，哀鸣着倒在血泊之中。

对梅花鹿角的妄求，导致陈叶父亲和陈林父亲之间友情破裂，梅花鹿角最后卖钱给陈林上学，成为赎罪物品。虽是简写动物，但动物在作品中仍发挥着影响人物命运的作用。

《秋到木户山》只写了红豺的嗥叫，然后越来越远了。"原来，小襟他们藏身的洞穴正好处在下风的位置，谢天谢地，嗅觉灵敏的红豺没有发现他们。"因为是从躲在山洞里三个少年的视角去写，红豺只闻声，连面都不用露。这在动物小说中可属罕见难得。红豺作为大自然危险性的一面，连同可以卖钱治病的猕猴桃代表的是自然的馈赠，共同表现人在自然中生存的悲欢。

《守秋》中白面儿和野猪破坏庄稼，《丹珂的湖》中水獭在湖中筑坝游泳，《拯救大兵》中山羊被杀，这些动物都是作为人类社会中所见的动物那样，不具有叙述的主角的视角地位，是人眼中的动物。《丹珂的湖》（与牧铃小说《丹珂的湖》同名，作品用外国人名事，似乎可以本土化，仍不会影响作品的表达），动物仍然没有成为主角或角色，只成为人的欣赏、寄托、反思的对象。儿童（少年）丹珂为水獭筑坝，爷爷却爆炸之，水獭也消失了。丹珂在学校总被数学老师批评，湖及水獭成为抚慰心灵的大自然代表。

传统文学不乏写人与动物的作品，动物变化为人都是常见的表现手法。如果说变化属于非写实的话，《搜神后记·杨生狗》中狗对人的救护可以看作早期阶段的动物小说。如果说从动物对人类有用的角度写作是所谓老套的话，完全以动物为主角的写作，也不免流于虚妄。动物小说的坦途应该是写人与动物之间的故事。完全写人不是动物小说，完全写动物也不应该是动物小说。后者可以参看动物纪录片，生动形象性、科学纪实性、猎奇性都远具有优势。而动物小说的作者，往往缺乏动物记录的能力，这将导致以想象代替真实，以人性代替物性，走上追求拜"物"教的歧途。

动物小说和童话都有动物角色，两者的区别有时没有那么泾渭分明。汤素兰的童话《银狐和女孩》（收录在童话集《时光收藏人》中），写银狐和女孩的故事，银狐成为故事的主角，和女孩之间产生友情故事，这符合动物小说的要求。保罗·詹尼斯《街头艺人》（又译《仰望》）写卖艺人由穷到中彩发财，再到避难逃进枯井，依靠曾被他虐待的狗扔食物续命，最终狗死在井边引人注意，卖艺人才得救。作品赞扬狗的忠诚，对比金钱社会中人们的忘恩负义、贪得无厌。在这两篇故事中，动物的地位不如人的地位，是人类社会中人的视角下的故事叙述和表现。其中社会内容、情感力量，都不是单调描写动物世界的作品能比拟的。

（四）魔幻现实主义手法的运用

毛云尔在《梅花鹿角》中运用了魔幻现实主义手法，如《最后一枪》老黑之死、淖尔之变化。老黑和公狼在大雪纷飞中对峙，公狼竟然冻僵也没向人发动攻击，当然老黑也没有向公狼射击（仅有一颗子弹）。在公狼死后，老黑鸣枪致敬，引发"规模宏大的雪崩"，"巨大的雪崩让大地都为之颤抖"。如果从写实上看，可能性不大，与其说是枪声引发雪崩，不如说是情感积聚的力量导致雪崩。这可以看作魔幻现实主义手法的运用。在《一匹叫淖尔的枣红马》中，淖尔化身为长发少年和"我"交流，作品中用"我"患了夜游症来进行现实逻辑的处理。《银色的骨笛》结尾写拥有新式猎枪的老黑，竟然被困死在山洞里，他屡次举枪要射击的云豹，在他眼中，"分明是一个人。准确地说，是一个健壮的男孩子"。老黑之死，成为"幕阜山里未曾解开的一个谜团"。这个谜团，符合人物情感和作品主题思想，可视为一种魔幻现实主义。

作品成功与否，看是否传达了作品要表达的内涵，即人与动物关系的生态思想，或曰文学本身要传达的文学。魔幻手法加入动物小说，毛云尔在第一篇动物小说《一匹叫淖尔的枣红马》中即实践，眼界是开阔的、出手是不凡的。

《梅花鹿角》的鹿角作为影响人物关系情感之物存在着，虽作品中没有鹿的常规描写，即便在猎杀时也仅一笔带过，不做渲染。人物因鹿角而生罅隙，而见贪婪、残暴、后悔、释然。父辈的矛盾因死而化解，又因家庭重组而弥补。鹿的牺牲，最终如镜子，照出人心的复杂、纠葛，在为下一代、美好愿望牺牲这一点上，即便是鹿，也应有坦然的觉悟。作品突破常规，把感情贯注、凌驾在动物小说文体之上的写法，毛云尔曾怀疑是否符合动物小说的常规范式。坚持个人化风格，遵循内心情感的呼唤，动物不再是中心，改变或丰富了动物小说唯动物的常规。在改变中显示了创新，这正是作者对动物小说的可贵贡献。

（五）结语

不仅写作，而且思考。不仅延续，而且突破。这是对作家较高的要求。毛云尔在动物小说集《梅花鹿角》中思考着、延续着、突破着。

毛云尔说："那是一头怀揣着理想的狼。那是一头向往远方的狼。而我，和它又是何其相似。"同样是写动物，有没有饱含作者的思考和理想是很重要的。人重理智、克己、奉献、追求，我们又如何都向生物学意义上的动物仿效呢？

　　传统的动物文学以动物为主人公或以动物为题材之外，还应包括有动物影响的作品。在魔幻现实主义手法下，物性的真实也需要改写为艺术真实。

　　当前国内很多动物小说的场景远离人群、远离都市、远离时代，前现代社会的农耕和打猎，特色情境虽然有艺术必要性，但对当前生活及思想的远离，也是显然的。动物的思维理性往往似人，记录能力也显得缺乏。毛云尔在既有范式上进行了突破，但还有再突破的空间。未来动物小说的走向之一，在于走入现代社会、现代城市/都市中，结合时代进行思考，在更恰当更高的理论层面进行思考，丰富、完善生态伦理和生态文学。

　　另外，作者做取景的家乡幕阜山位于湖南岳阳平江县，是中华龙脉发源地、道教发源地、吕洞宾、张果老升仙之地，大禹治水、雷神居住地，伏羲诞生地。家乡的文化传统，也可以在作品中适宜地展现。在《银色的骨笛》的结尾，作者也忍不住加入，"在我写下这个故事的时候，老黑的死因依然是幕阜山里未曾解开的一个谜团"。这如唐传奇等志怪小说叙事的结尾一样，有传统小说笔法，以传奇法志怪，增加故事的真实感和现场关怀感。希望有更多的作者进行有中国特色的动物小说写作实践。

附　　录

Appendices

B.15
附录一　2018年媒介概览[*]

一　2018年《湖南文学》概览

2018年，对《湖南文学》来说，是很重要和关键的一年。在这一年里，杂志社全体工作人员认真深入学习贯彻习近平新时代中国特色社会主义思想，在举精神之旗、立精神支柱、建精神家园的感召下，夯实基础，形成格局，在稳步发展中实现新的飞跃，展示了文化自信的新时代文学风采。对杂志社而言，这一年还有一个特别的意义，是庆祝改革开放四十周年，是杂志社以实际行动，展现和呼应当代文学反映改革开放伟大征程的一年。在这一年里，杂志社全体同仁，在省作协党组及主席团的领导之下，进一步深入学习和贯彻习近平总书记有关文艺的重要讲话精神，坚持马克思主义在意识形态领域的指导地位，坚持把社会效益

---

* 本部分内容由易清华、佘晔、周爱华、卜存丹、刘雪琳、龚旭东、禾木、浠墨、刘哲整理。

摆在首位，严格遵守党的宣传纪律，在政治上、思想上与中央及省委保持高度一致。一年来，杂志社不仅按时出刊，杂志社全体领导班子和一线编辑，都无不恪尽职守，同心同德，为把刊物打造成全国一流文学期刊而孜孜不倦，锲而不舍。综观全年，刊物主要有如下几个特色和成绩：在编辑方面，增强采编意识，体现新思想新风向，开拓文学多元化局面；在作品方面，立足本土，放眼当下，铸造文学湘军风采；在品质方面，加强理论深度，主导鲜活的新写作气质；在影响方面，重视选刊选本，彰显刊物风采。

（一）高举文学精神之旗，开拓文学多元化局面

从2018年第一期开始，全体编辑一同努力，心往一处想，劲往一处使，反复商量，争论斟酌，继续将"本期作家"和"主编推荐"这两个栏目打造成本刊经典栏目。与此同时，编辑日常工作进度稳中有升，每个季度的评刊会如期举行，编辑们的主观能动性也在进一步加强。主动向省内外知名、实力作家约稿，到怀化通道、沅陵、岳阳等地举办了小型的改稿会和文学活动。对本省文学新人的培养和推介也下了一番功夫，如对本省90后新锐作家玉珍和朱凌慧等的推介。①为响应习近平总书记在湖南发出的精准扶贫号召，《湖南文学》自2018年配合上级部门开展以"梦圆2020"为主题的征文活动，开设征文专栏，每期发表一篇反映湖南精准扶贫工作、展现人民群众和党员干部精神风貌的作品。召集湖南广大的作家们踊跃创作。截至目前，已有《风景》《翻过神仙岭》《远方有诗》《麂皮爵士帽》《李六顺的拐杖》等思想性、文学性兼具的优秀作品在本栏目刊载，并在广大的读者中引起了反响。②鉴于近几年来湖南诗歌界日趋活跃与繁荣，而本刊诗歌版面有限，本刊从2018年第4期到第8期，精心开辟了"短诗精选"系列小辑，共刊发省内88位诗歌作者的作品，其中80%以上的作者为首次在《湖南文学》发表作品，且大多来自省内基层。③在新媒介运行上，《湖南文学》微信公众号自2017年起运营，到2018年，影响渐渐扩大，每周定期更新，固定推送"主编推荐""同代人""国际文坛""青年视界"栏目及部分优秀

作品，一年内已拥有粉丝数量4600个，消息平均阅读量达到1600，关注度持续稳定增长。现公众号已开通微信支付功能，对杂志的发行和推广能给予有效的支持。④每期开辟了新的《在场》专栏，推介了在全国范围内有一定影响的80后作家，譬如朝天马、王刊、重木、朱一叶、朱凌慧、陈再见、丁颜、温凯尔、鬼鱼、胡娟、林秀赫、钱墨痕等12位省内外新锐作家。这些作家以厚重的文本和独特的风格，为本刊赢得了较好的声誉和影响。

（二）立足本土，放眼当下，铸造文学湘军风采

在20世纪80年代，文学湘军曾在全国引起轰动效应，怎样再创辉煌，是《湖南文学》全体同仁为之奋斗的一个目标。《湖南大学》将视线的焦点投向本土文学，关注和打捞有实力和潜力的本土作者。据统计，在不降低门槛的情况之下，全年12期刊物共发表了361位作者的作品，其中湖南作者就有248位，占全年份额的69%。另外，本刊的重点栏目"本期作家"中推出了六位湖南实力作家，譬如玉珍、谢宗玉、周伟、戴小雨、残雪、修正扬、舒文治等7位，占全年份额的58%。

大量的湖南本土作品被权威选刊和选本选载，有些作品还受到了评论家的关注和读者的热评，这无疑给了湖南本土作家更强的信心和动力。

（三）加强理论思想深度，引导本省作家深度创作

在评论版块上，加大了深度与广度，主要体现在如下几个方面。

第一，大力配合省作协机关创研部门，约请省内外著名评论家对湖南目前有影响的作品进行评论。譬如，对长沙作家吴昕孺的长篇小说《千年之禧》，对湘乡诗人赵叶惠的诗集《梦乡的通行证》，对永州农民作家锄禾长篇小说《人生没有重来》，对岳阳作家学群的散文系列作品，对汨罗作家潘绍东的小说集《歌郎》，对长沙作家方雪梅的散文创作，对娄底作家王霞的中短篇小说，对邵阳作家刘诚龙的杂文集，对长沙作家纪红建的鲁奖作品报告文学《乡村国是》，对沅陵作家戴小雨的小说集《农历才是历》等，都作了切中肯綮的评论与推介。

第二，鉴于很多基层作者生活阅历丰富，但作品文学性不强，杂志社精心组织了读书和鉴赏栏目、《国际文坛》栏目，以此来引导基层作者如何阅读现当代中外文学作品，以增强他们的文学素质、激发他们的文学创作潜能。此举对湖南文学界的创作具有指导性的作用与意义。

第三，增强采编意识，鼓舞基层作者创作热情。为了繁荣新时代文学，鼓舞基层作者的创作热情，提高他们的写作水平，杂志社主编、编辑多次下到各县市作协，以看稿、讲座、开评刊会等多种形式，加深基层作者对本杂志的了解，并针对他们具体的创作进行解疑与指导。此外，本杂志的几位编辑曾到邵阳、怀化、岳阳、永州、湘潭、新宁等县市参加改稿笔会和文学采风活动，主编黄斌曾到四川、贵州等地参加文学名刊主编改稿会。在与基层作协合作的文学改稿笔会上，编辑们与当地作者深入交流，相互切磋，就中央精神、文学现状、文学走向、文学的地方性及文学市场等多个问题进行探讨。改稿会不仅为杂志社带来一批好稿，更重要的是，在和基层作者的密集交流中，杂志社既看到了自己的不足，更看到了文学的前景。对杂志社来说，这些交流不是简单的交流和单纯一次改稿会，而是从深层提升自己的内涵之举，不至于闭目塞听，也不至于妄自尊大。这对杂志的本身品位来说，也是一种提升和加强。

（四）提升刊物知名度，彰显刊物个性

近年来，由于《湖南文学》质量的不断提高，国内众多权威选刊也越来越予以更多的关注。2018年有11篇作品12次被国内知名文学杂志选刊所转载，这些作品分别为：本刊第1期发表的杨少衡中篇小说《钛钢时段》被《小说月报》第2期转载。本刊第1期发表的叶灵散文《我的可疑身份》被《散文选刊》第7期转载。本刊第2期发表的王刊短篇小说《阿加，阿加》被《小说月报》第4期转载。本刊第3期发表的李治邦中篇小说《你恍惚来到人间》被《小说月报》第5期转载。本刊第4期发表的葛安荣短篇小说《鱼祸》被《小说选刊》第6期转载。本刊第6期发表的朱朝敏中篇小说《美人痣》被《小说月报》第8期转载，同时还被《中华文学选刊》

第 8 期转载，以及被《作家文摘报》等转载。本刊第 8 期发表的陈宏伟中篇小说《台风过境》被《小说选刊》第 8 期转载。本刊第 9 期发表的许含章散文《唐老师》被《散文海外版》第 11 期转载。本刊第 9 期发表的鬼鱼短篇小说《而立》被《小说月报》大字版第 11 期转载。本刊第 11 期发表的汤成难短篇小说《老胡记》被《小说选刊》第 12 期转载。本刊第 11 期发表的胡竹峰散文《小册页》被《作家文摘报》转载，等等。

二 2018 年《湘江文艺》《文艺论坛》概览

2018 年，就湖南文艺期刊的变革与未来发展而言，是非常值得言说与纪念的年份。因为由湖南省文联主管、主办的湖南省唯一一本创作与评论并重的大型文艺期刊——《创作与评论》成功改版了。

具体情况为：《创作与评论》（半月刊）的创作版沿用原《新故事》的刊号，更名为《湘江文艺》①（双月刊）；《创作与评论》（半月刊）的评论版刊号不变，更名为《文艺论坛》（双月刊）；改版后的《湘江文艺》和《文艺论坛》由湖南省文联主管、湖南省文联文艺创作和研究中心主办；2018 年《湘江文艺》正常出刊 6 期，《文艺论坛》出刊 3 期。

（一）《湘江文艺》：鲜活的文艺现场　超拔的精神高地

在《湘江文艺》2018 年第 1 期的内页上，"鲜活的文艺现场　超拔的精神高地"鲜明夺目，这是一次全新的启航，也是一场华丽的奔跑，更是新时代文联办刊人的态度和选择。《湘江文艺》的主编寄语中鲜明地指出：一方面，《湘江文艺》由《楚风》、《湘江文艺》和《创作与评论·创作版》三条河流汇成，既有着对湖湘优秀文艺的承继和文艺湘军前辈的致敬，又全力培养了一批新时代的编辑队伍，焕发出属于这个时代的锐气、志气、勇气

---

① 1972 年 5 月，湖南省文联创办《湘江文艺》杂志，后更名为《湘江文学》；2018 年 7 月，湖南省文联沿用《新故事》刊号，重新创办《湘江文艺》杂志。

和朝气；另一方面，向着打造湖南优质特色文艺期刊的目标进发，坚定文化自信，锐意追求创新，做到观念与技巧、题材与体裁、共性与个性等多方面的兼收并蓄，百家争鸣，包容开放。

有人说，改版后的《湘江文艺》与之前《创作与评论·创作版》并没有给读者带来多少新意，这种说法未免有失偏颇。至少有几点是值得肯定的：除了一如既往地保持较高的转载率外，第一，刊物名家越来越多，所约作家的影响力越来越大，正在积极地参与、建构当下全国整体性的文学现场，展现出非常年轻、活跃的姿态；第二，在小说、散文、随笔、诗歌等篇幅的编排上有所调整，以小说为主，散文次之，诗歌再次之，还增加了"艺苑"栏目，专门刊登优秀的美术作品；第三，对新人特别是"90后"作家的扶持力度加大，在栏目设置、选稿用稿标准和作者队伍构成等方面呈现重点突出、全面兼顾的原则，不拘一格，以作品为上。也许有人会说，这些要素还不足以构成读者期待的那种冲击和震撼，但《湘江文艺》正在为此一点一点地努力与践行，从内容到形式，从作者到读者，从服务到管理，正在全方位地推进，且看2018年荣登《湘江文艺》杂志的重要作家作品。

2018年全新改版的《湘江文艺》在栏目设置上逐步趋于稳定，主要栏目有：现场、新锐、发现、小说、漫笔、诗语和艺苑。其中，"现场"栏目的作者多是省内和全国一流的大作家、大诗人，2018年刊发了洛夫、"浏阳河西岸"诗群、武陵微小说群的诗歌和小小说作品，专题呈现了鲁迅文学奖获奖作家葛水平的最新中篇《喊月》（被四大选刊同时选载）、陈继明的中篇小说《母亲在世时》（《新华文摘》2019年第1期头条转载）、王传宏的中篇《岁月》，这些都是关注现实、反映当下的优秀文艺精品，体现了《湘江文艺》大刊、名刊的风貌和潜质。"新锐"栏目邀请谢有顺、李德南倾力主持，全力推荐上升期的极具发展潜力的青年作家，2018年刊发了李衔夏、禹风、阿微木依萝、欧阳德彬等人的中短篇小说。事实证明，很多当初的"新锐"栏目作者，如今都成了小有名气的全国性的青年作家。2018年《湘江文艺》重新开辟了"发现"专栏，作者对象为从未公开发表过作品的"90后"新人，由一篇名家推荐语和一篇处女作组成，专为新人开专栏，这在全国的文学期刊界也是少有的。除此之外，2018 年的"小说""漫笔""诗语"等专栏刊发了外省名家范小青、阿袁、樊建军、张惠雯、鬼鱼等人的小说，刊发了省内实力派作家姜贻斌、少鸿、刘克邦、聂茂、梁尔源、赵燕飞、吴昕孺、刘智跃、赵竹青、柴棚等人的小说、散文和诗歌作品，真正做到了鲜活与超拔。这里还要特别指出的是，在以上所有的栏目设置中，《湘江文艺》不发长篇小说、报告文学和儿童文学作品，中篇小说的篇幅最好是 3 万字左右，短篇小说的篇幅最好是 1 万字左右。

（二）《文艺论坛》：文艺与学术的双重奏

如果要用一句话来概括《创作与评论·评论版》的改版、《文艺论坛》的诞生经过的话，"历经艰辛磨一剑，弹铗击筑复长歌"是再合适不过了。从《理论与创作》到《创作与评论》发展至今，整整三十个春秋。作为曾经创造过辉煌成绩的《理论与创作》和《创作与评论》而言，许多人会问，为什么要改？同样，在《文艺论坛》的创刊寄语中，可以找到有价值的答案：在新技术、新媒体对传统媒体的挑战和冲击下，相对于浅层次的碎片化阅读来说，倡导精细化阅读、走专业精神的学术期刊之路既是时代所需，又是形势所迫，更是社会"守夜人"的责任与担当。为此，全新的《文艺论坛》就这样悄然而来。全新改版的《文艺论坛》始终秉承"守望精神家园、营造思想空间、追求湖湘气派、兼容百家风格"的传统办刊宗旨，立足湖南、面向全国，同时关注当下、扶持新人，刊发优质、前沿的文艺评论和理论研究文章，为湖南打造全国一流学术期刊而孜孜不倦，上下求索。

从形式上来说，改版后的《文艺论坛》每篇研究文章都需要撰写摘要和关键词，字数 6000 以上。改刊至今，基本不发短小、浅显的单篇评论文章，除了固定品牌栏目外，一律以专题呈现；从风格和定位来说，《文艺论坛》是湖南省唯一一本仅面向当代的大型专业文艺评论期刊，将坚守初心、砥砺前行，在文艺理论研究和文艺批评中倡导理性思辨、平和说理，不忘本来、吸收外来、面向未来；从内容上来说，品牌栏目"习近平文艺论述研究""评论百家""新锐批评家"等越做越大，越做越强，在此基础上，优质推出网络文学研究、乡土文学研究、文艺评论价值体系研究、"80后"写作研究、类型电影研究、媒介文学研究等众多文论、艺论专栏，刊发了北京大学金永兵、陈旭光，武汉大学方长安，山西大学王春林，集美大学张瑗等众多高校学者的重要学术文章，显现了《文艺论坛》编辑团队强大的策划能力和较开阔的学术视野，大大提升了《文艺论坛》的关注度和影响力。因为改刊的艰难与波折，2018年《文艺论坛》虽只出版3期，却因一大批优质作者的加盟和推介为切实发挥文艺评论"引导创作、多出精品、提高审美、引领风尚"而做出了实际的努力。需要特别指出的是，就在改版的2018年，《创作与评论》（现《文艺论坛》）被中国社会科学院评为中国人文社会科学扩展期刊，与众多的C刊《当代作家评论》《新文学史料》《扬子江评论》《明清小说研究》等站在了同一起跑线上，并成功入选2017～2018年SCD（科学引文数据库）源期刊，这标志着全新的《文艺论坛》将站在一个更高的历史起点，向着更高远的目标进发。

三 2018年《芙蓉》概览

2018年，《芙蓉》杂志围绕办刊宗旨，坚守原创阵地，在各方面都取得了较大的成绩。

第一，严格三审制度，注重社会效益和艺术质量。2018年，《芙蓉》的选稿和发稿，更加严格执行三审制，在初审、复审、终审的三个审次中，均注重社会效益，严控艺术质量。

第二，老牌文学期刊的品牌效应持续凸显。2018年，《芙蓉》创刊28年，作为一家创刊近30年的文学期刊，其品牌效应持续凸显，在思想性、艺术性及编校、装帧、印制等方面继续保持国内一流大型文学期刊的一贯水准，对学者、作者、读者的吸引力稳中有升。

第三，延续特色栏目，维护名家资源。2018年《芙蓉》杂志在小说稿方面，延续了上一年以来的"特约"栏目，以"小说＋短评"的形式，推

出了不少具有实力的名家的中短篇小说，较好地达到了社办期刊团结作家、聚拢资源、提升人气的目的。

第四，传统栏目细分优化，小说、散文、诗歌三足鼎立。2018 年《芙蓉》杂志将传统的小说栏目拆分为中篇小说、短篇小说，体裁的细分便于读者的阅读选择，也有利于各大选刊进行选载，作品的传播和二次传播因此更加广泛。本年度加强了散文和诗歌的组稿力度，所发散文和诗歌较往年有了质量上的提高，一家综合性文学期刊的面目更加清晰。

第五，发掘文学新人，保持刊物活力。在中篇小说、短篇小说、散文、诗歌栏目中，均注重文学新人新作所占比重，以便保持刊物活力，使刊物具有持续的吸引力。

第六，多篇首发作品被选刊转载，扩大了杂志的影响力。2018 年，《芙蓉》首发作品在传统的文学选刊和新创的文学选刊上均有较多的转载，在权威的《新华文摘》和大众的《读者》上亦有转载。具体如下。

胡学文短篇《在高原》，刊《芙蓉》第 1 期，《小说月报·大字版》第 3 期选载。

艾玛短篇《往事一页》，刊《芙蓉》第 1 期，《小说月报》第 3 期选载。

房伟中篇《黑床》，刊《芙蓉》第 1 期，《长江文艺·好小说》第 3 期、《小说月报》2018 年中长篇专号第 2 期选载。

刘玉栋短篇《爸爸的故事》，刊《芙蓉》第 2 期，《中华文学选刊》第 5 期选载。

余同友短篇《斗猫记》，刊《芙蓉》第 2 期，《小说月报·大字版》第 5 期选载。

王啸峰短篇《洪老老》，刊《芙蓉》第 2 期，《小说月报》第 5 期选载。

任晓雯短篇《迎风哭泣》，刊《芙蓉》第 3 期，《长江文艺·好小说》第 6 期、《作品与争鸣》第 8 期选载。

王秀梅中篇《马向前已卒》，刊《芙蓉》第 3 期，《北京文学·中篇小说月报》第 6 期选载。

秦岭短篇《天上的后窗口》，刊《芙蓉》第 3 期，《小说选刊》第 6 期、

《小说月报》第7期、《中华文学选刊》第7期、《新华文摘》第15期选载。

于一爽短篇《十分十分可爱的》，刊《芙蓉》第3期，《小说选刊》第8期选载。

津子围短篇《释兹在兹》，刊《芙蓉》第4期，《小说月报》第8期选载。

樊建军短篇《索他旅馆》，刊《芙蓉》第4期，《小说月报·大字版》第8期选载。

朱山坡短篇《深山来客》，刊《芙蓉》第5期，《小说月报》第10期、《小说选刊》第10期、《中华文学选刊》第10期、《读者》第20期、《新华文摘》第21期、《思南文学选刊》第5期选载。

韩永明短篇《在城里演孙猴子》，刊《芙蓉》第5期，《小说月报·大字版》第11期选载。

李清源中篇《没有人死于心碎》，刊《芙蓉》第6期，《小说月报·大字版》第12期选载。

刘建东短篇《相见不难》，刊《芙蓉》第6期，《中华文学选刊》第12期选载。

曾剑中篇《玉龙湖》，刊《芙蓉》第6期，《小说选刊》第12期选载。

王昕朋中篇《寸土寸金》，刊《芙蓉》第6期，《北京文学·中篇小说月报》第12期、《红旗文摘》第12期、《小说选刊》2019年第1期、《新华文摘》2019年第3期选载。

张玲玲短篇《无风之日》，刊《芙蓉》第6期，《中华文学选刊》2019年第1期选载。

四　2018年《散文诗》概览

2018年，在各级主管部门的大力支持及市文联的直接指导下，《散文诗》坚持以扶植散文诗人、推介散文诗艺术为己任，杂志社各项工作顺利推进，均取得了一定的成绩。9月，《散文诗》入选国家新闻出版署公布的第九届向全国少年儿童推荐百种优秀报刊。

（一）全国散文诗笔会

21 世纪以来，《散文诗》以刊物为载体，以活动促发展，每年还拿出近 50%的利润或寻找赞助单位为全国有创作实力和发展前途的中青年散文诗人举办一届笔会，现已连续 18 年于湖南、山东、贵州、四川、香港、新疆、青海、湖北、浙江、河南等地成功主办了 18 届全国散文诗笔会，并从 2010 年起，精心打造高规格、高水准的中国·散文诗大奖，大奖每届只颁发给 2 人，每人奖金各 1 万元，现已颁发 9 届，影响广泛、深远。

2018 年 6 月 17 日至 18 日，正值农历端午节期间，由《散文诗》杂志社和甘肃省舟曲县人民政府主办的第 18 届全国散文诗笔会暨第 2 届"吉祥甘南·花开舟曲全国散文诗大赛"、"第 9 届中国·散文诗大奖颁奖会"在甘肃省舟曲县举行。23 位诗人代表潘玉渠、张琳（女）、张晓润（女）、孟甲龙、杨胜应、刘向民、封期任、王剑、诺布朗杰、任俊国、夏寒、纳兰、郑立、侯立权（女）、晓弦、李定新、张威、唐亚琼（女）、熊亮、程鹏、谷莉（女）、李朝晖、马雪花（女）等来自全国 20 个省份。

（二）编务工作

《散文诗》面向以大、中学生为主体的文学青年，这一定位已成为《散文诗》一切工作的基本出发点。2018 年，在编务工作的各个环节，《散文诗》更注重这一定位，特别是在贴近青年、培养文学新生力量方面做出了积极地努力。

譬如，在栏目设置上，《散文诗》力求丰富多彩，贴近文学青年的趣味、追求。每期刊物除根据内容设置了"乡土情结""城市天空""军旅诗意""履痕处处""艺术长廊"等体现主题的栏目外，还长期为校园和文学青年开辟"阅读人生""抒情词典""青春方阵""首次亮相"等固定栏目。为满足文学青年对阅读与欣赏、文学写作知识的渴求，2018 年，《散文诗》继续约请专家开辟了"世界名家作品赏析""作家与作品""散文诗艺术技巧"等专栏，深受青年读者的欢迎。在组织作者队伍方面，《散文诗》的指导思想仍是尊重名家、推出新秀。经过逐年积累，现已组织起了一支分布面广、实力比较雄厚的作者队伍，因而稿源充足，每天来稿量（信件和电子邮箱来稿）有200余件，选用作品可以说是百里挑一（采用率仅为0.6%）。众多的稿源，既保证了刊出作品的质量，也促进了散文诗创作的繁荣，促进了新人新作的不断涌现。2018年，在《散文诗》上发表作品的作者既有全国知名的散文诗老作家，也有刚刚尝试写作的青年学生。老作家通过刊物获得了更多的读者，年轻作者通过刊物开始踏进文学的领域。并且，相比之下，《散文诗》更重视有锐气、富有创意的新人新作。每期发头条的，大部分是年轻人的作品，2018年发头条的新作者或年轻作者就占了70%。更为大胆的是将下半月的校园版改为青年版，不仅扩大了作者群，在综合及质量上也有较大的突破。

至2018年末，《散文诗》总发行量逾1836万册，是目前国内发行最广、发行量最大的诗刊，继续稳居全国原创文学期刊发行量前列。

五　2018年湖南文艺出版社概览

湖南文艺出版社一直致力于原创文学的出版，被称为"南中国原创文学基地"，市场地位稳居全国前列。2018年，湖南文艺出版社以习近平新时代中国特色社会主义思想为指引，坚持品牌立社、品质出版，着力打造原创品牌"大风"原创长篇小说系列丛书，以及由此衍生的"大风"原创散文系列，先后出版了《艾约堡秘史》《黄冈密卷》《幸福街》《流水似的走马》等一批叫好又叫座的图书。

2018年，湖南文艺出版社原创出版硕果累累。

（一）张炜《艾约堡秘史》

《艾约堡秘史》是湖南文艺出版社"十三五"国家重点出版规划项目"大风"原创长篇小说丛书（第三辑）系列作品。

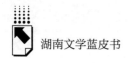

《艾约堡秘史》通过一个私营企业巨头（当下屈指可数的巨富）吞并风光旖旎的海滨沙岸的典型现代事件，聚焦当今中国经济发展与生态保护之间既高度依赖又相互纠结的尖锐现实，直指工业化城市化和资本膨胀过程中的公平与正义问题。

《艾约堡秘史》入选了"中国文艺原创精品出版工程"、"文工委"2018年度中国文学好书，以及华文好书榜、凤凰好书榜、新浪好书榜等多个榜单。

（二）刘醒龙《黄冈秘卷》

《黄冈秘卷》是湖南文艺出版社"十三五"国家重点出版规划项目"大风"原创长篇小说丛书（第三辑）系列作品。

黄冈大地人文品格与众不同，作为汉晋时期被贬到鄂东穷山恶水的巴人后裔，历史上的"五水蛮"留给这块土地的人们别样的血脉。小说不满足于一般性地描述尽人皆知的"地方性知识"，如东坡赤壁、黄麻暴动等，而是将其笔触深入历史和人性深处，通过一个家族数代人的命运变幻，以一个奉行有理想成大事的老十哥刘声志和一个坚信有计谋成功业的老十一哥刘声智的恩怨纠葛为故事主要情节，揭示出了黄冈人的独特性格和黄冈文化的独特气韵。

《黄冈秘卷》入选了"文工委"2018年度中国文学好书，以及中国文学好书榜、新浪好书榜等多个书单。

（三）何顿《幸福街》

《幸福街》是湖南文艺出版社"十三五"国家重点出版规划项目"大风"原创长篇小说丛书（第三辑）系列作品。

《幸福街》是一部描写社会现实的长篇小说。作者何顿历来以写底层社会、写社会边缘人物见长。小说的时间跨度较大，从20世纪50年代写到当今（2010年代），编年史般地记叙了小镇青年"文革"和上山下乡的岁月，还真切地记录了他们在改革开放的年代走过的路程。

（四）鲍尔吉·原野《流水似的走马》

《流水似的走马》是第七届鲁迅文学奖获奖作品，是一部蒙古族文学的寻根之作。

本书是作者鲍尔吉·原野走向内蒙古草原深处，走进牧民的生活而创作的散文合集。如鲁奖授奖辞所说："《流水似的走马》具有轻盈的速度和力量。鲍尔吉·原野将茫茫草原化为灵魂的前世今生，他怀着巨大惊异注视一切，草原的万物如同神迹，草原上的人生如同传奇。由此，他为悠久的草原文明提供了雄浑细腻的美学镜像。"

（五）余秀华《摇摇晃晃的人间》（精装典藏版）

余秀华的首部个人诗集《摇摇晃晃的人间》出版以来，畅销近20万册，深受读者喜爱。此次精装典藏版，共收录其精选作品近170首，新增成名以来新作30首。30首新作，主要描绘她心中的情与爱。

（六）张晓风《摘心》

《摘心》是华语十大散文家之一张晓风的全新精选集。余光中赞誉她"亦秀亦豪的健笔""第三代散文家中的名家"，评论界赞誉她"笔如太阳之热，霜雪之贞，篇篇有寒梅之香，字字若璎珞敲冰"。蒋勋更盛赞她的文字像沸水中复活的春茶。张晓风的散文多次入选中国大陆和中国台湾地区中小学教材。

（七）林清玄《原谅这世间的不完美》

书中收录了《生命的化妆》《迷路的云》《温一壶月光下酒》《黄昏菩提》《正向时刻》《求好》《有情十二帖》《不是茶》《柔软心》等不同时期的经典作品。

（八）周国平《忧伤的情欲》

《忧伤的情欲》是周国平最新的散文结集。在书中，作者对生命和灵

魂的本真进行了思考，对何为圆满的人生进行了诠释：人最宝贵的东西是生命和心灵，把命照看好，把心安顿好，人生即是圆满。倡导人们珍惜平凡生活，注重内在生活，这对疲于生活的现代人是很好的心灵抚慰和人生指向。

（九）凌宇《摘星人：沈从文传》

本书是一部对沈从文从出生到"文革"结束的人生经历进行全面评析的文学传记。在书中，作者以富于哲学意蕴的文化观照凸显出沈从文在中—西、苗—汉文化的撞击下，灵魂从沉睡到苏醒、生命从自在走向自为的精神裂变，以及"因缘时会"，最终成为著名作家与学者的人生轨迹。沈从文极富传奇色彩的外部人生际遇与丰富而复杂的精神世界在书中交相辉映，彰显出沈从文对生命与价值意义的追寻。

（十）熄歌《破梦游戏》

《破梦游戏》是新锐作家熄歌的新作，讲述了一个在虚拟游戏中与现实生活中的案件发生密切联系的故事：随着游戏主脑人工智能化程度加深，它可以通过游戏公司主服务器操控外界的一些高科技，为了满足主脑的升级需要，它每隔几年就制造多起失踪悬案，引得人心惶惶。

由本书改编的电影《破梦游戏之不醒城》于 2018 年 11 月上映。

（十一）姜小坏《洗面桥：我从监狱带来的故事》

这是一个发生在洗面桥监狱的离奇故事。武昌兵变前夜，各方势力蠢蠢欲动，关于大西皇帝张献忠沉银的传说甚嚣尘上，各路势力似乎都很觊觎这笔财富，而四川的当地社会爆发的保路运动，似乎才是牵一发动全身的关键所在。

（十二）越客《你曾那么努力地失败过》

本书是一部以青春、职场、励志为主题的短篇文集。11 万字的篇幅，记录了作者从青葱少年成长为成功创业者的奋斗之路，这既是一个跨越时光的自我对话、一份成长的见证，也是一本送给所有年轻人的心灵指南。

（十三）赵俊辉《美人书》

小说《美人书》即以湖南永州为故事发生地，在这篇爱情故事里，作者以浪漫的文笔，叙述了平地瑶族感性女子红豆为爱献身、飞蛾扑火的经历。同时，本书也是一部方志传奇，百年前湘桂边界官、匪、盐商的相互纠结，得以借此一瞥惊鸿。

《美人书》现已完成向老挝的版权输出，老挝语版也即将与读者见面。

（十四）老牛《浮尘》

《浮尘》是一部关于20世纪90年代青年知识分子事业、人生和理想情操的小说。主人公明维职场受挫，晋升无望。后下海经商，到由几个发迹的同学组建的商贸公司担任法人代表，却在生意场中一再败北。感情生活也连遭变故。因不愿当傀儡被摆布，明维南下深圳，就职于一家投资公司，靠着自己的努力和朋友的帮助，最终收获了人生的第一桶金。小说不惜笔墨地描绘了在各种利益争斗中，明维、于小明等人被物欲裹挟如浮尘飘忽，仍然坚守心中的那份真善美，让人唏嘘感动。

六　2018年《湖南日报·湘江周刊》概览

2018年，《湖南日报》副刊版块《湘江周刊》力求保持一贯的质量稳定性，继续打造湖南文艺的高地，夯实《湖南日报》副刊作为湖南文艺高地的品牌影响力，提倡真诚、正大、质朴、纯净之风，产生了良好的品牌与导向效应，得到了文艺界的广泛好评。

《湘江周刊》继续消除文学"小圈子"，扩大作者面，有意向基础文艺作者倾斜，既深入联系湖南文艺名家，关注和展示了文艺名家的名作及重要

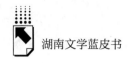

文艺现象，更注重发掘和扶植湖南文艺新人，推荐了许多文艺新锐新作，刊发了大批基层文艺作者的好文章，在全省文艺界产生了广泛而强烈的影响，引起了巨大的反响，产生了良好的导向效应。每逢周五《湘江周刊》出刊，都成为湖南文艺界关注、瞩目的"节日"。

为配合改革开放40周年，《湖南日报》与湖南省作协、新湖南客户端合作举办了"四十年来家国——改革开放40周年"征文活动，影响广泛，来稿踊跃，在1000多篇来稿中择优选用了50多篇征文作品，反响良好。年初还举行了上一年举办的"我家这五年"大型征文的评比活动，反响颇好。

《湘江周刊》注重办好各种文化、文艺专栏、专题、专版，如刊发《2017年湖南文学年度发展报告》、湖南作家基层采风专版、田汉和周立波诞辰120周年等专题性专版，以及《迎接生态自然文学书写的新时代——湖南省首届生态自然文学创作研讨会摘要》《填补历史空白 令人心灵震撼——《守望初心》北京研讨会发言摘要》等，"梦圆2020"等专栏刊发了《在脱贫的盘山路上攀登》（纪红建）、《山野耆老话盛世》（陈瑶）、《开在大道上的荷花》（李安之）、《秋润花果山》（刘江安）等多篇作品。

2018年《湘江周刊》刊发了大量报告文学和文艺通讯和散文作品，在报告文学和文艺通讯中，《暖村·生长》（周月桂）是众多精准扶贫5周年文艺作品中的出色之作，如何创新性地表现这一被反复写过的题材，作者将重心放在了精心选择更"普通"的典型人物、典型场景，生动而细致地体现十八洞村村民们从物质生活到精神面貌的深刻变化，从现场出发，聚焦普通村民，多层次多侧面地展示了十八洞村老人的守望、青壮年的担当、孩子的希望，层层递进地展现了这片土地生长的力量，以此呈现中国贫困乡村的成长，关注在扶贫攻坚战役中村民心灵世界和精神面貌的变化，写他们生活轨迹的改变、内心深处的感应、精神嬗变的喜悦，真实传递出一个村庄的真实气息（本作品获2018年湖南省报纸副刊作品年赛金奖、2018年湖南新闻奖一等奖）；《"人生没有绝对"——钟扬父母忆钟扬》（吕高安）从独特角度深入展现了时代楷模钟扬的家庭成长环境与父母教育影响，在大量关于钟扬的报道中具有独到的视角，挖掘到了独特的素材，展现了钟扬何以成为钟扬的缘由，极富启示性与感染力（本作品获 2018 年湖南省报纸副刊作品年赛铜奖）；《湘水碧南天　湘情耀大桥——港珠澳大桥建设管理中的湘人湘情》（喻季欣）表现了港珠澳大桥建设过程中湖南建设者们的家国情怀；《包谷山、腊肉堆：一位湘女守望初心的 15 年》（余艳）表现了一位桑植红色女性坚韧不拔的初心守望，感人至深；《一枚小印章：绵延 80 多年的感人故事》（徐亚平　徐敏）通过烈士遗物失而复得的过程表现了老区人民深厚的革命感情与精神传承。

这类作品中出色的还有《无论世事如何，做一个挺拔的人——朱健先生印象记》（肖欣）（本作品获 2018 年湖南省报纸副刊作品年赛银奖）、《遇见好——杨福音素描》（迟美桦）（本作品获 2018 年湖南省报纸副刊作品年赛银奖）、《茶子花开话立波》（胡光凡）、《大樟树下的那座小屋——忆彭燕郊先生》（肖欣）、《想望风流倍惆怅——追忆学者何泽翰》（肖欣）、《韶华百岁更芬芳——小记铁可》（范正明）、《回望湖湘——访"追风"湘人张艳龙》（迟美桦）、《讲述伟人的家风故事——杨华方与长篇历史小说〈红色第一家〉》（曹辉　肖畅）、《陈定国：打捞洞庭民歌》（陈勇　曹纯）、《躬耕田野　讴歌时代——追记农民作家、全国劳模李绿森》（郭垂辉）、《张炜"韩花"迟子建　巡护洞庭心依恋》（徐亚平　屈艳　张脱冬）、《光明的使者》（梁瑞郴）、《邹岳汉：人生因梦想而精彩》（曹舜奇）、《不朽在时空深处闪光——解读油画家段江华》（姚子珩）、《"保哥"的 2018：城乡设计变奏曲》（肖欣）、《诗歌走向域外——诗人周瑟瑟的崭新旅程》（徐亚平　张璇）、《长沙姑娘吴清予：我想传递趣味和美》（李婷婷）、《潜到心的深处，才能见识真正的美——潘军"带着歌儿回家"音乐会》（肖欣）、《速写张璇》（侯严峰）、《丹青当得江山助——小记我的老师谭仁先生》（吴希），等等，以及《在"诗乐相将"中焕发生命的芳香——史鹏访谈录》（余孟孟　杨志平　谢琰）、《"面对孩子时，我是世界上最幸福的人"——对话儿童文学作家汤素兰》（王杨）等。

《湘江周刊》还特别关注非物质文化遗产的传承、保护与推广，刊发了

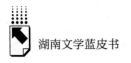

大量这类题材的作品，受到读者的欢迎，如聂元松的《双凤摆手——记土家族摆手舞国家级传承人田仁信》、蒋娜的《穿越千年窑火去看你——岳州窑的前世今生》、文热心的《"九条网子打天下"——清代以来流行湖南农村的"乌兰牧骑"》、杨慧君的《五年磨一剑 记录我乡愁——〈中国语言文化典藏·衡山〉调查手记》、周晓丹的《乡愁中的灯影戏》、洋中鱼的《朝阳岩的石刻特例》、姜鸿丽的《为了丝弦火种代代传——记常德丝弦名家胡楠》、胡彬彬的《怎样保护好湖湘传统村落》、刘灿姣杨刚的《发挥湖湘村落文化在乡村振兴中的铸魂作用》等。

2018 年《湘江周刊》刊发了大量散文作品，其中，《陕北印象》（龚政文）作者在独特感悟中有深沉而剀切的发现与思考，使文章立意高远，视野开阔，意味深长，质朴大气而含蕴深刻（本作品获 2018 年湖南省报纸副刊作品年赛金奖）；《特殊的一课》（张晓英）文章讲述了作者当乡村教师时一个特别的场景，故事里套着故事，回忆里藏着回忆，感人至深，具有强烈的真善美感染力，是一篇难得的散文佳作。周伟的《一枝清采妥湘灵——感悟鲁迅先生的美世界》、张炜的《与故土和昨日的一次促膝长谈》、龚曙光的《时代过去了，日子却留了下来》、纪红建的《眺望》、易介南的《池与树的记忆》、刘克邦的《浔龙河的故事》、刘晓平的《大地诗》、刘代兴的《夜听山歌》、刘诚龙的《院落里的三和生活》、邓跃东的《雪峰山里》、王德和的《母亲那"讨人嫌"的习惯》、甘建华的《问路归园》、范诚的《九月九 酿甜酒》、肖鲁仁的《奶奶》、石泽丰的《老师送来的月饼》、彭世民的《生命是朵常开不败的花》、谢永华的《看牛记》等众多散文作品也都受到读者的好评。

七 2018年《小溪流》概览

《小溪流》创刊于 1980 年，由湖南省作家协会主办，由著名文学家茅盾先生题写刊名，创刊 38 年来始终坚持正确的办刊方向，真诚地为广大读者服务，刊发了大量国内外著名儿童文学作家的精品佳作，也是许多湖南作家创作起步的摇篮。

2018 年，在湖南省作协党组的正确领导下，在各部门的积极配合下，在全社员工的共同努力下，《小溪流》正常出刊 36 期，发行数量稳定，运营良好，各项工作完成顺利。

（一）打造精品期刊

2018 年，《小溪流》继续坚守儿童文学阵地，具有品牌意识，坚持高质量、高品位办刊宗旨，抵制不良思想的影响，拒绝庸俗低俗之风，关注未成年人的思想道德建设，传播社会主义核心价值观，用高尚的道德情操、优美的文字表达影响青少年读者，培养他们的阅读兴趣，提高他们的写作能力。

国内外儿童文学作家的精品力作，始终在《小溪流》占据着醒目、重要的位置，陈伯吹、葛翠琳、孙幼军、王安忆、曹文轩、张抗抗、秦文君、沈石溪、汤素兰、牧铃、彭学军、邓湘子等新老名家或在《小溪流》创作起步，或为《小溪流》倾力撰稿，这些作品经过岁月的淘洗至今仍熠熠生辉。

"大诗人　小诗人"是《小溪流》的经典栏目，这里既有著名诗人的作品，也有小读者的习作，诗歌的种子在这里播撒、发芽、生长。

其他品牌栏目如"一日小编辑""故事果冻""梦幻童话""花的声音"等日益深入人心，其中刊发的作品被《读者》《微型小说选刊》《儿童文学选刊》《中国校园文学年度佳作》《中国儿童文学精选》等各类选刊、选本选载和收录。新增栏目"奇问妙答"、"新书连连看"和"小小溪流"里的溪流熊和小叮咚形象也受到小读者的欢迎和喜爱。此外，《小溪流》用心扶持校园文学新秀，这些文学新秀通过在《小溪流》上崭露头角而出版了他们的作品专集。

2018 年 9 月 14 日，在 2018 中国（武汉）期刊交易博览会上，国家新闻出版署新闻报刊司发布"向全国少年儿童推荐百种优秀报刊"入选名单，《小溪流》入选"第九届向全国少年儿童推荐百种优秀报刊"，这也是《小溪流》第三次入选。

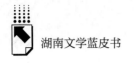
（二）积极开拓市场

在网络媒体不断冲击、纸张价格等印刷成本不断上涨，以及受教辅资料整顿政策的波及，《小溪流》作为一本完全自收自支、没有财政拨款的纯少年儿童刊物，近年来在生存道路上时常有举步维艰之感。

为扩大刊物的市场占有量，《小溪流》广辟经营渠道，以活动带动发行，比如作文竞赛活动、研学活动等。通过开展各种各样丰富多彩的活动，《小溪流》取得了良好的社会效益和一定的经济效益。

八　2018年毛泽东文学院概览

一年来，毛泽东文学院在各级领导的支持下，团结全省广大作家，利用文学院良好的平台，充分发挥文学培训、文艺展览、文学典藏、文学交流四大功能，坚持不懈地为创名院而努力，开展了一系列有影响的活动，成为湖南省精神文明建设的重要基地。学院被社会各界誉为"纪念伟人的殿堂，培养作家的摇篮""湖南文学的黄埔军校"。

（一）文学培训

2018年，学院共举办了4期作家班，培训学员160余名。

1. 举办了湖南省第17期中青年作家研讨班和第7期新疆作家研讨班

近几年来，在新疆和湖南两地领导的高度关注和大力支持下，新疆作家班办成了民族团结友爱、文学紧密交流的模范班。通过专家授课、交流座谈、采风活动等形式，新疆作家班学员收获颇丰，同时也进一步激发了他们的创作热情，催生了一批优秀的文学作品。这对于两地作家取长补短、开阔眼界、提高创作水平，进而促进两地文学事业的发展，有着非同寻常的深远意义。

本期新疆作家班由20位学员组成（新疆自治区作协及新疆生产建设兵团作协各推荐10名），湖南省第17期中青年作家研讨班60位学员，两地共计80人。本期研讨班，从全国范围内邀请了王跃文、彭学明、韩晓慧、熊育群、孔见、梁瑞郴、叶梦、李浩、汪政、马笑泉、沈念、欧阳友权、祝平良、郭燕、龚旭东、阎真等16位专家老师前来授课，授课的老师个个是大家、名师，讲授的内容堂堂都精彩，学员吸精纳粹，求索运思，深受启发，收获颇丰。

2.成功举办第一期湖南作家高级研讨班

第一期湖南作家高研班于2018年9月12日开学，至9月21日结业，学习时间为10天。本期班从全省70余名报名学员中，择优录取了18人，还有之前的23名"梦圆2020"签约作家和1名湖湘文化名人创作的作家，3名网络作家，共计45人。培训研讨期间，邀请前来授课的老师均是省内外著名的文学评论家、作家、编辑家。七堂专家授课、一堂名家讲堂，一场座谈交流、一场"梦圆2020"签约作家的签约仪式，经过精心挑选搭配，内容基本涵盖文学各要素与现象，既全面也典型。授课老师给予学员们丰润的艺术滋养和创作灵感，形成了启发互补、交流共进的良好氛围。这样的专题研讨班，社会反映良好。

3.举办散文研讨班

散文班集结了湖南省当前在文学创作上较为活跃、创作成绩较为突出的散文作家，作家师资力量强、学习形式活、学习气氛浓、社会实践丰富多彩、学员收获丰，为湖南文学生力军的成长起了很好的助推作用。

（二）文学馆藏

到目前，学院共为149位艺术家设立了资料柜，收集各类资料3000余件。毛泽东文学院提质改造后，又对《毛泽东与文艺》专题展览，以及原来的"当代湖湘文艺人物资料中心"进行了重新策划。

（三）文学交流

举办了四期"文学名家讲堂"，王宏甲、彭学明、韩晓慧、熊育群等知名作家来毛泽东文学院进行文学交流。为营造湖南文学事业发展繁荣的良好

氛围，充分发挥毛泽东文学院的功效，从 2011 年 10 月开始，由省作协举办、毛泽东文学院承办，每季度举办一次的"文学名家讲堂"，邀请全国知名文学名家，面向广大文学工作者和社会公众免费开讲。

（四）文学展览

完成《湖南文学发展史》布展施工项目。《湖南文学发展史》上起殷商周春秋战国，纵穿秦汉魏晋南北朝，涵盖隋唐宋元明清，下迄近代及现当代，真实而全面地反映了湖南文学的发展历程。布展项目由省委宣传部安排专项文化资金 150 万元，其中解说词等基础研究资金 20 万元，布展施工建设资金 130 万元。

省作协、毛泽东文学院委托中南大学文学院、湖南作家研究中心撰写《湖南文学史展》解说词，晏杰雄副教授负责完成"湖南文学史展"解说词撰写项目，解说词总字数 2 万字，分古代、近代、现代及当代四个板块。2018 年 11 月完成文本撰写，并通过了两次专家评审。展览自 11 月开始布展施工，12 月 28 日竣工，并对外开放。

成功举行"梦圆 2020"签约作家签约仪式，作家签约走向制度化、规范化。2018 年 9 月 16 日，毛泽东文学院与来自全省各地选拔出的 25 名签约作家在文学院报告厅举行"梦圆 2020"签约作家签约仪式。自习近平总书记在湖南发出精准扶贫的号召以来，湖南省广大干部群众积极投入这一伟大历史实践。

B.16

附录二　2018年市州文情*

一　2018年长沙市文情报告

（一）市作协总体情况

2018年，在市委宣传部、市文联党组的指导下，市作协唐樱主席带领全体会员坚持干在实处、走在前列，推动文学创作从"高原"走向"高峰"，文学队伍不断壮大、人才辈出，文学事业蒸蒸日上、蓬勃发展，文学活动丰富多彩，文学成果不断涌现。据不完全统计，长沙市出版长篇小说、报告文学等41部，散文、诗歌集等25部，在全国省市级报刊发表作品1000篇（首）。其中，纪红建的报告文学《乡村国是》获第七届鲁迅文学奖；唐樱的长篇小说《南方的神话》阿拉伯文版首发式将在开罗举行；龚盛辉的报告文学《超算之路》被列入中宣部向世界推介《创新中国》系列，中、英文版同时推出；余海燕荣获2016～2017长沙文艺新人奖。

4月，经网络投票、专家评审等环节，"湖南读书会"被评为2017年长沙市"一会一品"十大优秀文艺品牌活动。

4月，召开主席团会，组织推荐代表参加第九次文代会，并协助处理会务工作。

5月27日至30日，由中国文化对外翻译与传播研究中心、北京语言大学"一带一路"中国文化教育与国际交流基金、长沙市作家协会、长沙市望城区委宣传部联合主办的"中外著名作家写望城活动"在湖南长沙望城

---

* 本部分内容由湖南省各市州作家协会提供。

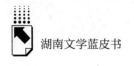

举行。

6月9日，湖南省高校文学社团在长沙文艺之家召开2018年第一次理事社团会议。会议投票选举了17家理事社团和17名理事，表决通过了《湖南省高校文学社团委员会理事社团简章》。

6月11日，组织长沙老作家赴长沙首条历史步道示范街区西园北里采风。

8月10日，长沙市作协和广东省佛山市文联、佛山市南海区作协开展文化交流活动，互动采风，共同宣传体验中华历史文化，加强了兄弟作协之间的交流，提高了两地作者的写作水平和友谊。

9月14日至16日，在长沙举行庆祝"改革开放40年"第六届"三江笔会"（汉江、赣江、湘江）启动仪式暨《网络文学与时代精神》座谈会。

12月1日，实力派金融作家胡小平长篇小说《蜕变》品读会在湖南师范大学图书馆举行。

12月，"壮阔东方潮 奋进新时代·芳华岁月"诗文征集大赛活动经专家评审揭晓结果，评选出散文、诗歌组获奖者22人，纪红建的报告文学《湘江村的气息》获特别奖。

（二）各区县、团体情况

1. 长沙县作协

1月18日至2月12日，到金井镇、开慧镇、安沙镇、果园镇、福临镇等乡镇社区、敬老院及村民家中开展送春联、送福字、送年画等活动8场次。3月9日，组织协会全体理事和部分文艺创作骨干学习省委宣传部副部长杨金鸢同志《在省文联第九次全会暨全省文联系统深化改革推进会上讲话》。3月24日下午，组织县内外诗歌爱好者在长沙县文联大厅举办"相约春天"诗歌朗诵会。

2. 望城区作协

3月，区作协成功召开了望城区作协第一次会员大会，"浏阳河西岸"成员诗歌改稿会在区作协顺利进行。6月28日，邀请了知名书法篆刻家、作家钟国康先生等一行携新书《最丑的那个人》走进望城区作协进行了文学创作艺术交流。

3. 岳麓区作协

组织莲花镇和岳麓山国家大学科技城的采风活动，全程承担"盎然春意·花香小镇"诗歌散文比赛、"我与麓山南"微文征文比赛的策划、组织及评审工作；8月3日，在毛泽东文学院举办王丽君同志长篇报告文学《深杉"候鸟"汪思龙》研讨会。

4. 浏阳市作协

2月4日，作协诗歌学会在卡乐书城举行2018年年会暨迎春诗会。3月22日，在浏阳教师进修学校举行作协2018年工作会议。4月18日，邀请中国著名作家刘小川在卡乐书城开展"品中国文人"文学大讲堂活动。6月17日，作协诗歌学会在卡乐书城举行"我们的父亲，我们的端午"诗歌朗诵会。7月28日，第二届长沙党史文化沙龙湖南读书会2018年第15期新书发布会在浏阳举行，浏阳作协会员廖鹏君由团结出版社正式出版的纪实散文集《浏水滔滔》在卡乐书城首发。

5. 宁乡市作协

年初，在回龙铺镇自然主张生态农庄举办了年会。4月，组织进行"走进童牧谷"采风活动，40余名会员积极参加。6月，承办"碧水蓝天我的家"征文，将优秀作品编辑成书。11月，承办"最美建筑人"征文。

二　2018年衡阳市文情

衡阳作家在省作协、衡阳市委宣传部和市文联的坚强领导下，深入学习贯彻党的十九大精神，勤奋创作，取得了有目共睹的成绩。

（一）作品发表情况

2018年，衡阳诗人雄风不减，佳作呈井喷式发表。势头强劲的衡阳蓝墨水上游诗群有着不俗表现和骄人成绩。这个由衡阳市作协主席陈群洲发起

组建，由宾歌、张沐兴、冷燕虎、吕宗林、萧萧、也人、法卡山、杨震、天晴了、白丁、独孤长沙、黄中泉、聂泓等十几位衡阳骨干诗人组成的衡阳诗歌核心团队，团结着一批有代表性的实力派写手，正在引起诗坛的广泛关注。

以蓝墨水上游为标志，衡阳诗歌群不断成熟，影响越来越大。主要发表作品有：陈群洲《蓝莓的味道（组诗）》（《诗刊》第 12 期下半月刊）、《竹子们终于在春天找到了自己的天空（组诗）》（《中国作家》第 9 期）；宾锡湘《落叶扫》（《诗刊》第 2 期下半月刊）、《山阶（组诗）》（《诗歌月刊》第 4 期）、《旷野（外一首）》（《草堂》第 4 期）、《在草原，看到十亩葵花》（《诗选刊》第 5 期）、《拐角》（《湖南文学》第 7 期）、《听一首英文歌》（《湖南文学》第 7 期）、《在洛夫故居（组诗）》（《中国作家》第 9 期）、《废墟上的音乐（组诗）》（《芒种》第 9 期）；聂沛《每个人都在他自己的苍穹下（组诗）》（《诗潮》第 2 期）、《无法抵达的宁静（组诗）》（《中西诗歌》第 1 期）、《你怎么也抹不去事物的影子（组诗）》（《湘江文艺》第 1 期）、《应许之地（组诗）》（《中国诗人》第 5 期）、《相爱就是推一辆独轮车（组诗）》（《今古传奇·中华文学》第 9 期）、《不可逾越（组诗）》（《绿洲》增刊）；冷燕虎《秋水长天》、（《青年作家》第 1 期）、《一朵花的现实》（《青年作家》第 1 期）、《说不出的春天》（《湖南文学》第 7 期）、《当绿叶走到秋天》（《湖南文学》第 7 期）、《那些横刀立马的人（组诗）》（《解放军文艺》第 9 期）；李乔生《我一直有这样的忧虑（组诗）》（《中国作家》第 8 期）、《忧虑（外四首）》（《诗选刊》第 8 期）、《喝酒（外一首）》（《延河》第 8 期）；罗诗斌《在坡月村（外五首）》（《诗刊》第 2 期）；王龙辉《躺过如歌的河流》（《青春岁月》第 16 期）；李小英《飘动的刀》（《湖南文学》第 4 期）、《抹布》（《湖南文学》第 4 期）；李霞《秋夜思》（《湖南文学》第 7 期）、《深秋的竹海》（《湖南文学》第 7 期）；宁朝华《暮年的父亲（外一首）》（《湖南文学》第 7 期）；唐军林《畅想新时代（外二首）》（《华声晨报》）。

出版作品主要有：聂沛的第四本诗集《无法抵达的宁静》（广西师范大

学出版社 2018 年 4 月版）收入近年创作的诗歌 160 余首，他的第五本诗集《每个人都在自己的苍穹下》收入近作 130 余首，入选 2018 年湖南省文艺人才扶持"三百工程"项目；胡素《雁翔九州赋》（中国文联出版社 2018 年 6 月版）；徐文伟《报春花》（湖南人民出版社 2018 年 9 月版）；李雪芬诗集《我一直在这里》（2018 年 8 月版）；彭雨雁小说《宠物很霸道》（长江出版社 2018 年 9 月版）；胡仲明的长篇小说《城堡》（中国广播影视出版社 2018 年 10 月版）；赵永华的长篇小说《衡州酒事》（中国文联出版社 2018 年 11 月版）。

（二）获奖和扶持情况

萧萧的《秋令辞》在首届湘天华杯全球华语诗歌大赛中获得一等奖。吕宗林的《静处》荣获第六届徐志摩微诗歌大赛一等奖。张沐兴的《张家界，极致之美》在写给张家界的精美短诗"张家界大峡谷杯"全民诗歌创作大赛获得首奖。朱弦的长散文《秘语》入选"2018 中国高校文学作品排行榜"并获第八届"包商银行杯"全国高校征文优秀奖。罗诗斌的散文《一江蔚蓝》获湖南省 2017 年副刊作品好新闻奖铜奖，诗歌入选《2017 年湖南诗歌年选》。何越华的散文《为了参保人的微笑》荣获《中国组织人事报》"精彩这五年"征文二等奖。唐军林的散文《静谧生活》荣获 2017 年湖南高校新闻奖副刊类一等奖。李乔生的诗歌《种子的力量》获湖南省副刊作品好新闻银奖。

省作协重点作品扶持情况。尹红芳的长篇报告文学《丰碑：革命老区扶贫纪事》和陶雄喜的长篇小说《点》在毛泽东文学院签约省作协"梦圆2020"文学征文活动。

三 2018年株洲市文情报告

在深入贯彻落实学习习近平新时代中国特色社会主义思想和党的十九大精神指引下，在市委宣传部和市文联的正确领导下，在社会各界人士的大力

支持下，在全体作协会员的共同努力下，株洲市作协不断拓新工作思路，积极开展各种活动，取得了丰硕成果。

第一，创作成果丰硕，株洲文学影响力提高。这一年里，市作协会员们以及广大文学爱好者创作热情高涨，不仅发表作品数量大增，还在不少文学赛事获奖。老作家聂鑫森出版了《湘潭故事》《能不忆江南》《中国老节日》《中国老民俗》四篇个人专著，还在《小说月报》《小说选刊》等国家级报刊上发表了多部作品。万宁中篇小说《躺在山上看星星》（《中国作家》第8期），散文《撒布优部落》（《湖南文学》第7期）；张雄文散文《白帝，赤帝》（《人民文学》）、《风绿冷水江》（《人民日报》）、《霞光里的衰家湾》（《光明日报》）、《凝固在穿岩山的时光》（《光明日报》）、《安静的大树——纪红建印象》（《文艺报》）、《米饭往事》（《文艺报》）、《青衫磊落的北漂者——洪鸿印象》（《文艺报》），其作品《沧桑在浪尖上的老龙头》崭获第八届冰心散文奖。女作家王亚散文《则见风月》（《天涯》）、《茶烟起》（《湖南文学》第7期）等。青年诗人玉珍、邓志强本年依旧表现优异，玉珍的作品在《诗刊》《新华文摘》等报刊杂志上多有发表，邓志强在《诗刊》《扬子江诗刊》上也发表了多篇作品。擅长写历史随笔的晏建怀笔耕不辍，创作作品数量为历年之最，《湖南文学》《北京日报》等报刊上，能看到他的作品。管弦散文《莘荠》（《文艺报》）、《繁花似锦》（《天涯》）、《皮影戏》（《湖南文学》）、《有凤来仪》（《草原》，被《散文海外版》选载）。曾海民短篇小说《模仿者》（《湖南文学》第8期，被《长江文艺·好小说》选载）；黄旭阳中篇小说《住院》（《湖南文学》）和《先手》（《湖南文学》）；聂耶短篇小说《老混》（《朔方》），等等。株洲文学作家队伍逐渐壮大，创作奖励机制不断完善，促使越来越多的新人冒出头来。诗人欧宜准、吴晓彬本年势头依旧不减，1998年出生的新人朱凌慧，发表的主要作品为短篇小说《蒲公英有双隐形的翅膀》（《湖南文学》），其作品感情细腻、文笔优美，得到众人一致好评。

第二，完成2018年文学出版奖励工作。市作协为鼓励株洲作家和文学爱好者坚持写作，设立了《株洲市作协发表文学作品申报奖励制度》。制度的推行，不仅提高了会员及广大文学爱好者创作积极性，还提升了作品质量，进一步加深了株洲文学的影响力。本年受理申报材料近 200 份，申报作者 40 余人，其中有 18 篇作品发表在国家级重点刊物、文学名刊上，经作协主席团评议，获奖励人数超过 30 人。

第三，完成《文艺窗》杂志全年编辑出版工作，配合醴陵市作协、攸县作协出版了《文笔峰》以及《文艺窗》攸县版。《文艺窗》杂志作为联系全体作协会员的桥梁和纽带，编辑工作一直遵循着"面向未来，突出特色，发现人才"这一宗旨，在培养文学爱好者的同时，努力打造本土作者，发掘新人，提高杂志质量和受欢迎度，为基层文学者打造属于自己的发表平台。

第四，配合市文联完成市重点项目扶持工作，为会员创作作品争取扶持资金。市作协在配合市文联完成株洲市重点项目扶持工作的同时，组织广大会员积极申报省市重点项目扶持工作。其中，秦华的诗集《遗址》、易辉的散文集《水流在水中》、周子森的中短篇小说集《朱五一董事长的情结》、刘丽平及毕亚炜的散文随笔集《照进心底的光》成功申报市重点作品扶持项目，并在年内出版。刘奇叶的剧本创作也获得了创作补助。

四 2018年湘潭市文情报告

2018 年，在省作协和市委宣传部、市文联的坚强领导下，湘潭市作协认真学习贯彻党的十九大精神，以习近平新时代中国特色社会主义思想为指导，积极培育文学新人，广泛开展文学创作活动，团结带领全市广大作家和文学爱好者，积极投身火热的社会实践，取得了喜人的成绩，较好地完成了年初制定的工作目标。

小说创作方面，主要作品有：阿良《远方有诗》（《湖南文学》第 4期）、《暖寿酒》（《湖南工人报》7 月 27 日）、《愚人节》（《湖南工人报》7月 27 日）；楚荷《江城民谣》（《莽原》第 2 期）、《兄弟》（《飞天》第 6期）；赵竹青《佛珠吊兰》（《湘江文艺》第 5 期）；唐亦政《白跑鞋》（《湖南文学》第 5 期）；谢枚琼《李六顺的拐杖》（《湖南文学》第 11 期）；刘向阳《老虎》（《精短小说》第 2 期）、《羞答答的玫瑰》（《微型小说选刊》转载）、《泉水豆腐》（《微型小说选刊》转载）、《解药》（《小小说月刊》转载）；陈子赤微《一次性计划》（《湖南文学》第 12 期）；彭英《那个被嘲笑的人》（《青年文学家》第 8 期）、《松林翠》（《青年文学家》第 8 期）；刘纲要《大槐树》（《湖南日报》9 月 7 日）、《破解谜局》（《精短小说》第 1 期）。

散文创作方面，主要作品有：阿良《翻阅时光里的珍藏》（《中国作家》第 11 期）、《没有硝烟味的军功章》（《湖南日报》7 月 27 日）；谢枚琼《乡间四月天》（《人民日报》5 月 26 日）、《千滋百味》（《湖南文学》第 5 期）、《大通之湖》（《湖南散文》第 3 期）；蒋鸣鸣《自撰童诗教外孙》（《湖南散文》第 1 期）、《山水为宗我为客——丙申年暮春游记》（《火花》第 8 期下半月刊）、《高烧记》（《湖南文学》第 11 期）、《慢半拍　悠着点》（《湖南日报》6 月 29 日）；鄢德泉《荷魂》（《光明日报》10 月 19 日）；李运启《何处是天涯（外一篇）》（《湘江文艺》第 5 期）；王家富《〈边城〉：光明磊落一生安》（《中国纪检监察报》12 月 11 日）；陈青《鲁迅与湘潭名人》（《书屋》第 5 期）；欧阳伟《搬家》（《湖南日报·湘江周刊》10 月 12 日）；彭英《外婆的皮箩》（《湖南日报·副刊》11 月 2 日）；刘志宇《香椿记忆》（《科教新报·湘韵》3 月 21 日）、《儿时的"桃子节"》（《湖南散文》第 2 期）；罗并乡《倾听蛙声》（《湖南日报》4 月 27 日）、《眷恋五月》（《中国建材报》5 月 12 日）；潘剑林《副局长退红包记》（《广东党风》第 3 期）。

诗歌创作方面，主要作品有：周克武《空（外一首）》（《诗刊》第 8 期上半月刊）；赵叶惠《窗外的鸟》（《诗刊》第 7 期）、《乡村即景》（《中国乡村诗选》）、《原上》（《中国乡村诗选》）；彭郁青《你知道我在等你吗》（《今日女报》3 月 8 日）；陈爱民《后山》（《星星·散文诗》第 4 期）、《年之味》（《湖南日报》2 月 15 日）；周敏《从此鸦雀无声》（《湖南文学》第 3 期）；罗小玲《梦幻》（《湖南文学》第 7 期）；谢翠娥《诗二首》（《湖南日报》7月6日）；谢枚琼《记录与见证（组诗）》（《中国税务报》8月20日》；冉春雷《贫穷，向时代投降（组诗）》（《湖南日报》8月31日）；邹莹《冬至》（《湖南日报》12月28日）。

报告文学创作方面，主要作品有：欧阳伟《交警朝阳》（《中国报告文学》第4期）、《劳模与院士的压台戏》（《中国报告文学》第4期）、《决战南充——南充脱贫攻坚纪实》（《中国报告文学》第7期）、《让青春，更青春》（《文艺报》7月15日）、《脱贫攻坚的行走——鲁迅文学奖获得者纪红建印象》（《湖南日报》9月7日）；李国平《绿动神州》（《中国报告文学》第3期）；李国平、彭浪花《初心未改情未了》（《中国报告文学》第11期）。

文学评论方面，主要作品有：季水河、吴广平主编的《批评与创作的对话——湘潭文艺评论集》（湘潭大学出版社2018年10月版）；陈青《莫让人生成为一堆碎片》（《湘江文艺评论》第1期）；杨华方《人性善的诗意表达》（《湖南日报》11月11日）；吴广平、马艳《侠之大者 为国为民——评王杏芬长篇报告文学〈大漠游侠屈建军〉》（《文艺报》10月29日）；袁刚毅《底层叙事的人性书写》（《湖南日报》8月3日）。

作家著作出版方面，主要作品有：李运启《石峰镇》（百花洲文艺出版社2018年2月版）；杨华方长篇历史小说《红色第一家——毛泽东和他的六位亲人》（中国青年出版社2018年5月版）；潘年英《解梦花》《河畔老屋》《敲窗的鸟》《桃花水红》《山河恋》（新星出版社2018年7月版）；曹青《金纸鸢》（漓江出版社2018年8月版）；刘纲要小小说集《丢失的香柚》（团结出版社2018年1月版）。

作品入选和获奖方面，刘向阳小小说《幸运草》入选《2017中国精短小说年选》。谢枚琼散文《花西村大事记》入选赵树理杯全国乡土文学征文优秀作品选集《中国梦，乡村美》。欧阳伟《雷锋家乡消防兵（节选）》、王杏芬《英雄恋歌（节选）》入选《2017湖南报告文学年选》。6月4日，湖南省诗歌学会在其官方微信发布《2017年湖南诗歌年选》目录，湘潭市作家何漂、李静民、彭万里、王家富等入选。7月6日，湖南作家研究中心

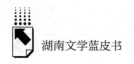

发布了《2017年湖南文学年度发展报告》，湘潭作家赵竹青、徐秋良、谢枚琼、王杏芬、欧阳伟、季水河等在报告中获赞，为湘潭市文学事业做出了新贡献。楚荷《石头记》获第六届红岩文学奖中篇小说奖提名。早起的昆虫（武正坤）《那双旧鞋》在看点文学"春韵"征文中被评为小说特别奖。欧阳伟《像石榴籽一样》在全省政法系统第27届书画诗词摄影作品展中获诗词类作品一等奖。11月，欧阳伟的《爱就爱到底》获"中国报告文学馆落成暨'我与报告文学'征文三等奖。谢枚琼散文《炊烟袅袅》获获"壮阔东方潮，奋进新时代，芳华岁月"征文优秀奖。湘潭市作协会员黄文辉、章新华入围第三届全国"书香之家"推荐活动入选家庭名单。

获重点扶持方面，欧阳伟《中国铀》被确定为省作协2018年度定点深入生活项目，并入选中国作家协会2018年度定点深入生活项目。曾明辉长篇报告文学《看不见的乡村——教育扶贫生活现状启示录》被省作协确定为反映湖南精准扶贫、精准脱贫的申报选题。杨华方的长篇小说《齐白石》和王杏芬的长篇报告文学《余生——中国城市独居老人生存现状调查》入选为省作协2018年重点扶持作品。

五　2018年邵阳市文情

邵阳市作协以习近平新时代中国特色社会主义思想为指导，在省作协和市委宣传部、市文联的坚强领导下，狠抓各项工作落实，积极开展各种活动，推进文学事业全面发展，取得了良好成绩。

小说创作方面。周晓波长篇小说《老夫子》获得第四届"叶圣陶教师文学奖"提名奖；舒中民长篇小说《天堂钥匙》被大型文学期刊《啄木鸟》封面推荐，这是他近年在该刊发表的第五部长篇小说；周伟的"老街人物"系列小说在《百花园》《新老年》等报刊发表近20篇，主要有《高饼子》《猪佬丁》《万二爷》《擦鞋的女人》《冬材》，中短篇小说集《白水点灯》（现代出版社1月版），长篇小说《平安无事》（线装书局6月版）入选湖南省文艺人才扶持"三百工程"重点项目；唐尧中篇纪实小说集《王震将军情系南山》（作家出版社出版）；袁姣素的短篇小说《家务长》（《作品》第10期）、短篇小说《6月7日》（《天津文学》第10期）；刘新华长篇小说《欲望山谷》；林日新长篇小说《青石弯》；王苍芳小说《嫦娥奔月》（《中国作家》）；谢林涛闪小说《采采，听我讲个故事》《菜花黄，梨花白》《冷》先后在《小小说月刊》发表，《天目湖畔》在"美音自在溧阳"全国闪小说大赛中获二等奖，《千足虫》在"重宇杯"全国法治闪小说大赛中获优秀奖。

散文、报告文学创作方面。周伟散文集《乡村书》获首届湘江散文奖，散文集《看见的日子》（浙江大学出版社6月版）列入"名家伴你成长书系"，另外还有散文集《一个字的故乡》（时代文艺出版社11月版）、《春望草深》（《文苑·经典美文》第1期、《小品文选刊》第1期转载）、《春约洲之头》（《文苑·经典美文》第3期转载）、《一枝清采妥湘灵》（《文苑·经典美文》第6期、《小品文选刊》第6期转载）。刘诚龙年内出版文集三部：《一品高官》（民主建设出版社）、《民国风流》（广东人民出版社）、《旧风骚》（江苏人民出版社），并有《芋头的味道》等160余篇散文、随笔、杂文在《人民日报》《中国文化报》《中国艺术报》《湖南文学》等80余家报刊发表。陈静的报告文学《陈早春的出版人生》在《光明日报》整版推出。年内，肖克寒、龙章辉、王子君、范诚、陈政昌、蒋双捌、楚木湘魂（刘瑞君）、宁小华、廖军、唐玲秀、林丽英、宁光标、张声仁、刘群力等人的散文分别在《湖南文学》《湖南日报》《湖南散文》发表。

诗歌创作方面。雷晓宇组诗《长河》《造山运动》（《解放军文艺》）、《与豹子同眠（外一首）》（《人民文学》）、《白雪与流水》（《诗刊》"青春诗会"专揖）；李春龙的"大兴村"系列组诗在《诗刊》《星星诗刊》《青年作家》《北京文学》《湖南文学》《湘江文艺》发表，入选《诗刊》2018中国新诗年选、《中国青年诗人作品选》等选本。其他如林目清、张泽欧、范朝阳、张雪珊、伍培阳、张华博、王唯、钟石山、袁姣素、严薇、谢乐勇、石冬梅、杨阳、向美君、陈阳梅、刘博华、林丽英等分别在《诗刊》《星星诗刊》《诗选刊》《诗歌月报》《湖南文学》《湖南日报》《岁月》《散

文诗》《诗歌世界》发表大量作品。张声仁的扶贫诗集《梦中的村庄》在团结出版社出版。

儿童文学创作方面。谢长华的《驯鹿苔原 2 苔原劫》（中国少年儿童出版总社）入选"儿童文学金牌作家书系"。10 月，该小说选为全国"百班万人群"师生共同书目。《乱世虎匠》（中国少年儿童出版总社）入选"儿童文学金牌作家书系"。《恶蛇坑传奇》由北京《东方少年》杂志 2018 年第 11 期起连载。另有陶永喜、陶永灿、龙章辉、陈静、向辉等人的儿童文学作品年内分别在《儿童文学》《少年文艺》等发表。

戏剧与音乐文学创作方面。贺长山、龙会吟年内分别创作了扶贫题材主题戏剧作品并发表。刘德才、申桂荣、杨文国、张千山、邓永旺、周飞跃、刘振华等人的歌词等音乐文学作品分别在各媒体公开发表并被广泛传播。

文学评论方面。袁姣素的《构建原乡图景　抵达诗意远方》《寄语风中的民间传奇》先后在《文艺报》发表。陈静、汤岚、林日新、刘群力等评论文章分别在《新文学史料》《湖南日报》等媒体发表。

六　2018年岳阳市文情

（一）主要文学成果

小说有：彭东明《坪上村传》（《十月》第 6 期）；翁新华《莞尔一笑》（《莽原》第 4 期）；舒文治《活灵活现》（《花城》第 3 期）、《干式诱捕器》（《芙蓉》第 3 期）、《罗成牌》（《天涯》第 6 期）、《钓黑坑》（《湖南文学》第 12 期）；李娃《白渡口》（《文学港》第 6 期）、《大鱼银色的鳍》（《大观·东京文学》6 月）、《看不见的河流》（《湖南文学》第 9 期）、《来者何人》（《湘江文艺》第 2 期）；刘祖保《残阳如血》（《芳草潮》第 2 期）；孟大鸣《时间方向》（《湖南文学》第 11 期）；潘绍东《外婆的老来老去》（《湘江文艺》第 3 期）、《天崖歌女》（《湖南文学》第 12 期）；魏建华《请您去喝茶》（《湖南文学》第 12 期）；彭庆国《三好学生王威》（《湖南文学》第12期）；蒋人瑞《阿托品狂人》（《湖南文学》第12期）；吴尚平《出离》（《湖南文学》第12期）；余旦钦《大病》（《雪莲》第6期）；张逸云《一号命案》（《今古传奇·文学版》第3期）；张立功《探亲》（《六盘山》第2期）、《压倒楼房的茅草》（《章回小说》第4期）；张晓根《倒插门》（《千高原》第5期）；杜华《邮箱》（《新故事》1月）；彭世民《傍晚我们去打劫》（《芳草·潮》第1期）。

散文有：邱脊梁《山岭上的血脉》（《人民日报·大地副刊》）、《故地旧风景》（《鹿鸣》第4期）、《水边书》（《山东文学》第1期）、《行走在城市的边缘》（《延河》第2期；孟大鸣《神秘的丘陵》（《红豆》第2期）、《一条船上的句号》（《散文》第8期）；葛取兵《梧桐》（《芳草》第1期）、《草木滋味》（《湖南文学》第12期）、《一树花开，一树叶落》（《湘江文艺》第6期）、《站在少年时光里的树》（《岁月》第7期）、《乡愁其实就是人间烟火味道》（《中国铁路文艺》10期）、《花椒：味蕾上的舞者》（《牡丹》第10期）、《风吹一城樟树绿》（《躬耕文学》第10期）、《一束光的隐痛》（《延河》第10期下半月刊）；冯六一《许崇辛简史》（《芳草》第1期）、《大云山风物录》（《当代人》第3期）、《阳光不拐弯》（《雨花》第4期）、《生命的预演》（《山东文学》第4期）、《水里的光》（《百花洲》第4期）、《从娃娃塘到娃娃塘》（《湖南文学》第12期）；卢宗仁《微言微信》（《当代人》第10期）；李颖《秘密人脸》（《黄河文学》第2期）；毛云尔《山坡上的糖》（《散文》第7期）；张灵均《进城那年》（《湖南文学》第5期）、《一棵树的意义》（《散文》第6期）；陈瑶《天地玄黄喊到今》（《北京文学》第6期）；方欣来《故乡的路》（《人民日报》4月28日）、《走近秦淮河》（《厦门文学》第2期）、《三眼桥》（《当代人》第8期）；黎孝民《舌尖上的乡味》（《雪莲》第11期）、《边城之恋》（《西部散文选刊》第4期）、《一盏难以入睡的灯》（《速读》第11期）、《隐藏在时光深处的粽香》（《解放日报》6月18日）；余旦钦《鱼事》（《湘江文艺》第1期）、《磨练》（《西部散文》第2期）；李友荣《桃木箱子和泛黄的族谱》（《湖南文学》第2期）；阮梅《文联的树》（《湖南文学》第9期）；彭世民《三部单车》（《少年文艺》第 6 期）、《扶贫日记：山村里的狗》（《文艺报》8 月 10 日）、《扶贫日记：播撒文学的种子》（《中国艺术报》9 月 12 日）；杜华《傻乐》（《湖南文学》第 10 期）；肖学文《水润大泽》（《人民日报·大地副刊》9 月 15 日）；蒋鑫爱《泪眼思父（外一篇）》（《北极光》第 9 期）、《心灵碎片（外二篇）》（《北极光》第 10 期）；邓小红《亲爱的"晴树"》（《中国妇女报·什刹海副刊》）；江轲平《七月仙姑》（《北极光》第 8 期）。

诗歌有：李婷《生活在平江》（《伊犁河》第 1 期）、《窗外有雨（外七章）》（《散文世界》第 2 期）、《阡陌故土》（《时代文学》第 2 期）、《今夜无眠》（《中国文化报》4 月 19 日）、《汨罗江写意》（《散文百家》第 9 期）、《乡音飘来》（《星星散文诗》第 11 期）、《你不在远方》（《山西文学》第 12 期）、《守望》（《绿风》第 5 期）、《站在秋天的田野》（《芳草潮》第 5 期）、《远方三章》（《厦门文学》第 10 期）、《花开如诗》（《中国作家》第 8 期）；叶菊如《再走一步，就是天涯了（组诗）》（《草堂》诗刊第 1 期）、《十月：东洞庭湖芦苇荡》（《诗歌月刊》第 8 期）、《立冬日，雨落坪上书院》（《诗歌月刊》第 8 期）、《栀子花（组诗）》（《诗探索》第 3 辑）、《自画像》（《星星·诗歌原创》第 11 期上旬刊）、《岳阳门》（《星星·诗歌原创》第 11 期上旬刊）；拾柴《乡村之夜》（《诗刊》第 7 期）、《我珍视的人间（组诗）》（《湖南文学》第 12 期）；朱开见《岳州地理》（《湖南文学》第 9 期）、《集成传》（《中华文学》第 9 期）；宋北丽《麦子》（《诗刊》第 1 期下半月刊）；易翔《魔术师》（《诗刊》第 5 期下半月刊）；胡志刚《横的分行》（《青春》第 10 期）、《安娜·卡里娜及她的说明书》（《鹿鸣文学》第 5 期）、《横的诗》（《特区文学》第 7 期）；郑德宏《郑德宏的诗》（《作品》第 2 期）、《每个人从火焰中拿出一把温暖》（《西部》第 2 期）；冯六一《木椅·山路》（《湖南文学》第 6 期）；江春芳《光、影子及记忆》（《湖南文学》第 5 期）；吕本怀《楞鱼寺》（《诗刊》第 1 期下半月刊）、《故园三咏》（《中华文学》第 2 期）；张继忠《一座灯塔熄灭了光焰》（《千高原》第 2 期）、《七星散章》（《春风文艺》第 1 期）；方欣来《中年（外一首）》（《长江丛刊》第 4 期）、《我在洞庭等一场雪》（《中华文学》第2期)、《读你》(《湖南文学》第7期)、《遇见三月》(《湖南日报》3月23日);王良庆《天际线的色彩》(《诗歌世界》第1期)、《不沉的速度(外一首)》(《中华文学》第2期)、《轻翻诗行》(《深圳诗歌》第8期)、《相互取暖》(《深圳诗歌》第8期);苏苏《母亲眼中的顿哥》(《北极光》第3期)、《红星照我去战斗》(《北极光》第6期);吴磊《远方》(《北极光》第3期);胡晟《静(外五首)》(《芳草潮》第3期)、《深巷(外两首)》(《安徽文学》第6期)、《走进秋分》(《湘江文艺》第4期);姜灿辉《阅读天空(组诗)》(《北极光》第4期)、《寻找一颗星子(组诗)》(《北极光》第7期)、《我用文字修一条小径(外四首)》(《牡丹》第8期)、《落叶》(《诗歌周刊》第333期);雷建平《银杏》(《长江诗歌》第5期)。

文学评论有:余三定《坚持以人民为中心的创作导向》(《湖南社会科学》第1期)、《一部特色鲜明的谍战小说》(《湖南工业大学学报(社会科学版)》第3期)、《读书的快乐》(《湖南日报》8月3日)、《地域文化与清官形象塑造》(《中国文艺评论》第8期)、《中国共产党与中国人文社会科学近四十年的发展》(《中南大学学报》第6期)。

报告文学有:徐喜德《城里来的钻山豹》(《中国报告文学》第2期);葛取兵《在路上》(《中国报告文学》第4期);王良庆《铺垫人生与修饰生活的神话》(《中国报告文学》第4期);张凭栏《汇川梦,民族梦》(《中国报告文学》第5期);查建中《唱给阳光和土地的歌》(《中国报告文学》第3期);刘晓瑜《与李四光一道找到铀矿的临湘人吴磊伯》(《新湘评论》)。

(二)获奖与出版

获奖情况。吴牧铃的长篇散文集《南方的牧歌》入选中国好书奖。黄军建《不朽的忧乐》获中国范仲淹研究会优秀著作奖。张逸云的长篇小说《一号命案》获"今古传奇杯现实主义文学创作大赛"最佳影视改编潜力奖,短篇小说《萌哥修鞋》获"豫见文学"全国大赛二等奖,长篇小说

《长川归鸿》获"今古传奇"全国优秀小说征文二等奖，报告文学《军人的脊梁》获中国石化集团"中国梦·石化魂"报告文学征文一等奖。方先义《妖怪下山》获第四届"读友杯"全国短篇儿童文学创作大赛教师组铜奖。阮梅《做个棉质女孩》获由中国作协主办、儿童文学杂志社承办的儿童文学金奖。江轲平《苏醒的秋天》获"我的乡愁"全国散文诗歌大赛一等奖。王良庆《不沉的速度》获《中华文学》2018年度优秀诗歌奖。

出版情况。葛取兵的散文集《洞庭草木深》（北京西苑出版社11月版）。吴牧铃长篇小说《丑虎》（接力出版社6月版），长篇小说《丛林游侠》（南京大学出版社1月版），长篇散文《南方的牧歌》（希望出版社8月版）。黄军建《不朽的忧乐》（吉林大学出版社9月版）。阮梅的儿童文学《向着光亮成长》（湖南少年儿童出版社4月版）。方先义的长篇儿童文学作品《河神的誓约》（大连出版社1月版），科幻长篇《梵天城的机器人》（大连出版社4月版），《儿童戏剧》（中国人民大学出版社1月版）。张灵均的散文集《我在洞庭等一片帆》（安徽文艺出版社10月版）。张阳球的小说集《稻草人》（百花洲文艺出版社8月版）。孟大鸣的小说集《翅膀翅膀，羽毛羽毛》（百花洲文艺出版社8月版）。李望生的小说集《笃神》（百花洲文艺出版社7月版）。刘子华的长篇报告文学《梦回长江》（湖南人民出版社6月版。张峥嵘的报告文学集《一代警魂张大尧》（团结出版社5月版）。

七 2018年常德市文情

常德市作协在市委宣传部、市文联的领导下，在湖南省作协的指导下，全体会员认真学习贯彻习近平总书记在全国文艺工作座谈会和全国宣传思想工作会议上重要讲话精神，坚持"二为"方向、"双百"方针和"三讲三抵制"原则，紧贴市委、市政府中心工作，组织和引导作协会员出精品力作，开展了一系列行之有效的文学活动，有力促进了常德文学事业繁荣发展。

2018年，常德市作协积极推进广大会员深入生活、扎根人民，把提高质量作为文艺作品的生命线，激发会员创作，用精品力作交出了一张满意的答卷。

国家级刊物发表斩获颇丰。据不完全统计，市作协会员累计创作发表各类作品5000部，其中小说类150余部、散文类400余篇、诗歌类1000余首（组）、其他文艺类300余件，在国家级刊物发表的作品主要有：刘少一中篇小说《电视机有鬼》（《民族文学》第5期）、满慧文中篇小说《黑色星辰》（《民族文学》第7期头条），满慧文散文《云雾仙乡》（《民族文学》第10期）、程一身的文学评论《化重为轻的诗歌之道》（《诗刊》第4期下半月刊），程一身翻译作品《坐在你身边看云》（人民文学出版社12月重印本）、邓朝晖《醉花阴》（入选《诗刊》创刊60周年诗歌选）、谈雅丽《湖上草塘》（《诗刊》第8期下半月刊）、唐益红《群山如父（组诗）》（《诗刊》第6期下半月刊）。

文学作品精彩纷呈。2018年，各级作协会员创作成绩斐然，发表作品诸多。唐波清、谈雅丽、邓朝晖、唐益红、龙向枚、宋庆莲、陈文双、胡平、熊芳、谭晓春、李代高、余晓英等一大批国家级、省级、市作协会员用精品力作反映了时代的脉搏。

小说方面：唐波清全年共发表和转载小小说291篇，其中在纸媒报刊上发表和转载105篇（省级29篇，市级37篇，县级12篇，海外等其他27篇）；在各种"微信公众号"和文学网站上发表和转载186篇。有19篇小小说入选13种作品集。有10部个人作品集被四家图书馆收藏。在11次小小说大赛（评选）中荣获14项奖励。第二本小小说专集《两棵香椿树》由团结出版社出版，收录2018年新创作的小小说64篇。此外，还有：胡平《梦幻人生》（《山东青年·月末版》第2期）、《山谷里的回声妖》（《少年文艺》第3期）、《鞋尖朝外》（《少年文艺》第9期）、《帽子里的海》（《小学生导刊》第8期）、《如果猫给你一颗糖》（《小学生导刊》第1期）；龙向枚《生气的小茉莉》（大连出版社2018年出版）；赵峙《画册的封面》（《湖南文学》第1期）、《修路人》（《牡丹》第9期）；陈文双《你为何如此美丽》（《东方剑》第2期）、《海归画家》（《东方剑》第5期）。

诗歌方面：谈雅丽在《诗刊》《星星》《草堂》《山东文学》《散文诗》

等刊物发表多篇作品，在《诗探索》和人天书店集团主办的"中国新锐女诗人二十家"评选活动中获评"新锐女诗人"称号。其诗作入选漓江出版社《2017中国年度诗歌》《中国2017年度诗歌精选》《中国女诗人诗选·2017年卷》《2017年中国最佳诗歌》等选本。此外，还有邓朝晖《春天词》（《草堂》第10期）、《水中诗（组诗）》（《草原》第10期）、《邓朝晖诗歌二十首（组诗）》（《诗探索》第1辑）、《古曲路79号》（《诗歌风赏》第1卷）；唐益红《圣湖》（《湖南文学》第5期）；胡平《胡平的诗（组诗）》（《中华文学》第2期）、《虚构（组诗）》（《延安文学》第3期）、《虚幻（组诗）》（《山东文学》第7期）、《一只鸟在天空叫了一声（组诗）》（《文创达人志》总第53期）、《多梦的夜晚（组诗）》（《文创达人志》总第59期）、《强迫症（组诗）》（《新华文学》总第88期）；程一身《春熙路的月亮与模特》（《诗收获》春之卷）、《诗七首》（洪子诚主编《阳光打在地上：北大当代诗1978～2018》北京大学出版社出版）、《不朽者预感到自身的死亡》（《2019天天诗历》中国青年出版社出版）。

散文方面：邓朝晖《麓山路》（《青岛文学》第6期）、《照见河水》（《鹿鸣》第4期）；陈文双《燕子的选择》（《文苑·经典美文》第12期转载）、《城中种稻记》（《湖南文学》第11期）、《住在红尘深处》（《文学港》第7期）；李代高《话友》（《散文选刊》第1期）、《说鞋》（《散文选刊》第12期）、《我们的爱情》（《参花》第8期）、《关于荷》（《参花》第8期）、《茶的述说》（《参花》第8期）；余晓英《被吃掉的脚印》（《湘江文艺》第1期）、《河流去向不明》（《散文》第12期）。

获奖入选捷报频传。刘少一的中篇小说《别说我父亲坏话》入选2018年"中国少数民族文学之星"丛书；满慧文的中篇小说《彩绫坊》入选2018年中国少数民族作家精品选；胡平的诗歌《我想说》获中国诗歌学会、北京大学中国诗歌研究院联合主办的第二届"万年浦江·千年月泉"全球华语诗歌大赛铜奖；龙向枚的长篇幻想儿童小说《生气的小茉莉》获大白鲸原创幻想儿童文学一等奖，长篇儿童幻想小说《寻找蓝色风》获中宣部优秀儿童文学出版工程奖，《如果猫给你一颗糖》入选《2017湖南儿童文学作品选》，《小熊丢了一个吻》入选《2017年中国幼儿文学精选——小熊丢了一个吻》，《小熊丢了一个吻》《雨巫婆卖雨》《点先生》入选语文主题丛书（上海教育出版社）；熊芳的诗歌获第五届"人民文学·紫金之星"诗歌佳作奖；作家程一身获第五届中国当代诗歌奖（2017~2018）翻译奖；谈雅丽在"中国新锐女诗人二十家"评选活动中获"新锐女诗人"称号，散文集《沅水第三条河岸》获第二十七"东丽杯"孙犁散文奖散文集类三等奖；邓朝晖的诗歌《名山渡口》入选《中国2017年度诗歌精选》，《河流》入选《2019天天诗历》，组诗《银杏客栈》入选《中国女诗人诗选：2017年卷》；陈文双散文集《通鸟语的人》获孙犁散文奖二等奖。

八　2018年张家界市文情

2018年，张家界市作协会不忘初心，牢记使命，认真履行联络、沟通、协调、服务的职责，在深化作协改革、搭建展示平台、开展文学活动、培养壮大队伍、促进文学创作等方面取得了一定成绩。

据不完全统计，各级会员在省级以上报刊、杂志上发表文学作品200余篇（首），出版文学作品集10余部。宋梅花的小小说被《小说选刊》转载，是张家界市近年来小说创作的重大突破。刘晓平、石绍河、高宏标、谢德才、陈颛、向延波、宋梅花、黄真龙、姚雅琼、钟锐、周明、欧阳清清等十余位作家的作品被转载或入选各种年度选本。罗长江、李文峰、郭红艳3名作家成为"梦圆2020"文学征文活动毛泽东文学院签约作家。王明亚获湖南省作协2018年重点作品扶持。2018年10月，周明获第二届"恋恋西塘"诗歌节全球华语征文二等奖。

2018年全市文学作品发表情况（部分）如下：刘晓平《大地诗》（《湖南日报》2018年6月8日）、《苏木绰拾起的诗意》（诗歌）（《民族文学》第8期）、《贺州散记》（散文）（《天津文学》第10期）、《故乡六章》（散文）（《中国作家》第10期纪实版）；石绍河《最爱庸城花木深》（《散文海外版》第7期）、《散文三题》（《东方散文》第4期）、《紫薇》（散文）

（《散文百家》第 9 期）；赵云海《好友老童》（《散文百家》第 12 期）；谢德才《刘家寺的水井》（《湖南散文》第 2 期）、《利福塔的糖》（《天津文学》第 4 期）、《行走桑植》（《散文海外版》第 5 期）、《乡下过年》（《散文海外版》第 11 期）；宋梅花《草帽面》（《小小说月刊》第 6 月上半月刊，《微型小说选刊》第 2 期转载）、《落叶归根》（《联合日报》第 12 月 18 日）、《叫鸡公儿老涛》（《金山》第 12 期）、《老头子的艳阳天》（《小小说大世界》第 10 期）、《宋老财的麻子媳妇》（《金山》第 2 期）、《两条香烟》（《金山》第 5 期）、《不扯芭茅不上坎》（小小说）（《小小说大世界》第 7 期）、《姚偌儿·赶仗狗》（小小说）（《金山》第 9 期，《小说选刊》第 11 期转载、《唐裁缝》（小小说）（《小小说大世界》第 8 期）；钟锐在《少年儿童故事报》《小学生导刊》《小学生天地》《中外童话》《小学生世界》《童话寓言》《创新作文》《趣阅读》等发表儿童文学作品三十余篇（上半年）；陈颉《大庄坪的夜有点冷》《溪口》《两河口》（《贵州文学》第 1 期）、《灵魂的光阴在浪花肩头慢慢醒来》（组诗）（《九州诗文》第 8 期）、《陈颉的诗》（8 首）（《诗歌世界》第 2 期）、《湘西　湘西（组诗）》（《椰城》第 7 期）；高宏标《玻璃桥上，我看见另一种透明》（《湖南文学》第 5 期）；柯云《远去的凄美》（散文）（《散文选刊》第 5 期下半月原创版）、《沈从文与翠翠》（散文）（《海外文摘》第 9 期）、《珍贵的遗产》（诗歌）（《中华魂》第 5 期）；覃正波《一个人的风景》（组诗）（《椰城》第 9 期）；谭向东《鲁院印象》（散文）（《散文百家》第 9 期）；周明《低矮的旧事物与远方的旧时光》（诗歌）（《湖南文学》第 10 期）、《五线谱（组诗）》（《绿风》第 6 期）；王生全《三岔湾》（《小说林》第 6 期）；杨冬胜《淋湿我的那场桑葚雨》（《佛山文艺》第 11 期）；覃儿健《收藏时光》（《湖南散文》第 4 期）；铁棒《金沙滩日落》（《湖南散文》2018 年 4 期）。

2018 年全市文学作品扶持情况（部分）如下："梦圆 2020"文学征文活动毛泽东文学院签约作家：罗长江《梦想开花的地方——旅游脱贫武陵源模式交响曲》（长篇报告文学）；郭红艳《泥土的芬芳》（长篇报告文学）；李文峰《山重水复》（长篇小说）；湖南省作协 2018 年重点扶持作品：

王明亚《祖母河》（长篇散文）。

2018年全市文学作品出版情况（部分）如下：市民委、市作协《回到张家界——张家界市2018年度优秀文学作品选》（团结出版社，2018年9月）；石继丽、邓奕琳《庸城简读》（散文集）（中央民族大学出版社，2018年9月）；石继丽《翻开那一页山水》（散文集）（中央民族大学出版社；王成均等编《有一种成长叫阳光励志》（时代出版社，2018年9月）；谢德才《一个人的凤凰》（散文集）（中国言实出版社）、《张家界的眼睛》（散文集）（中国文联出版社）；戴楚洲、熊正贤《中国武陵文化》（西南交通大学出版社，2018年5月）；谷润生、李康学主编《刘家坪记忆》（线装书局，2018年3月）；钟锐《歪歪探长系列第二辑》（少儿侦探故事，清华大学出版社，2018年1月）；钟锐《骑自行车的青蛙》（童话集，江西教育出版社，2018年4月）；李三清《漫步紫竹林》（散文集）（江苏凤凰美术出版社，2018年11月）；宋梅花《庸城故事（一）》（小说集）（团结出版社）。

九 2018年益阳市文情

《益阳市作协文学创作及评优评先细则》出台后，持续发力，助推文艺创作的繁荣发展，成效显著。2018年，益阳市作家出版文学作品集10部，发表中短篇小说、散文、诗歌、儿童文学、传记文学、报告文学、文学理论等各类文学作品800多篇（首）。

诗歌创作。在省级以上文学刊物发表诗歌500余首。老作家舒放笔力犹健，分别在《诗刊》第1期（上半月刊）发表诗歌《老妻》、《诗潮》第4期发表组诗《小家人物》；一江在《诗刊》（上半月刊）第1期发表《一只乌鸦口渴了》；郭辉在《诗刊》（上半月刊）第5期发表《蓝莓树》（外一首）；冯明德在《诗刊》（上半月刊）第8期发表组诗《月塘塝》；卜寸丹在《诗刊》（下半月刊）第8期发表组诗《幻想之物》。3月，《7路车》入选《2017年中国新诗排行榜》（浙江人民出版社）。向晓青的《向晓青的诗》（六首）选入《诗刊》社编的《我听见了时间》（中国青年出版社）；《星星》（散文诗版）第 1 期发表陈旭明的组章《华蓥山观石林》、第 11 期"文本内外"栏目重点推出陈旭明的组章《把真相搬到现场》，并刊发对其的访谈；鲁丹《缓慢的时光（组诗）》发表于《星星·诗歌原创》第 4 期；邵孝文在《星星》（散文诗版）第 8 期发表组章《沅江地标》；一江的《一只乌鸦口渴了》《房子，房子》入选《星星诗刊中国青年诗人作品选》。同时，郭辉、冯明德、黄曙辉、卜寸丹、陈旭明、庄庄、李定新、范果、刘盛琪、向晓青、萧骏琪、李克强、黎梦龙、彭润琪、邵孝文、钟浩如、刘喜良、杜卫兵等先后在《诗潮》《绿风》《诗歌月刊》《中国诗歌》《散文诗》《北京文学》《湖南文学》《山东文学》《草堂诗刊》等刊物发表大量作品。这些诗人的作品还入选《中国年度优秀散文诗》（新华出版社）、《中国年度作品·散文诗》（现代出版社）、《中国散文诗精选》（长江文艺出版社）、《散文诗艺术技巧例话》（作家出版社）、《中国散文诗一百年大系》《湖南诗歌年选》（湖南文艺出版社）、《中国年度最佳散文诗选》（四川文艺出版社）、《中国新诗排行榜》（青海人民出版社）等数十种选本。2018 年初，邹岳汉主编的《中国年度散文诗》由中国出版集团现代出版社出版。

散文创作。张吉安笔耕不辍，相继在《雨花》第 4 期发表《人在岸上》、《湘江文艺》第 2 期发表《出走乡村》。舒放在《湖南文学》第 7 期发表《渔猎洞庭》：《月光下的白划子》《双头撮》《苇荡麻篆坝》《舀鱼记》《鸬鹚与船》《满湖游弋的渔火》六篇，11 月 12 日，在由湖南省作家协会、湖南日报社举办的"家国四十年"征文活动中发表散文《夫人"手机控"》。王芳的创作在题材及思想上均有突破与拓展，《标签》发表在《南方文学》2017 年第 6 期，《另一条河》发表在《青年文学》2018 年第 2 期，《桃花灼灼》发表在《雨花》2018 年第 3 期，《端午听雨》发表在《中国校园文学》2018 第 5 期，《乡居小确幸》发表在《安徽文学》2018 年第 12 期，以大情怀，写大散文。另外，高尚平在《西部散文选刊》2018 年第 1 期发表《想起当年学胡琴》，吴新波在《湖南文学》2018 年第 4 期发表《炊烟升起》，蒋红霞《如樱·花田》发表在《西部散文选刊》。

小说创作。裴建平搁笔数年，从报社调到市文联担任领导职务后，率先垂范，创作呈井喷之势，引起文坛关注。2018年，他在《芙蓉》第1期发表中篇小说《小品回到考棚街》，以笔名裴非在《青年文学》第1期发表短篇小说《柳眉的房间》、在《天涯》第4期小说头条发表短篇小说《考棚街》、在《湖南文学》第8期小说栏目头条发表短篇小说《他不是博尔特》。舒放在《创意写作》第8期发表短篇小说《诱惑》。夏汉青在《安徽文学》第1期发表《知道爱我也幸福》。昌松桥在《小小说月刊》第3期（下）发表小小说《猎神之死》，后由《民间故事选刊》3月下转载；小小说《立胡子》发表在《微型小说选刊》第21期，小小说《三堂街之恋》首发《微型小说选刊》第9期，分别入选《2018年中国微型小说精选》《2018年中国年度微型小说》《2018年中国小小说精选》；小小说《永远的一课》选入江苏省镇江句容市2018年八年级语文上学期期中试题。网络文学有蔡晋新书《医门宗师》，于12月初开始上传。目前位列新书榜前十，已经售出繁体出版版权，相继出售《重生世家子》《极品医圣》两本小说影视版权。关云（贼眉鼠眼）小说《明朝伪君子》顺利售出影视版权。吴双辉（番薯）新书《绝品相师》登录书香云集平台，目前创作50余万字，陆续登录掌阅、书旗、咪咕等各大平台。订阅破万、点击超过1000万，粉丝十余万。姚雪琼（土豆）作品《极品术士》完本，新书正在跟咪咕阅读、17K阅读网洽谈高价买断合同。曹富乐（唐以莫）《总裁撩妻100式》获得香网年度作品第二，年度作者第二。已售出漫画、音频、影视等版权。同时，井井然、刘青洵、星辉、莫斜、疯狂的小牛等，作品被各站数十万读者收入书架，入选网站精品栏目。

儿童文学创作。老作家卓列兵的小说《狩猎奇遇》发表在《儿童文学》第2期，并有多部作品入选"中国儿童成长必读丛书"等选本。青年作家游军也在《少年文艺》等刊物发表作品。

文学评论。黄曙辉在《宁夏大学学报》第6期发表《以阳光的心态观照世间万物》；邵孝文的《关于诗的断想》发表在《文学月报》第6期；田汉文亦有评论文章见诸报刊。同时，女性评论家群落势头不减，创作成绩斐

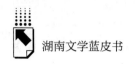

然。庄庄在《星星》（理论版）发表《颂唱与歌哭：一个热血者的精神镜像》；王芳接连在《六盘山》等刊物发表《寻找灵魂苏息之路》《文化的乡愁和记忆的追问》《老派优雅，依旧升华》。向春霞、范果在《中国文艺家》《读书文摘》《北方文学》及其他杂志发表文学评论数篇。她们从女性的角度，既亲近现实的土壤，又不避经典，在思考与想象中完成作品的再生长。

获奖情况。3月，《散文诗》杂志社总编辑冯明德获第四届中国出版政府奖优秀编辑奖。9月，《散文诗》杂志首次入围第九届"向全国少年儿童推荐百种优秀报刊"。陈旭明的《华蓥山观石林》在《星星》诗刊主办的"锦绣邻水杯"中国散文诗大赛中获三等奖。李洪出版的长篇报告文学《大道》，获第二届电力文学奖。高尚平的《过年吃甜酒》获行走散文作家联盟"春节的味道"散文有奖征文银奖，《忆胖哥》获《读者》2018年5月征文奖。

十　2018年郴州市文情

2018年，郴州市作协在省作协的关心支持和市委宣传部、市文联的领导下，以习近平新时代中国特色社会主义思想为指导，深入学习宣传贯彻党的十九大精神，牢固树立"四个意识"，坚定"四个自信"，全面推进作协深化改革工作，坚持以人民为中心的创作导向，团结和带领全市广大文学爱好者，有效推动全市文学事业健康繁荣发展。

2018年，郴州本土作家在《天津文学》《海外文摘》《文学港》《奔流》《湖南文学》《湘江文艺》《当代人》《延河》《江河文学》《山东文学》《少年文艺》《小小说选刊》《湖南日报》《羊城晚报》等文学杂志和报刊发表作品1000多篇；出版长篇小说、诗集、散文集等20余部。其中，取得较好成绩的作者举例如下。

王琼华系列科幻小说《天宫迷城》的前3部《复活吧，液体人》、《巫魔的宝藏》和《外星来的魔发师》正式出版，《湖南日报》《网易》等媒体平台发文推介。

何永洲创作的反映精准扶贫、精准脱贫的长篇小说《拼布绣》，入选为"梦圆2020"征文活动签约作家选题项目，这是郴州市此次唯一入选的长篇作品。

黄孝纪的散文集《晴耕雨读　江南旧物》由天地出版社出版并荣获"东丽杯"全国孙犁散文奖，散文集《八公分的植物》入选2018年度湖南省作家协会定点深入生活项目。黄孝纪的《镰刀三记》（《当代人》2018年第7期）、《食于野》（《山东文学》2018年第3期下半月刊）等70余篇作品在国内公开发行的杂志、各级报纸副刊发表。

刘青鹏的长篇冒险童话《校园密室》在2018年2月由湖南少年儿童出版社出版发行，受到小读者追棒。他的短篇童话作品《路灯下的秘密》《土地公公的账簿》分别在《中国校园文学》2018年第7期、第11期发表，实现了创作上的突破。

曹旭东的中篇小说《不测风云》在《脊梁》2018年第5期发表。

唐诗的短篇小说《韩香》、中篇小说《受潮》分别在《椰城》和《牡丹》发表，长篇小说《美西螈》由团结出版社出版，并荣获深圳读书月组委会主办的2018深圳劳动者文学十大好书奖。

谭旭日在《南方工报》《雪峰文学》《世界最美儿童诗中国卷》《语文报》等报刊上发表散文、诗歌70多篇，成为全国打工作家中的丰产作家之一。

年度公开出版的作品如下。

资兴"草根作家"徐堂忠散文集《岁月有痕》由团结出版社正式出版发行。

汝城县作家欧阳伟立的长篇小说《通讯录》由学林出版社出版发行。

宜章县作家欧阳华丽的长篇小说《风雨人生路》6月由团结出版社出版发行。小小说《错过》于5月3日在《小小说选刊》发表。并于10月10～30日被市作协推荐到毛泽东文学院（第十七期中青年作家研讨班学员）学习。

另外，年度发表作品或收录选本的作者如下。

《光明日报》出版社旗下《中国诗界》杂志夏季号中刊《关雎爱情诗》"情诗群落"推出"湖南省桂阳县诗歌协会会员爱情诗选"专辑，桂阳诗歌协会 13 名会员的 19 首作品入选。

徐杨、周坚韧、彭路嘉、嫣然、周文娥、欧阳华丽、谭莉、李炳林等人的新作都达到一定的水平，受到读者好评。

十一　2018年永州市文情

2018 年，永州市作协认真学习习近平总书记关于宣传思想文化工作系列讲话，将习近平新时代中国特色社会主义思想内化于行，自觉紧跟时代，贴近现实，深入生活，文学创作喜获丰收，文学活动丰富多彩，文学队伍日益壮大，服务功能日益增强。

据不完全统计，全市作家正式出版个人文学作品集 12 部，有关县区作协组编出版文集 3 部；在各级文学期刊和报纸副刊发表各类文学作品近 700 篇。综观这些作品，无论是谱写火热的现实生活"圆梦2020"的主旋律作品，还是述说历史事件和人物，均立意高远，富有文采，产生了一定的社会影响。

一是小说创作。刘欢喜中篇小说《蓝色妖姬》刊于《飞天》第 5 期、中篇小说《并购事件》刊于《今古传奇》第 5 期，并荣获 2018 年"今古传奇全国优秀小说奖"二等奖；桂爱广中篇小说《翻过神仙岭》刊于《湖南文学》第 3 期；陈茂智短篇小说《三只眼的鱼》刊于《湖南文学》第 3 期，小小说《谢一篙》《高连鹏》《放水》入选文心出版社出版的"风铃鸟系列美文读物"之《雪化后是什么》和《爱在刨花中盛开》；另有何一飞、郭威等部分作家在地市级报刊及行业报刊发表了不少短篇小说；宁远县作家黎成钢获奖中篇小说《远山的呼唤》出版；老作家唐曾孝长篇小说《白毛男》出版。

二是散文与报告文学创作。凌鹰长篇纪实散文《我的十八洞村》由湖南人民出版社出版，并在《散文》等多家报刊杂志上发表作品 60 余篇；陈茂智、田人合著《梦圆大瑶山——湖南涔天河水库扩建工程大纪实》由人民日报出版社出版，陈茂智《凉粥溪》等4篇散文刊于《羊城晚报》等报刊；田日曰散文集《潇水清清永水流》由北京日报出版社出版，《借来借去的乡情》等10篇在《湖南日报》等报刊发表；杨邹雨薇《游衡阳》等29篇在《散文选刊》下半月版等报刊发表；何俊霖《家乡的青砖房》在《散文百家》第11期发表；艾莉《人间天堂云梯山》等3篇刊于《文学风》等报刊；唐常春《母亲在哪，哪里就春意满园》《水牛花粑粑》等8篇在《小品文选刊》等报刊发表。另外一大批作者在《永州日报》副刊等发表散文300余篇。

三是诗歌创作。蒋三立《花蕾（组诗）》发表于《扬子江诗刊》第5期、《陈旧的（组诗）》发表于《中西诗歌》第3期；刘忠华诗集《时间的光芒》由北京日报出版社出版，在《湖南文学》第4期、《诗探索》第1期、《天津诗人》秋之卷、《中西诗歌》第3期等共发表4组19首，另有30余首在地市级报刊发表；田人《春暖花开（外一首）》在《诗刊》第19期、《宋家洲史事（外2首）》在《中西诗歌》第3期发表，另有诗歌在《作品》《山海经》等发表；吴庚辛《让时光酿着桃花与爱情》在《诗选刊》10月下半月刊、《凤凰山记（外2首）》在《中西诗歌》第3期发表；米祖《葡萄架是一首副歌（外一首）》在《湖南文学》第6期、《怀素塔（外一首）》在《天津诗人》夏之卷发表；周丽玲《桥下的影子（外2首）》在《诗选刊》6月上半月刊发表；李明剑《还魂草（外2首）》在《红豆》第7期发表。此外，《中西诗歌》第3期集中展示了永州"潇水流域诗群"，除上述田人、蒋三立、刘忠华、吴庚辛作品之外，还刊发了无常、青蓖、笨水、柴画、乐家茂、张樱子、这样、李文勇、王一武、屈甘霖、唐崇慧等人的诗歌。另外，匠丽氏、刘朝善、王忠平、周启群、南蛮、文紫湘等亦有作品在报刊发表。

四是文学评论。组织了对陈茂智作品的集中研读、评论，收到优秀文章29篇，编入《愚溪悦读》即将公开出版。组织了对郑山明散文集《乡愁的滋味》研讨会，发表评论5篇。组织了对刘忠华诗集《时间的光芒》

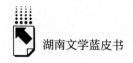

的阅评，发表评论 4 篇。另外，《永州日报》副刊还开设专栏，发表文艺评论 41 篇。另有一些评论家在《湖南科技学院学报》等发表了对本土作家的评论。

另外，老作家李长廷的长篇小说《南行志异》、杨金砖（易石）的文学评论《潇水流域作家作品研究》进入省作协 2018 年重点扶持作品选题；何一飞、成丕立的长篇小说分别获得省"圆梦 2020"重点作品扶持。

十二 2018年怀化市文情

2018 年，怀化市作家协会在市委宣传部、市文联领导下，以党的十九大精神为创作导向，积极引导广大会员在文学创作中弘扬主旋律，积极参与文学扶贫，助力圆梦"2020"。做先进文化的践行者和社会风尚的引领者，在协会组织建设、人才培养、开展文学活动、文学交流和文学创作成果等诸多方面都取得了好的成绩，现将一年来怀化文情报告如下。

（一）加强人才队伍建设

一是作协会员梯队建设，积极发展会员。按怀化市文联"十百千万"工程的要求，市作协积极发展会员，2018 年一年发展中国作协会员 2 人，省级作协会员正在审批之中，市级作协会员 30 人，一大批优秀作者和文学青年进入各级作协组织，成为县级以上的作协会员，为作协队伍建设蓄积了力量和后备军。二是选派优秀作者外出学习。推荐了一名作家参加由团省委举办的"与改革同行，约青年筑梦"湖南省新兴青年群体培训；选送了三个有创作潜质的青年作家参加毛泽东文学院中青年研讨班的学习；推选七人参加了省作协举办的作家高研班学习；选拔三人参加毛泽东文学院散文培训班学习。三是把名家编辑老师请进来，为怀化作家讲稿授课，提高文学理论知识和创作水平。4 月 20 日，邀请《湖南文学》杂志主编、编辑来怀化讲课座谈、交流。6 月 15 日，邀请《北京文学》杂志社编辑来怀化进行了文学讲座和稿件点评，广大作者受益匪浅。

（二）拓宽服务领域

1月21日，市作协参加了由市文联、市志愿者协会和鹤城区委组织部主办，以文艺惠民和爱心公益为主题，"送欢乐下基层"文艺志愿者公益活动。

4月16日至19日，市作协参加了"庆祝改革开放40周年，中国多民族作家看通道"的文学实践活动，市作协和来自全国各地的少数民族作家代表深入侗乡的田间地头、侗寨村落，感受侗族深厚的历史文化与火热的生产生活。

7月24日至25日，市作协参加了由省新闻出版广电局和省作协组织的文艺自愿者赴怀化市麻阳县和洪江区、2018"书香湖南·阅行者"暨"我的书屋，我的梦"暑期少儿阅读实践活动。

（三）文学创作成果突出

据不完全统计，一年来，作协各级会员在《民族文学》《湖南文学》《散文百家》《散文选刊》《湖南日报》《贵州日报》等省级以上公开期（报）刊发表各类文学作品140篇（首），公开出版发行各类文学作品5部，获得省级以上文学奖项3人次。尤其难能可贵的是市作协副主席、苗族女作家木兰连续两年在《贵州日报》开辟专栏"陌上清音"，在湘、黔两省文学界反响极大。

十三 2018年娄底市文情

2018年，娄底市作家协会健全组织，搭建平台，推动创作，加强队伍建设，营造文学氛围，多出快出成果，全市文学事业呈现繁荣发展的新局面。

（一）小说创作

袁杰伟历史传记小说《随园流韵——袁枚传》由作家出版社出版，列

《中国历史文化名人传》丛书第七辑，为中央领导提议、中国作协组织实施的国家级重要文化工程，袁杰伟是湖南省两名参与该工程的作家之一；张小牛《烛于此间》发表于《芙蓉》中篇小说"头条"，湖南省文化事业发展引导项目、湖南省社会科学发展支持项目《邵阳文库》出版《张小牛卷》；莫美历史人物小说《李续宾传》由作家出版社出版；李述文长篇小说《金梯子》由湖南文艺出版社出版；刘道云长篇小说《老腊树下》电声版授权北京音像公司上线"喜马拉雅"音频平台；李健小说《迷彩帽》《漂流瓶》分别发表于《湖南文学》《芙蓉》；刘朝霞小小说《年夜饭》在《长沙晚报》橘洲副刊发表；刘美兰中篇小说《白衣胜雪》在《特区文学》发表。此外，刘美兰长篇红色名人小说《梦见成仿吾》、阳红光长篇小说《梅乡密码》等书稿已杀青。

（二）诗歌创作

廖志理开启了娄底市首部诗歌研究评论集《廖志理诗歌研究论集》，该书由暨南大学博士后龙扬志主编、北京现代出版社出版，共收录了雷抒雁、王燕生、弘征、颜同林、石英、刘强等驰名诗坛的著名诗人作家、评论家批评文章40余篇；安敏组诗在《神州时代艺术》《国防周刊》等发表，其《爱情诗选》一次被选发28首；龙红年《一片金秋梨长在伤口上》《每一个垃圾桶都装满夜色》在《诗刊》重要专栏"新时代"发表，长诗《大漠英雄林俊德》《群山》分别在《湖南日报》《扬子江诗刊》发表，创作完成湖南省重点文艺项目3000余行长诗《水稻颂辞》；海叶散文诗组章《菊花与酒》《冥想与漫游》、小长诗《致诗人洛夫》等30余章（首）在《星星·散文诗》《湖南文学》《中国魂》等发表；朱家雄《情弦》《盼望》《情伤》等诗作同期发表于《台港文学选刊》；龚志华组章《你在光芒里》发表于《星星·散文诗》"星星视野"头条，其27章散文诗在《长沙晚报》橘洲副刊发表；胡建中《过客》发表于《星星诗刊》；杨卫星词作《春娃娃》《美丽涟源我的家》在《音乐教育与创作》发表；刺客组章《蔚蓝之上》、曾晨辉《怀屈原》均在《散文诗》发表；张晓鸿长诗《秘色天使》发表于《神州时代艺术》；柳晓烟组章《涟水河》发表于《散文诗世界》。此外，客居长沙的梦天岚，其新诗集《子夜将至》书稿已完成，获诗人评论家草树等好评；旅居深圳的蒋志武诗作呈井喷状，其组诗《丰满的石榴》《在宽阔之地》《除了风，再没有别的声音》等100余首诗作先后发表于《大家》《作家天地》《湘江文艺》《中国作家》《安徽文学》等10余家期刊。

（三）散文杂文创作

安敏在《湖南文学》《湖南日报》《工人日报》发表散文《向爱》《老牛》《忆一位农民作家》《哥哥那棵大树》；游宇明在《中国纪检监察报》《杂文月刊》《北京日报》《湖南日报》等省级以上报刊杂志发表作品110余篇，70篇次被《杂文选刊》《报刊文摘》《中国剪报》等文摘报刊转载，其随笔集《不为繁华易素心：民国文人风骨》再版；刘群华《梅山粮仓》《红春联》《支流》《北京时间》《橘红》等发表在《人民日报》《文学报》《湖南日报》《散文海外版》《山东文学》；袁送荣散文集《富厚堂的心灵》由湖南文艺出版社出版，书中文章被《湖南日报》《青年报》等报刊转载；唐象阳《乡愁里的灵魂》《艳桃姐》发表于《湖南日报》《湘江周刊》《湘江文艺》；朱家雄在《新华书目报》陆续刊登一组共六篇名为《故乡记忆》的专栏文章，专栏还在连载中；邹定《措美之美》《一篱蔷薇》分别发表于《散文百家》《散文选刊》；刘丽华散文《蓝印花布》《筒子楼》《药戥子》《文人写中秋》等发表于《人民日报》《散文选刊》《文学报》《黑龙江日报》；李丹妮散文《水满田畴》发表于《人民日报》（海外版）；陈玲散文《外婆的桃花源》发表于《湖南文学》。此外，袁丽霞在《长沙晚报》橘洲副刊发表14篇散文，张晓鸿、曾晨辉、陈玲、贺有德、朱无穷等的散文在省级以上刊物均有不俗表现。

（四）其他体裁创作

吴礼鑫《哲理寓言集》获第四次再版，在"云图有声"音频平台上线；袁杰伟报告文学《油溪桥的振兴之路》发表于《中国报告文学》，采访创作

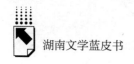
"文艺小人物"系列作品《用生命奏响资江船歌》《八旬老画家的心愿》《一剪之巧妙夺神工》《满室芬芳春不老》发表于《湘江周刊》；李群芳文艺评论《莫美长篇小说〈墨雨〉的地域文化特色及其作用》在《湖南人文科技学院报》发表，在《湖南日报》副刊头条发表《从"边城"到"漫水"》。

（五）入选获奖作品

安敏散文《百鸟朝凤》收入湖南年度散文选；龙红年组诗《暮色里万物柔软》入选《全国第二届"诗探索，春泥诗歌奖"作品集》，其诗歌《眺望》入选"读首好诗，再和孩子说晚安"丛书，诗歌《仇家》获全国红高粱诗歌奖入围奖、入选由漓江出版社出版《2017 中国年度诗歌》；海叶散文组诗《佘山的诗情与禅意》在上海市作家协会与《文学报》联合举办的"大美佘山·诗情"全国征稿活动中荣获优秀作品奖，且作品被收入文汇出版社出版的《诗情画意忆佘山》一书；游宇明杂文《学问比权力更长久》《郑振铎的"私"志》入选《2018 年中国杂文年选》，由花城出版社出版，迄今已连续 19 年进入全国性权威文学年选，随笔集《不为繁华易素心：民国文人风骨》再版，获第 27 届北京新闻奖、2017 年山东新闻奖等四个奖项，《杂文月刊》《联谊报》等数家报刊发表了对游宇明创作的评论文章；袁杰伟报告文学《油溪桥村振兴之路》入选中国作协、《人民日报》联合举办的"改革开放四周十周年"征文，作品发表于 11 月 8 日中国作家网专题，湖南作家网转载。

邓玲《迟到的雪》获"傲骨杯"中华诗词大赛最佳作品奖；袁丽霞《读书里的人生况味》在湖南高校新闻奖评选中被评为副刊类二等奖；龚志华组诗《钢铁的歌》、李国毅《桃红的梦想》、肖朝晖组诗《守望者》分获第三届中国冶金文学奖评选诗歌二等奖、小说三等奖、诗歌三等奖；曾爱兵词作《乡恋》《全世界我爱的就是你》同获"唱响中国"2018 全国第三届大型词汇曲创作音乐展演盛典一等奖；胡建中诗作《我的快乐就是想你》收录光明日报出版社《中国实力诗人诗选》；李群芳诗歌获第八届中国·和顺"七夕情诗"大赛一等奖，入选并收录湖南文艺出版社《2017年度湖南诗歌年选》；谢辉利《在水酒中筑梦的残疾人》获湖南省文化厅、省残联主办的第五届全省残疾人文化周征文大赛三等奖；罗瑞花《花朵院子》获入选并刊登于《湖南日报》"四十年来家国，纪念改革开放40周年征文专题"；在湖南人文科技学院文学院与新化大熊山风景区联合举办的"大熊山颂歌"征文中，海叶、张峰获得一等奖，铃兰获得二等奖，王建华、余岸辉、陈建龙获得三等奖；2018年娄底市文学艺术奖12月下旬出炉，9个文艺门类81件作品获奖，文学类以袁杰伟《随园流韵——袁枚传》、李述文《金梯门》、袁送荣《富厚堂的心灵》、谢志明《烧车御史谢振定传》、蒋志武《在宽阔之地》、刘美兰《白衣胜雪》、李健《漂流瓶》、海叶《佘山的诗情与禅意（两章）》、龙红年《大漠英雄林俊德》等17件作品获奖且数量居首位。

十四 2018年湘西州文情

2018年，湘西自治州文联和作家协会在州委州政府的关心支持下，在州委宣传部的直接领导下，坚持以习近平新时代中国特色社会主义思想为指导，全面贯彻落实党的十九大精神，坚持以人民为中心的创作导向，组织广大文学工作者深入人民，扎根生活，创作了一大批优秀的文学作品，促进了湘西文学事业的发展。

（一）潜心文学创作，追求精品力作

文学创作。在《民族文学》《花城》《中国作家》《湖南文学》《小说月报》《江南》《诗刊》《湛江文学》《雨花》《贵州文学》等20多种省以上报刊发表各类文学作品300余篇。

田耳在《花城》发表长篇小说《下落不明》，中篇小说《一天》入选《小说月报》。刘萧长篇小说《三生有幸》在《民族文学》上发表。于怀岸长篇小说《合木》在《江南》杂志发表，《你为什么结婚》发表在《青年作家》第 10 期。黄标小小说《抢镜头》被《小说月刊》第 12 期转载，中篇小说《本真》发表在《文学月报》第 4 期，《小小说二则》发表在《唐山文学》第 10 期。在《湖南文学》发表作品的有于怀岸《小说二题》、李田田小说《我的拔出科》、刘年散文《行吟者》、九妹散文《化城再来人》、王爱散文《水井湾预言》等。龙宁英发表散文、报告文学 9 篇，其中散文《大山里更大的山是万山》发表在《中国作家》第 9 期，在《贵州文学》发表散文《倾听苏麻河流水吟唱》。王爱散文《人间盐粒》发表在《雨花》第 3 期，《歧路亡羊》发表在《南方文学》第 4 期。尚勇散文《五老爷的河》发表在《文学风》。刘年先后在《诗刊》《珠海文学》《作品》等发表诗歌《念青唐古拉山》《南沙》《石头赋》等 30 余首。仲彦诗歌《生存的天空》在《火花》杂志发表，在《辽西风》发表诗歌《大地自己呈现幸福》、在《佛山文艺》发表诗歌《彩霞》等。黄摩崖随笔《汉字的命》入选中国作协选编的《2017 年中国随笔精选》。龙宁英报告文学《从恭城书院到杜鹃草堂》在《湖南报告文学》第 4 期发表。黄标长篇报告文学《刨食土地诠释"人学"的人》发表在 11 月的"中国作家网"。4 月，吴国恩长篇小说《巴芭坡记事》、龙宁英长篇小说《南瓜船》和谢慧长篇报告文学《古丈守艺人》被湖南省作家协会列入"梦圆 2020"文学征文活动毛泽东文学院签约作家项目。田爱民创作的剧本《明日去山谷》入选湖南省作家协会定点深入生活项目和中国作协 2018 年度定点深入生活项目。黄青松长篇小说《毕兹卡族谱》被选定为吉首大学第六届"一校一书"阅读活动精读图书。

出版作品。主要有：彭学明报告文学《人间正是艳阳天》，梁书正诗集《唯有悲伤无人认领》《遍地繁花》，侯自佳长篇小说《沅水魂》，火树长篇小说《红旗飘扬》，卢杨均长篇小说《土地上的阳光》，苏明刚长篇小说《血刃——红二、六军团湘鄂川黔纪实》，刘能朴散文集《老家记忆—湘西北土家文化拾遗》，熊幽散文集《岩上光阴》，石天元散文集《山路弯弯山路长》，向功金《下溪州风土录》，泸溪县诗词学会《泸溪历代诗词选》，《泸溪历代楹联选》，石宗正文集《苦乐年华》等 30 多部。

获奖作品。田耳以中篇小说《一天》摘得第三届华语青年作家奖中篇小说"小说奖"。谭有为长篇小说《龙城猛将》获《今古传奇》2018年全国"十佳"小说。梁书正散文《我有一片菩提叶》在第四届广西网络文学大赛中获三等奖。刘年诗歌《观沧海》在中国作家协会《诗刊》社等举办的"致敬海南——海南建省办经济特区30周年"诗歌征集活动中获一等奖,组诗《天边的北斗七星是永远拉不直的问号》获《朔方》年度诗歌奖,诗集《行吟者》获首届"张家界大峡谷杯"中国张家界国际旅游诗歌奖特别贡献奖。杨传贤作品《两岸三通,一封喜信飞台湾》发表在《今日女报》,获湖南省"家书抵万金"活动一等奖,《国立八中纪念亭的故事》获二等奖。向书豪诗歌《乡土依然朴素整洁》组诗参加中国作协《诗刊》社国际诗酒大赛获优秀奖。刘大兴诗歌《给妻子写信》获"首届中国最美爱情诗大赛"二等奖。

(二)以评论为聚焦,促进文学创作

文学评论是对作者创作思路的分析,阐释作者的心理历程,是对作品的解读、透析。有利于读者对作品的理解,有利于作者对创作的反思。

2018年在《艺海》《南华大学学报》《神地》《团结报》等各类报刊发表文艺评论10多篇。陈文敏《纵身一跃的深情,万劫不朽的赤诚——大型民族舞剧〈马桑树下〉的文化意蕴》发表在《艺海》第12期。覃新菊《迟子建后期动物小说的生态阐释》发表在《南华大学学报》第5期。石健《叠加之力——宋世兵先生印象及其新作〈国茶的梅花〉读后感》发表在《神州时代艺术》第4期。姚传笑《沅水文化的开拓与坚守——苗族作家侯自佳从文50年回望》发表在《神地》第2期。沙言的《田瑛:雕刻小说的"湘西石匠"》在《团结报》上发表。

其他的还有陈文敏的《万物有灵中的文化乡愁——记梁书正的诗歌书写》、仲彦的《延波的诗歌艺术特色》、林格的《口述历史——红二、六军团在湘西的故事》、石健的《来自大地的乐音》等。

B.17
附录三　2018年成果汇总[*]

一　2018年湖南小说主要作品汇总^①

长篇小说

彭东明：《坪上村传》，《十月》第6期

于怀岸：《合木》，《江南》第4期

吴刘维：《午夜课》，《百花洲》第5期

楚　荷：《江城民谣》，《莽原》第2期

彭海燕：《第一信号》，人民文学出版社

何　顿：《幸福街》，湖南文艺出版社

赵俊辉：《美人书》，湖南文艺出版社

李述文：《金梯门》，湖南文艺出版社

刘运华：《大爱人间》，湖南文艺出版社

杨华方：《红色第一家》，中国青年出版社

＊　本部分内容由吴刘维、黄雨陶、刘知英、黄菲蒂、谭群、佘晔、龙昌黄整理。

①　本节小说选目说明：①所选对象为省内作家作品，在省外工作与生活的湖南作家作品，后
文另有专节统计；②长篇小说目录，包含文学期刊公开发表与出版社非作者自费出版两大
块，数据来源于湖南作家研究中心《2018年湖南文学发展报告》以及本书《小说：探寻小
说艺术的多样与可能》；③中短篇小说目录，数据来源于全国二十一家原创文学期刊（《收
获》《人民文学》《十月》《花城》《钟山》《当代》《江南》《作家》《天涯》《上海文学》
《北京文学》《作品》《长江文艺》《小说月报·原创版》《小说界》《山花》《青年作家》
《广州文艺》《文学港》《中国作家》《民族文学》）和七家选刊（《新华文摘》《小说选刊》
《小说月报》《中华文学选刊》《中篇小说选刊》《北京文学·中篇小说月报》《长江文艺·
好小说》）；④小小说目录，数据来源于《小说选刊》"微小说"和《小说月报·大字版》
"闪小说"；⑤由于信息采集不全导致某些湖南作家作品被遗漏，深表歉意。

李运启：《石峰镇》，百花洲文艺出版社

曹　青：《金纸鸢》，漓江出版社

周　伟：《平安无事》，线装书局

蒋少军：《以姑和龙命名的山》，线装书局

彭义文：《樟树湾风云》，中国言实出版社

蒋　松：《卖点时代》，华文出版社

范季明：《月亮湖上静悄悄》，北京燕山出版社

何永洲：《雷公仙传奇》，九州出版社

唐　诗：《美西螈》，团结出版社

朱彩辉：《铁鞋》，团结出版社

潘年英：《解梦花》，新星出版社

胡小平：《蜕变》，当代世界出版社

王天明：《浴火重生》，四川民族出版社

周思嘉：《雌花城市》，三辰影库电子音像出版社

中篇小说

舒文治：《活灵活现》，《花城》第3期

何立伟：《水流日夜》，《上海文学》第1期

少　一：《假发》，《北京文学》第5期

向本贵：《村长过年》，《小说月报·原创版》第3期

于怀岸：《你为什么结婚》，《青年作家》第9期

沈　念：《鱼乐火刺疑事》，《文学港》第1期

廖静仁：《斯文摆渡》，《中国作家》第1期

万　宁：《躺在山上看星星》，《中国作家》第8期

陈夏雨：《傩戏》，《中国作家》第8期

廖静仁：《寻找乐正子》，《中国作家》第12期

少　一：《电视机有鬼》，《民族文学》第5期

何立伟：《水流日夜》，《小说月报》中长篇专号二期

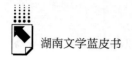

何立伟：《水流日夜》，《中篇小说选刊》第 2 期

何立伟：《水流日夜》，《北京文学·中篇小说月报》第 2 期

楚　荷：《兄弟》，《北京文学·中篇小说月报》第 8 期

舒文治：《活灵活现》，《长江文艺·好小说》第 8 期

短篇小说

马笑泉：《宗师的死亡方式》，《作家》第 1 期

学　群：《好孩子》，《天涯》第 1 期

沈　念：《客西马尼之夜》，《天涯》第 2 期

裴　非：《考棚街》，《天涯》第 4 期

周　实：《沙发》，《天涯》第 5 期

舒文治：《罗成牌》，《天涯》第 6 期

廖静仁：《钟声骤起》，《作品》第 8 期

袁姣素：《家务长》，《作品》第 10 期

江　冬：《一个小时的大师》，《作品》第 12 期

吴刘维：《五十肩》，《长江文艺》第 1 期

江　冬：《陌生人》，《长江文艺》第 12 期

南宫浩：《熘腰花》，《山花》第 2 期

简　媛：《两个人的城堡》，《青年作家》第 7 期

易清华：《把自由还给鸟笼》，《广州文艺》第 7 期

王琼华：《我长了一张"臭嘴"》，《文学港》第 10 期

向本贵：《坡头传奇》，《民族文学》第 10 期

聂鑫森：《界画》，《小说月报》第 6 期

沈　念：《冰山》，《小说月报》第 8 期

彭见明：《那山　那人　那狗》，《小说月报·大字版》第 11 期

沈　念：《冰山》，《中华文学选刊》第 8 期

马笑泉：《宗师的死亡方式》，《长江文艺·好小说》第 2 期

小小说

简　媛：《家园》，《小说选刊》第5期

戴　希：《儿女》，《小说选刊》第6期

戴　希：《戴希作品小辑》，《小说选刊》第8期

聂鑫森：《玉须帘》，《小说选刊》第8期

二　2018年湖南诗歌主要成果汇总

严　彬：《生活之谜》（组诗），《诗刊》第4期上半月刊

严　彬：《所有我未说出的》（组诗），《人民文学》第9期

卜寸丹：《幻想之物》（组诗），《诗刊》第8期下半月刊

梦天岚：《灵物简史·石头》（组诗），《星星·诗歌原创》第10期

玉　珍：《不知其名的神性》（组诗），《诗刊》第8期上半月刊

玉　珍：《土房中的人生》，《新华文摘》第7期

法卡山：《在坡月村》（组诗），《诗刊》第2期下半月刊

康　雪：《纪念品》（组诗），《诗刊》第12期上半月刊

康　雪：《出嫁后》，《诗刊》第1期下半月刊

康承佳：《旧东西》（外二首），《诗刊》第1期下半月刊

梁书正：《村路》（组诗），《诗刊》第8期下半月刊

陈群洲：《蓝莓的味道》（组诗），《诗刊》第6期下半月刊

贺予飞：《火星镇》（组诗），《星星·诗歌原创》第1期

肖　水：《正一街》（组诗），《诗刊》第1期下半月刊

梁尔源：《菩萨》，《新华文摘》第7期

梁尔源：《在文成观瀑布》，《诗刊》2期下半月刊

刘　年：《念青唐古拉山》（组诗），《诗刊》第2期上半月刊

左　手：《捡废料的人》（外一首），《诗刊》第10期下半月刊

张翔武：《来客》（组诗），《星星·诗歌原创》第7期

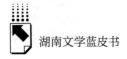
舒丹丹：《古都的寂》（组诗），《星星·诗歌原创》第 6 期

王馨梓：《香樟路 528 号》（组诗），《星星·诗歌原创》第 12 期

张　战：《云与男孩》（组诗），《诗刊》第 6 期上半月刊

李春龙：《旧洗脸布》（组诗），《诗刊》第 7 期下半月刊

陈旭明：《把真相搬到现场》（组章），《星星·散文诗》第 12 期

宾　歌：《在洛夫故居》（组诗），《中国作家》第 9 期

楚狂人：《与岁月对饮》（组诗），《中国作家》第 10 期

杨　震：《一个人的江山》（组诗），《中国作家》第 10 期

胡　游：《过敏》（组诗），《人民文学》第 5 期

蒋志武：《在开阔之地》（组诗），《中国作家》第 5 期

三　2018年湖南散文主要作品汇总

沈　念

《芄野里》，《作品》第 1 期，《散文海外版》第 4 期转载

《演出》，《散文》第 6 期

《太阳仍自照耀》，《芙蓉》第 4 期

《假装要飞翔》，《福建文学》第 6 期

《天水》，《湖南散文》第 1 期特稿，《青年文学》第 3 期

《所有的水都是你的纪念碑》，《航空画报》第 11 期

《山道弯弯》，《光明日报》9 月 13 日

《长日无痕》，《黄河文学》第 2 期

邓跃东

《白夜》，《散文》第 4 期

《无字碑上的字》，《解放军文艺》第 9 期，《散文海外版》第 12 期转载

《来来回回一个圆》，《湖南文学》第 11 期

《植于大地的心灵》，《书屋》第 12 期

《白哈巴村的午后》，《红豆》第 12 期

《水南桥北》，《天涯》第 3 期

奉荣梅

《寂寞寇公楼》，《中国作家》第 8 期

孟大鸣

《一条船上的句号》，《散文》第 8 期

《神秘的丘陵》，《红豆》第 2 期

张雄文

《白帝，赤帝》，《人民文学》第 4 期

《青衫磊落的北漂者》，《文艺报》12 月 10 日

《父亲的心事》，《中国文化报》12 月 4 日

《浮在波光上的书声》，《安徽文学》第 11 期

《三峡记》，《绿洲》（双月刊）第 5 期

《大年里的爆竹》，《湖南文学》第 3 期

《安静的大树》，《文艺报》10 月 22 日

《漂的五味》，《北京文学》第 10 期

《米饭往事》，《文艺报》11 月 21 日

《风绿冷水江》，《人民日报》"大地"副刊 6 月 20 日

龙宁英

《大山里更大的山是万山》，《中国作家》第 9 期

《倾听苏麻河流水吟唱》，《贵州文学》第 6 期

石绍河

《最爱庸城花木深》，《散文海外版》第 7 期

管　弦

《有风来仪》，《草原》第 9 期，《散文海外版》第 12 期转载
《荸荠》，《文艺报》8 月 10 日
《皮影戏》，《湖南文学》第 3 期
《繁花似锦》，《天涯》第 4 期
《古代口香糖》，《小品文选刊》第 11 期
《乌桕》，《北京晚报》“药草芬芳”专栏 1 月 5 日
《鸡母珠》，《北京晚报》“药草芬芳”专栏 2 月 9 日
《踯躅》，《北京晚报》“药草芬芳”专栏 3 月 30 日
《巴豆》，《北京晚报》“药草芬芳”专栏 5 月 4 日
《蛇莓》，《北京晚报》“药草芬芳”专栏 6 月 29 日

秦羽墨

《住在红尘深处》，《散文海外版》第 9 期
《城中种稻记》，《湖南文学》第 11 期

袁道一

《银双路上》，《散文》第 3 期
《乘梧而去》，《文苑》（经典美文）第 5 期
《走在吐鲁番的大地上》，《吐鲁番》第 2 期
《拐角处》，《伊犁河》第 2 期
《望归》，《文苑》（经典美文）第 6 期
《青草归来》，《文苑》（经典美文）第 10 期
《修单车的女人》，《小品文选刊》第 11 期
《被雨水淋湿的屋檐》，西苑出版社

徐秋良

《翻阅时光里的珍藏》，《中国作家》第 11 期

彭晓玲

《一河清水》，《中国作家》（纪实）第 5 期

《我愿将身化明月》，《天津文学》第 12 期

《走入南浔　探访历史的水墨画卷》，《中国文化报》7 月 28 日

《青青金鞭溪》，《张家界日报》10 月 22 日

《我们都是一只只离家出走的"青蛙"》，《湘潭日报》6 月 10 日

《寻访谭嗣同》，岳麓书社

刘晓平

《故乡六章》，《中国作家》第 10 期

谢德才

《行走桑植》（散文组），《散文海外版》第 5 期

邓朝晖

《麓山路》，《青岛文学》第 6 期

《照见河水》，《鹿鸣》第 4 期

《"三宝"伴三餐　常德人的饮食桃花源》，《城市地理》第 9 期

邱脊梁

《水边书》，《山东文学》第 1 期

《行走在城市的边缘》，《延河》第 2 期

《故地旧风景》，《鹿鸣》第 4 期

《山岭上的血脉》，《人民日报》1 月 3 日《大地》副刊

王　芳

《另一条河》，《青年文学》第 2 期

《桃花灼灼》，《雨花》第 2 期

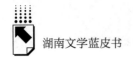

黄孝纪

《食于野》,《山东文学》第 3 期

《送葬记》,《湖南文学》第 4 期

《回乡记》,《江河文学》第 1 期

《红薯的乡村野史》,《延河》第 6 期

谢宗玉

《随笔四则》,《湖南文学》第 3 期

凌　鹰

《没有边缘的放逐》,《四川文学》第 3 期

《一个人的乡村物语》,《牡丹》第 6 期

《一路风花,一路雪月》,《湖南文学》第 12 期

《遇龙河词条》,《红豆》第 2 期

《沅水笔记》,《岁月》第 6 期

王　亚

《茶烟起》,《湖南文学》第 7 期

《吃粥日子》,《天津文学》第 1 期

《则见风月》,《天涯》1 期

刘克邦

《董师傅》,《湘江文艺》第 6 期

安　敏

《向爱向爱》,《湖南文学》12 期

《老牛》,《湖南日报》11 月 23 日

《妈妈的学校》,《湖南散文》第 1 期

杜 华

《傻乐》,《湖南文学》第 10 期

胡慧玲

《嫁衣》,《湖南文学》第 9 期

范 城

《藏行四日》,《西部散文选刊》第 4 期

申瑞瑾

《青神之神》,《散文百家》第 3 期

《晋祠的睡莲》,《中国文化报》11 月 20 日

《器乐的魅力》,《中国文化报》4 月 19 日

《西沱古镇的坡坡街》,《海燕》第 6 期

葛取兵

《草木滋味》,《湖南文学》第 12 期

《花椒:味蕾上的舞者》,《牡丹》第 10 期

《一束光的隐痛》,《延河》第 10 期

《站在少年时光里的一棵树》,《岁月》第 7 期

谢枚琼

《千滋百味》,《湖南文学》第 5 期

《乡间四月天》,《人民日报》5 月 28 日《大地》副刊

肖念涛

《娶丐为妻》,《湖南文学》第 4 期

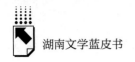

陈　玲

《外婆的桃花源》,《湖南文学》第 10 期

肖世群

《隔着玻璃看》,《湖南文学》第 7 期

聂元松

《灵魂的暗香》,《文艺报》7 月 11 日
《双凤摆手》,《湖南日报》5 月 25 日

何　漂

《诗意的乡愁》,《中国文化报》10 月 17 日

朱　弦

《六月,相逢相离》,《湖南文学》第 12 期

四　2018 年报告文学主要作品汇总

袁杰伟:《随园流韵——袁枚传》,作家出版社
余艳:《追梦密码》,湖南少年儿童出版社
王杏芬:《大漠游侠》,湖南少年儿童出版社
王丽君:《深山"候鸟"汪思龙》,湖南少年儿童出版社
何宇红:《珊瑚卫士》,湖南少年儿童出版社
刘子华:《梦回长江》,湖南人民出版社
胡厚春:《井冈英魂:宋乔生传》,团结出版社

五　2018年儿童文学主要作品汇总

宋庆莲

《袜子姊妹一左一右》（短篇童话），《小学生导刊》第 8 期

《给你带回一个远方》（短篇童话），《小学生导刊》第 8 期

《三只蚂蚁靠着它（外一首）》（诗歌），《儿童文学选刊》（转载），第 8 期；11 月荣获第四届《儿童文学》金近奖

《给 99 棵花草一个小名》（短篇儿童小说），载于《摆渡船》，北京少年儿童出版社

钟　锐

"歪歪探长"系列，侦探童话，清华大学出版社

《骑自行车的青蛙》（童话集），江西教育出版社

周　伟

《看见的日子》（儿童散文），浙江大学出版社

龙向梅

《生气的小茉莉》（长篇儿童小说），大连出版社

《山谷里的回声妖》（童话），《少年文艺》第 3 期

《鞋尖朝外》（童话），《少年文艺》第 9 期

《帽子里的海》（童话），《小学生导刊》第 8 期

《如果猫给你一颗糖》（童话），《小学生导刊》2018 年 1 期；入选《风从洞庭来：2017 湖南儿童文学年度作品选》

《2017 年中国幼儿文学精选——小熊丢了一个吻》，新世纪出版社

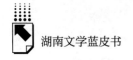

吴礼鑫

《蜘蛛与牡丹》（寓言），《中国寓言故事精选》，人民文学社出版

《勤奋之神与懒惰之鬼·狐狸与上帝》（寓言），《思维与智慧》4月

《蝴蝶与垃圾·常春藤与擎天树·叶猴与树懒·驴子与骆驼》（寓言），
《健康日报》5月7日

陈浠墨

《奔跑的光影》（童话），《少年文艺》第3期

《冬小屋》（童话），《童话世界》第5期

方先义

《河神的盟约》（童话），大连出版社

《梵天城的机器人》（科幻长篇），大连出版社

张继忠

《叫我名字的皮大王》（散文），《优秀童话世界》第8期

《小小男子汉李树林》（小说），《小溪流》第12期

肖学文

《一个人的迷藏》（短篇小说），《文学少年》第7期

《四脚鱼见过吗?》（短篇小说），《少年文艺》第11期

陈 静

《去看好外婆》（散文），《儿童文学》（经典版）第7期

卓列兵

《狩猎奇遇》（短篇小说），《儿童文学》第2期

汤素兰

《南村传奇》（长篇童话），湖南少年儿童出版社

邓湘子

《阳光瀑布》（童年自传），希望出版社

周　静

"暖童话系列"四册：《兔子和狐狸》《七岁汤》《豆子怪》《月光飞毯》，湖南少年儿童出版社

《很久很久以前，地球刚刚长大》（童话），明天出版社

谢长华

《乱世虎匠》（动物小说），中国少年儿童出版社

《驯鹿苔原》（动物小说），中国少年儿童出版社

毛云尔

动物温情动物小说系列：《军犬烈焰》《蓝眼》《鹤殇》《梅花鹿角》，湖南少年儿童出版社

牧　铃

《南方的牧歌》（童年自传），希望出版社

阮　梅

《向着光亮生长》（报告文学），中国少年儿童出版社

吴双英

《童书之光》（儿童文学理论），青岛出版社

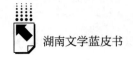

肖存玉

《不一样的童年》，湖南少年儿童出版社

曹阿娣

"蒲公英丛书"（儿童小说）：《我要读书》《爱心妈妈》《八岁的男子汉》《同学之间》，北京燕山出版社

谢乐军

"森林国幽默童话系列"，湖南少年儿童出版社

六 2018年省外湖南作家主要作品汇总

残 雪

长篇小说《一种快要消失的职业》，《花城》第2期
短篇小说《成长》，《作品》第7期
短篇小说《远游》，《长江文艺》第8期
短篇小说《古城墙》，《作家》第6期，《小说月报》第7期转载

黄永玉

《无愁河的浪荡汉子》，《收获》第1期至第6期

易中天

《易中天品读中国》（2018全新修订版套装全6册），上海文艺出版社
《易中天中华史·风流南宋》，浙江文艺出版社

韩少功

小说《修改过程》，花城出版社

随笔《作为思想者的作家——答〈文汇报〉》，《文汇报》7月20日

彭学明

《人间正是艳阳天》，广东人民出版社

薛忆沩

电子书《薛忆沩作品系列（6卷本）》，包含作品：《深圳人》《遗弃》《伟大的抑郁》《希拉里、密和、我》《以文学的名义》《异域的迷宫》，华东师范大学出版社

小说集《流动的房间》，人民文学出版社

陈启文

散文《放慢脚步，或疾走如飞》，《民族文学》（蒙古文版）第1期、《民族文学》（藏文版）第1期、《民族文学》（朝鲜文版）第1期、《民族文学》（维吾尔版）第1期、《民族文学》（哈萨克文版）第1期

散文《从北京到北京的距离》，入选《途经生命里的风景》，辽宁人民出版社

《脖子最硬的人》（《大宋国士》系列），入选《2016～2017红豆散文随笔双年选》，中国言实出版社

《田里的雕像》（《袁隆平的世界》节选），《人民日报》（海外版）8月23日，入选《见证·中国改革开放40年40人》，商务印书馆

散文《无家可归的故乡》，《广西文学》第8期，《散文海外版》第10期选载

散文《远观与近视》，《作品》第9期

散文《逝水难消》，《雨花》第9期

《日月倒趟》（三江源系列），《山花》第11期

长篇报告文学《袁隆平的世界》，入选《大记录·中国改革开放四十年报告文学选》，安徽文艺出版社

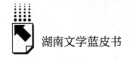

熊育群

诗集《我的一生在我之外》，花城出版社

散文《双族之城》，《人民文学》第 2 期，《散文海外版》等转载

散文《回头是岸》，《十月》第 1 期

诗歌《过汨罗江两首》，《十月》第 6 期，《散文选刊》《散文海外版》《诗选刊》转载

长篇散文《西藏的感动》，（意大利）自由形式出版社

盛可以

短篇小说《偶发艺术》，《花城》第 3 期

长篇小说《息壤》，《收获》第 5 期

短篇小说集《私人岛屿》，湖南文艺出版社

散文集《怀乡书》，北京大学出版社

长篇小说《锦灰》，台湾联经出版社

英文版《野蛮生长》，企鹅兰登出版社

法文版《福地》，（法国）菲利浦·毕基埃出版社

捷克版《北妹》，由 Verzone. S. R. O. 出版

李少君

诗集《海天集》，江苏人民出版社

周瑟瑟

诗集《世界尽头》，百花洲文艺出版社

主编有：《读首好诗，再和孩子说晚安》（五卷，东方出版社）

与孙新堂联合主编：《中国当代诗选》（百花洲文艺出版社，智利新普雷门特出版社西班牙语版）

与邱华栋联合主编：《2018 年中国诗歌排行榜》（百花洲文艺出版社）

田 耳

小说《下落不明》,《花城》第 1 期

七 2018年湖南文学理论与批评主要作品汇总

贺予飞:《网络文学崛起的媒介动因与发展症结》,《出版科学》第 3 期

季水河:《马克思主义艺术生产论的中国化与时代化》,《中国文学批评》第 4 期

季水河:《论"感应美学"对新时期中国美学研究的贡献》,《湖北社会科学》第 1 期

季水河、季 念:《论马克思主义现实主义文论对中国现实主义文学理论发展的影响》,《山东社会科学》第 1 期

季水河、季 念:《论马克思主义文艺理论创新的中国问题意识》,《社会科学辑刊》第 3 期

李巧伟:《习近平文艺思想的传统文化因子》,《湖湘论坛》第 5 期

李三达:《审美即政治:论康德共通感理论的三种当代阐释》,《文艺理论研究》第 2 期

李三达:《哲学家的原罪:论朗西埃对哲人王理论左翼谱系的批判》,《天津社会科学》第 5 期

李 玮、唐东堰:《九·一八事变后沈从文的文学思想:新近发现佚文〈文学无用论释读〉》,《中国文学研究》第 4 期

廖述务:《中西身体叙事传统中的身体形象比较论》,《湖南师范大学社会科学学报》第 4 期

林平乔:《道家思想对中国现当代女性诗人的影响》,《哈尔滨工业大学学报》(社会科学版)第 4 期

刘长华:《论中国现代文学中的"身世恨"书写》,《文学评论》第 2 期

刘涵之:《文艺高峰与文艺的历史累积》,《文艺争鸣》第 6 期

刘涵之：《复调艺术与反抗绝望：〈过客〉重读》，《鲁迅研究月刊》第4 期

罗先海：《当代文学的"网—纸"互联：论〈繁花〉的版本新变与修改启示》，《当代作家评论》第 3 期

毛宣国：《朱光潜文学修辞意识探微》，《华中师范大学学报》（人文社会科学版）第 6 期

毛宣国：《"意境"之争：从理论回归艺术实践》，《中国文学批评》第2 期

聂　茂：《石灰窑：生命的淬炼场与栖息地——唐朝晖及其〈一个人的工厂〉》，《当代作家评论》第 6 期

聂　茂：《文化批判视域下中国新时期文学的道路选择》，《湖南师范大学社会科学学报》第 6 期

欧阳友权：《网络文学产业链的竞合与优化》，《福建论坛》（人文社会科学版）第 2 期

欧阳友权：《网络文学批评的述史之辨》，《文学评论》第 3 期

欧阳友权：《辨识新时代网络文学的三个维度》，《中国高校社会科学》第 3 期

欧阳友权：《改革开放视野中的网络文学 20 年》，《中州学刊》第 7 期

欧阳友权：《网络文学批评的五个焦点问题》，《社会科学家》第 10 期

欧阳友权：《中国少数民族网络文学 20 年巡礼》，《福建论坛》（人文社会科学版）第 10 期

欧阳友权：《人工智能之于文艺创作的适恰性问题》，《社会科学战线》第 11 期

欧阳友权、邓　祯：《2017 年网络小说回眸》，《南方文坛》第 3 期

彭　程：《日本新发现郭沫若与创造社同仁等书信一组》，《新文学史料》第 3 期

邱　高、罗　婷：《马克思主义女性主义理论与批评在中国的接受与影响》，《中国文学研究》第 4 期

申　旗、罗宗宇：《略论〈民族文学〉的世界眼光》，《民族文学研究》第 4 期

汤凌云：《论审美幻象的理论特质》，《北京大学学报》（哲学社会科学版）第 5 期

汤凌云：《感性与灵感》，《江海学刊》第 1 期

王瑞瑞：《论科幻文学的宇宙伦理：以刘慈欣的"三体系列"为中心》，《江淮论坛》第 5 期

王玉林：《论沈从文初入北京时期的文学创作》，《中国文学研究》第 1 期

吴正锋：《论现代湘籍作家与湖湘文化精神的关系》，《江汉论坛》第 7 期

吴正锋：《学术赓续与文化传承：凌宇先生访谈录》，《南方文坛》第 5 期

吴正锋：《〈沈从文全集〉一处注释与"风怀诗"的求证》，《中国现代文学研究丛刊》第 6 期

肖百容：《论林语堂对中国文化传统的阐释》，《中国现代文学丛刊》第 3 期

许永宁：《夏志清中国现代小说研究的多维透视》，《齐鲁学刊》第 4 期

阎　真：《路遥的影响力是从哪里来的？——从〈平凡的世界〉看写与读的关系》，《文学评论》第 3 期

晏杰雄、杨玉双：《韩少功长篇小说的日常生活叙事》，《湘潭大学学报》（哲学社会科学版）第 5 期

杨经建：《唯美化创作：对母语文学诗性本质的传承与创新——苏童小说与母语写作之三》，《长江学术》第 1 期

杨经建：《"抒情传统"的新质与母语文学的"创格"：重论废名小说》，《厦门大学学报》（哲学社会科学版）第 5 期

杨经建：《"乡土"叙事：京派文学母语写作的典型症候》，《福建论坛》（人文社会科学版）第 8 期

杨经建、王　蕾：《"礼失求诸野"：从民间文学吸纳母语文学的资源——汪曾祺和母语写之三》，《当代作家评论》第 3 期

杨经建、王　蕾：《感悟诗学：京派文学批评对母语思维智慧的现代建

构》,《社会科学》第 8 期

易　彬：《"命运"之书：食指诗歌论稿——兼及当代诗歌史写作的相关问题》,《扬子江评论》第 6 期

易　彬：《个人写作、时代语境与编者意愿——汇校视域下的穆旦晚年诗歌研究》,《中国现代文学研究丛刊》第 3 期

易　彬：《捐赠、馆藏与作家研究空间的拓展：从中国现代文学馆所藏多种穆旦资料谈起》,《文艺争鸣》第 11 期

易　彬：《呈现真实的、可能的作家形象：说新版〈穆旦年谱〉，并说开去》,《新文学史料》第 4 期

易　彬：《荷兰文版鲁迅作品的传播与接受研究》,《中国现代文学研究丛刊》第 10 期

易　彬：《域外文化传播与中国作家研究空间的拓展：从"郭沫若与荷兰"相关文献说起》,《求索》第 4 期

易　彬：《"中国文学在其他国家的反响比较平淡：荷兰汉学家林恪先生访谈之一》,《南方文坛》第 5 期

禹建湘：《产业化背景下网络文学 20 年的写作生态嬗变》,《中州学刊》第 7 期

曾　炜、周君颖：《苍凉世界的立体感官建构：论张爱玲小说的通感策略》,《湘潭大学学报》（哲学社会科学版）第 4 期

张海燕：《牟宗三美学思考脉络中的"文化立场"研究》,《云南师范大学学报》（哲学社会科学版）第 2 期

张宏建、吴正锋：《论沈从文创作与歌德的关系》,《中国文学研究》第 3 期

张建安：《湘西意象与民族精神的文化诠释：彭学明散文论》,《当代作家评论》第 5 期

张　勇：《原始思维与韩少功的"寻根小说"创作》,《湘潭大学学报》（哲学社会科学版）第 5 期

赵树勤、雷梓燊：《21 世纪少数民族女性文学研究的新走向》,《中国文

学研究》第 4 期

赵炎秋：《鲍勃·迪伦事件与诺奖评委会的文学观》，《中国文学研究》第 1 期

赵炎秋：《马克思、恩格斯文艺思想与十九世纪英国文学》，《湖南师范大学社会科学学报》第 2 期

赵炎秋：《西风东渐背景下中国章回小说形式的蜕变与淡出》，《中国比较文学》第 2 期

赵炎秋：《要素与关系：中西叙事差异试探》，《外国文学研究》第 3 期

赵炎秋：《文字和文学中的具象与思想：艺术视野下的文字与图像关系研究》，《文学评论》第 3 期

赵炎秋：《兄弟情与三角恋：试论余华的〈兄弟〉》，《社会科学战线》第 4 期

赵炎秋、王欢欢：《百年中国 19 世纪英法文学与马克思主义文艺理论思想史研究》，《湖南大学学报》（社会科学版）第 32 卷第 4 期

周仁政：《论〈孔乙己〉与"纯粹教育"》，《鲁迅研究月刊》第 12 期

卓 今：《认知叙事论》，《中国文学研究》第 2 期

卓 今：《公共阐释的公共性基础》，《求索》第 2 期

卓 今：《张枣诗歌的"现实性"阐释》，《南方文坛》第 4 期

卓 今：《当代乌托邦小说的叙事困境：以长篇小说〈山河入梦〉〈人境〉〈巫师简史〉为例》，《当代作家评论》第 6 期

卓 今：《"公共阐释"论术语、概念的构成及发展》，《文艺争鸣》第 9 期

邹 理：《周立波的翻译策略与翻译风格研究》，《文艺争鸣》第 6 期

B.18
附录四 2018年文学大事记[*]

1月

湖南省首届生态自然文学创作研讨会举行 1月20日,由湖南省作家协会、湖南省林业厅共同主办的湖南省首届生态自然文学创作研讨会在湖南省林业种苗中心举行。来自全省的生态自然文学作家及专家学者等30多人,共同探讨新时代湖南生态自然文学的现状与未来。

湘鄂边文学发展联盟筹备会顺利召开 1月13日至14日,旨在促进湘鄂边区文学交流与发展的湘鄂边文学发展联盟筹备会在石首市举行,来自岳阳、益阳、常德、宜昌、咸宁、荆州6地的岳阳楼、临湘、华容、南县、安乡、澧县、五峰、赤壁、通城、沙市、松滋、公安和石首等13个县市区的联合发起人以及荆州日报社、中华文学杂志社和长江大学文学院相关领导应邀出席了会议。

"文学照亮三湘"岳阳开讲 何立伟谈"日常的文学" 1月27日上午,省作协"文学照亮三湘"大讲堂活动2018年首场在岳阳开讲。著名作家何立伟主讲《日常的文学》,吸引了近500名市民前来聆听。讲座中,何立伟以《日常的文学》为题,用纯正、质朴、诗意的长沙话,从古今中外文学作品中的日常审美谈起,深刻解读了文学与日常生活的关系,提出了作家应具备的3种日常审美能力,即从容叙事的能力、从平凡中发掘韵味的能力和驾驭文学语言的能力,以此阐述了日常审美对文学创作具有重要意义。

湖南文学研究中心揭牌仪式在长沙举行 1月31日上午,湖南文学研

---

* 本部分由湖南省作家协会创研室主任容美霞整理。

究中心揭牌仪式在湖南省社会科学院举行。湖南省社会科学院党组书记、院长刘建武，省作协党组书记兼常务副主席龚爱林，省社会科学院党组成员、副院长贺培育等领导出席。省社会科学院、省作协等 50 余位专家、学者参加会议。揭牌仪式由贺培育主持。湖南文学研究中心由湖南省作家协会与湖南省社会科学院合作共建，挂靠湖南省社会科学院文学研究所，加快实现科研机构为地方文化建设服务的职能，进一步推进湖南文学创作和文学评论的繁荣发展。

2月

怀化市作家协会换届，江月卫当选作协主席 2 月 2 日下午，怀化市作家协会第四次会员大会在西南宾馆召开，全市 100 余位作家代表参加了会议。会议选举产生了新一届市作协主席团成员，江月卫当选新一届市作协主席，张建安、周玉梅（柴棚）、申瑞瑾（亦蓝）、刘代兴、杨旭昉、蒲钰、戴小雨、滕瑛（木兰）、韩生学、李少岩、唐树清、张晓宁、陈亚红 13 位同志当选为副主席，秘书长由唐树清兼任。聘请了邓宏顺为市作协名誉主席，张家和、谢永健、张健、舒新宇、陈春、姚筱琼为市作协名誉副主席。怀化市文联党组书记、主席杨少波出席了会议。

《2017 湖南报告文学年选》首发式在长沙举行 2 月 6 日，由湖南省报告文学学会选编、湘潭大学出版社出版的《2017 湖南报告文学年选》在长沙首发。中国作家协会名誉副主席谭谈，省作家协会名誉主席、省散文学会会长梁瑞郴，省作家协会党组副书记、机关党委书记、毛泽东文学院管理处主任、省报告文学学会会长游和平，省作家协会副主席、省网络作家协会主席、省报告文学学会常务副会长余艳等，以及来自全省各地的报告文学作家、评论家、编辑、记者等 70 多人出席会议。

余艳报告文学《守望初心》新书研讨会在京举行 2 月 27 日，由中译出版社与湖南省作协联合主办的余艳报告文学《守望初心》新书研讨会在京举行。中国作协副主席何建明、中国作协书记处书记吴义勤、湖南省作协

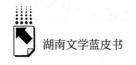
主席王跃文、湖南张家界市委宣传部部长郭天保及 20 余位专家学者参加会议，围绕作品的文学特质与艺术探索展开充分解读与深入探析。研讨会由中译出版社社长张高里主持。

3月

湖南著名作家谢璞因病逝世　3 月 6 日 14 时 23 分，原湖南省文联执行主席、湖南省作家协会名誉主席、湖南省作协儿童文学委员会主任、政协湖南省第七届常委，当代著名作家谢璞先生，因病抢救无效，在长沙去世，享年 86 岁。谢璞是著名儿童文学作家，著有长篇小说《海哥和"狐狸精"》，散文集《珍珠赋·谢璞散文选》，中短篇小说集《姊妹情》《二月兰》《无边的眷恋》等，儿童文学集《竹娃》《芦芦……》，长篇童话《小狗狗要当大市长》及《谢璞自选集》等 29 部。

省作协八届三次全委会召开　3 月 8 日上午，省作协第八届全委会第三次全体会议在长沙召开。省文联主席、省政协原副主席欧阳斌，省委宣传部副部长杨金鸢出席会议并讲话，省作协党组书记、常务副主席龚爱林作工作报告。会议由省作协主席王跃文主持。会议贯彻落实了习近平新时代中国特色社会主义思想和党的十九大精神，传达学习了全国宣传部长会议精神和全省宣传部长会议精神，传达学习了中国作协有关精神，传达部署了中国作协关于学习贯彻习近平总书记重要指示精神、做新时代"红色文艺轻骑兵"的通知精神，表彰了第十届全国优秀儿童文学奖获奖者，选举游和平为省作协第八届主席团副主席。

省作协确定 2018 年度定点深入生活项目　3 月 15 日，省作协举行本年度定点深入生活项目申报选题评审会。经过专家审读和充分讨论，最终确定 6 部作品选题为省作协 2018 年度定点深入生活项目。具体如下：欧阳伟的报告文学《中国铀》、胡启明的报告文学《谁用生命捍卫你》、杨旭昉的长篇散文《三省坡密码》、黄孝纪的散文集《八公分的植物》、田爱民的影视文学剧本《明天去山谷》、袁杰伟的报告文学《中国毛板船》。

汤素兰新作《南村传奇》新书品读会圆满举行 3月16日上午，汤素兰新作《南村传奇》新书品读会在长沙市湖南师范大学附属滨江学校举行。《南村传奇》是著名儿童文学作家汤素兰最新创作的以"南村"为背景的童话。作品融神话、传说、民间故事等特征于一炉，以石峰山、古陌岭、涸泽湖、望家树等南村地理为线索，通过仙游少年、少年和蟒蛇、狐狸女婿以及丁婆婆的幻想美丽故事，为孩子们描绘了一个桃花源式的美好家园。

2018湖南首届中青年儿童文学作家论坛圆满举办 3月18日上午，湖南省儿童文学学会第一届第三次会议暨"童年的诗与远方——2018湖南首届中青年儿童文学作家论坛"在湖南少年儿童出版社七楼报告厅举行，60余名学会会员参加了会议。本次会议分两个阶段进行，第一阶段为学会工作报告，由学会会长汤素兰主持；第二阶段为首届湖南中青年儿童文学作家主题论坛，由学会副会长邓湘子主持。在第一阶段的会议上，学会秘书长吴双英做了2017年工作总结报告，报告从学会成员的创作成绩、学会自身建设、重大活动开展、校园阅读推广、驻校作家计划等方面全面回顾了2017年学会开展的各项工作。大会通过并宣读了新会员名单，共有18位新会员加入湖南省儿童文学学会大家庭。第二阶段进行的是首届湖南中青年儿童文学作家主题论坛，论坛以"童年的诗与远方"为主题，共有十位中青年作家代表上台发言。论坛内容丰富，精彩纷呈，热闹又走心。

衡阳籍著名诗人洛夫去世 3月19日凌晨3时21分，国际著名诗人、世界华语诗坛泰斗、诺贝尔文学奖提名者、中国最著名的现代诗人，被诗歌界誉为"诗魔"的洛夫先生，在台北荣总医院因病不幸去世，享年90岁。洛夫，原名莫运瑞、莫洛夫，笔名野叟。1928年生于衡阳东乡相公堡（今衡阳市衡南县相市乡），1943年以野叟笔名发表第一篇散文《秋日的庭院》于衡阳市《力报》（今《衡阳日报》）副刊。1949年赴台湾，现旅居加拿大温哥华，被誉为中国最杰出和最具震撼力的诗人，《中国当代十大诗人选集》将洛夫评为中国十大诗人首位。他潜心现代诗歌的创作，对台湾现代诗的发展产生了重要的影响。

《保卫台湾——孙提督和他的子女们》改稿会暨中国慈利孙开华研讨会

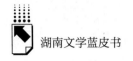

在慈利召开　3月19日，慈利县召开《保卫台湾——孙提督和他的子女们》改稿会暨中国慈利孙开华研讨会。《中国作家》主编王山、湖南省作协主席王跃文、张家界市作协以及20多名来自省内外的专家、学者参加会议。会上，中国作协创联部民族处处长陈涛介绍了《保卫台湾——孙提督和他的子女们》长篇历史小说列入中国作协重点扶持作品的情况；孙开华旁系第六代孙、《孙开华评传》的作者孙培厚介绍了《孙开华评传》写作经过和体会；与会人员现场观看了专访视频——台湾湖南商会会长熊子杰介绍孙开华在台湾的影响。在随后的改稿研讨会上，历史小说《保卫台湾——孙提督和他的子女们》作者杨慈安介绍了作品创作情况；与会专家们就小说结构、人物塑造、叙事风格、历史语境等方面提出了意见和建议，针对小说中涉足的历史史实部分进行了深入的探讨和研究，并希望作者反复推敲琢磨，使之成为精品。

省作协主席王跃文带队到张家界调研　3月19日，由省作协主席、党组副书记王跃文带队，省作协创研室主任容美霞、组联部副主任贺秋菊组成的调研队伍，到张家界市慈利县就作协相关工作进行调研。张家界市文联主席、党组书记刘晓平，市作协主席、党支部书记石绍河，秘书长黄真龙，副秘书长、《张家界日报》副刊主编郭红艳，慈利县文联党组书记、主席艾新华以及作协的主要负责人和市县部分作家代表近20人参与调研座谈。

娄底市作家协会第五次代表大会召开，廖志理当选为市作协主席　3月20日，娄底市作家协会第五次代表大会召开，娄底市委常委、宣传部长吴建平，省作家协会党组副书记、专职副主席、省报告文学学会会长游和平出席并讲话，省作家协会组联部主任娄成等出席会议。会议选举产生了新一届市作协主席团，廖志理当选娄底市作家协会主席，王志明、吕金辉、刘道云、何立新（海叶）、张征澜、张晓鸿（白红雪）、赵文玲、贺辉军、袁杰伟、游宇明当选副主席，周颂红为秘书长。

省作协党组副书记、专职副主席游和平邵阳调研　3月21日至22日，省作协党组副书记、专职副主席游和平，组联部主任娄成来到邵阳，对作家"深入生活，扎根人民"主题实践活动，作协组织延伸手臂、深入基层等相关工作进行调研。邵阳市文联主席、作协主席张千山，市作协副主席周伟及部分县作协负责人、部分骨干作家参加了调研座谈。会上，省作协党组副书记、专职副主席游和平对邵阳作协的工作给予了充分肯定，并提出建议：①市作协工作要牢牢把握意识形态主动权，体现社会主义核心价值观；②市作协要引导作家讴歌党、讴歌祖国、讴歌人民、讴歌英雄；③市作协要注重后备力量的培养。邵阳市文联主席、作协主席张千山结合近年来市作协的工作推进、创作扶持、活动开展情况就如何深入落实党的十九大精神谈了体会与思考，并对市作协目前需要解决的问题和今后的工作方向提出了建议和意见。随后，参与座谈会的作家们各抒己见，畅所欲言，为邵阳和湖南文学的繁荣发展建言献策，提出了不少有建设性的意见。

湖南诗人获2017年度"陈子昂诗词奖"　3月23日，遂宁国际诗歌周暨《诗刊》2017年度陈子昂诗歌奖颁奖会在遂宁隆重举行。湘籍诗人熊东遨摘得"陈子昂年度诗词奖"，成为湖南省首位获得该项大奖的诗人。80后的张月宇获得"陈子昂年度青年诗词奖"。据了解，《诗刊》年度诗词奖，是全国性文学刊物奖里最受关注的诗词类奖项，每届仅评1人，奖金高达10万元。

"文学照亮三湘"湘潭县开讲　王跃文谈"向上向美的文学"　3月24日下午，省作协"文学照亮三湘"大讲堂在湘潭县开讲，著名作家、省作协主席王跃文主讲"向上向美的文学"。王跃文以其渊博的文学知识，丰富的人生阅历，结合自己多年的创作实践经验，从文学主题、文学真实、文学形象和文学语言四个方面畅谈向上向美的文学。

纪念彭燕郊先生逝世十周年座谈会举行　3月31日上午，长沙理工大学文法学院举行了"纪念彭燕郊先生逝世十周年彭燕郊诗歌座谈会"，来自广东、海南以及中南大学、湖南大学、湖南师范大学、湘潭大学、湖南科技大学、《湖南日报》、《三湘都市报》、《晨报周刊》、湖南文艺出版社等单位的专家学者，彭燕郊先生家属和学生，长沙理工大学教师以及研究生等四十余人参加了会议，大家就彭燕郊诗歌艺术与人生历程、当代诗歌的发展等话题进行了深入的阐述和交流。彭燕郊诗歌座谈会由龚旭东先生主持，他阐发

了本次会议的意义，指出这样的活动不仅是怀念彭燕郊先生，也是进一步发掘与传承彭燕郊对诗歌的痴迷、虔诚、专业、专注，以及他对自由精神的坚守、对艺术创新的坚持，而这在当今的文学氛围背景下具有特别的意义。

4月

一路芳华　踏青之旅"诗词名家采风活动在宁乡举行　4月1日，"一路芳华　踏青之旅"诗词名家采风活动在宁乡市金洲镇关山景区、双江口镇稻花香里农耕文化园举行，该活动由湖南省县域经济研究中心、湖南省儒商诗会、深圳大观泛海文旅集团联合主办，来自长沙和宁乡的诗词艺术家70余人参加了本次采风活动。

汤素兰作品《阿莲》入选"2017中国好书"　4月9日，在刚刚结束的"2017中国好书"盛典录制现场传来消息，湖南少年儿童出版社出版的《阿莲》最终入选"2017中国好书"。《阿莲》是儿童文学作家汤素兰的最新长篇小说。小说以儿童文学的视角讲述了一个女孩的成长故事。《阿莲》聚焦于中国乡村孩子的成长，作者结合自身的童年经历创作，为读者展现中国式童年的不同面貌。

中国作协党组成员、副主席阎晶明一行到湖南调研　4月11日，中国作协党组成员、副主席阎晶明一行来湖南省进行专题调研，就如何开创新时代作协工作和文学事业发展新局面，作家创作如何把握历史和现实，如何推动现实题材创作，如何推动文学创作从"高原"迈向"高峰"等课题，在长沙举行座谈会。专题调研座谈会由省作协党组书记、常务副主席龚爱林主持。中国作协创联部副主任冯秋子，省作协党组副书记、主席王跃文，中国作协办公厅秘书处处长王军，创联部综合处副处长范党辉出席座谈会。省作协党组、主席团部分成员，省各文学学会负责人，湖南省作家代表及长沙市作协负责人参加会议并进行认真座谈。座谈会上，中国作协党组成员、副主席阎晶明介绍了本次调研的背景、目的和主题。他说，这次调研是在中央宣传部统一部署开展的大调研背景下进行的，目的是通过调研了解掌握新时代如何开创作协工作新局面，推动文学事业发展，推动文学创作从"高原"迈向"高峰"。参与座谈人员围绕专题调研主要内容，结合自己的创作和工作实际，从推出文学精品、培养文学人才以及文学评奖、文学批评、网络文学发展等方面进行了发言。随后，调研组一行赴岳阳进行专题调研。

省作协确定 2018 年度重点扶持作品选题　4 月 19 日，省作协举行本年度重点扶持作品申报选题评审会。经过评委的认真审读和充分讨论，最终确定 20 部作品选题为省作协 2018 年度重点扶持作品。具体如下：廖天锡（湘江舟）的长篇小说《瓦厂地》、杨华方的长篇小说《齐白石》、彭海燕（池雪）的长篇小说《第一信号》、杨文辉（浪花）的长篇小说《追梦》、彭东明的长篇小说《坪上村传》、高正伟的长篇小说《红魂绿魄》、李长廷的长篇小说《南行志异》、刘威的长篇小说《厂矿子弟》、许艳文的长篇小说《熵变》、曾令超（蒋重超）的长篇传记文学《人生跋涉》、李梅（梨子）的长篇报告文学《强者》、王杏芬的长篇报告文学《余生——中国城市独居老人生存现状调查》、陶永灿的长篇儿童文学《成人礼》三部曲、谢乐军的长篇儿童文学《魔术老虎奇遇记》、王明亚的长篇散文《祖母河》、葛取兵（鸽子）的散文集《洞庭草木深》、张觅（叶溪）的散文集《花木扶疏：关于植物的心灵笔记》、张泽欧（铎木）的诗集《木札》、欧阳志刚（欧阳白）的文学评论《〈原野〉论》、杨金砖（易石）的文学评论《潇水流域作家作品研究》。

诗人李少君诗歌分享会在长沙举行　4 月 27 日，著名诗人、《诗刊》副主编李少君诗歌分享会在长沙止间书店举行。中央民族大学敬文东教授、浙江大学江弱水教授、山东大学亚思明副教授、重庆大学王尚和来自湖南长沙、湘潭、衡阳等地的诗人、诗歌爱好者、读者以及湖南师范大学、湖南农业大学的学子约 120 多人出席。梁尔源代表主办方湖南省诗歌学会、止间书店、小众书坊致辞。本次活动由湖南省诗歌学会副秘书长刘羊主持。湖南科技大学吴投文教授对李少君的诗歌进行了专业点评。

首届张枣诗歌学术研讨会在长沙召开　4 月 28 日，由湖南省社会科学院、中国诗歌网、《南方文坛》杂志社、湖南省诗歌学会联合主办的"首届张枣诗歌学术研讨会"在长沙召开。湖南省社会科学院副院长贺培育、《诗刊》副主编李少君、《南方文坛》杂志主编张燕玲、湖南省诗歌学会会长梁尔源致辞。首都师范大学教授王光明、中央民族大学教授敬文东、浙江大学教授江弱水等50多名学者和诗人学者参加了会议。此次研讨会以"张枣的诗歌"为主题，着重探讨了张枣诗歌的思想内涵和艺术特征、张枣对现代汉语诗歌的贡献、张枣诗歌翻译与西方语言诗歌的关系，以及以张枣为例的现当代诗歌研究。与会专家从张枣诗歌的语言形式、写作手法、思想文化背景、观念与意义、文本解读、艺术价值等角度，着重探讨了张枣诗歌对中西诗歌传统精髓的融合以及张枣诗歌在中国诗歌史上的地位。湖南省社会科学院青年学者赵飞作了大会总结。

5月

"2017年中国散文排行榜"在湖南揭晓 5月4日至7日，"2017年中国散文排行榜"颁奖会暨"美丽攸州"全国作家笔会在湖南省攸县酒埠江举行。会上，主办方揭晓了16篇上榜散文作品：鲍尔吉·原野《雨》、雷达《韩金菊》、王巨才《感怀之什》、冯骥才《母亲百岁记》、朱以撒《进入》、蒋殊《树的命运》、于志学《火烧军马场》、李旭《四麦之地》、周亚鹰《从刘几到刘辉》、安谅《左邻右舍》等。笔会期间，主办方先后举行了开幕式、文学采风、颁奖仪式、"文学创作基地"授牌仪式、作家赠书签名会等活动。

湖南首家英美诗歌研究中心揭牌 5月12日，湖南首家英美诗歌研究中心——湖南师范大学英美诗歌研究中心在该校外国语学院揭牌。来自美国、英国、加拿大的诗人、教授，以及国内专家学者，湖南省诗歌学会会长梁尔源、湖南师范大学校长蒋洪新教授出席揭牌仪式。湖南师范大学英美诗歌研究中心由该校"潇湘学者"Lauri Ramey教授担任中心主任，旨在为英美诗歌爱好者提供读诗、论诗、写诗的良好平台。中心聚集了一批世界著名的诗人和教授，他们分享自己的文学作品，并为该校外国语学院本科生开设创意写作课程。中心的另一项重要使命就是开展英美诗歌研究,通过诗歌研究,架起东西方沟通的桥梁。揭牌仪式后,当天还举行了诗歌专题研讨会。

胡建文诗集研讨会在北京举行　5月5日下午,湘西诗人胡建文诗集《天空高远　生命苍茫》研讨会在北京举行。吴思敬、谭五昌、彭学明等诗评家、诗人参加了这次诗集研讨会。专家们指出胡建文的诗集名称《天空高远　生命苍茫》恰好印证了其诗歌创作的风格:"天空高远"象征着胡建文的语言是诗性的语言,是想象性的语言;"生命苍茫"表现出诗人对生命意识的追求和肯定,无论是亲情的表达还是意象的选择,都显示出诗人强烈的生命意识。研讨会由国际汉语诗歌协会、北京师范大学中国当代新诗研究中心联合主办,中诗网、作家网、华语作家网等单位协办,北京师范大学白鹿洞文化学会承办。

"妙笔写平江"——国内知名作家平江开展采风活动　5月17日至20日,由中共平江县委、县人民政府主办,平江县旅游发展委员会、平江县文学艺术界联合会承办的"妙笔写平江"国内知名作家旅游采风活动在平江顺利举行。来自全国各地的知名作家走进平江,感受青山绿水的自然风光和民俗文化的独特魅力。湖南省文联党组书记夏义生、湖南省散文学会名誉会长刘克邦、中国作协《小说选刊》副主编李晓东、天津市文艺评论家协会主席任芙康、山西省作协副主席葛水平、人民文学出版社编审谢欣等21名国内知名作家、诗人、杂志主编等参加本次活动。

中外著名作家聚集望城开展采风交流活动　5月27日,中国作家协会副主席白庚胜、鲁迅文学奖获得者陈世旭、电影《山楂树之恋》编剧肖克凡以及青年汉学家达莎(白俄罗斯)、沈薇利(马来西亚)、西蒙(拉脱维亚)等国内外著名作家聚集望城区,参加为期3天的中外著名作家望城采风、交流活动。

6月

于沙先生作品朗诵会在长沙举行　6月3日下午,2018潇湘诗会"榜样

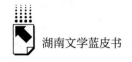
的力量"系列——于沙先生作品朗诵会在长沙市新华书店乐之书店举行。现场于沙先生生前的亲人、挚友、学生共聚,开启了一场穿越时空的对话。

诗颂强军新时代"诗歌创作笔会在湖南举行 6月8日至12日,由《解放军文艺》编辑部和国防科技大学政治工作处联合主办的"诗颂强军新时代"诗歌创作笔会在湖南长沙举行。中国作协副主席吉狄马加,中国作协副主席、军事文学委员会主任徐贵祥,国防科技大学政委刘念光出席并讲话。国防科技大学副政委史衍良、湖南作协主席王跃文、《解放军文艺》主编姜念光、20多位军旅诗人代表,以及其他来自北京、湖南、深圳的10余位诗人、评论家参加笔会。

湖南省诗词进校园工程启动仪式暨省诗词协会校园诗词分会成立典礼举行 6月12日,由省诗词协会主办的湖南省诗词进校园工程启动仪式暨省诗词协会校园诗词分会成立典礼在长沙市实验小学举行。省政府原副省长唐之享,省政协原副主席、省文联原主席谭仲池,中华诗词学会副会长、省诗词协会会长、省委组织部原副部长、省人社厅原厅长彭崇谷,省诗词协会常务副会长周成村,省诗词协会副会长袁勇前,长沙市教育局副局长缪雅琴等领导以及诗人陈樵哥、罗建平、李文勇、刘秋泉、何漂和省市教育系统的嘉宾出席活动现场。中央电视台《中国诗词大会》第三季总冠军雷海为特邀回湘参加本次活动。仪式结束后的首场"名家大讲堂",雷海为给长沙市实验小学的师生带来了"诗词点亮人生"的主题演讲,分享了他与诗词的不解之缘和参加《中国诗词大会》的经历,鼓励孩子们热爱诗词、热爱中华文化。

湖南25人成为中国作协会员 6月14日,中国作家协会2018年会员发展公示,湖南共有25人入会。名单如下:王芳(女)、王杏芬(女)、王菊苹(女,土家族)、江冬、李万军、李冈、李春龙、李莹(吉祥夜,女,苗族)、李颖(女)、杨罗先、吴中心、陈文双、陈放民、陈睿(二目)、欧阳志刚、欧娟(女)、周静(女)、黄青松(土家族)、曹建华(女)、蒋蒲英(女)、曾散、游宇明、谢长华、管弦(女)、戴小雨(苗族)。

湘潭举行长篇小说《漂》《石峰镇》《江城民谣》研讨会 6月14日下

午，由湘潭市作协、湘潭市文艺评论家协会共同主办的长篇小说《漂》《石峰镇》《江城民谣》作品研讨会在湘潭举行。省作协副主席谢宗玉，省文联《创作与评论》执行主编王涘海等50余人参加会议。长篇小说《漂》《石峰镇》《江城民谣》分别由湘潭本土作家赵竹青、李运启、楚荷创作。与会评论家、学者分别对三篇小说进行点评，他们认为，三部长篇小说均对人性进行了深度挖掘与探寻，能激发人们对社会现实和时代精神的思考。当天，与会人员还对长篇小说的现状和发展趋势进行了研讨，力求促进湘潭市文学创作的繁荣。

长沙作家志愿服务队走进校园 6月14日，"长沙作家志愿服务队——文学进校园"暨"少儿报刊阅读季"活动举行，长沙作家们走进望城区柏叶小学、芦江小学和格塘中学，与孩子们交流互动，分享阅读与写作带来的快乐。长沙市文联党组成员、副主席，市作协主席唐樱代表单位分别给三所学校捐赠书籍刊物。作家王丽君以"阅读与写作——通向快乐的阶梯"为题，为孩子们上了一堂生动的写作课。

著名作家谭谈做客"娄星文艺讲堂" 6月23日，中国作协名誉副主席、湖南省文联原主席、著名作家谭谈做客"娄星文艺讲堂"，在娄底市第三中学致远楼作《幸福是奋斗出来的——谈文学与人生》主题讲座，吸引了近400名文学爱好者到场聆听。娄底市人大常委会副主任杨金含，中共娄星区委常委、宣传部长颜新和等市、区领导出席讲座活动。讲座上，谭谈主席从习近平总书记"奋斗幸福观"开始讲授，围绕"幸福是奋斗出来的"主题，以自身成长经历漫谈文学路与人生的转折点，并以一位长者的人生态度，以一位学者的高度向与会者讲授"幸福与奋斗"，倾谈"文学与人生"。

韩永文、欧阳斌一行来毛泽东文学院考察调研 6月25日上午，省人大常委会原党组书记、副主任韩永文，省政协原副主席、省文联主席欧阳斌同志一行，来到毛泽东文学院调研建设发展情况。省文联党组书记、副主席、秘书长夏义生，省作协党组书记、常务副主席龚爱林，省作协党组副书记、主席王跃文陪同参观调研。

7月

"更有清流是汨罗"文学采风 百余名家岳阳屈子行吟地以诗论道 7月6日上午，在屈子书院，中国作协书记处书记、副主席、著名诗人吉狄马加先生宣布"更有清流是汨罗"文学采风系列活动正式启动。当日，来自全国各地的100余位名家，相聚屈子行吟地汨罗江畔，以诗论道，以文会友，以独特视角挖掘汨罗江两岸深厚的人文积淀，展示"端午源头、龙舟故里"淳朴的风土人情，开启2020年"中国·汨罗江国际诗歌节"的盛大序幕。"更有清流是汨罗"文学采风系列活动将在2018～2020年三年期内，由汨罗市委、市政府请湖南省作协作为主办单位，分别与1～2家知名文学杂志社和文学团体联手，分期组织三次以上采风活动，每期一条线路、一个主题、一大亮点，将汨罗的历史、人文、生态、经济和社会风貌的光彩和特色串起来，形成汨罗乃至湖湘大地的诗典华章。此次的采风活动由湖南省作家协会、《十月》杂志社、中共汨罗市委、汨罗市人民政府共同举办。

何顿长篇小说改稿会在长沙召开 7月17日，湖南省作家协会、长沙市文联、湖南文艺出版社联合举办的何顿长篇小说《红黄蓝》改稿会在长沙召开。著名文学评论家贺绍俊、李建军、夏义生、欧阳友权、龚旭东、卓今、余三定等参与了会议，并对作品的主题、人物塑造、文学语言、具体细节等方面提出了修改意见。该作于2018年12月出版，出版时更名为《幸福街》。

8月

"中国追梦者"系列：余艳、王杏芬、王丽君、何宇红作品研讨会在长沙举行 8月3日，由湖南少年儿童出版社、湖南省报告文学学会、长沙市作家协会共同主办的"中国追梦者"系列：余艳、王杏芬、王丽君、何宇红作品研讨会在长沙举行。中国报告文学学会常务副会长、著名文学评论家李炳银等专家学者共50余人参加了会议并展开研讨。四位湘籍女报告文学作家深入挖掘四位男科学家的故事，她们跳出了枯燥乏味的高深学术论调，以女性细腻温情的视角，以儿童喜闻乐见的笔调，探索民族精神，解读时代密码。与会专家学者对"中国追梦者"系列作品给予了高度的肯定，认为这是对一个时代的追梦精神的书写，也是对信仰最形象的解读。

第七届鲁迅文学奖揭晓　湖南作家纪红建《乡村国是》获奖　8月11日，由中国作家协会主办的"第七届鲁迅文学奖"结果揭晓，湖南省作家纪红建的长篇报告文学《乡村国是》从众多优秀作品中脱颖而出，斩获该奖项。《乡村国是》由《中国作家》（2017年第9期）首发，湖南人民出版社单行出版（2017年9月出版）。该书全景式、纪实性呈现了中国脱贫攻坚的进程和成效，是用报告文学形式记载脱贫攻坚这一历史性事件的有益尝试和探索，是一部庄严厚重、气势恢宏的文艺扶贫力作。书中用一个个真实、生动的故事展现中国脱贫攻坚取得的巨大成就，也呈现了扶贫工作的艰巨性和复杂性。该作品发表和出版后，在社会上引起强烈反响，先后入选"2017年中国报告文学优秀作品排行榜"，"《北京文学》2017年中国当代文学最新作品排行榜"，入围"央视推荐2017中国好书"等。

第十四届亚洲儿童文学大会在长沙开幕　8月18日上午，第十四届亚洲儿童文学大会开幕式在长沙举办。本次大会由中南出版传媒集团、湖南省作家协会、长沙市委宣传部主办，湖南少年儿童出版社、长沙市文联、第十四届亚洲儿童文学大会筹委会承办，湖南省儿童文学学会、湖南师范大学文学院协办。来自中国大陆、香港地区、台湾地区，以及韩国、日本、尼泊尔、斯里兰卡等地的近300位儿童文学作家、专家学者前来参会。本次大会以"亚洲儿童文学的境遇及走向"为主题，与会论文已结集为《童年书写的想象与未来——第十四届亚洲儿童文学大会论文集》出版。

"《日子疯长》畅谈会"在上海书展举行　8月18日，"关于二十世纪的文学回望暨《日子疯长》畅谈会"在上海书展举行，曹可凡、龚曙光、韩少功、苏童齐聚上海展览馆友谊会堂，共话文学划时代的力量，并就龚曙光新书《日子疯长》展开对话。在这部令众多专业作家感到惊喜的散文集

中，作者以深情的笔触勾勒了故乡的风土人情，和成长于这片热土上的可爱的人们。虽然用的都是最质朴的文字，写的都是最平凡的故事，但自有一种隽永的力道。

"2018 年两岸青年文学营"长沙启动　8 月 24 日上午，由中国作家协会港澳台办公室主办，湖南省作协承办，台湾淡江大学协办的"2018 年两岸青年作家文学营"在湖南长沙启动。台湾淡江大学助理教授杨宗翰、中国作协港澳台办公室主任张涛、湖南省作协主席王跃文在启动仪式上讲话。《人民文学》杂志社副主编徐则臣，广东省作协文学院副院长魏微，单向空间文学顾问阿乙，《天涯》杂志社编辑郑小驴，台湾淡江大学助理教授杨宗翰，《散文诗》杂志社总编辑、益阳市作协主席冯明德，湖南第一师范学院文学与新闻传播学院副院长、教授、评论家龙永干，湖南省诗歌学会副会长欧阳白、吴昕孺等两岸名家对全营青年的文学作品进行点评。来自台湾淡江大学等大学的 20 名台湾在校学生和复旦大学、北京师范大学、武汉大学、中国石油大学、上海交通大学、湖南大学、中南大学、湖南师范大学、北京师范大学等 13 所高校的 20 名大陆在校学生共同参加这次文学营活动。

9月

中国作协庆祝改革开放四十周年主题采访活动走进湘西　9 月 11 日，中国作协庆祝改革开放四十周年主题采访活动走进湘西土家族苗族自治州。此次采访活动已经走过安徽、浙江，湘西州是最后一站，本次采访在湘西走访三天。在花垣县十八洞村的座谈会上，中国作协创联部主任彭学明分享了自己以十八洞村为背景的创作历程，为在场的人倾情朗诵自己以十八洞村"甜蜜夫妻"龙先兰、吴满金夫妇为题材的创作趣事。湖南省作协主席王跃文表示，此次采访深受教育，一方面是纪念中国改革开放四十周年，另一方面是用文艺实际生活践行习近平总书记"深入生活，扎根人民"的创作道路，是对作家的一场心灵洗礼。中国作协采访团还到凤凰县廖家桥镇菖蒲塘村进行了走访，座谈。

第一期湖南作家高级研讨班举行开学典礼 9月13日上午，由湖南省作家协会主办、毛泽东文学院承办的第一期湖南作家高级研讨班在毛泽东文学院举行开学典礼。省作协党组书记、常务副主席龚爱林，省作协党组副书记、专职副主席游和平，省作协党组成员、秘书长王艳，省作协副主席、毛泽东文学院管理处负责人谢宗玉出席开学典礼。这是湖南省第一次开办作家高研班。本次高研班学员包括"梦圆2020"文学活动签约作家、湖湘历史名人选题重点扶持作家、省网络作家协会重点推荐的网络作家，以及从全省报名作家中择优录取的学员，共计45人。

"中国著名作家、诗人涟源行"诗歌朗诵会举行 9月14日至16日，"中国著名作家、诗人涟源行"暨"涟水诗情"诗歌朗诵会在涟源市桥头河博盛生态园举行。该活动由涟源市委市政府、湖南省作家协会主办，由《十月》杂志社、湖南省诗歌学会、涟源市委宣传部承办。原中国作家协会副主席谭谈、湖南省作协专职副主席游和平、《十月》杂志主编陈东捷、省诗歌学会会长梁尔源、《文艺报》常务副总编辑徐可以及鲁迅文学奖获得者陈应松、胡学文、大解、李元胜、王十月等20余位来自全国各地的著名作家、诗人欢聚涟源，以采风创作小说、诗歌、散文、报告文学的形式，宣传和推介涟源的红色文化、抗战文化、湘军文化和旅游文化，扩大涟源旅游品牌在全国的知名度和美誉度，提升涟源文化品位，达到推进和繁荣各项事业发展的目的。

第六届"三江笔会"启动仪式暨《网络文学与时代精神》座谈会在长沙举行 9月14~16日，庆祝"改革开放四十年"第六届"三江笔会"（汉江、赣江、湘江）启动仪式暨《网络文学与时代精神》座谈会在长沙举行。长沙市委宣传部副部长赵柏林，武汉市文联党组成员、副主席王开学，南昌市文联党组成员、副主席付长庚，湖南省作协副主席、长沙市文联主席汤素兰，长沙市文联副主席、市作协主席唐樱，以及三市作协代表作家等60余人与会。

"梦圆2020"文学活动作家签约仪式举行 9月16日下午，"梦圆2020"文学活动作家签约仪式在湖南长沙毛泽东文学院举行。省作协党组副书记、

主席王跃文，省作协副主席、毛泽东文学院管理处负责人谢宗玉出席仪式。自习近平总书记在湖南发出精准扶贫的号召以来，湖南省广大干部群众积极投入这一伟大历史实践。为进一步动员和凝聚全省各方力量，根据省委领导的指示、省委宣传部指导，湖南日报社、湖南省文联、湖南省作家协会和中南出版传媒集团联合主办以"梦圆2020"为主题的文学征文活动。此次签约选题包括中长篇小说13项，长篇报告文学12项。

王宏甲做客"文学名家讲堂"主讲"文学的意义" 9月20日下午，由湖南省作家协会主办的第二十一期"文学名家讲堂"在毛泽东文学院报告厅举行。当代文学家、著名学者王宏甲以"文学的意义"为题，做了一场精彩的文学讲座。第一期湖南作家高级研讨班学员及社会各界文学爱好者听取了讲座。

湖南省第十七期中青年作家研讨班、第七期新疆作家班举行开学典礼
10月11日，由湖南省作协举办、毛泽东文学院承办的湖南省第十七期中青年作家研讨班、第七期新疆作家班在毛泽东文学院举行开学典礼。省作协党组书记、常务副主席龚爱林，新疆作协副主席、伊犁自治州作协主席王亚楠，《绿洲》杂志社编辑部主任刘永涛，省作协党组副书记、专职副主席游和平，省作协党组成员、秘书长王艳，省作协副主席、毛泽东文学院管理处负责人谢宗玉出席了开学典礼。开学典礼由毛泽东文学院管理处副主任刘哲主持。

10月

沈从文国际学术论坛在吉首大学举行 10月12日，由吉首大学、湖南省文联和湖南省作协联合主办的沈从文研究国际学术论坛在吉首大学举行，国内外100多名从事沈从文研究的专家学者从沈从文的文学创作、文化艺术思想及物质文化史、作品版本、文献史料等方面进行了充分交流与讨论。沈从文系湘籍现代文学大师，《边城》是他的代表作，蜚声世界文坛，曾获得诺贝尔文学奖提名，并在1988年进入最后二选一的候选名单。同日上午，吉首大学还举行了沈从文塑像揭幕仪式。吉首大学党委书记游俊表示，沈从文先生是20世纪世界文坛最有影响力的作家之一，他出生在湘西凤凰，是湘西的山水、历史与文化孕育的一代文豪，而吉首大学是沈从文故乡的最高学府，曾得到沈从文的关爱。沈从文塑像选择在60周年校庆之际揭牌，可谓意义非凡、影响深远。

"作家行走湘江源"文学采风活动在永州蓝山县启动　10月15日，"中国梦·文学梦·湖南篇章"系列文学活动之"作家行走湘江源"采风活动在永州市蓝山县湘江源国家森林公园启动。40多名省内外知名作家冒雨走进母亲河湘江的源头，用手中的笔记录湘江源的神奇与壮美。启动仪式上，中共湖南省委宣传部常务副部长蒋祖烜宣布采风活动开始并向采风团授旗，省作协党组书记、常务副主席龚爱林出席并讲话，采风团团长、省作协党组副书记、专职副主席游和平代表采风团接旗，中共永州市委常委、宣传部长贺辉致辞。此次采风活动由中共湖南省委宣传部、省林业厅、中共永州市委市政府、省作协联合举办。

袁送荣散文集《富厚堂的心灵》研讨会在毛泽东文学院举行　10月20日上午，由毛泽东文学院、中共娄底市委宣传部主办，娄底市文联、娄底市作家协会、中共双峰县委宣传部协办，湖南文艺出版社、中国曾国藩研究会联办的袁送荣散文集《富厚堂的心灵》作品研讨会在毛泽东文学院举行。中国作家协会名誉副主席谭谈，中国散文学会副会长韩小蕙，中国作家协会散文委员会委员、广东省文学院院长熊育群等20余位专家学者参加会议，围绕作品的文学特质与艺术探索展开充分解读与深入探析，就作品的不足和有待提高之处提出中肯意见和建议。

周立波诞辰110周年文学研讨会举行　10月23日，周立波诞辰110周年文学研讨会在益阳举行。省政协原副主席、省文联主席欧阳斌主持研讨会，市委副书记黎石秋致辞。中国文联、中国作协原党组成员、副主席廖奔，省委宣传部常务副部长蒋祖烜，省文联党组书记、副主席夏义生，市委常委、宣传部长胡立安等省市领导出席，北京大学外国语学院教授、博士生导师周小仪，中国社会科学院文学所研究员何浩、萨支山，山西省晋城

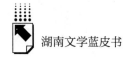

市赵树理研究会会长裴余庆等知名学者、专家交流了自己的学术研究成果。本次研讨会由中国作家协会指导，省文联、省作家协会、益阳市委市政府主办。

徐文伟长篇报告文学《报春花》研讨会在长沙举行　10 月 24 日，由湖南省报告文学学会、湖南人民出版社和衡阳市委改革办等单位联合主办的徐文伟长篇报告文学《报春花：三湘大地改革见闻录》研讨会在长沙举行。中国作协名誉副主席谭谈，作家出版社原总编辑、中国作家协会报告文学委员会委员、著名文学评论家张陵等专家学者和省第 17 期中青年作家研讨班、第 7 期新疆作家班学员共 100 余人参加了会议。与会专家学者在发言中认为，作者站在改革开放前沿，深入一系列改革试点地区与单位，实地走访，跟踪解剖，认真思考，写出的《报春花》作品接地气、有温度、有文采，既有"人"与"事"，还有"点"和"面"，也有"改革"与"问题"，更有作者的"忧患"和"担当"。

湖北作家代表团来湘文学交流　10 月 28 日上午，湖北作家代表团一行10 人在湖北省作协党组书记朱训集、主席李修文的带领下抵湘进行文学考察调研。考察调研座谈会在湖南省作协二楼会议室举行，湖南省作协主席王跃文主持座谈会。朱训集介绍了这次湖北作家代表团赴湖南作协考察的目的和意义。王跃文根据座谈主题，重点介绍了湖南省文学精品创作、专业作家管理服务以及加强网络文学建设的相关情况。湖南省作协各部室、刊社、毛泽东文学院管理处分别结合业务工作实际介绍了情况，湖南文艺出版社、《湖南文学》杂志社、《芙蓉》杂志社有关负责人介绍了文学精品出版、发表的现状及需求。

11月

湖南省散文学会"湘江散文奖"评选结果出炉　11 月 9 日，首届"湘江散文奖"初评入围作品进行终评，通过评委认真阅读并投票表决和公示等环节，产生 6 部（篇）获奖作品。获奖作品如下：散文集（2 部）：《时光的盛宴》（谢宗玉）、《乡村书》（周伟）；单篇散文（3 篇）：《父亲的三个可疑身份》（李颖）、《未来的祖先》（田瑛）、《家谱里的老家与故人》（申瑞瑾）；散文评论（1 篇）：《平民化叙事的魅力》（张建安）。

"文学照亮三湘"走进隆回 阎真主讲《小说的语言艺术》 11 月 16 日，由省作协主办的"文学照亮三湘"大讲堂在隆回开讲，由著名作家、省作协副主席、中南大学文学院副院长、教授阎真主讲《小说的语言艺术》。现场，阎真谈了自己的 4 个文学观念，一是艺术标准是前提标准，语言是其中的关键；二是要超越所经历的生活和前人的作品两个公共空间；三是文学创作要用理性超越感性；四是只有艺术能够面对历史。他认为，作家的语言要能够具有身份界定的意义，作家要用毕生的才情和心血去寻找那些属于自己的句子。他列举了古今中外大量文学名著作例证，以其渊博的文学知识，生动活泼的语言和饶有趣味的表达，结合自己多年的阅读体验和创作经验，深度解析了文学的语言艺术。他认为文学对话的语言在于表现人物性格的力量，文学的语言要反叛规范，作家要重视潜台词和比喻的运用，方言的意义是表达地域文化色彩。这场精彩的讲座，赢得现场热烈的掌声。现场，隆回各个阶层文学爱好者 400 余人慕名而来听讲。

首届昌耀诗歌研讨会在常德召开 11 月 16～20 日，首届昌耀诗歌研讨会在常德召开。《诗刊》社联合常德市委宣传部、湖南文理学院特别邀请了国内 28 位诗人和评论家参加了研讨会。出席研讨会的诗人、评论家有谢冕、李少君、胡丘陵、耿占春、王家新、燎原、王双龙、敬文东、荣光启、钱文亮、程一身、易彬、陈素琰、蓝野、赵飞、李建周、王万顺、吴投文、张光昕、郭建强、谭克修、何瀚、杨碧薇、胡亮、王家铭、谈雅丽、韦树定、李曼、祝雪侠等。研讨会期间，与会嘉宾应邀参观了常德的穿紫河、老西门、常德诗墙、德国风情街、柳叶湖、桃花源等文化建设项目。

体验生活，采风创作，30 余名湖南知名作家走进通道 11 月 25 日，湖南作协党组副书记、专职副主席、省报告文学学会会长游和平，国防科技大学教授龚盛辉，湖南大学博导章罗生和刚获全国鲁迅文学奖的纪红建等湖南知名作家 30 余人来到通道，体验生活，采风创作。

12月

2018 第二届张家界国际旅游诗歌节在张家界举行　12 月 9 ~ 11 日，"绝版张家界诗约全世界" 2018 第二届张家界国际旅游诗歌节在张家界举行。全球各地的诗人汇聚一堂，以一场盛会，为山水吟诵，为张家界吟诵。12 月 10 日下午，第二届中国张家界·国际旅游诗歌高峰论坛举行。论坛由吉首大学张家界学院院长简德彬主持，著名诗人、百花洲文艺出版社驻北京诗歌编辑中心主任周瑟瑟在其间畅谈诗歌的"流浪式"创作，"陌生"的创作灵感。12 月 10 日晚上，首届"张家界大峡谷杯"中国张家界·国际旅游诗歌奖颁奖盛典暨第二届"行吟中国"张家界国际旅游诗歌朗诵音乐会在张家界落幕。上千位嘉宾亲临现场，共同见证 26 件获奖作品的诞生。10 ~ 11 日，中外诗人在张家界进行了诗歌采风创作。

省作协确定三部湖湘历史文化名人长篇小说选题　12 月 11 日，经"湖湘历史文化名人长篇小说创作选题评审会" 18 位专家评审，评选出 3 个湖湘历史文化名人长篇小说创作选题，具体如下：①邓宏顺的魏源选题；②刘大程的黄兴选题；③黄袁蔚的蔡锷选题。

湖南省第七期专题文学（散文）研讨班举行开学典礼　12 月 13 日，由湖南省作协举办，毛泽东文学院承办的湖南省第七期专题文学（散文）研讨班在毛泽东文学院举行开学典礼。省作协党组书记、常务副主席龚爱林，省作协党组成员、秘书长王艳，省作协副主席、毛泽东文学院管理处负责人谢宗玉出席了开学典礼。开学典礼由毛泽东文学院管理处副主任刘哲主持。

诗集《风吹过梅山》研讨会举行　12 月 23 日，由百花文艺出版社、《湖南文学》杂志社、毛泽东文学院、湖南省诗歌学会联合举办，益阳市文联、益阳市作家协会联合承办的"李定新诗集《风吹过梅山》作品研讨会"在长沙举行。来自省内的 20 余位专家学者参加研讨会并踊跃发言。诗集《风吹过梅山》是作者第二本诗集，得到了省文艺创作扶持基金会扶助，由百花文艺出版社出版发行。

湖南省作家协会第八届主席团第六次会议召开 12月21日，湖南省作家协会第八届主席团第六次会议召开。会议由省作协主席王跃文主持，党组书记、常务副主席龚爱林，党组副书记、专职副主席游和平，党组成员、秘书长王艳，副主席万宁、马笑泉、汤素兰、何顿、余艳、沈念、胡丘陵、龚旭东、阎真、彭东明、谢宗玉出席会议。会议传达学习了全国、全省宣传思想工作会议精神和中国作协深入学习贯彻全国宣传思想工作会议精神专题研修班精神，回顾总结2018年工作，对2019年工作安排提出意见和建议，审议了省作协2018年工作总结，并审议通过了省作协2018年新发展会员名单。会议还研究了其他有关事项。

社会科学文献出版社

皮书系列

❖ 皮书起源 ❖

"皮书"起源于十七、十八世纪的英国，主要指官方或社会组织正式发表的重要文件或报告，多以"白皮书"命名。在中国，"皮书"这一概念被社会广泛接受，并被成功运作、发展成为一种全新的出版形态，则源于中国社会科学院社会科学文献出版社。

❖ 皮书定义 ❖

皮书是对中国与世界发展状况和热点问题进行年度监测，以专业的角度、专家的视野和实证研究方法，针对某一领域或区域现状与发展态势展开分析和预测，具备原创性、实证性、专业性、连续性、前沿性、时效性等特点的公开出版物，由一系列权威研究报告组成。

❖ 皮书作者 ❖

皮书系列的作者以中国社会科学院、著名高校、地方社会科学院的研究人员为主，多为国内一流研究机构的权威专家学者，他们的看法和观点代表了学界对中国与世界的现实和未来最高水平的解读与分析。

❖ 皮书荣誉 ❖

皮书系列已成为社会科学文献出版社的著名图书品牌和中国社会科学院的知名学术品牌。2016年，皮书系列正式列入"十三五"国家重点出版规划项目；2013~2019年，重点皮书列入中国社会科学院承担的国家哲学社会科学创新工程项目；2019年，64种院外皮书使用"中国社会科学院创新工程学术出版项目"标识。

权威报告·一手数据·特色资源

皮书数据库
ANNUAL REPORT(YEARBOOK)
DATABASE

当代中国经济与社会发展高端智库平台

所获荣誉

- 2016年，入选"'十三五'国家重点电子出版物出版规划骨干工程"
- 2015年，荣获"搜索中国正能量 点赞2015""创新中国科技创新奖"
- 2013年，荣获"中国出版政府奖·网络出版物奖"提名奖
- 连续多年荣获中国数字出版博览会"数字出版·优秀品牌"奖

成为会员

通过网址www.pishu.com.cn访问皮书数据库网站或下载皮书数据库APP，进行手机号码验证或邮箱验证即可成为皮书数据库会员。

会员福利

- 已注册用户购书后可免费获赠100元皮书数据库充值卡。刮开充值卡涂层获取充值密码，登录并进入"会员中心"—"在线充值"—"充值卡充值"，充值成功即可购买和查看数据库内容。
- 会员福利最终解释权归社会科学文献出版社所有。

数据库服务热线：400-008-6695
数据库服务QQ：2475522410
数据库服务邮箱：database@ssap.cn
图书销售热线：010-59367070/7028
图书服务QQ：1265056568
图书服务邮箱：duzhe@ssap.cn

社会科学文献出版社 皮书系列
SOCIAL SCIENCES ACADEMIC PRESS (CHINA)
卡号：546413953644
密码：

S 基本子库
SUB DATABASE

中国社会发展数据库（下设 12 个子库）

全面整合国内外中国社会发展研究成果，汇聚独家统计数据、深度分析报告，涉及社会、人口、政治、教育、法律等 12 个领域，为了解中国社会发展动态、跟踪社会核心热点、分析社会发展趋势提供一站式资源搜索和数据分析与挖掘服务。

中国经济发展数据库（下设 12 个子库）

基于"皮书系列"中涉及中国经济发展的研究资料构建，内容涵盖宏观经济、农业经济、工业经济、产业经济等 12 个重点经济领域，为实时掌控经济运行态势、把握经济发展规律、洞察经济形势、进行经济决策提供参考和依据。

中国行业发展数据库（下设 17 个子库）

以中国国民经济行业分类为依据，覆盖金融业、旅游、医疗卫生、交通运输、能源矿产等 100 多个行业，跟踪分析国民经济相关行业市场运行状况和政策导向，汇集行业发展前沿资讯，为投资、从业及各种经济决策提供理论基础和实践指导。

中国区域发展数据库（下设 6 个子库）

对中国特定区域内的经济、社会、文化等领域现状与发展情况进行深度分析和预测，研究层级至县及县以下行政区，涉及地区、区域经济体、城市、农村等不同维度。为地方经济社会宏观态势研究、发展经验研究、案例分析提供数据服务。

中国文化传媒数据库（下设 18 个子库）

汇聚文化传媒领域专家观点、热点资讯，梳理国内外中国文化发展相关学术研究成果、一手统计数据，涵盖文化产业、新闻传播、电影娱乐、文学艺术、群众文化等 18 个重点研究领域。为文化传媒研究提供相关数据、研究报告和综合分析服务。

世界经济与国际关系数据库（下设 6 个子库）

立足"皮书系列"世界经济、国际关系相关学术资源，整合世界经济、国际政治、世界文化与科技、全球性问题、国际组织与国际法、区域研究 6 大领域研究成果，为世界经济与国际关系研究提供全方位数据分析，为决策和形势研判提供参考。

法律声明

　　"皮书系列"（含蓝皮书、绿皮书、黄皮书）之品牌由社会科学文献出版社最早使用并持续至今，现已被中国图书市场所熟知。"皮书系列"的相关商标已在中华人民共和国国家工商行政管理总局商标局注册，如LOGO（　）、皮书、Pishu、经济蓝皮书、社会蓝皮书等。"皮书系列"图书的注册商标专用权及封面设计、版式设计的著作权均为社会科学文献出版社所有。未经社会科学文献出版社书面授权许可，任何使用与"皮书系列"图书注册商标、封面设计、版式设计相同或者近似的文字、图形或其组合的行为均系侵权行为。

　　经作者授权，本书的专有出版权及信息网络传播权等为社会科学文献出版社享有。未经社会科学文献出版社书面授权许可，任何就本书内容的复制、发行或以数字形式进行网络传播的行为均系侵权行为。

　　社会科学文献出版社将通过法律途径追究上述侵权行为的法律责任，维护自身合法权益。

　　欢迎社会各界人士对侵犯社会科学文献出版社上述权利的侵权行为进行举报。电话：010-59367121，电子邮箱：fawubu@ssap.cn。

社会科学文献出版社